Un coupable trop parfait

Patricia MacDonald

Un coupable trop parfait

ROMAN

Traduit de l'américain
par Françoise Cartano

Albin Michel

COLLECTION « SPÉCIAL SUSPENSE »

Titre original :

NOT GUILTY

Traduction française :

22, rue Huyghens, 75014 Paris

www.albin-michel.fr

ISBN 2-226-13404-2
ISSN 0290-3326

À tous les Jambriska,
affectueusement...

Prologue

La *nuit tombe si tôt, maintenant,* songea Keely Bennett, à qui manquait la lumière du jour tandis qu'elle conduisait dans les rues tranquilles de Ann Arbor. Le ciel de novembre était gris depuis le matin, mais il avait pris une profondeur de plomb avec le crépuscule naissant. Les trottoirs de la ville universitaire étaient presque déserts, tant les gens étaient pressés de retrouver la lumière rassurante de leur maison avant la nuit complète.

Keely était restée plus tard au collège où elle enseignait la littérature américaine. Le lundi après-midi, le comité de rédaction du Yearbook se réunissait après les cours, et c'est elle qui l'animait. Elle pensa au paquet de copies dans sa serviette, à corriger ce soir, et il lui faudrait aussi aider son fils Dylan, en classe de huitième, à faire ses devoirs. Sans parler de la préparation du dîner, à caser au milieu.

Si Richard se sent mieux, se dit-elle, *il pourra aider Dylan.* Idée qu'elle abandonna aussitôt, tant elle était improbable. Le mari de Keely, un écrivain scientifique travaillant pour les presses universitaires, souffrait de migraines, et quand il était pris d'une crise, celle-ci avait tendance à durer au moins le reste de la journée. Habituellement, la combinaison d'un traitement médicamenteux et d'une nuit de sommeil soulageait la douleur, mais depuis quelque temps, à leur inquiétude croissante, la migraine récidivait souvent le lendemain. Ce matin-là, en se levant pour partir travailler, elle avait trouvé Richard déjà allongé sur le divan de son bureau, tous les rideaux tirés et une serviette humide sur les yeux. Il n'était pas descendu pour le petit-déjeuner — la seule odeur de nourriture suffisait à lui donner des nausées. Keely et Dylan avaient déjeuné en silence, puis ils avaient quitté la maison en fermant doucement la porte derrière eux.

Keely plissa les yeux pour lire les noms des rues dans l'obscurité, et elle tourna à gauche dans Jefferson Street, où habitait Bobby McKenna, le meilleur ami de Dylan. Dylan et Bobby avaient entraînement de foot après l'école, aussi la mère de Bobby avait-elle accepté de les ramener tous les deux chez elle en attendant que Keely soit libérée de ses tâches au collège, le Northern Junior High. Elle arrêta la voiture devant la maison des McKenna, et monta l'allée jusqu'à la porte. Allison McKenna vint lui ouvrir, après s'être essuyé les mains sur un torchon, et elle fit un pas dehors pour maintenir la double porte avec sa hanche. « Entrez, Keely », dit-elle.

Keely put apercevoir Bobby installé au bureau, dans la salle de séjour, penché sur un cahier, sous la lumière d'une lampe à pied en col de cygne qui dessinait un halo sur sa tignasse brune et bouclée. Il leva la tête et fit un vague signe en direction de Keely, puis voyant sa mère lever les sourcils, il retourna à son travail.

« Déjà les devoirs ? demanda Keely.

— Il en a beaucoup, dit Allison.

— Où est Dylan ?

— Lui aussi, il avait beaucoup de devoirs. Il voulait commencer tout de suite, alors je l'ai déposé chez vous après l'entraînement. Richard est rentré. Sa voiture était garée dans l'allée, et tout était allumé dans la maison.

— Oh, c'est parfait, dit Keely, en s'apprêtant à redescendre vers l'allée dallée. J'aime beaucoup quand ils sont consciencieux, comme en ce moment. Dylan fait de gros efforts pour obtenir de bons résultats cette année.

— Parlez pour vous, dit Allison. Celui-là, pour lui faire faire ses devoirs, c'est la croix et la bannière. »

Keely eut un sourire ironique. « Oh, je suis sûre que cela ne va pas durer. » Puis elle baissa la voix pour susurrer : « Je crois que Dylan a le béguin pour sa maîtresse.

— Tous les moyens sont bons, dit Allison.

— Bien, je ferais mieux de rentrer, dit Keely. Merci de l'avoir ramené.

— Mais de rien », dit Allison en fermant la porte derrière Keely, dont les chaussures plates firent craquer quelques feuilles mortes quand elle marcha jusqu'à sa voiture. L'obscurité parut se refermer sur elle lorsqu'elle démarra et prit la direction de chez elle.

Dylan se trouve donc déjà à la maison. Pas de problème. Keely se rassurait en prenant les raccourcis par les petites rues pour regagner sa maison. *Peut-être que Richard se sent mieux. Peut-être même que Dylan aura fini ses devoirs, le temps que j'arrive,* se raconta-t-elle intérieurement. Sans réussir pourtant à chasser une sensation de malaise qui semblait ne pas vouloir la lâcher. Plus que probablement, Richard était toujours allongé dans le noir, dans son bureau. Les jours de migraine, il ne sortait jamais de la maison. Par chance, il travaillait en free lance et personne ne risquait de protester s'il ne se montrait pas au bureau. Et Dylan savait, d'expérience, ne pas faire de bruit ni allumer la télévision quand son père était « malade ».

Elle détestait l'idée que son fils avait encore une fois trouvé son père dans cet état en rentrant. En principe, une maison était un endroit chaleureux, où l'on pouvait se détendre, se sentir chez soi. Ces derniers temps, lorsque Richard avait une migraine, il régnait dans la maison une tension qui finissait par devenir oppressante. Keely savait que Richard n'était pas responsable d'une situation qu'il n'avait pas voulue. S'il pouvait se lever, il le ferait, et elle savait qu'il ferait aussi un effort pour parler à Dylan, quand elle n'était pas là, peut-être même lui préparer un verre de jus de fruit, ou autre chose. Mais sa pâleur, la moiteur de sa peau, l'expression crispée de son visage disaient toujours à l'évidence combien un tel effort lui coûtait.

Il lui était difficile de se souvenir maintenant de la vie comme elle était avant que les choses aillent si mal. Il avait toujours eu des migraines. Du temps de leur rencontre à la fac, déjà, il lui arrivait parfois de disparaître un jour entier, sans même répondre au téléphone. Elle se souvenait du soulagement qu'elle avait éprouvé en découvrant que c'étaient des maux de tête — et pas un manque d'intérêt — qui l'empêchaient de l'appeler ces jours-là. A y réfléchir aujourd'hui, elle prenait conscience de sa grande naïveté d'alors. Les migraines étaient devenues une présence dans leur vie, qui ne faisait pas de quartier. Dylan l'acceptait parce qu'il n'avait jamais connu de vie autre. Il comprenait que tous leurs projets étaient hypothétiques — suspendus à l'état de son père ce jour-là.

Sur l'insistance de Keely, Richard avait consulté une kyrielle de médecins. Aucune des médications prescrites ne l'avait guéri. Lorsque l'un des médecins enseignant à l'université avait suggéré à Richard de tenter une psychothérapie, il avait refusé net. *Le problème est médical,* avait-il répété avec insistance, *il doit trouver une solution médicale.* Keely pensait que tout valait la peine d'être tenté, s'il pouvait en sortir une amélioration. Mais Richard était mieux informé qu'elle dans les domaines liés à la science, et il rangeait la psychologie, avec un certain mépris, dans les disciplines parascientifiques. En dépit de tous ses efforts de persuasion, Keely n'était pas parvenue à convaincre son mari de chercher un soutien psychologique.

Crois-tu que je sois fou ? lui demandait-il. *Bien sûr que non,* disait-elle. Ce qui était vrai. Quand il n'était pas sous l'emprise de la douleur, il était l'homme le plus raisonnable et attentionné du monde. Même lorsqu'il souffrait, il s'efforçait de ne pas s'en prendre à eux, de ne pas perdre son sang-froid, alors que ses nerfs étaient mis à rude épreuve par son état. *Tous les couples ont leurs problèmes,* se répétait-elle. Elle n'avait jamais regretté de l'avoir épousé, malgré cette difficulté. Il était toujours l'homme dont elle était tombée éperdument amoureuse quand elle avait dix-neuf ans. Mais elle se sentait impuissante devant la souffrance qui le tenaillait. Et elle tremblait en voyant à quel point cette souffrance semblait empirer au fil du temps.

Avec un soupir inquiet, elle distingua leur maison d'angle, juste devant elle. Elle engagea la voiture dans l'allée et coupa le contact. Peu de lumières étaient allumées à l'intérieur, et sur le pas de la porte se trouvait l'arrangement de saison confectionné par Dylan et elle, mêlant tiges de maïs, citrouilles et épis de blé. Mais personne n'avait allumé la lampe au-dessus de la porte. Personne ne vint à sa rencontre en entendant sa voiture. Elle sut alors, avec une pointe d'angoisse familière, que son mari n'allait pas mieux.

Keely monta donc jusqu'à la porte et l'ouvrit, s'attendant à voir Dylan surgir dans le vestibule pour l'accueillir avec des démonstrations d'affection silencieuses. Elle savait qu'il ne fallait pas crier : le moindre son un peu fort gênait Richard. Mais son fils n'était pas là. Aucun signe de son mari non plus. Peut-être Dylan ne l'avait-il pas entendue arriver. Elle lui avait offert un walkman pour qu'il puisse au moins écouter ses cassettes préférées quand il était contraint au silence. Il était peut-être dans sa chambre avec les écouteurs sur les oreilles. Elle entra dans la cuisine, posa sa serviette sur une chaise. Une tasse contenant un liquide laiteux et le sachet de thé tassé sur la soucoupe se trouvaient sur l'égouttoir. Probablement tout ce que Richard avait avalé aujourd'hui. Rien n'indiquait que Dylan ait goûté, alors qu'il avait toujours une faim de loup après le football. Keely fronça les sourcils. La maison était trop calme.

Elle se rendit au pied de l'escalier, hésita, puis se mit à monter. En arrivant sur le palier, elle entendit un bruit étrange — comme un gémissement très faible. « Dylan ? » appela-t-elle doucement.

Aucune réponse. *Le walkman*, se dit-elle. *Il écoute le walkman, voilà. C'est peut-être Richard.* Elle appela aussitôt : « Chéri, c'est moi. Richard ? »

Seul, le silence lui répondit. L'estomac qui se tord n'était plus une impression, à présent. Elle respirait par petits halètements. Et puis il y avait aussi cette odeur inhabituelle dans l'air. Inhabituelle — et désagréable. Son estomac se retourna encore une fois. Elle atteignit la dernière marche et contempla le couloir. Où se répandait une faible lumière venant du bureau de Richard. La porte était entrouverte.

« Richard », dit-elle un peu sèchement. Le gémissement était légèrement plus audible à présent qu'elle avançait comme une automate dans le couloir, en direction du bureau. « Richard, tu vas bien ? Réponds-moi. » Sa voix semblait trahir un agacement. Mais son cœur était submergé par la peur. Quelque chose n'allait pas. Pas du tout. Elle le savait à présent. Une idée abominable lui vint aussitôt à l'esprit, mais elle la chassa, refusant de l'envisager. Non. Il ne ferait pas cela. Pas Richard. Elle approcha de la porte du bureau, puis s'immobilisa.

Au premier coup d'œil, tout semblait parfaitement normal. La petite lampe de bureau était allumée, l'ordinateur de Richard ronronnait, comme toujours. Des planètes vives étaient en suspens dans le noir de l'économiseur d'écran, tandis qu'un vaisseau spatial décrivait sa lente trajectoire en travers du moniteur. Sa table de travail était ordonnée et rangée, comme d'habitude. Mais il y avait quelque chose sur le tapis. Un motif de minuscules taches sombres. Qui se poursuivait sur le mur aussi. *Je vous en supplie, mon Dieu,* murmura-t-elle. *Je vous en supplie, mon Dieu. Pitié mon Dieu, je vous en supplie.* Elle ignorait de quoi elle le suppliait. Mais elle savait qu'elle avait besoin d'aide. Le gémissement était plus fort. Il fut coupé par un sanglot.

Elle *franchit* le seuil de la porte et entra dans la pièce qu'elle put voir alors entièrement. A l'instant qui précéda celui où son regard balaya l'espace, elle sut ce qu'elle allait découvrir. Mais elle ne pouvait pas reculer. Devant le bureau, Richard était affalé sur la moquette, un bras plié sous lui de manière étrange, l'autre loin du corps. Sous la tête de Richard, une tache bordeaux dessinait une couronne mortuaire. Pas très loin de sa main, sur le tapis, se trouvait une forme sombre — comme un petit animal foncé. Ses yeux lui jouaient des tours. Avant même de se pencher, elle vit de quoi il s'agissait — bien qu'elle n'en ait encore jamais vu d'aussi près. Un revolver. Keely le fixa. Un revolver. Ils n'avaient pas de revolver. *Comment un revolver pouvait-il se trouver ici ?* Mais en même temps qu'elle s'interrogeait, elle connaissait la réponse. Parfois, au pire de ses crises, il passait en revue les endroits où l'on pouvait acheter une arme à feu. Un nuage de désespoir brouillait alors son regard. Puis, lorsqu'elle le suppliait de ne pas dire des choses pareilles, il affirmait que c'était pour plaisanter.

Keely tendit la main et toucha les cheveux de son mari. Poisseux. Quand elle la retira, vite, il y avait du sang sur ses doigts. Derrière la porte du placard, elle entendait toujours le gémissement qui l'avait fait venir.

Hébétée, dans un état second, elle se leva, marcha jusqu'à la porte, et l'ouvrit.

A l'intérieur du placard se trouvait Dylan, accroupi, les bras croisés autour des genoux, le visage collé contre les rotules. Il leva la tête, et ses yeux étaient pleins de l'horreur qu'elle-même sentait grossir au creux de son estomac.

Elle s'accroupit tout près de lui, et il enfouit son visage dans la douceur verte du pull qu'elle portait. Il tremblait de tout son corps. « Maman », gémit-il. Elle sentit les larmes dans ses propres yeux, mais elles n'allaient pas couler, pas encore. Serrant fort Dylan contre elle, elle contempla le cadavre de son mari, étendu sur le ventre. Dans un instant, elle se lèverait et appellerait quelqu'un. Elle demanderait de l'aide. Mais dans l'immédiat, elle était seulement capable de regarder le revolver et l'homme étendu sur le sol. « Ça va aller, mon bébé. Je suis là, maintenant. Ça va aller », psalmodia-t-elle tout bas, la force de l'habitude. Puis elle se rappela qu'il n'était plus nécessaire de parler à voix basse. Il n'était pas de souffrance que l'on ne puisse supporter. Elle le savait depuis toujours. Pour Richard, il n'y aurait plus de souffrance.

Pour elle, pour Dylan, ce serait une autre histoire.

1

ABBY Weaver abandonna la prise solide que lui offrait le pied de la table de ferme en pin, pour s'élancer en chancelant sur le carrelage noir et blanc. Arrivée à destination, elle se cramponna à la jambe de sa mère avec un regard stupéfait en arrière pour contempler le chemin parcouru.

« Mais regardez-moi ça ! » Keely Weaver délaissa l'évier, essuya ses mains savonneuses et se pencha pour soulever son bébé d'un an, frotter son nez contre la joue tendre et souple. Abby se mit à rire, ravie de sa performance et de la réaction de sa mère.

« Tu deviens vraiment une grande fille », dit Keely, enfouissant son visage dans le T-shirt en coton doux porté par Abby, avant de frotter son nez contre le ventre du bébé cette fois, moyen garanti de déclencher des gloussements de plaisir. « Mais oui, mais oui, mademoiselle.

— Que font donc les deux femmes de ma vie ? » demanda Mark Weaver qui venait d'entrer dans la cuisine et prit le bébé des bras de sa mère. Il serra sa fille contre sa poitrine, les manches de la chemise à rayures qu'il portait pour travailler à présent roulées au-dessus du coude, avant d'embrasser plusieurs fois les cheveux encore rares et soyeux sur la petite tête. « C'est toi qui fais rire ta maman ? » demanda-t-il, en regardant son bébé droit dans les yeux, tandis que sa grande main bronzée lui soutenait la nuque. L'or de son alliance scintilla dans les derniers rayons du soleil couchant qui entraient par les baies vitrées de leur cuisine.

« Elle perfectionnait ses figures libres », indiqua Keely, qui sourit de les voir ainsi tous les deux. Mark était avocat — élégant, bel homme, réputé pour le caractère intraitable de ses argumentations. Mais devant son petit bout de fille, il devenait aussi inoffensif qu'un bol de pudding. Mark était un bourreau de travail, mais il changeait instantanément de régime dès que son regard se posait sur la petite tête soyeuse et les yeux brillants de sa fille. A son cabinet comme au tribunal, on se moquait de la façon qu'il avait de sortir brusquement une photo d'elle en exigeant que tout le monde s'extasie sur le plus beau bébé du monde.

« Comment se fait-il que tu marches déjà ? » demanda-t-il émerveillé à Abby qui lui enfonçait un petit doigt boudiné entre les lèvres. Il fit semblant de le ronger un moment avant de faire disparaître la petite main minuscule dans la sienne. « Tu ne vas pas tarder à demander une robe pour aller au bal, toi. »

Keely acquiesça dans un soupir. « C'est vrai. Ce jour arrivera avant qu'on ait eu le temps de s'en rendre compte. » En même temps qu'elle prononçait ces mots, la pensée de Dylan vint assombrir son humeur comme un nuage voile un clair de lune.

Semblant percevoir le changement en elle, Mark tendit son bras libre pour englober sa femme dans l'étreinte. « J'ai très bien dîné, dit-il. Je sais que je suis horriblement vieux jeu, mais j'adore trouver ma petite famille qui m'attend à la maison quand je rentre du travail, plus un merveilleux repas sur la table.

— Bienvenue chez les Pierrafeu », dit Keely comme si elle était fâchée. Mais Mark ne s'y trompa pas. Il la serra plus encore et l'embrassa, pour la plus grande joie de leur bébé.

« Tu sais bien que ce n'est pas ce que je veux dire.

— Je sais seulement ce que tu as dit, et tu le sais aussi, le taquina-t-elle.

— Non. Franchement. Si tu veux reprendre le travail, je suis d'accord. Bien que tous ces adolescents rêvant d'être le chouchou de la prof me rendent un peu jaloux d'avance, je l'avoue.

— Oh, ça suffit, dit-elle, mais avec un sourire. Je n'ai pas le genre qui intéresse les adolescents.

— N'importe quel homme s'intéresserait à une femme comme toi », dit-il.

Elle rougit, stupéfaite comme toujours par son adoration franche et ouverte. Elle se souciait peu de son apparence, ces derniers temps. Par chance, elle avait retrouvé très vite sa silhouette fine après la naissance de Abby, et son teint avait encore l'éclat d'un reste de hâle estival. Mais elle ne portait aucun maquillage et ses cheveux blond cendré étaient relevés en chignon informe. Elle était en jeans et T-shirt. *Pas l'image de la sirène dans le fantasme masculin*, songea-t-elle. « Je suis ravie de te l'entendre dire. Mais en réalité, dit-elle, je ne suis pas encore prête à reprendre l'enseignement. Il reste beaucoup à faire ici. Et puis je trouve important d'être présente pour Abby, au cours de ces premières années. » Elle dégagea une main pour passer un doigt songeur sur la joue de leur bébé. « Une maman, c'est comme un miroir. J'avais oublié — c'était il y a si longtemps, quand Dylan était petit. A chaque minuscule victoire, ils cherchent votre approbation. J'ai l'impression qu'elle est en train de programmer le petit ordinateur qui est en elle pour toute sa vie. Chaque jour apporte ses changements, mille petites décisions sur la manière de négocier avec le monde extérieur. Elle a besoin d'une attention constante. Et bien sûr, Dylan a besoin du temps restant en ce moment...

— Oh, par les temps qui courent, je crois que c'est le luxe le plus extraordinaire que l'on puisse offrir à un enfant — une mère présente chaque fois que l'on en a besoin. Et même quand on n'en a pas besoin. Je sais de quoi je parle. »

Elle savait ce qu'il entendait par cette dernière remarque. Ses parents étaient morts accidentellement sur un bateau alors qu'il n'avait que quatre ans, et il en avait seize lorsque Lucas et Betsy Weaver l'avaient adopté. L'histoire de ses années intermédiaires avait pour elle des échos sortis tout droit de Dickens.

« J'ai simplement peur que tu te sentes parfois seule,

ici, poursuivit-il. Tu ne connais personne. Tu es un peu isolée...

— C'est vrai, dit-elle, avec un brin de nostalgie pour l'atmosphère de chaude camaraderie régnant entre ses collègues et elle quand elle enseignait dans son collège du Michigan. Il arrive que je me sente un peu... coupée du monde. Mais c'est une situation temporaire. Et puis je dois reconnaître que si je vis dans une prison, c'est une prison dorée. » Elle n'aurait jamais cru, pendant les jours sombres qui avaient suivi la mort de Richard, qu'elle finirait un jour dans ce genre de maison, avec un mari et un bébé. Elle s'était enfoncée dans la culpabilité, se reprochant d'avoir manqué à Richard, de n'avoir pas su l'empêcher de faire cet ultime pas, définitif. Un souvenir qui la fit frémir, mais qu'elle chassa, avec un regard satisfait sur sa belle cuisine ancienne discrètement rénovée pour convenir au chef le plus exigeant, et derrière la série de baies vitrées, sur la pelouse onduleuse, encore verte sous le crépuscule de septembre, la terrasse, la piscine. Derrière la clôture verrouillée qui entourait la piscine, elle vit la forme familière du skateboard de Dylan, abandonné au bord de l'eau. Le froncement de sourcil revint. *Combien de fois faut-il que je lui dise ?* songea-t-elle, exaspérée.

« Qu'est ce qui te contrarie ? » demanda Mark.

Keely hocha la tête en se dégageant de ses bras. « Oh, c'est Dylan. Il a encore une fois laissé son skateboard près de la piscine. Je lui ai répété cent fois que c'était dangereux. Que sa place quand il ne s'en sert pas est dans le garage. »

Mark s'abstint, comme toujours, de critiquer son beau-fils. Il n'essayait jamais de faire sentir à Keely que l'éducation de son fils souffrait de certaines négligences. Elle lui en savait gré, même si elle éprouvait souvent une sensation de frustration impuissante devant les changements de son garçon ces dernières années. « Il y a beaucoup de choses qui le tracassent. Où vas-tu ? » demanda Mark en la voyant s'éloigner.

« Je vais lui demander de descendre. Il a encore ses devoirs à faire. » La rentrée des classes ne datait que de quelques semaines, et ils en étaient tous à s'adapter au nouvel emploi du temps et au travail scolaire qui tombait en permanence et dont il fallait s'acquitter.

« Je vais l'aider un peu », dit Mark.

Keely le regarda tendrement. « Tu as une patience d'ange, dit-elle.

— Oh, moi aussi, j'ai eu quatorze ans. Je n'ai pas oublié l'état dans lequel on est quand on a les hormones en folie. J'ai fait des tas de bêtises à cette époque. C'est un miracle que je ne me sois pas fait renvoyer du collège.

— Surtout que tu n'avais personne pour t'aider », précisa Keely avec compassion. La réussite sociale de Mark était pour elle un perpétuel motif d'étonnement, compte tenu de l'enfance qu'il avait eue. Mais il n'en était apparemment que plus indulgent envers Dylan.

« Je n'étais pas complètement livré à moi-même. J'ai eu l'aide de quelques personnes, insista-t-il. J'ai bénéficié du soutien d'un ou deux professeurs qui ont essayé de me faciliter un peu les choses. Et puis tous mes parents nourriciers n'ont pas été mauvais. Et surtout, il y a eu Lucas. »

Keely hocha la tête. Lucas Weaver était le héros de Mark — un homme issu d'un milieu fruste, qui avait réussi à la force du poignet, et qui avait discerné un potentiel chez Mark, délinquant juvénile dont il avait été l'avocat commis d'office dans une affaire de vandalisme. Lucas et Betsy avaient fini par adopter l'adolescent à problèmes. Lucas avait suivi Mark pendant ses études de droit et, à la fin, quand il avait été admis à s'inscrire au barreau, il lui avait proposé d'entrer dans son cabinet. Mark n'avait jamais oublié son immense dette envers Lucas, qui avait peut-être vu en lui un reflet de lui-même et compris qu'il y avait quelque chose à tirer de cet adolescent rebelle.

Mark embrassa encore le crâne de Abby et contempla par la fenêtre le turquoise intense de la piscine, la pelouse impeccable de sa propriété. « Sans Lucas, j'aurais sans doute terminé en prison, ou mort sur le bord d'une route, quelque part. Quand je pense à ce que je lui ai fait endurer... montrer un peu de patience envers Dylan semble bien peu de chose. Sans compter que tous ces changements n'ont pas été faciles pour lui. Je le sais.

— Tous les hommes ne seraient pas aussi indulgents,

dit-elle. Je t'en suis vraiment reconnaissante, Mark. » En réalité, depuis le jour où il avait compris que l'avocat qui aidait sa mère lui faisait aussi la cour, Dylan était difficile à vivre. « Je sais qu'il n'est pas évident de supporter ses humeurs... surtout qu'il n'est pas ton fils, s'excusa Keely.

— Ne dis pas cela. Il est mon enfant. Je le considère comme mon fils. Et je ne changerais de place avec aucun homme au monde. J'ai exactement tout ce que j'attends de la vie.

— Le plus étrange, dit-elle avec un petit sourire, c'est que je sais que tu le penses vraiment.

— Oui, et chaque jour un peu plus », dit-il sérieusement.

Il l'avait poursuivie avec l'obstination qu'il mettait dans les dossiers juridiques qu'il défendait. Dès l'instant où il avait posé les yeux sur elle, il avait semblé savoir exactement ce qu'il voulait. Rétrospectivement, elle se demandait comment il avait pu être aussi sûr, aussi vite. Elle était dévastée quand elle avait fait sa connaissance. Elle avait ramené le corps de Richard ici, dans sa ville natale de St. Vincent's Harbor, Maryland, pour y être enterré. La mère de Richard, veuve, était trop bouleversée pour faire le voyage seule jusque dans le Michigan, et surtout, elle avait pensé que c'était ce qu'il convenait de faire. Mark, qui était un ami de lycée de Richard, avait assisté à l'enterrement. Il faisait partie des nombreuses personnes qui s'étaient manifestées en cette triste circonstance. Keely ne se souvenait même pas de lui avoir été présentée lors de ce week-end cauchemardesque. Mais lui se souvenait parfaitement de tout. Il répétait volontiers qu'il avait décidé, avant même la fin du service funéraire, qu'elle serait sa femme. Une détermination d'autant plus surprenante qu'à l'époque, il était fiancé à une autre.

« J'ai la même sensation de certitude », dit Keely, ce qui était vrai. Aux premiers jours de leur relation, il lui arrivait de penser, en secret, qu'elle cédait à ses assiduités par lassitude, ou par peur de la solitude. Mais chaque jour qui passait la confirmait dans sa certitude d'avoir fait le bon choix en l'épousant, et qu'elle l'avait fait pour les bonnes raisons. « Bon, il faut que j'aille chercher Dylan », dit-elle.

Keely sortit de la cuisine et traversa la salle à manger pour arriver au pied de l'escalier. Les portes fenêtres de la salle à manger étaient ouvertes sur la terrasse. Par réflexe, Keely alla les fermer. Il n'était pas prudent, maintenant que Abby se déplaçait librement, de les laisser ouvertes. Bien que la grille de la piscine soit fermée, elle n'était pas tranquille.

Cette vieille maison en pierre était belle et élégante. Elle en était d'ailleurs tombée amoureuse dès qu'elle l'avait vue. Mais Keely avait été prête à renoncer en découvrant l'existence de la piscine. Mark n'avait pas l'habitude des enfants. Il n'imaginait pas la vitesse à laquelle un tout-petit peut s'échapper. Pire encore, il ne savait pas nager. L'accident de bateau qui avait causé la mort de ses parents l'avait traumatisé au point qu'il n'avait jamais pu mettre les pieds dans l'eau quand la profondeur dépassait celle des flaques. Mais après avoir vu combien cette maison plaisait à Keely, Mark avait tenu à l'acheter, et rien ne l'en aurait dissuadé. *Nous ferons attention,* avait-il affirmé. *Nous garderons la grille fermée.* Elle avait tenté de lui faire croire que cette maison ne lui plaisait finalement pas tant que cela, mais il ne s'y était pas laissé prendre. Il voyait bien qu'elle l'adorait, point final. Il lui aurait décroché la lune, s'il avait pu. Et il ne s'en cachait pas.

Les travaux dans la maison avaient duré une bonne partie de l'année écoulée, et ils avaient fini par emménager en juin. L'opération avait été coûteuse. Ils auraient des traites à régler à l'entrepreneur pendant un certain temps. Le coût en temps et en fatigue avait été également élevé. Des tonnes de décisions à prendre, dont Mark avait laissé le plus souvent la responsabilité à Keely. Mais aujourd'hui, après avoir vécu plusieurs mois dans cette maison, on avait le sentiment que le jeu en valait la chandelle. *J'ai une sacrée chance,* songea-t-elle. *Je croyais que ma vie était terminée et aujourd'hui...* Elle soupira en atteignant le bas de l'escalier. Puis elle posa une main sur la rampe en noyer et appela : « Dylan... »

Il n'y eut d'abord aucune réaction. Mais sa voix finit par lui parvenir, avec un brin d'humeur maussade, comme d'habitude. « Quoi ?

— Descends un instant, chéri. Tu n'as pas encore fait ton travail de classe. »

Il marmonna quelque chose qu'elle ne parvint pas à déchiffrer.

« Tout de suite, précisa-t-elle. Dépêche-toi. »

Mark passa lentement, suivant Abby qui l'emmenait d'un pas branlant vers la salle de séjour. Keely sourit et leur emboîta le pas, avant de s'adosser contre le chambranle de la porte cintrée. La salle de séjour avait aussi des portes-fenêtres donnant sur la terrasse. « On ferait mieux de fermer là-bas, chéri. Je n'ai pas envie que Abby se sauve dehors.

— Ne t'inquiète pas, dit-il. Je ne la quitte pas des yeux. » Mark s'assit par terre, dans son pantalon de costume, et laissa Abby grimper sur lui, avant de s'affaler sur le tapis oriental comme si elle l'avait fait tomber. « Mais tu as de la force », lui dit-il. Ce qui la fit recommencer.

« Ton pantalon va être fichu, tança gentiment Keely.

— Il lui en faut plus, dit-il.

— C'est ce que j'espère », dit-elle sans conviction. Mais elle s'en moquait un peu. En réalité, cette désinvolture concernant les biens matériels ne lui déplaisait pas. Il achetait des vêtements coûteux parce qu'il en avait besoin dans son travail. Il était content de posséder cette maison, une belle voiture, mais elle pensait sincèrement que rien de tout cela ne lui importait vraiment. C'était un trait de son caractère qu'elle avait remarqué très tôt dans leur histoire, et compte tenu des carences de son enfance, elle trouvait ce détachement plutôt admirable. Elle soupçonnait que cette attitude était un héritage de Lucas, qui avait amassé une fortune mais semblait indifférent à ses possessions, hormis sa bien-aimée collection de souvenirs du temps des westerns. Lucas avait gardé un culte enfantin pour tout ce qui était lié aux cow-boys et à l'Ouest sauvage.

Au début, Keely n'avait pas trop su à quoi s'en tenir avec Mark. Peu après son retour dans le Michigan, avec Dylan, une fois l'enterrement de Richard terminé, Mark avait sonné à sa porte, officiellement en ville pour affaires, mais lui offrant son aide pour accomplir les nombreuses démarches administratives consécutives au décès de son mari —

au nom de sa vieille amitié avec Richard, avait-il expliqué. Rétrospectivement, on pouvait dire qu'elle ne s'était pas vraiment posé de questions sur son apparition soudaine. Elle y avait vu une réponse à ses prières.

La première formalité dont Mark s'acquitta à sa place fut d'aller affronter les enquêteurs de la compagnie d'assurance à propos de l'assurance-vie de Richard. La compagnie refusait de payer parce que Richard avait en réalité acheté l'arme lui-même, et que le rapport de police décrivait la blessure mortelle comme volontaire et portée par l'intéressé lui-même. Sachant que Richard s'était suicidé, et se sentant coupable à cause de ce geste, Keely n'était pas très prête à se battre.

Elle voyait encore Mark debout dans sa salle de séjour, agitant le contrat qu'il brandissait dans son poing, tandis que Dylan et elle se tenaient blottis l'un contre l'autre dans le canapé. « Bien sûr qu'ils vont payer, disait-il, ulcéré pour elle. Vous n'avez pas assez souffert, tous les deux ? Vous avez un fils qui devra faire des études. Je vais veiller à ce qu'ils payent. » Mark avait exposé sa stratégie à la façon d'un entraîneur enthousiaste donnant les consignes à son équipe. « Il n'y avait pas de lettre. Ils n'ont donc aucune preuve des intentions suicidaires de Richard. » Keely tenta de cacher à Mark combien ce point la bouleversait. Comment Richard avait-il pu les abandonner ainsi, sans même un mot de regret ou d'adieu ? Mark poursuivit son exposé. « Il y avait eu toute une série de cambriolages dans le quartier, l'année précédente. Je vais les convaincre que Richard a acheté une arme pour protéger sa famille. Et peut-être, car il n'avait aucune expérience des armes à feu, s'est-il tué accidentellement avec cette arme de défense. Blessure mortelle portée par l'intéressé lui-même, oui — mais accidentelle, et non pas volontaire. Avant que j'en aie fini, ils devront vous verser deux fois le montant de la prime prévue au contrat. Doublement de l'indemnisation en cas d'accident. » Keely savait qu'elle devait se battre, mais à l'époque, elle était paralysée par le désespoir. Mark lui dit de ne pas s'inquiéter, qu'il se battrait pour elle.

Quand il revint, après le rendez-vous avec les enquêteurs et les dirigeants de la compagnie d'assurances, et annonça que la recommandation finale était que l'assurance devait payer, elle fut ébahie. Comme si Superman était soudainement descendu veiller sur elle.

Mon superhéros, songea-t-elle avec un sourire en le voyant ramper sur le tapis en compagnie du bébé. C'est assez peu de temps après l'épisode de la compagnie d'assurance qu'il avait abandonné le prétexte de la mémoire de Richard pour expliquer l'aide qu'il lui apportait, et avoué son intention de conquérir son cœur. Elle avait résisté un moment, l'avait prié de la laisser tranquille. Elle avait besoin de temps pour guérir. Mais sa persévérance avait fini par l'emporter. Ils s'étaient mariés deux ans après la mort de Richard, et elle était enceinte de Abby dans l'année qui suivit.

La sonnerie du téléphone interrompit ses réminiscences, et elle retourna vers la cuisine. « Je prends, dit-elle en allant décrocher.

— Mrs. Weaver ? demanda une voix inconnue à l'autre bout.

— Oui ?

— Je m'appelle Susan Ambler. Mon fils, Jake, est dans la même classe que le vôtre, au collège ».

Hou la ! pensa Keely. Elle sentit un pincement à l'estomac en emportant le combiné dans la cuisine. « Oui ? » interrogea-t-elle, sur ses gardes.

La femme au bout de la ligne soupira. « Voilà, Jake est rentré ce soir avec un vélo. C'est un très beau vélo, tout neuf, et il prétend que votre fils, Dylan, le lui a vendu pour cinquante dollars. Mais il ne s'agit pas d'un vélo à cinquante dollars... »

Keely ferma les yeux et secoua la tête. Mark s'était déplacé personnellement pour acheter ce vélo pour l'anniversaire de Dylan. Un vélo italien de course, infiniment plus coûteux que ce qu'elle aurait choisi. Mais Mark affirmait qu'il en avait vraiment besoin ici, loin du centre-ville, et il argumenta en disant que les rues étaient tranquilles, les terrains de sport trop éloignés pour y aller à pied, tout comme les boutiques ou les maisons des copains. Non que Dylan se soit vraiment fait des copains, d'ailleurs.

« Sincèrement, je suis... inquiète, dit Susan Ambler, à

l'idée que mon fils puisse avoir volé ce vélo. Est-ce que Dylan vous a mise au courant ?

— Il n'a rien dit du tout », dit Keely assez froidement, sachant qu'il ne s'agissait pas d'un vol. Ce n'était pas le genre de chose que Dylan aurait omis de signaler. « Permettez-moi d'avoir une conversation avec lui et de vous rappeler ensuite. » Elle nota l'adresse et le téléphone de la femme avant de raccrocher.

C'est à ce moment qu'elle entendit quelqu'un entrer, et lorsqu'elle leva les yeux, Dylan se tenait dans l'embrasure de la porte, son sac à dos pendant au bout d'un bras. Il portait un T-shirt Korn noir et des jeans amples qui laissaient voir la ceinture du caleçon. Il avait le crâne rasé, le teint pâle, des boutons d'acné autour de la mâchoire, une boucle en or à une oreille. Son visage semblait devenir chaque jour plus anguleux en même temps que son corps prenait une morphologie adulte. « Je monte faire mes devoirs dans ma chambre », annonça-t-il.

Keely croisa les bras et le regarda en plissant les yeux. « Pas si vite, bonhomme, j'ai à te parler.

— De quoi ? demanda-t-il, sur la défensive.

— Je viens d'avoir un coup de téléphone de la mère de Jake Ambler. »

Il la fixa un instant, avant de scruter le paysage derrière les fenêtres, en haussant les épaules. « Et alors ? dit-il.

— Epargne-moi les "et alors". Tu sais parfaitement pour quelle raison elle m'appelait, non ? »

Dylan changea de pied d'appui et fit aussi passer le sac d'une main à l'autre, tout en affrontant le regard de sa mère, menton relevé. Il ne répondit pas.

« Elle se demandait, dit Keely, si son fils n'aurait pas par hasard volé ton vélo. Elle avait du mal à croire son histoire selon laquelle il t'aurait acheté ton vélo de course italien, flambant neuf, pour cinquante dollars. »

Dylan se mordit l'intérieur des joues et regarda ailleurs, avec un air de total ennui.

« Alors ? » insista-t-elle.

Il la regarda de nouveau, toujours sans répondre.

« Est-ce que tu lui as vendu ton vélo neuf pour cinquante dollars ?

— C'est mon vélo, dit-il. Je peux le vendre si je veux. »

Keely sentit le rouge lui monter au visage. « Dylan, qu'est-ce qui te prend en ce moment ?

— Rien. C'est quoi, le problème ?

— Oh, pas de ça. Tu ne me parles pas sur ce ton, je te prie. Je veux savoir ce qui se passe. Tu sais aussi bien que moi que Mark est allé t'acheter ce vélo parce qu'il savait que c'était exactement ce dont tu avais envie.

— Je n'ai pas envie de ce vélo à la noix », répliqua Dylan.

Keely s'approcha, l'index pointé sur lui. « Ça suffit, Dylan. Tu te conduis comme un sale gosse, et je ne vais pas le tolérer. Je ne te laisserai pas blesser Mark de cette façon. Il n'a rien fait pour mériter ce traitement, à part se montrer gentil avec toi. »

Dylan regarda droit devant lui, sans sourciller devant la menace de ce doigt pointé sur lui.

« Maintenant, tu montes tout de suite chercher ces cinquante dollars, ordonna Keely. Nous allons chez Jake Ambler récupérer ton vélo.

— C'est mon argent », protesta Dylan.

La colère brillait dans les yeux bleus de Keely. Elle vit le défi fléchir dans ceux de Dylan.

« Si tu es capable de savoir où se trouve ton intérêt, tu montes immédiatement chercher cet argent, dit-elle. Et pas un mot. Je ne veux pas que Mark soit au courant de quoi que ce soit. »

Dylan fit une moue méprisante et jeta son sac à dos sur la table où il atterrit avec un bruit sourd. « Il n'est pas dans ma chambre, dit-il. Je l'ai là ». Il enfonça la main dans la poche sur le devant de son sac et sortit une poignée de billets. « Tiens.

— Garde-les, dit-elle en décrochant les clés de la voiture suspendues près de la porte. C'est toi qui as passé le marché. Alors tu pourras expliquer précisément à la mère de Jake pourquoi tu dois reprendre le vélo. Une seconde, je préviens Mark que nous sortons. » Elle entra dans la salle de séjour : « Chéri, il faut que je sorte un petit moment. » Puis elle rejoignit Dylan qui l'attendait. Il enfilait son vêtement favori — un blouson d'aviateur en cuir râpé, qui avait appartenu à Richard. La doublure était toute passée et trouée aux poches, malgré ses racommodages constants.

« Il fait doux, ce soir, dit Keely.

— Je le mets », dit Dylan sans desserrer les dents.

Keely soupira avec un hochement de tête impuissant. « J'espère qu'il ne s'est pas encore rendu compte de l'absence du vélo. »

Mark arriva dans la cuisine, Abby dans les bras. « Que se passe-t-il ? » demanda-t-il.

Keely le regarda mais dut détourner les yeux. Elle ne supportait pas l'idée qu'il serait terriblement blessé, s'il découvrait la vérité. Elle serra fort les lèvres et fit tinter les clés. « Dylan a oublié quelque chose chez un copain. Nous allons juste le récupérer.

— Oh, parfait.

— Tu veux bien rester ici avec Abby ? Je sais que tu as sans doute du travail à faire.

— Bien sûr que oui. Tu n'as pas dit que tu devais aller au centre commercial ? Pourquoi n'y passes-tu pas, tant que tu y es ?

— Oh, je peux faire cela un autre jour, dit-elle.

— Non, vas-y. Prends ton temps. Sortir un peu de la maison te fera du bien. Ne t'inquiète pas pour nous. »

Keely avait effectivement des courses à faire. Leur anniversaire de mariage arrivait, et elle n'avait pas un seul cadeau pour lui. Il était difficile d'aller dans les boutiques avec Abby. « Alors peut-être, si tu n'y vois pas d'inconvénient.

— Quel inconvénient ? demanda-t-il, incrédule, en frottant son nez contre la joue de Abby. Etre à la maison avec ma fille ? Prends tout le temps que tu veux. Nous allons bien nous amuser. »

Keely lui adressa un sourire reconnaissant et suivit Dylan dehors, jusqu'au Cherokee 18... Elle s'installa au volant, et Dylan s'assit de mauvaise grâce à côté d'elle, avant de claquer la portière de toutes ses forces.

« Mets ta ceinture », exigea-t-elle.

Il s'exécuta d'un air maussade. Elle démarra le moteur, puis tourna dans l'allée. En regardant par sa vitre, elle vit Mark, qui tenait toujours Abby dans ses bras, dehors sur l'asphalte. Il murmura quelque chose à l'oreille de Abby, puis leva la petite main pour l'agiter dans l'air. Comprenant l'idée, Abby se mit à faire au-revoir, en agrippant les cheveux de son père de l'autre main, au point qu'il dut incliner la tête vers le bébé pour ne pas être scalpé. Les deux arboraient un sourire identique et idiot.

En rendant le salut, Keely eut un sourire un peu triste. *Tout est tellement plus facile avec un bébé,* songeait-elle. *Ils parviennent à vous épuiser, mais ils ne savent pas encore vous blesser.*

2

Après avoir conduit quelques minutes en silence, Keely demanda : « Ce Jake, c'est un ami à toi ?

— Non, répondit Dylan comme s'il énonçait une évidence.

— Alors qui est-ce ? Comment se fait-il que tu aies conclu ce marché avec lui ?

— Il voulait le vélo. Je voulais l'argent. Je ne vois pas ce qu'il y a de mal. Je croyais que ce vélo m'appartenait. Pourquoi est-ce que je ne peux pas faire ce que je veux avec ? »

Elle détestait le ton récriminateur qu'il adoptait souvent ces derniers temps. Elle avait la nostalgie de l'époque lointaine et révolue où il la regardait avec confiance et respect. « Parce que tu l'as fait par pure méchanceté, dit-elle. Ne prétends pas le contraire. »

Dylan ne tenta même pas de réfuter. « Je ne sais pas pourquoi je dois rapporter l'argent dans cette maison comme si j'étais au cours préparatoire.

— Disons qu'il faut assumer les conséquences de ses actes, mon ami. Si tu as décidé de te conduire comme un enfant de six ans, je te traiterai de même. Peut-être que tu réfléchiras à deux fois avant de faire une chose aussi stupide, la prochaine fois. »

Dylan fixait le paysage, comme si elle n'était pas là.

« Dylan, ce qui me chagrine vraiment, c'est que tu aies envie de blesser Mark au point de renoncer à une chose que tu aimes vraiment, dans le seul but d'être désagréable avec lui. J'ai vu ton visage quand tu as reçu ce vélo. C'était exactement ce dont tu avais envie.

— Il voulait m'acheter », marmonna-t-il.

Keely retint sa langue, refusant de mordre à l'hameçon. « Mark n'a pas besoin de t'acheter. Il n'a pas besoin de ton approbation. Il t'a offert le vélo parce qu'il savait que tu en avais envie. Et parce qu'il t'aime.

— Tu veux dire qu'il t'aime, toi. Toi et le bébé.

— Non, je veux dire qu'il t'aime, toi. Chéri, je sais qu'il est difficile de s'adapter, surtout à ton âge, mais il y a des choses qu'il faut accepter dans la vie. Notre famille a changé. Tu as une demi-sœur, maintenant, et un beau-père. Ils peuvent te donner beaucoup de bonheur tous les deux, si tu leur en laisses la possibilité. C'est ton choix.

— Visiblement, c'est facile pour toi, dit-il avec mépris. Papa n'était pas mort depuis une semaine que tu sortais déjà avec Mark. »

Keely soupira. Ce n'était pas la première fois qu'il lui jetait cette insulte au visage. « Je ne sortais pas avec lui, et tu le sais. Mark m'a proposé son aide. Rien de plus. Et à l'époque, j'avais besoin de cette aide. Dylan, je ne cherchais pas quelqu'un pour remplacer papa. Tu le sais parfaitement.

— Et j'en ai marre de parler de ça. Là. C'est cette maison. »

Keely lui lança un regard étonné. « Comment le sais-tu ? Je croyais que vous n'étiez pas copains tous les deux.

— Je sais où il habite, d'accord ? Ça n'en fait pas mon ami pour autant. »

Keely engagea le Cherokee dans l'allée de la maison de plain-pied, style rustique, avec un panier de basket fixé au-dessus du garage mitoyen. Elle coupa le moteur et se tourna vers son fils. « Ecoute, j'attends de toi un comportement courtois dans cette affaire. Tu as fait une chose que tu n'aurais pas dû faire. A présent tu dois réparer. Ai-je été suffisamment claire ?

— Si tu le dis.

— Dylan.

— Bon, d'accord. Tu as été très claire.

— On y va. »

Ils marchèrent jusqu'à la porte et Keely sonna. La porte s'ouvrit, une femme aux cheveux bruns, courts et frisés les regarda. Elle avait le visage tendu, crispé.

« Mrs. Ambler ? demanda Keely.

— Susan, dit-elle en maintenant la porte ouverte. Entrez.

— Je m'appelle Keely, et je vous présente Dylan.

— Viens voir ici un instant, Jake », cria-t-elle.

Un gamin petit et blond, les cheveux taillés en brosse, entra dans la salle de séjour et les regarda, un peu gêné.

« Salut, dit Dylan.

— Salut, répondit Jake.

— Dylan », souffla Keely.

Dylan fixa le sol du côté des chaussures de Jake. « Il faut que je récupère mon vélo parce que je n'ai pas le droit de le vendre. Je t'ai rapporté ton argent.

— Et..., dit Keely.

— Je suis désolé », bredouilla Dylan. Il tendit la liasse de billets, que Jake prit à regret après un regard d'avertissement de sa mère.

« Ton vélo est dans le garage, dit-il. Ma mère m'avait prévenu que je ne pourrais pas le garder, de toute façon. » Jake ne paraissait pas excessivement triste de perdre le vélo.

Nous savons tous quand un coup est trop beau pour être vrai, pensa Keely.

« Exact. Aucune chance », dit Dylan.

Susan et Keely échangèrent un regard entendu. « Jake, sors pour montrer à Dylan où se trouve le vélo.

— D'accord », dit Jake. Les deux garçons se dirigèrent vers la porte. « Tu veux qu'on fasse quelques paniers ? », demanda-t-il.

Sans laisser à Dylan le temps de répondre, Keely intervint. « Pas ce soir, Jake. Dylan n'a pas fait ses devoirs. Mais pourquoi pas, un autre jour ? », dit-elle pour signifier clairement qu'elle n'avait rien contre le fait qu'ils se fréquentent. Elle voulait simplement que Dylan ne perde pas de vue le but de leur visite. « Dylan, je veux que tu prennes ton vélo et que tu rentres directement à la maison.

— Pareil pour toi, Jake, lança Susan à son fils au

moment où les deux garçons franchissaient le seuil. Les devoirs. »

Keely se tourna alors vers Susan. « Je vous remercie de m'avoir appelée, dit-elle. Je suis navrée pour toute cette histoire. »

Susan tempéra d'un geste les assauts de gratitude. « Croyez-moi, je suis surtout contente qu'il n'ait pas volé le vélo. Ces derniers temps, je ne sais jamais à quoi m'attendre. »

Keely connaissait le désarroi qui se lisait dans les yeux de cette femme. « Je vois à quoi vous faites allusion, dit-elle. Dylan est franchement impossible, en ce moment. »

La contrariété de l'autre femme se fit plus visible encore. « Jake est... il en fait des tonnes. Son père et moi sommes... en instance de divorce.

— Oh, fit Keely d'un air entendu. Oui. C'est dur pour... tout le monde.

— Alors quand il est rentré avec ce vélo, j'ai tout de suite imaginé le pire. » On avait presque l'impression que Susan tentait de se justifier à ses propres yeux.

« Croyez bien que je comprends, dit Keely, qui hésita avant d'ajouter : Le vélo était un cadeau de son beau-père à Dylan. »

Le regard sombre de l'autre femme s'éclaircit légèrement en même temps qu'elle disait : « Alors, vous savez ce que c'est.

— Oh que oui. Je ne comprends que trop bien. Mais je ne veux pas vous retarder. »

Susan la raccompagna à la porte. Keely regarda Dylan enfourcher son vélo et descendre l'allée. « Je suis désolée pour tout.

— De rien, dit Susan. Et sachez que Dylan est le bienvenu ici, quand il veut. Il a l'air d'un gentil garçon.

— Merci, dit Keely très sincèrement. Avoir un ami lui ferait le plus grand bien. »

Elle redescendit l'allée de la maison de Susan et reprit le Cherokee. Malgré l'insistance de Mark lui disant de prendre son temps, Keely avait le sentiment qu'elle ferait mieux de rentrer directement. Elle pensait au bain de Abby et aux devoirs de Dylan. Mais en même temps, elle rechignait à rentrer à la maison tout de suite. Etre dehors sans Abby était un véritable événement. Les magasins restaient ouverts tard, et elle savait que Mark aurait un joli cadeau pour elle à l'occasion de leur anniversaire de mariage. Il avait ce genre d'attention. Se rappelant l'encouragement de Mark à prendre son temps, elle fit demi-tour en sortant de l'allée de chez Susan Ambler et se dirigea vers la galerie marchande.

Après une heure passée à tenter en vain de deviner les critères de Mark en matière de choix de cravate, et se souvenir des albums qui faisaient partie ou pas de sa collection de jazz, Keely éprouva un peu de colère contre elle-même. *Ce sont des choses que tu devrais savoir,* se dit-elle. Elle avait été fort mobilisée, ces derniers temps, par les décisions à prendre concernant la maison, et par les soins au bébé. Ce qui semblait être une constante depuis leur mariage, en fait. Un changement gigantesque après l'autre. Il ne restait apparemment pas de temps pour les petites choses de la vie. Mais la situation ne tarderait pas à se stabiliser. Entretemps, il lui fallait tout de même trouver un cadeau pour Mark.

Keely finit par entrer dans la petite librairie du centre commercial, où un gigantesque présentoir en carton pour le dernier thriller juridique de John Grisham trônait à côté de la caisse. C'était un cadeau un peu convenu pour un avocat, mais Mark n'avait pas de hobby particulier susceptible d'inspirer l'achat d'un livre. En vérité, Mark ne lisait pas beaucoup, mais elle l'avait entendu faire allusion au roman de Grisham un matin, alors qu'il lisait le journal. Très précisément, il avait fait remarquer que John Grisham gagnait beaucoup mieux sa vie comme auteur qu'il aurait jamais pu le faire comme avocat. Mais quand elle avait cherché à en savoir plus, il avait dit que le livre semblait intéressant. Keely fit la grimace devant la couverture, relut encore une fois la présentation sur la jaquette, puis tendit le livre à l'employé derrière la caisse.

« Vous êtes décidée ? » demanda le jeune homme barbu en voyant son hésitation.

Keely se sentit un peu coupable, parce qu'offrir ce genre de best-seller à son mari était un peu... de la paresse. *Ça suffit, à présent,* pensa-t-elle. Il y avait des quantités de best-sellers qu'elle aimerait recevoir en cadeau. Keely opina. « Oui, je suis sûr qu'il va aimer. »

Pendant que l'employé enregistrait l'achat, Keely continua de chercher de bonnes raisons de chasser son sentiment de culpabilité. Au moins ce cadeau prouvait-il qu'elle prêtait attention à leurs conversations du petit déjeuner. Parfois, elle avait l'impression de ne pas lui en donner pour son argent, entre la nouvelle maison et les enfants. Non qu'il se plaignît. Il paraissait content d'être auprès d'elle, même si elle avait l'esprit ailleurs.

L'employé, remarquant le doute sur le visage de Keely dit : « Il peut toujours venir le changer.

— Non, je suis sûre que cela ira très bien », dit Keely. Elle n'imaginait pas Mark venant changer quoi que ce soit. Il avait horreur des boutiques. Il lui avait laissé carte blanche pour la décoration de la maison, tout en admirant consciencieusement toutes ses acquisitions, et en lui assurant en permanence qu'il adorait son goût et qu'aucun de ses choix n'était trop coûteux.

« Désirez-vous un paquet cadeau ?

— C'est possible ? demanda Keely.

— Certainement », dit l'employé en disparaissant dans le bureau derrière la caisse.

Keely contempla l'exposition de signets et de calendriers sur le présentoir, puis elle feuilleta un magazine littéraire mis là en exposition, pendant qu'elle attendait. Elle était un peu troublée d'avoir eu autant de mal à trouver un cadeau pour Mark. Certes, les cadeaux qu'il lui faisait ne brillaient jamais par leur originalité. Il s'en tenait au circuit fleuriste joaillier, mais sa prodigalité la laissait pantoise, et ses choix étaient de bon goût. Il était infiniment plus difficile d'acheter quelque chose pour un homme, surtout un homme comme Mark qui affirmait avoir tout ce dont il avait besoin. Il répétait qu'elle lui avait offert le plus beau des cadeaux : un foyer et une famille. Compte tenu de son enfance solitaire, Keely avait trouvé cette protestation à la fois compréhensible et touchante.

Cependant, ils n'avaient jamais eu de lune de miel, jamais eu l'occasion d'être ensemble — rien que tous les deux. Pas étonnant qu'elle ait du mal à lui choisir une cravate. Ils avaient à peine eu le temps de respirer au cours des deux dernières années. Dans un sens, pensa-t-elle, ils avaient commencé par le plus dur. La partie amusante, celle où l'on « apprend à se connaître », s'ouvrait à présent devant eux, tel un sentier ombragé en été.

Sur la route du retour, Keely envisagea de donner une petite fête pour leur anniversaire de mariage. Immédiatement, elle se mit à composer un menu. Mais la liste des invités était plus problématique. Bien qu'elle ait eu l'occasion de rencontrer beaucoup de gens à St. Vincent's Harbor, elle n'en connaissait réellement bien que fort peu. Elle aurait besoin de Mark pour lui dire qui inviter. Mais l'idée d'une fête lui plairait probablement — l'occasion de montrer la nouvelle maison ainsi que sa petite fille.

Ils n'avaient pas encore reçu ici — hormis Lucas et Betsy, bien sûr, ainsi que la mère de Richard, Ingrid. Mais c'était la famille. Pour une fête, il fallait des gens de leur âge, de la musique, du vin. Les choses étaient plus simples avec Richard, dans la mesure où ils vivaient dans un environnement universitaire. Un plat de chili et une grande bouteille de Gallo rouge suffisaient à faire un dîner. De plus, avec les migraines de Richard, il leur était impossible de lancer des invitations à l'avance. Ils étaient condamnés à l'impromptu. Mais là — là c'était différent. Elle ne pouvait s'empêcher de voir ce genre de réception comme un test. Elle serait sur la sellette, les gens la jaugeraient. La femme de Mark. La femme qu'il avait épousée au lieu de l'avocate à qui il était fiancé.

Bon, pensa-t-elle. *L'idée est de toi. Personne ne te force. Et puis c'est le premier pas qui coûte. Tu t'acquittes de l'épreuve, et avant de t'en rendre compte, tu auras de nouveau des amis qui passent à l'improviste pour un chili, même dans ce quartier très chic.* Distraite par les questions de logistique mondaine, Keely faillit manquer le tournant conduisant à leur rue retirée. Juste comme elle ralentissait et mettait son clignotant, une voiture de police, sirène et gyrophare en action, surgit derrière elle et prit le tournant sur les chapeaux de roues.

Je me demande ce qui se passe, pensa-t-elle. Elle les entendait à présent — d'autres sirènes encore, au loin. Instinctivement son cœur se mit à battre. Lorsqu'elle s'engagea dans le virage menant à sa maison, elle vit un agrégat de gyrophares et de véhicules dans le lointain. *Non,* pensa-t-elle. *Oh non — pas nous, c'est impossible.* Elle compta mentalement les maisons de la rue. Elles n'étaient pas si nombreuses. Chacune était entourée d'un vaste terrain. La maison voisine de la leur était celle du Dr. Connelly, un veuf âgé qui vivait avec sa fille, Evelyn. *C'est sûrement lui,* se dit Keely. Le médecin en retraite avait plus de quatre-vingts ans et souffrait de la maladie d'Alzheimer. Tiens, même sa fille devait approcher de la soixantaine.

Keely en était à espérer carrément qu'il s'agissait du Dr. Connelly. *Tout,* se disait-elle, *sauf ma maison, sauf mes enfants.* Il n'y avait pas de fumée dans l'air, pas de voiture de pompiers. Juste la police, et une ambulance. Une crise cardiaque. *C'est forcément ça,* conclut-elle, tout en sachant mieux que personne qu'il pouvait parfaitement s'agir de bien autre chose. La voiture de Keely monta péniblement la rue, gênée par l'arrivée de véhicules de secours. Elle s'accrocha au volant. Au fur et à mesure qu'elle approchait, elle comptait les maisons, et elle sut. Ce n'était pas la maison des Connelly. C'était celle d'après. Le cœur battant trop fort, la bouche sèche, elle immobilisa le Cherokee, juste derrière un véhicule de police et en faisant crier les freins. Elle sortit comme une bombe. Des groupes de gens étaient agglutinés sur la pelouse devant chez elle et regardaient la maison avec curiosité. Ils se tournèrent pour la dévisager. Mark et les enfants n'étaient visibles nulle part. Keely pressa le pas pour se précipiter chez elle. Plus encore que les véhicules de secours, la vue de la porte d'entrée, béante, avait quelque chose de glaçant, comme si leur intimité n'avait désormais plus d'importance.

3

Un jeune officier de police tenta de lui barrer le passage en lui agrippant l'avant-bras. « Lâchez-moi, ordonna-t-elle. J'habite ici. »

Le jeune homme lui lâcha le bras comme s'il venait de se brûler les doigts et se recula, en évitant son regard. Keely s'en rendit compte, et sa gêne manifeste lui glaça le sang. Elle contempla l'intérieur de sa maison comme s'il s'agissait d'un lieu inconnu. Plein de gens qu'elle ne reconnaissait pas, comme dans un cauchemar. « Mark, cria-t-elle, avant de regarder le jeune flic d'un air accusateur. Pourquoi ces personnes sont-elles ici ? Où se trouve mon mari ? Mes enfants ?

— Vous êtes Mrs. Weaver ? demanda-t-il.

— Oui, dit Keely. Que faites-vous ici ?

— Il faudrait que vous me suiviez, madame, dit-il doucement.

— Pourquoi ? A quoi rime tout ceci ?

— Par ici, madame. » Il leur fraya un chemin entre les inconnus en uniforme qui avaient envahi sa salle de séjour.

Elle entendit un bébé pleurer. Abby. « Où est mon mari ? demanda Keely sur un ton plus agressif. Où est mon fils ?

— Le sergent vous expliquera », dit le jeune officier en se raidissant, avant de l'emmener sur la terrasse, par la porte-fenêtre. La terrasse qu'éclairaient les guirlandes électriques dans les arbres et la lumière venant de la maison. Au-delà de la terrasse, la piscine était illuminée. Elle luisait, comme un joyau, losange bleu pâle flottant dans les ténèbres. Il y avait encore d'autres inconnus, partout où elle regardait. Policiers, personnel médical en tenue d'hôpital, spécialistes des urgences. Puis, au milieu de cette confusion, Keely aperçut un visage familier. Celui d'Evelyn Connelly, de la maison voisine. Cette femme rondelette, en survêtement et rang de perles, faisait de grands gestes en même temps qu'elle parlait à un officier de police apparemment posé et portant une moustache grise. Il opinait, mais son regard se porta sur Keely. Evelyn se retourna et ses yeux s'agrandirent en reconnaissant sa voisine. Elle inclina la tête de côté et considéra Keely avec un air compatissant.

« Evelyn », cria Keely, comme si elle retrouvait une amie perdue de vue.

La femme d'un certain âge approcha et serra la main de Keely dans la sienne, qu'elle avait potelée, avec des taches de vieillesse et une lourde bague de diamant. « Je suis désolée, dit-elle, comme en réponse à une question muette de Keely. C'est moi qui les ai appelés. Je sortais les chiens et j'ai entendu la petite crier. Elle a crié longtemps. J'ai eu peur que Papa réagisse mal — ce genre de chose le rend nerveux. Alors je suis venue voir. »

Le policier aux cheveux gris vint vers Keely. « Vous êtes Mrs. Weaver ?

— Qu'est-ce qu'il y a ? demanda Keely d'un ton pressant. Que se passe-t-il ? Où est mon mari ? Où est mon bébé ? Et mon fils ?

— Vous allez devoir être courageuse, dit Evelyn en serrant plus fort sa main. Ce n'est pas facile. »

Deux ou trois personnes regardèrent Keely, puis détournèrent les yeux. Une femme en uniforme bleu à manches courtes, avec un stéthoscope autour du cou, tenait Abby dans ses bras. Keely poussa un cri de soulagement en tendant les bras vers son enfant. Elle serra le bébé contre elle. Tout ce que portait Abby — depuis les cheveux jusqu'aux petits souliers — était mouillé et glacial. Keely contempla son bébé sans comprendre. « Tu es trempée », s'étonna-t-elle.

Abby enfouit son visage dans le cou de sa mère en pleurant doucement.

« Mrs. Weaver, dit l'officier grisonnant. Je suis le sergent Henderson. » Il semblait ne pas se rendre compte que Keely se moquait bien de savoir qui il était.

Serrant fort Abby dans ses bras, elle le bouscula pour passer, avec la sensation de se déplacer dans une apesanteur insonore, semblable à un décor de rêve. Un vieux rêve. Un vieux cauchemar. Par la grille ouverte, elle les vit. Au bord de la piscine, un groupe compact de personnes semblait affairé. Aucune ne bougeait avec une hâte ou une urgence particulières. Mais la tension était palpable dans l'air. En approchant, Keely distingua une autre personne allongée sur le tour en ciment de la piscine. Une personne habillée, et chaussée. Elle reconnut le pantalon, la chemise rayée. Elle s'immobilisa, les yeux écarquillés.

« Mark ? » murmura-t-elle. Il n'y eut pas de réponse de sa part. « Mark ! » cria-t-elle comme pour le presser de se lever.

Elle tenta d'aller près de lui, mais d'autres personnes se matérialisèrent qui l'en empêchèrent. Le sergent s'adressa de nouveau à elle. « Mrs. Weaver, je vais devoir vous retenir un instant. Le légiste est auprès de lui, en ce moment.

— Est-ce un docteur ? demanda Keely. Que lui est-il arrivé ?

— Je suis désolé, Madame. Nous l'avons trouvé dans la piscine.

— La piscine ? dit Keely dans un souffle. Non, mais non, c'est impossible. Mon mari ne sait pas nager.

— Non », dit le sergent Henderson comme s'il le savait déjà. Son regard ne bougeait pas, compatissant.

Keely fut prise d'une furieuse impatience contre tout le monde. « Pourquoi restent-ils tous plantés là alors que mon mari gît par terre ? Emmenez-le à l'hôpital. Vite.

— Je crains que cela ne soit inutile, Madame.

— Enfin, c'est impossible, insista Keely. Il n'a pas pu aller dans la piscine. Il avait peur de l'eau... Il n'aurait pas... » Mais en même temps qu'elle prononçait ces mots, une réalité était en train de pénétrer le brouillard de son cerveau. Abby, dans ses bras, était mouillée. Trempée jusqu'aux os.

Keely regarda la petite comme si elle la découvrait soudain. « Pourquoi mon bébé est-il trempé ?

— Je suis navré d'avoir à vous le dire, mais il était déjà trop tard lorsque nous sommes arrivés sur les lieux, Mrs. Weaver.

— Comment cela, trop tard ? » souffla-t-elle.

L'officier de police parut se rendre compte qu'elle n'enregistrait pas vraiment. « Le médecin légiste est en train d'examiner le corps, Mrs. Weaver. Pour confirmer les causes du décès. Qui ne font guère de doute, bien sûr. Il flottait dans la piscine quand nous l'avons découvert. Le bébé se trouvait sur le bord, trempée. »

Keely secoua la tête. « Non... Non... » Il lui fallait réfuter ce qu'ils racontaient. Si elle le faisait, peut-être que leurs paroles ne deviendraient pas réalité. Il fallait qu'elle prouve qu'ils se trompaient. Que tout cela allait cesser, d'un instant à l'autre, maintenant. « Tous ces gens qui restent plantés autour... Vous devriez le faire embarquer dans l'ambulance. Le conduire à l'hôpital », dit-elle faiblement.

La femme en bleu avec le stéthoscope intervint : « On ne peut plus rien pour lui, Madame. Croyez-moi, s'il y avait la moindre chance... même infime...

— Je suis navré, dit le sergent Henderson en sortant un carnet et un stylo de sa poche poitrine. Je sais que c'est un choc épouvantable. »

Keely faisait non de la tête, repoussant les paroles de cet homme.

« Je suis désolé, mais nous avons besoin de savoir... Quand avez-vous vu votre mari pour la dernière fois ?

— Pardon ? » Elle regarda, perdue. « Quelle heure est-il ? »

Le policier consulta sa montre. « Il est environ neuf heures.

— Au dîner. Après dîner...

— Vous êtes sortie », dit-il pour l'aider.

Keely ne savait plus où elle en était. « Ils allaient bien. Tout allait bien.

— Votre mari était-il seul avec le bébé ? »

Elle revit la scène mentalement, Mark et Abby, dans l'allée, en train de lui faire au revoir avec la main. « Oui, dit-elle. Il la tenait dans ses bras. »

Le policier resta avec le stylo en suspens, au-dessus du carnet. « Et vous affirmez que votre mari ne savait pas nager. Avez-vous l'habitude de fermer la grille de la piscine à clé ?

— Oui, dit Keely. Evidemment que oui. Toujours.

— Et votre mari n'allait jamais dans l'eau ?

— Non. Jamais. Sauf... » Keely sentait l'eau froide transpercer ses vêtements, tremper le devant de son T-shirt. La seule partie de son corps qui n'était pas gelée était son cou, où les larmes du bébé semblaient grésiller sur sa peau. Elle sentit une odeur de chlore dans les fines mèches de Abby. « Abby. » Elle regarda l'inspecteur. « Abby est... Je sens l'odeur du chlore. »

Un homme de petite taille, en cravate et veste sombre, qui était resté accroupi au milieu de la troupe de personnes agglutinées près de la piscine, se releva et vint les rejoindre. Il portait un coupe-vent bleu marine et tenait une mallette médicale. Il fit un signe de tête à l'intention du sergent Henderson.

Le sergent Henderson indiqua qu'il avait reçu le message. « Dr. Christensen, je vous présente Mrs. Weaver. Mrs. Weaver, voici le médecin légiste du comté. »

Le Dr. Christensen salua sobrement Keely. « Je suis absolument désolé, Mrs. Weaver. Les choses sont claires. Il s'agit d'une noyade. Je n'ai relevé aucune trace de blessure d'aucune sorte, sinon. Le décès remonte à peu près à une demi-heure.

— Mrs. Weaver me dit que Mr. Weaver ne savait pas nager. »

Le Dr. Christensen se retourna vers le corps allongé au bord de la piscine. « Il a peut-être sauté dans l'eau pour repêcher le bébé. »

Le sergent Henderson eut l'air d'acquiescer, comme si les paroles du légiste confirmaient ses propres hypothèses. « C'est ce que j'ai pensé. Je suppose qu'il a réagi instinctivement, Mrs. Weaver. Il n'a pas réfléchi. Il n'a pas eu le temps de réfléchir. Sa fille était en danger... il fallait qu'il fasse quelque chose. Alors il a sauté. Et il a dû se débrouiller pour la sortir de l'eau.

— Non, ce n'est pas possible. »

La jeune femme au stéthoscope tendit les bras en direction de Abby. « Il faudrait ôter ses vêtements mouillés à cette enfant, Madame, dit-elle. Et vous devriez vous asseoir. Donnez-moi le bébé. » Elle tenta de prendre Abby dans ses bras, mais la petite résista et refusa de lâcher le cou de sa mère. Keely serra fort son bébé et fit un pas de plus en direction de son mari. Une autre auxiliaire des services d'urgence recula en la voyant s'approcher, et Keely vit le visage de Mark.

Keely eut le réflexe de mettre une main devant les yeux de Abby pour qu'elle ne voie pas.

Tout en elle refusait de croire. Non, et non, c'était impossible. Il y avait forcément une erreur. Sauf qu'elle connaissait le visage de la mort. Son mari Richard. Et maintenant qu'elle avait vu le visage de Mark, elle savait. Evelyn Connelly approcha et posa une main sur le bras de Keely. « Je suis absolument navrée, mon petit. Je ne sais pas combien de temps le bébé a crié avant que je prenne conscience... Jamais elle ne crie comme cela. Je me suis dit qu'il se passait quelque chose. C'est pourquoi je me suis déplacée. Et ensuite, je l'ai vu qui flottait là-dedans. Alors j'ai fait le 911 pour avoir police secours. Mais il n'y avait déjà plus rien à faire, j'en ai bien peur... »

Keely continuait de dire non avec la tête, mais son cœur se sentait déjà pris au piège. Il n'y aurait pas d'échappatoire. Elle se mit à trembler. La jeune femme au stéthoscope revint encore, avec une serviette cette fois, qu'elle enroula autour du bébé. Rassurée par la chaleur et la sensation de sec, Abby se laissa arracher aux bras de sa mère. Keely tituba en direction de Mark sur des jambes qui la portaient à peine. Elle se laissa tomber sur les genoux auprès de lui et étudia les traits de son visage. Elle laissa courir son doigt sur la courbe de la pommette, comme si elle était aveugle. Puis elle posa le visage sur sa poitrine. La chemise rayée était trempée. Aucun battement de cœur ne résonnait dans son oreille. Elle releva la tête et contempla, incrédule. « Qu'est-ce que tu as fait ? implora-t-elle. Tu sais bien que tu ne sais pas nager. » Mais elle était consciente de l'inutilité de sa question. Dont elle connaissait d'ailleurs la réponse. « Tu ne pouvais pas laisser Abby se noyer, n'est-ce pas ? » Ses yeux s'emplirent de larmes. « Tu ne voulais pas. Pas notre petit bébé. »

Le sergent Henderson lui toucha l'épaule. « Il a donné sa vie pour sauver le bébé, Mrs. Weaver. Peu de personnes auraient eu ce courage. Vous devriez être fière de lui. »

Elle les voyait encore, Mark et Abby, tous les deux dans l'allée, en train de lui faire signe. Son corps fut soudain secoué de sanglots.

« Maman ? »

Elle leva les yeux, essuya les larmes, regarda en direction de son fils, debout au bord de la piscine. Il tenait un objet sombre contre lui, comme un bouclier. Ses yeux étaient écarquillés par la terreur.

« Maman... qu'est-ce qui s'est passé ?

— Dylan », dit-elle doucement. Elle tendit la main vers lui et il s'approcha d'elle, regarda le corps malgré lui.

Elle lui agrippa la main pour l'attirer encore. « Dylan, Abby est tombée dans la piscine. Mark a voulu la sauver. Il s'est noyé.

— Oh non », murmura Dylan. Il se laissa tomber sur les genoux, à côté d'elle, serrant toujours contre lui l'objet long et courbe. Keely le prit dans ses bras et ils restèrent enlacés, parlant tout bas à travers les larmes et l'incrédulité. Deux roulettes entraient dans les côtes de Keely. Elle lâcha Dylan et contempla l'objet qui se trouvait entre eux. Son skateboard qu'il tenait sous le bras. Dylan sembla en avoir oublié l'existence. Il parut ahuri de le voir.

« La grille devait être ouverte », dit Keely. Sans bien savoir, sur le moment, pourquoi elle prononçait cette phrase. Qui semblait un peu tomber comme les cheveux sur la soupe. Mais en voyant son regard coupable, elle sut. Elle regarda le skateboard. Dylan se releva d'un coup et le lâcha, comme s'il était en feu, et le skateboard heurta bruyamment le ciment.

Deux hommes franchissaient la grille en poussant un brancard roulant. Le sergent Henderson s'approcha de Keely, se pencha, et voulut l'aider à se remettre debout.

« Venez, Mrs. Weaver. Nous allons devoir emmener votre mari. Rentrons à l'intérieur avant qu'ils ne commencent. »

Poussé par un des hommes, le brancard roula vers la piscine en faisant beaucoup de bruit, tandis qu'un autre officiant commençait de déplier un grand sac noir en polystyrène. Avec l'aide du sergent Henderson, Keely réussit à se relever tant bien que mal. Evelyn Connelly s'occupa de Dylan pour le guider aussi vers l'intérieur de la maison.

« Maman, cria Dylan, en échappant à la voisine âgée pour rejoindre sa mère qu'il tenta maladroitement de prendre par la taille. Je sais que tu m'avais demandé de rentrer faire mes devoirs, mais je suis juste ressorti faire un peu de skate. »

Gravé sur sa rétine, le skateboard abandonné près de la piscine, qu'elle avait aperçu en regardant par la fenêtre de la cuisine, après dîner, revint à la mémoire de Keely. Qui vit alors ce qui s'était passé. Dylan était arrivé à la maison en vélo, et ensuite, ne voulant pas entrer faire ses devoirs, il avait récupéré le skateboard là où il l'avait laissé, près de la piscine. Il avait poursuivi son chemin, en laissant la grille ouverte derrière lui. De sorte que Abby avait pu trottiner jusque-là pendant que Mark était occupé sur un dossier passant devant le tribunal le lendemain.

Dylan était parti de son côté, et Mark était plongé dans sa lecture, persuadé que Abby était en train de jouer près de lui. En toute sécurité. Entre-temps, Abby s'était échappée. Une succession de négligences. Chacune insignifiante par elle-même. Mais mises bout à bout, elles avaient un pouvoir dévastateur. Et où se trouvait-elle, pendant que se mettait en place cette succession de négligences ? Pendant que sa vie était une seconde fois sur le point de basculer ? Elle tripotait des cravates en soie. Elle lisait les quatrièmes de couverture et les pochettes d'une série de livres et de CD. Chaque petite décision ajoutait un maillon à la chaîne. Une chaîne qui était en train de lui couper la respiration. De la faire défaillir presque de rage contre son fils, qu'elle avait devant elle, et qui s'excusait d'être ressorti, sans reconnaître la part qu'il avait dans tout cela. Sa négligence à lui avait été la pire — la négligence fatale.

« Combien de fois t'ai-je répété de refermer la grille de

la piscine derrière toi ? dit-elle les dents serrées. Combien de fois ?

— Comment cela ? Je n'ai pas...

— Ton skate était dehors, près de la piscine. Ne dis pas le contraire. Je l'ai vu après dîner. »

Dylan était blême, horrifié. « Je sais. Mais... j'ai fermé la grille, maman. Je te jure. »

Ne me mens pas ! avait-elle envie de crier. *Tu ne t'es inquiété de personne ! Ni de Mark, ni du bébé. Tu étais furieux à cause du vélo, furieux contre le monde entier. Alors tu es parti de ton côté, et tu as laissé la grille grande ouverte. C'est toi qui as déclenché ce désastre. Ta sœur, presque noyée. Et Mark...* Elle avait envie de hurler contre Dylan. Un hurlement qu'elle sentait monter au fond de sa gorge.

« Je sais bien que j'ai fermé », cria Dylan.

Keely se détourna et planta ses ongles dans les paumes de ses mains. *Ne fais pas cela,* se dit-elle. *Ne te mets pas en rage contre lui. Il ne s'en remettra jamais. Il n'oubliera jamais.* Elle sentait sa présence tout près d'elle, son regard désemparé. Il lui faudrait mobiliser tout l'amour qu'elle avait pour lui pour ne pas lui faire de reproche. Etre gentille. L'épargner. Dans une tentative désespérée pour diminuer l'impact des paroles qu'elle ne pouvait plus reprendre, elle regarda autour d'elle. La maison. La piscine. La perfection de leur petit monde. Une petite voix intérieure ne l'avait-elle pas mise en garde en lui soufflant de ne pas accepter cette maison avec une piscine ? N'avait-elle pas assez de bon sens pour éviter de placer ce danger sur leur route ? Pourquoi n'avait-elle pas suivi son intuition ? N'était-elle pas là, la négligence initiale, finalement ? N'était-elle pas blâmable ?

Elle fit de nouveau face à son fils et vit ses yeux fébriles où se lisaient la peur et l'angoisse. *Les reproches sont inutiles,* songea-t-elle amèrement. Elle se souvenait de toutes les fois où elle s'était reproché la mort de Richard, reproché de ne pas avoir été là. La sensation de culpabilité. Pour quel résultat ? Cela ne servait à rien. Cela ne lui ramènerait pas Mark.

Elle mobilisa toute sa volonté et tout son amour pour Dylan. « Je suis désolée, chéri. Ce n'est pas de ta faute, dit-elle. C'est un accident. » Puis les larmes montèrent et coulèrent de nouveau, elle se mit à entrevoir la dure réalité de sa vie.

« Maman, je n'ai pas... »

Elle secoua la tête, pour le faire taire. « Non. S'il te plaît, restons-en là. Et rentrons dans la maison. Nous allons devoir nous aider mutuellement, à présent. Et Abby. Je t'en prie, Dylan. J'ai besoin de ton aide... »

Le sergent Henderson arriva et lui offrit son bras. L'équipe de secours procédait à l'enlèvement du corps. Il insista pour qu'elle s'appuie sur lui. Elle refusa d'un mouvement de tête irrité et se dirigea d'un pas mal assuré vers la maison.

« Dylan, appela faiblement Keely depuis le chemin. Rentre. » Comme il ne réagissait pas, Keely se retourna et vit son fils, rivé au bord de la piscine, fixant le corps sans vie de son beau-père. Il ne broncha pas lorsque les gars soulevèrent le cadavre et ouvrirent le grand sac en polystyrène. « Dylan ! » cria-t-elle. Il resta sur place, le regard fixe, lointain et l'œil sec, tel un spectateur arrivé après un naufrage.

4

CEUX qui assistèrent aux obsèques de Mark avaient occupé tous les bancs de l'église Notre Dame des Anges, et à présent la foule venue au cimetière proche s'éparpillait entre une douzaine de tombes. Keely était assise sur une chaise pliante en métal, portant des lunettes noires et le tailleur noir qu'elle avait acheté en toute hâte dans une boutique de Ann Arbor, le lendemain de la mort de Richard. Le temps aussi était le même que le jour de l'enterrement de Richard, songea-t-elle en fixant le cercueil de son second mari. Frais, avec un ciel bleu lumineux et un peu de vent. Le temps idéal pour une promenade à pied ou pour cueillir les pommes. Derrière ses lunettes noires, elle ferma ses paupières rouges et gonflées, et elle imagina. Un verger ensoleillé, les feuilles qui cachaient les fruits verts, les paniers trop pleins, impossibles à soulever. Elle, Mark, Dylan, qui riaient, courbés à la tâche, et puis Abby, petit château branlant au milieu des pommes tombées... une scène qui n'avait jamais existé, qui n'existerait jamais.

« Mark n'était qu'un enfant lorsque ses parents lui furent ravis brutalement, entonna le vieux prêtre. Je me souviens du jour où ils furent mis en terre. Mark ne cessait de demander où ils étaient, quand ils allaient revenir. Après ce jour, Mark fut seul au monde, et il connut souvent le désespoir en dépit des efforts de nombre de personnes de bien. Il était intelligent, mais il était aussi en colère, et pendant un moment, il en voulut au monde entier. Puis, avec de l'aide, il se prit en mains, se mit à travailler dur, et réussit de manière éclatante. Mais il restait un homme solitaire. Jusqu'à ce jour où enfin il rencontra Keely et trouva ce qu'il cherchait depuis toutes ces années. Une famille, la sienne... »

Oh Mark, pensa Keely. *Tu étais tellement certain que nous avions tout le temps du monde. Et tu as réussi à ce que moi, qui aurais dû savoir, je le croie aussi.* Elle avait plus ou moins le sentiment d'être punie pour avoir tenté de se reconstruire une vie. Elle savait que les gens avaient jasé quand elle s'était remariée. A croire qu'elle trahissait la mémoire de Richard en prenant un nouveau départ. Bien que la mère de Richard, Ingrid, ait donné sa bénédiction au mariage, elle se rendait compte qu'elle s'était toujours sentie coupable d'avoir retrouvé le bonheur. Mais elle était jeune, et elle avait besoin d'amour dans sa vie. *N'est-ce pas ce que Dieu attend de nous ? Que nous nous aimions les uns les autres ? Quel mal peut-il y avoir ?*

Elle sentit que ses pensées s'égaraient et se força à prêter attention aux paroles du prêtre qui essayait d'offrir espoir et réconfort.

« Ainsi donc, nous confions à la terre la dépouille mortelle de notre frère, Mark. Nous nous souvenons qu'il a donné sa vie pour sauver celle de sa fille tant aimée, et nous lui disons adieu, dans l'espoir et la certitude que son Père céleste l'accueillera dans l'une de ses nombreuses demeures, là-haut. Jésus a dit : "Il n'est pas de plus grand amour que celui de l'homme qui donne sa vie pour un autre"... »

Les larmes roulèrent sous le menton de Keely. Elle avait à peine conscience des autres à présent. Les derniers jours n'avaient été que souffrance, jour et nuit. Elle se rappela que les choses auraient été bien pires encore si Mark n'avait pas réussi à sauver leur bébé. Aujourd'hui, quand elle rentrerait de cette lugubre cérémonie, Abby serait là, ignorant pourquoi et comment son papa l'avait quittée, désirant seulement être dans les bras de sa maman. *Tu ne le connaîtras jamais,* songea Keely. *Mais tu sauras à quel point il t'a aimée, à quel point ta vie lui était précieuse. Et c'est une chose que tu auras pour toute ta vie. Tu sauras toujours que la seule raison pour laquelle il t'a quittée, c'est qu'il a voulu te sauver.*

A cette pensée, elle ne put s'empêcher de songer à son fils. A sa droite était assis Dylan, comme le jour de l'enterrement de Richard. Il avait pleuré toutes les larmes de son corps, le jour où son père avait été mis en terre. Aujourd'hui, il fixait le sol et évitait le regard de quiconque tentait de lui parler ou d'exprimer sa peine. Bien sûr, lui ne portait pas les mêmes vêtements que pour l'enterrement de son père. Il avait pratiquement doublé de taille en quatre ans. La veille, Lucas avait emmené Dylan chez son tailleur préféré pour acheter un blazer et un pantalon qu'il avait tenu à payer. Keely observa le visage fermé et maussade de son fils. Son père avait choisi de le quitter, pour échapper à la douleur d'exister. *Son amour pour nous n'était pas suffisant pour le faire rester,* pensa-t-elle. Les chagrins se ressemblaient tous dans un premier temps. Mais la mort de Richard prenait un goût beaucoup plus amer avec le recul. Elle posa gentiment une main sur l'avant-bras de Dylan, sous la fine étoffe de son blazer neuf. Il ignora son geste. A croire qu'il ne l'avait même pas senti.

Une prière commença, et Keely y participa, sans pouvoir trouver de réconfort dans les paroles familières. *C'est bientôt fini,* songea-t-elle, et une sensation de panique lui coupa le souffle. Elle n'était pas prête pour la fin. Elle n'était pas prête pour le retour à la maison où il faudrait accueillir tout ce monde. Beaucoup de gens étaient venus offrir leur réconfort. Ses deux frères aînés avaient fait le voyage depuis le Midwest, avec leurs épouses. Elle savait qu'ils seraient là, bien qu'ils ne soient pas proches. Les gens qui connaissaient Mark depuis presque toujours, ainsi que les clients du cabinet étaient arrivés en force. Lucas Weaver, évidemment, et sa femme Betsy étaient assis au premier rang. Keely ressentit une vague inquiétude pour le vieux couple. L'hiver passé, ils avaient perdu leur autre fils, Prentice. Prentice avait eu une vie pitoyable, les promesses de sa jeunesse s'étant noyées dans un cycle sans fin de cuites et de désintoxications, avec un palmarès de problèmes mineurs avec la justice. Il souffrait d'une cirrhose du foie et n'avait plus le droit de boire. Sa vie s'acheva, à l'âge de quarante-deux ans, dans un bar miteux où il vida méthodiquement une bouteille de vodka avant de s'écrouler.

Betsy, normalement si réservée, avait gémi de douleur pendant ses obsèques. Il est impossible pour une mère d'accepter facilement d'enterrer l'enfant qu'elle a porté sous son cœur, aussi épouvantable qu'ait pu être la vie de cet enfant. *Et maintenant, cette épreuve,* songea Keely. Mark, qui était pour Lucas un fils plus que le sien ne l'avait jamais été, son héritier manifeste, celui qu'il avait choisi et formé toutes ces années, Mark était parti. Lucas leva les yeux et voyant son regard posé sur lui fit tristement un signe de tête.

Keely dut bien admettre qu'il était réconfortant d'avoir des gens qui partagent votre peine. Dans la foule, elle aperçut Evelyn Connelly et d'autres qu'elle reconnut comme étant de leurs voisins. Se tenant fort par la main et grimaçant sous le soleil, étaient présents Dan Warner, un veuf habitant en bas de leur rue, et sa fille adolescente, Nicole. Le vent rabattait les cheveux blonds de Nicole sur son visage. Keely avait parlé une fois ou deux avec Dan, lorsqu'il leur avait apporté un paquet et du courrier déposés par erreur dans leur boîte à lettres, à cause de la ressemblance de leurs noms de famille et de l'adresse. Nicole avait deux cours communs avec Dylan au collège. Keely n'apprécia pas moins qu'ils prennent le temps de se déplacer pour une famille qu'ils connaissaient à peine. Les gens étaient souvent d'une surprenante gentillesse, quand survenait une tragédie familiale. Même Susan Ambler et Jake étaient là. Et Ingrid, juste remise d'une opération des vertèbres, avait tenu à venir. Keely imaginait combien pouvait être pénible pour Ingrid ce rappel du dernier enterrement auquel elles avaient assisté ensemble, lors du décès de Richard.

L'entrepreneur des pompes funèbres tendit deux roses blanches à Keely en l'aidant à se lever. Une partie d'elle avait envie de refuser d'y aller, de ne pas jeter sa fleur dans la tombe, de faire un caprice, comme une petite fille. L'adulte en elle se traîna comme un robot sans vie, et, à la fin de la bénédiction, sur un signe du maître de cérémonie, elle déposa sagement les fleurs sur le cercueil brillant.

Une pour elle, une pour Abby. Le son de sanglots étouffés, derrière elle, parvenait à ses oreilles, porté par la brise automnale. Elle serra la main de Dylan et se laissa guider, à travers le dédale des pierres tombales, vers les portières ouvertes de la limousine qui attendait.

Quand ils atteignirent la Cadillac noire rutilante, Dylan se glissa sur la banquette arrière, mais Keely resta debout près de la voiture, pour accepter les condoléances chuchotées par les gens qui ne repasseraient pas par la maison. Mécaniquement, elle effleurait des joues et remerciait les gens d'être venus.

Lucas Weaver attendait à la fin de la file. Keely remarqua qu'il s'appuyait lourdement sur sa canne à pommeau d'argent, aujourd'hui, ce qui était un signe certain de son épuisement. Lucas était un diabétique affligé d'une mauvaise circulation veineuse dans les jambes, mais il cachait soigneusement son état à presque tout le monde en faisant passer la canne pour une simple affectation. Elle faisait partie de sa collection de souvenirs de l'Ouest sauvage et avait appartenu à Bat Masterson. Habituellement, il parvenait à donner crânement le change. Aujourd'hui, c'était trop pour lui. « Keely, j'espère que vous comprendrez si nous ne venons pas chez vous, dit Lucas. Betsy est déjà dans la voiture. Je m'inquiète pour elle. Hier soir, elle était très mal, j'ai eu vraiment peur. Je sais que nous devrions être présents, mais... » La femme de Lucas était une descendante du Mayflower que sa lignée promettait à une existence aisée et fortunée, mais elle n'avait jamais récupéré après la mort de Prentice. Il est des chocs qu'aucun privilège n'aide à surmonter.

« Ne vous en faites pas, Lucas, dit Keely. Tout le monde comprendra. Betsy... tous les deux êtes passés par tant d'épreuves cette année. Je sais qu'elle ne va pas bien... » Keely serra dans les siennes les deux mains glacées. « Je veux que vous sachiez combien j'apprécie... tout. »

Elle enlaça son frêle squelette.

« Je n'ai pas encore pris la mesure. C'est trop horrible. » La voix de Lucas était étouffée par son épaule.

« Qui l'aurait cru ? » murmura Keely tandis qu'ils se séparaient. Lucas s'arrêta pour dire un mot à un vieil associé qui s'était approché d'eux. Keely allait monter en voiture lorsque, du coin de l'œil, elle aperçut une dernière silhouette noire qui s'attardait entre les pierres tombales. Elle se demanda s'il s'agissait d'une personne trop timide pour l'aborder. Elle savait d'expérience que beaucoup de gens avaient le plus grand mal à exprimer leur sympathie. Ils avaient envie de parler, mais le spectacle du chagrin les rendait muets. Ils baissaient les yeux et s'éloignaient alors qu'ils avaient envie de dire beaucoup de choses. Elle observa cette dernière personne en deuil.

A plusieurs rangées de tombes, sous les branches protectrices d'un orme, elle vit un moulage en ciment représentant un jeune garçon débraillé au visage de chérubin, portant un T-shirt et des baskets délacés, avec des ailes d'ange partant des épaules. A côté de la statue, une femme élégante, en tailleur de ville noir, avait posé une main sur les ailes de l'enfant de pierre. Les cheveux de la femme étaient d'un auburn flamboyant, avec des reflets dorés au soleil. Ses traits réguliers et parfaitement dessinés étaient figés dans une expression impassible. Des lunettes noires cachaient ses yeux. Mais le regard n'était pas baissé. Au contraire. Malgré les verres sombres, Keely savait que cette femme la regardait.

Elle frissonna et toucha le bras de Lucas. Il était toujours près d'elle, recevant les condoléances. « Lucas, dit-elle à voix basse. Il y a une femme là-bas qui me dévisage. Savez-vous de qui il s'agit ? »

Lucas se tourna pour regarder, puis se renfrogna pour marmonner : « C'est Maureen Chase.

— Oh », dit Keely. Elles ne s'étaient jamais rencontrées, mais Keely savait parfaitement qui elle était. C'était le procureur du comté de Profit, et la fiancée que Mark avait promis d'épouser lorsqu'il rencontra Keely. « Je vois, dit-elle.

— Je crois que la tombe est celle de son frère jumeau, dit Lucas. Honnêtement, je suis un peu surpris de sa présence. J'avais l'impression qu'elle n'avait jamais vraiment pardonné à Mark ce que... vous savez... »

Keely savait que Lucas faisait allusion à la rupture de

leurs fiançailles... pour en épouser une autre. « Vous en a-t-elle jamais parlé ?

— Non, jamais, s'empressa de dire Lucas. Ce n'est pas son genre. Elle est très professionnelle. C'est probablement la raison de sa présence. Par simple respect de leur relation professionnelle. »

Keely opina, mais au fond de son cœur, elle doutait que la présence de Maureen soit liée au travail. Après tout, elle avait failli épouser Mark. Elle devait avoir des vestiges de sentiments très forts pour lui. Keely songea qu'elle devrait peut-être aller vers Maureen Chase et lui tendre la main. Après tout cette femme avait aimé Mark et comprendrait sûrement mieux que quiconque la douleur de le perdre. Et il était perdu pour elles deux, à présent. Parti pour de bon. La tombe avait mis un terme brutal à toute éventuelle rivalité entre elles. Mais lorsqu'elle leva les yeux pour regarder de nouveau Maureen Chase, ses bonnes intentions s'évanouirent. Le regard de Maureen était dissimulé par les lunettes de soleil, mais le dessin de la mâchoire était limpide.

« Je me tiendrais à l'écart d'elle, si j'étais vous », conseilla Lucas.

Keely rentra la tête dans les épaules et se glissa dans l'intérieur frais et sombre de la voiture en attente. « Bon, dit-elle, contente d'échapper à ce regard implacable. Ça ne devrait pas être un problème. »

5

DEUX jours plus tard, la chaleur du soleil chauffait son visage alors qu'installée confortablement sur la terrasse dans un fauteuil équipé de coussins, Keely observait avec une satisfaction sans joie les employés de la société d'entretien de la piscine qui ajustaient la bâche couvrant désormais la surface de l'eau. Keely serra d'une main le pull de coton blanc posé sur ses épaules, tandis que de l'autre elle berçait Abby, heureuse d'être sur les genoux de sa mère, le biberon à la main.

Le plastique résonna sur les dalles terra-cotta jonchées de feuilles lorsque les petits doigts de Abby endormie lâchèrent le biberon vide. Keely regarda tendrement les cils duveteux de son bébé papillonner un peu avant de se fermer sur la joue veloutée. Elle posa un baiser sur le petit crâne soyeux lorsque la petite nicha sa tête contre sa poitrine.

Le plus âgé des deux hommes travaillant à recouvrir la piscine approcha sur la pointe des pieds de l'endroit où était assise Keely. Il se baissa pour ramasser le biberon qu'il posa verticalement sur la table proche du fauteuil de Keely, à qui il tendit ensuite un porte-papier avec la facture.

« Vous êtes parée. Si vous voulez bien signer ceci... »

Keely acquiesça et bougea légèrement le bébé pour se redresser un peu. L'homme lui tendit alors un stylo et tint le porte-papier pendant qu'elle paraphait la facture. Il jeta un coup d'œil à la signature avant de dire brusquement :

« Je suis désolée... vous savez. Nous sommes au courant de votre deuil. L'accident.

— Merci », dit Keely.

L'homme remit le stylo dans la poche poitrine de sa tenue de travail et fourra le classeur sous son bras. « Vous voilà parée pour l'hiver, dit-il. Vous n'aurez plus qu'à passer un coup de fil au printemps, oh, un mois environ avant la date où vous souhaitez retirer la bâche, et nous vous donnerons un rendez-vous. » Et de tendre à Keely une carte professionnelle avant de prendre congé.

« Entendu », dit Keely, en prenant la carte qu'elle regarda en sachant qu'elle ne s'en servirait jamais. Elle la laisserait sur le tableau d'affichage de la cuisine pour les prochains propriétaires. Elle avait déjà décidé que les enfants et elle auraient quitté cette maison bien avant le printemps. Aussi belle qu'elle soit, elle ne la regretterait pas. Ils n'avaient guère eu le temps d'y fabriquer des souvenirs heureux. Le seul souvenir qu'elle en garderait jamais, c'est celui du bonheur perdu.

Keely ferma les yeux et appuya sa nuque contre le dossier. Abby reposait, lourde et chaude dans ses bras, et le soleil oblique de la fin d'après-midi lui caressait le visage. *Dieu soit loué, tu es là,* pensa Keely en remarquant combien le chagrin qui lui étreignait le cœur devenait plus léger quand elle serrait son bébé contre elle. *Dieu soit loué, j'ai mes enfants.* A cause de leur présence, il lui était possible — nécessaire — de continuer.

Elle entendit claquer la porte d'entrée, puis la voix familière de son fils qui l'appelait. Elle savait qu'elle devrait se bouger, poser Abby dans son petit lit, et aller l'accueillir, mais une torpeur paralysait ses membres. Elle ne pouvait pas crier — le bébé se réveillerait. Alors elle attendit. Elle savait qu'il finirait par la trouver. De fait, après quelques appels supplémentaires à l'intérieur de la maison, elle l'entendit parler dans son dos.

« Te voilà », dit-il sur le ton du reproche.

Elle tenta de se retourner complètement sur son siège pour le voir dans l'encadrement de la porte. Ce fut Dylan qui vint près d'elle et baissa les yeux pour contempler sa mère et sa sœur. Malgré la clémence de l'été indien, il portait le vieux blouson de cuir sur son T-shirt. Il arborait un air distant, comme s'il les voyait finalement de très loin.

« Bonjour, trésor, dit Keely. Je ne pouvais pas me lever.

— Pourquoi tu ne la couches pas dans son lit ? » dit-il, façon de rappeler sa mère à un comportement rationnel.

Keely eut un soupir en contemplant le bébé endormi. « Parce que c'est bon de la serrer dans mes bras, admit-elle franchement. Je n'avais simplement pas envie de bouger.

— Ça, je peux comprendre, dit-il en s'affalant sur le siège le plus proche, après avoir laissé tomber son sac à dos sur les dalles.

— C'était comment, l'école ? interrogea-t-elle à voix basse.

— Chiant.

— Dylan, gronda-t-elle. Surveille ton langage.

— Excuse-moi, marmonna-t-il.

— Tu as beaucoup de travail à faire ?

— Trois tonnes. Essentiellement des trucs faciles.

— Bien. » Ils gardèrent le silence un moment. Puis elle annonça : « J'ai fait couvrir la piscine, aujourd'hui.

— Je vois », dit-il, sur la défensive.

Change de sujet, pensa-t-elle. « A vrai dire, je me suis acquittée de quelques corvées, aujourd'hui. J'ai appelé une agence immobilière pour qu'ils viennent voir la maison. Que nous puissions la mettre en vente.

— Super. Je déteste cet endroit », dit-il avec agressivité.

Keely soupira.

« Je sais que tu as essayé d'en faire un truc agréable, s'empressa-t-il de préciser.

— C'est bon, chéri. Moi aussi, je finis par détester cette maison. »

Abby poussa un bruyant soupir en s'agitant dans les bras de sa mère. Ce qui fit glousser Dylan. « Elle ronfle », dit-il en pointant le doigt sur le bébé.

Keely ne put réprimer un sourire. « Non, elle ne ronfle pas. Elle se sent bien, c'est tout. »

Le bruit de la sonnette, venant de la maison, les fit sursauter l'un et l'autre. « Dylan, est-ce que tu pourrais...

— Ouais, ouais », dit-il en récupérant son sac à dos sur le sol. Keely sourcilla à la vue de son crâne rasé de près et de sa boucle d'oreille, mais elle s'abstint de tout commentaire. Il ne s'agissait que d'une mode, songea-t-elle. Sans message particulier. Mais elle savait cependant que certaines personnes en tiraient des conclusions négatives. Ses deux frères avaient fait des réflexions désagréables sur l'allure de Dylan, lors de leur séjour ici.

«J'irais bien faire un peu de skate, dit-il.

— Tu ferais mieux de te mettre à ton travail », conseilla-t-elle doucement.

La chaleur du soleil avait apparemment disparu, et il commençait à faire un peu frais sur la terrasse. « Je devrais peut-être bien te rentrer », dit-elle au bébé endormi.

Tenant soigneusement le bébé et le biberon dans ses bras, Keely se leva et franchit les portes fenêtres de la salle de séjour. Il fallut une minute à ses yeux pour s'habituer à l'obscurité ambiante. Elle vit que Dylan parlait avec quelqu'un à l'autre bout de la pièce. Il s'agissait d'un homme brun, pas mal, en veste de sport et cravate. Quelqu'un d'apparemment respectable, mais un inconnu tout de même.

« Dylan ? dit-elle sèchement.

— Mrs. Weaver, dit l'homme en venant vers elle. Je suis désolé de vous importuner. Je m'appelle Phil Stratton. Je suis enquêteur au bureau du procureur.

— Enchantée, dit Keely avant de s'adresser à Dylan. Peux-tu aller la mettre dans son lit, chéri ? »

Dylan laissa tomber son sac à dos et arriva en traînant les pieds pour prendre sa sœur des bras de sa mère, comme si Keely lui tendait un sac de pommes de terre.

« Attention, prévint Keely tandis que Abby poussait un petit cri avant de se nicher dans le T-shirt noir Wrestlemania de Dylan.

— Je fais attention », protesta Dylan. Il se dirigea vers la porte.

« Merci, Dylan. Oh, attends une seconde... tiens, donne-lui ça. » Elle ramassa un ours en peluche sur l'ottomane et le tendit à Dylan qui coinça docilement l'ours sous son bras. « Que ferais-je sans toi ?

— Je me demande, marmonna-t-il.

— Ensuite, mets-toi au travail, insista Keely. Tu pourras

sortir quand tu auras fini. Inspecteur, désirez-vous vous asseoir ?

— A vrai dire, répondit l'enquêteur, je suis venu vous parler à tous les deux. »

Keely et Dylan échangèrent un regard surpris mais ni l'un ni l'autre ne protesta. « Très bien, alors, tu la couches et tu reviens tout de suite », dit Keely à son fils.

Une fois Dylan sorti, Keely indiqua un fauteuil à l'enquêteur qui s'assit sur le bout des fesses. Il ajusta le pli de son pantalon et lissa sa cravate. Keely s'installa en face de lui, sur le canapé. Cette présence chez elle la rendait nerveuse.

Phil Stratton promena un regard approbateur autour de la pièce. « C'est une belle maison, que vous avez, dit-il.

— Je la vends », répliqua brutalement Keely.

Phil Stratton maintint une neutralité de bon aloi dans l'expression de ses yeux noisette. Keely pensa qu'il était jeune, pas mal, mais il y avait des rides sur son front et des cernes gris sous ses yeux qui lui donnaient une apparente maturité. « Je ne vous critique pas. Je ferais peut-être la même chose à votre place. »

Keely éprouva une pointe de honte au ton vindicatif qu'elle avait adopté. « Mon mari et moi avions beaucoup de projets et de rêves lorsque nous avons emménagé ici, expliqua-t-elle.

— Je m'en doute bien, dit-il poliment. Comment vous en sortez-vous ? »

Haussement d'épaules de Keely. « Au jour le jour, minute après minute. C'est dur. Heureusement, j'ai mes enfants, alors je n'ai guère le temps de ressasser.

— C'est aussi bien », dit l'inspecteur en hochant la tête.

Keely sentit un frisson d'inquiétude lui courir le long des bras. « Inspecteur, je suis un peu... étonnée par votre présence ici. Y a-t-il un rapport avec le décès de mon mari ? »

Dylan était de retour dans la salle de séjour. « Elle est couchée, dit-il.

— Merci beaucoup, chéri », dit Keely. Dylan eut un petit signe de tête, mais resta planté, les bras ballants, plutôt gêné, en marge du coin salon.

« Est-ce que tu peux venir t'asseoir avec nous, fiston ?

J'ai quelques questions à te poser. Si ta mère n'y voit pas d'inconvénient, dit-il en regardant du côté de Keely.

— Quel genre de questions ? » demanda Keely, sur ses gardes.

L'inspecteur Stratton extirpa un petit carnet relié en cuir de la poche intérieure de sa veste, et l'ouvrit. Puis il sortit un stylo. « J'ai simplement quelques questions concernant ce qui s'est passé le soir de... euh... l'accident de Mr. Weaver. Nous avons le rapport enregistré par le sergent Henderson à propos de... l'incident, mais il contenait quelques détails que nous souhaitons simplement éclaircir.

— Comme ? interrogea Keely avec curiosité.

— De la paperasse. »

Dylan prit place avec réticence sur le canapé, aussi loin de Keely que possible. « Laisse, maman, qu'on en finisse, dit-il avec lassitude.

— D'accord. Tu as raison, dit-elle. Je vous prie de m'excuser, inspecteur. Mes nerfs ont été mis à rude épreuve.

— Je comprends, dit-il. Je m'efforcerai d'être bref. » Sans laisser à Keely le temps de répondre, il enchaîna : « Donc, Mrs. Weaver, vous étiez sortie faire des courses lorsque l'accident s'est produit ?

— J'étais en train d'acheter un cadeau à mon mari pour notre anniversaire de mariage.

— Quelle tristesse, dit-il platement. Et avant cela ? Vous étiez avec votre fils ?

— La mère d'un des camarades de classe de Dylan m'a téléphoné, et... nous nous sommes rendus là-bas. »

Phil Stratton opina en notant dans son carnet. « Mrs. Ambler.

— Exact, confirma prudemment Keely, un peu surprise qu'il connaisse le nom.

— Une histoire à propos d'un vélo que votre fils avait essayé de vendre ? »

Keely se redressa dans son coin de canapé et se rembrunit. « Comment êtes-vous au courant ?

— J'ai opéré le traitement de routine des informations que vous avez données au sergent Henderson », dit-il d'un ton rassurant. « Ensuite, Dylan, tu es rentré seul. En vélo. »

Dylan confirma d'un hochement de tête.

« Et lorsque tu es arrivé ici, que s'est-il passé ?

— Je suis ressorti, dit Dylan.

— Avec ton vélo.

— Non, avec mon skateboard, marmonna-t-il.

— Où se trouvait ton skateboard quand tu l'as pris ? »

Keely vit le visage de Dylan rougir, et elle songea immédiatement au skateboard au bord de la piscine, à la grille ouverte. Elle s'était obligée à ne pas s'appesantir là-dessus. Les enfants sont étourdis. C'est la vie. Reprocher sa négligence à Dylan ne ramènerait pas Mark. Elle ne voyait pas pourquoi cet inspecteur le forçait à revivre une expérience qu'ils voulaient tous oublier.

« Il était à côté de la piscine, marmonna encore Dylan.

— Quelle importance peut bien avoir l'endroit où se trouvait son skateboard ? demanda sèchement Keely.

— J'essaie seulement d'établir ce qui s'est passé.

— Vous savez ce qui s'est passé. Vous avez entendu ce qui s'est passé. »

L'inspecteur Stratton ignora l'agressivité du ton et se tourna encore vers Dylan. « Cette période a été plutôt difficile pour toi, n'est-ce pas, Dylan ? »

Haussement d'épaules de Dylan.

« Ton beau-père était un type sympa, non ? demanda-t-il d'un ton bienveillant.

— Ça allait, dit Dylan.

— Evidemment, il ne pouvait pas remplacer ton vrai papa.

— Non, reconnut doucement Dylan.

— Je suppose que ça a été un coup pour toi, ce qui est arrivé à ton père...

— Une minute, inspecteur. Pourquoi faut-il que vous rappeliez cet événement ? » intervint Keely. Elle eut la vision soudaine et éblouissante du sang, de Richard gisant sur le tapis, de Dylan recroquevillé dans le placard. « Ce sont des souvenirs très douloureux pour nous.

— D'accord, laissez-moi remontez un peu en arrière », dit Phil Stratton. Il étudia le carnet relié en cuir, qu'il tapota de son stylo doré, et s'éclaircit la voix. Puis il demanda : « Dirais-tu que tu t'entendais très bien avec ton beau-père ?

— Très bien, je crois.

— Cette histoire au sujet du vélo, il n'était pas en colère contre toi ?

— Il n'était pas au courant.

— Vous n'en avez pas parlé à ton retour à la maison, ce soir-là ?

— Je ne l'ai même pas vu, dit Dylan.

— Alors il n'y a pas eu de dispute entre vous deux ? Aucun échange de menaces ?

— De quoi parlez-vous ? Qui a dit quoi que ce soit à propos de disputes ou de menaces ? protesta Keely.

— Non, je vous l'ai expliqué, insista Dylan. Je ne l'ai pas vu.

— Et quand bien même, quelle différence cela ferait-il ? » cria Keely.

Dylan se leva d'un bond. La colère déformait son visage, son corps frêle tremblait. « Je ne l'ai pas vu, maman. Je viens de dire que je ne l'avais pas vu. »

Un petit grognement monta du vestibule. « Baisse la voix, dit Keely. Ecoute, je suis désolée, Dylan. Je ne te fais aucun reproche. Inspecteur... Stratton, c'est cela ? Inspecteur Stratton, ne pourriez-vous pas nous laisser simplement en paix ? J'ai dit à l'officier de police qui était présent ce soir-là que mon mari Mark ne savait pas nager. Ce fut une terrible erreur de notre part d'avoir une piscine, mais on dit que les prévisions a posteriori marchent à tous les coups.

— J'ai encore deux ou trois questions pour Dylan », répliqua-t-il.

Keely sentit le sang lui monter au visage. A quoi jouait ce flic ? Allait-il faire avouer à Dylan qu'il avait laissé la grille ouverte ? Depuis quand était-il illégal de laisser la porte d'une piscine ouverte ? D'être étourdi ? En dépit des conséquences tragiques, l'accident n'avait pas été causé par Dylan. Certes l'accident aurait pu être évité de nombreuses façons. Abby aurait pu se trouver dans son parc à ce moment-là. Mark aurait pu ne pas se laisser distraire. Elle n'allait pas coller la responsabilité sur le dos de Dylan.

« Ecoutez, si vous êtes en train de chercher quelqu'un à qui faire porter le chapeau... Les accidents, ça arrive, inspecteur. C'est tragique, mais c'est la vérité. Une vérité que je peux accepter.

— La question n'est pas de savoir si vous acceptez ou pas », dit-il, et il y avait une pointe métallique dans le son de sa voix. « Nous pensons simplement que le sergent Henderson s'est montré un peu... moins que rigoureux dans ses investigations en la matière. Il existe des procédures officielles dans un cas comme celui-ci... »

Keely ne se trompa pas sur le poids des mots. Elle tenta de masquer l'inquiétude dans sa voix. « Un cas comme celui-ci. De quoi parlez-vous exactement ? Ce qui est arrivé est limpide.

— Disons que cela a semblé limpide. Mais ce que nous ne savions pas, le soir de la mort de Mr. Weaver, dit-il soigneusement, c'est que c'est la seconde fois que vous perdez votre mari dans un tragique accident ».

Keely eut l'impression de prendre une gifle. Il lui fallut plusieurs secondes pour récupérer ses esprits. Puis elle souffla : « Comment osez-vous ? La mort de mon premier mari, comme vous devez le savoir, puisque vous êtes manifestement au courant, fut le résultat d'un suicide. »

L'inspecteur leva des sourcils surpris. « Il semblerait que votre avocat, dit-il avec un rien de sarcasme, ait plaidé qu'il s'agissait d'un accident. Plaidé avec succès auprès de la compagnie d'assurance, si mes informations sont exactes... »

L'agitation de Abby, là-bas, se transforma en gémissement. Entendant la détresse de son bébé, Keely avait peine à penser. « Dylan, va la chercher, s'il te plaît. Amène-la-moi.

— Mais, maman..., protesta-t-il.

— Tout de suite », insista-t-elle.

C'est en maugréant que Dylan quitta la pièce. En quelques secondes, les cris cessèrent. Keely inspira profondément et tenta de parler d'un ton égal. Il n'y avait aucune raison d'être sur la défensive. Elle n'avait rien à cacher, après tout, songea-t-elle. « Inspecteur Stratton, laissez-moi vous expliquer une chose. Il ne fait aucun doute que

Richard s'est donné la mort. Mais comme vous le savez, nombre de compagnies d'assurances ont une clause spécifiant qu'il n'y aura pas de prime en cas de suicide. Mon mari, Mark, qui était à l'époque mon avocat, m'a persuadée de l'autoriser à laisser entendre que la mort de Richard était accidentelle...

— Vous êtes donc en train de dire qu'il ne s'agissait pas d'un accident. »

Keely allait parler, mais se ravisa, pour prendre le temps de réfléchir à l'impact de ses paroles sur ce flic. Puis elle décida de ne pas tant peser ses mots. « Je sais... je suis convaincue qu'il s'est suicidé.

— En d'autres termes, vous avez escroqué l'assurance. »

Il était délibérément insultant. Cela ne faisait guère de doute. Mais Keely lutta pour ne pas se laisser abattre par l'accusation. *On pouvait voir les choses ainsi,* pensa-t-elle. Pour être tout à fait sincère, elle s'était toujours sentie un peu coupable d'avoir encaissé l'argent de l'assurance. Pas trop tout de même — ils avaient payé leurs cotisations rubis sur l'ongle, et puis la mort de Richard était intervenue quelques mois seulement avant la date à laquelle l'assureur aurait dû payer de toute façon, quelle que soit la façon dont il était mort. Elle savait néanmoins qu'on pouvait voir les choses ainsi. Elle devait donc dire certaines choses. Et garder un calme olympien. « Mon... Mark m'a expliqué que mon interprétation personnelle de la mort de Richard n'était pas le problème, juridiquement parlant. Sans lettre indiquant son intention de se suicider, il était possible de soutenir que Richard était mort accidentellement. Apparemment, Mark a su trouver les arguments pour les convaincre que le décès était... pouvait avoir été accidentel, dit-elle. Ils ont accepté de payer. Il n'y a aucune escroquerie dans cette affaire.

— Mais il existe bien un doute sur la vérité, dit-il en la regardant dans les yeux.

— Pas pour moi, répliqua Keely sans se laisser intimider par son regard pénétrant.

— Enfin, je suis certain que vous voyez où est mon problème. Il existe certaines incohérences dans les histoires que vous racontez...

— Quelles histoires ? » s'indigna Keely.

L'inspecteur ne se démonta pas. « Tant que nous n'aurons pas de certitude sur ce qui s'est passé...

— J'ai tenté de me montrer coopérative, mais franchement, vous dépassez les bornes. Je vous prie de sortir de chez moi, dit-elle.

— Je crains que nous n'en ayons pas tout à fait terminé.

— Veuillez sortir, dit Keely. Laissez-nous tranquilles.

— Je m'en vais, dit-il, mais l'enquête reste ouverte, madame. »

Elle lui tourna le dos lorsqu'il se dirigea vers la porte. Elle ne regarda pas lorsqu'elle entendit la porte claquer. Dylan arriva dans la salle de séjour, avec Abby dans les bras.

« Il est parti ? demanda-t-il.

— Oui.

— Qu'est-ce qui se passe, Maman ? Que veut-il ? » demanda Dylan avec une voix de petit garçon.

Il lui fallut un instant pour reprendre ses esprits. La peur dans les yeux de Dylan la mettait en colère tout en la laissant désemparée. N'était-il pas suffisant de devoir revivre tout ceci sans être en plus harcelés ? Aussi improbable que puisse paraître la perte de deux maris en si peu de temps, elle pouvait témoigner que c'était possible. Elle se dirigea vers Dylan et prit le bébé de ses bras avant de s'installer avec elle sur le tapis.

Accroupie à côté de la petite, elle agita une série d'anneaux en plastique accrochés à une chaîne, pour la plus grande joie de Abby qui hurla de plaisir. « C'est un malentendu, dit-elle avec une désinvolture feinte. Rien dont il faille s'inquiéter. »

Dylan vint se planter près d'elle, telle une ombre menaçante, dans son jeans et son T-shirt noirs. « Qu'est-ce que tu lui as dit ?

— Trésor, ne sois pas inquiet », répondit-elle en se mettant debout. Puis elle le regarda dans les yeux pour ajouter : « Je te promets. Il n'y a aucune raison de s'inquiéter. »

On toqua tout à coup à la porte et lorsqu'elle sursauta, Dylan remarqua la panique dans ses yeux, qui démentissait ses paroles confiantes.

« Tu crois que c'est lui qui revient.

— Je ne sais pas qui c'est. J'ai juste sursauté, dit-elle sèchement.

— Tu penses qu'il va arriver des ennuis, n'est-ce pas ? insista-t-il.

— Non. Je t'ai dit que non. » En partie pour échapper au regard accusateur de son fils, Keely se dirigea vers la porte qu'elle ouvrit.

Jack Ambler était là. « Est-ce que Dylan peut venir faire du skate ? » demanda-t-il.

Elle fut tellement soulagée de découvrir Jake et non pas l'enquêteur du bureau du procureur, qu'elle en oublia la règle du : les devoirs d'abord. « Oui. Dylan, c'est Jake. »

Faute de réaction de son fils, elle se retourna. Il la fixait d'un air sinistre, comme si elle l'avait trahi. « Un instant, Jake », dit-elle, avant de revenir sur ses pas. Elle posa la main sur le bras de Dylan.

« Dylan, quel que soit le problème, je suis sûre que lorsque nous aurons répondu à leurs questions, ils cesseront de nous ennuyer.

— Nous, reprit-il sur le ton du sarcasme. Tu rigoles. Ils n'auront rien à te reprocher à toi.

— A toi non plus, insista-t-elle, mais il évita son regard.

— Ah bon, et pourquoi ? demanda-t-il. Comme si toi tu ne me reprochais rien.

— Dylan ! »

Il la bouscula sans s'excuser pour sortir, avant de grogner à Jake de le suivre.

« C'est faux ! cria-t-elle. Dylan ! » mais il ne se retourna pas.

6

A six heures, Susan Ambler appela pour demander si Dylan pouvait rester dîner. Keely sentit son cœur chavirer et prit alors la mesure de son angoisse à la perspective d'être seule à l'approche du soir. « Il a des devoirs à faire », dit-elle à Susan, qui lui affirma qu'ils s'étaient déjà mis au travail en utilisant les livres de Jake, et Keely n'eut plus de raisons pour exiger qu'il rentre tout de suite.

« Renvoyez-le vers huit heures, dit-elle. Avant la tombée de la nuit. »

Elle raccrocha et se rendit dans la salle de séjour, où Abby avait entrepris de faire le tour de la pièce en se cramponnant aux canapés et à la table basse pour accomplir son périple. Keely voulut la prendre dans ses bras, car elle avait besoin de sentir sa chaleur, mais Abby avait de la suite dans les idées et se mit à protester et repousser Keely lorsque ses pieds quittèrent le sol. A regret, Keely la reposa et Abby poursuivit ses pérégrinations, sans se soucier des angoisses de sa mère. Elle était concentrée sur son projet. Keely éprouva presque de l'envie. Abby ne se souviendrait pas de son père et n'aurait pas d'autre image de lui que les quelques photos et vidéos qu'ils avaient faites. Plus elle grandirait, plus elle ressentirait, évidemment, l'absence de père. Mais pour l'instant, Abby n'éprouvait aucun chagrin. Parfois, elle semblait chercher, comme si elle s'étonnait de ne pas voir cette autre présence dont elle avait l'habitude, mais elle se laissait vite distraire par le bruit d'une feuille morte ou le battement d'ailes d'un oiseau, ou simplement par le son de la télévision.

Un moment, en regardant les progrès de sa fille, Keely sentit les larmes lui monter dans les yeux, et elle se rendit compte qu'elle avait besoin de s'activer pour chasser la tristesse. Il fallait préparer le dîner, et ensuite une pile de factures l'attendait sur le bureau de Mark. *Occupe-toi*, se dit-elle. *Ne reste pas à ne rien faire.*

Le temps que Keely range la vaisselle du dîner, donne son bain à Abby et la mette au lit, le jour était bien tombé. Elle regarda par la fenêtre pour apercevoir éventuellement Dylan remontant la rue en vélo, mais en vain. Aucun signe de lui encore. Elle traversa le vestibule jusqu'au petit salon dont Mark avait fait son bureau personnel et, inspirant un grand coup, elle s'installa dans son fauteuil de cuir. C'est là qu'il faisait le travail qu'il rapportait du cabinet, là qu'il tenait les comptes domestiques.

Keely trouva le chéquier dans le premier tiroir et se mit à remplir des chèques, ses inquiétudes augmentant au fur et à mesure que le solde devenait de moins en moins créditeur. Ils avaient dépensé beaucoup d'argent pour la décoration de la maison. A l'époque, ces frais ne semblaient pas excessifs, compte tenu des revenus de Mark. Ils pensaient avoir des années devant eux pour rembourser. Bien entendu, ils étaient largement solvables, et Mark avait un plan retraite conséquent. Les enfants et elle seraient à l'abri du besoin, se rassura-t-elle, lorsqu'ils auraient touché l'assurance et vendu la maison. Il n'y avait pas lieu de paniquer. Elle ouvrit une nouvelle enveloppe de la pile et découvrit une facture de chez Collier's, le bijoutier du centre de la ville, pas très loin du bureau de Mark. Il avait acheté un coûteux bracelet de topazes montées sur or, juste la semaine avant sa mort. Elle fronça le sourcil. Il ne lui avait pas offert de bracelet de topazes. Puis elle se souvint — leur anniversaire de mariage. Son regard se posa sur le roman de John Grisham, encore dans son paquet cadeau, posé sur le bord du bureau de Mark, où elle l'avait laissé. Elle regarda de nouveau la facture — le bracelet coûtait près de huit cents dollars. Elle se demanda où il l'avait rangé pour le cacher. A moins qu'il soit resté chez le bijoutier, pour être gravé. Certainement. Elle aurait l'utilité de cet argent. Il lui faudrait vérifier.

Le bruit de la sonnette la fit sursauter. Elle se rendit à la porte et vérifia prudemment, pour découvrir qu'il s'agissait seulement de Lucas Weaver.

« Lucas, dit-elle en ouvrant. Quelle bonne surprise.

— Je suis désolé, Keely, dit le vieil homme. J'aurais dû appeler, mais je m'apprêtais à partir quand je me suis souvenu de ces papiers que vous devez signer... C'est donc surtout professionnel. Je suis navré de vous importuner...

— Mais pas du tout. J'avais l'intention de vous appeler de toute façon. » Ce qui était vrai. Elle voulait le faire. Sauf qu'elle avait l'impression de n'être même pas capable de tenir une conversation, ces derniers temps. « Entrez. Je suis comme un zombi, ces jours-ci.

— Ne vous en faites pas. Je sais, dit Lucas en la suivant d'un pas boiteux dans le petit salon où elle lui indiqua une bergère recouverte de tissu à motif cachemire, à côté du bureau. Betsy aussi voulait vous appeler pour vous inviter tous les trois à dîner. Mais elle est encore très... elle est sous le choc... »

Keely eut un pauvre sourire. « Nous ne serions pas une compagnie très agréable. Qu'avez-vous pour moi ?

— Des papiers pour les impôts. » Lucas posa les imprimés devant elle, expliqua leur propos, indiqua les différents endroits où elle devait signer. Keely se mit à lire intégralement les documents.

Pendant que Keely épluchait les formulaires, Lucas observa les bibliothèques tapissant les murs. Il se pencha, sortit un volume d'histoire militaire qu'il se mit à feuilleter. Keely leva les yeux. « Vous savez, Lucas, je voulais vous dire une chose. Si vous avez envie de quelque chose appartenant à Mark... »

Lucas secoua négativement la tête et s'empressa de replacer le livre sur son étagère. « A mon âge, ma chère, on cesse d'accumuler les objets. Les possessions commencent à devenir... un fardeau.

— Allons, Lucas, ne parlez pas ainsi. Vous n'êtes pas si vieux, dit-elle gentiment.

— Il n'y aura personne pour trier nos affaires lorsque

Betsy et moi serons partis, dit-il avec nostalgie. Personne qui comprenne ce qui nous était précieux, et pourquoi. »

Inutile de nier ses propos. Elle savait bien qu'il ne cherchait pas à être rassuré. Il avait exprimé une réalité, et lorsqu'elle regarda dans sa direction, il avait les yeux secs, le regard serein. « J'ai mes souvenirs », dit-il.

Keely poussa un soupir. « Et qui parmi nous a besoin de plus de... trucs », confirma-t-elle. Elle signa les papiers sur le bureau avant de les retourner à l'avocat, qui les rangea dans une mince serviette.

Keely s'adossa contre le dossier rembourré du fauteuil en cuir et passa une main dans ses cheveux pas coiffés. « C'est très gentil à vous de venir jusqu'ici, Lucas. Vous n'aviez pas à le faire. J'aurais pu passer à votre cabinet.

— Je n'étais pas certain que soyez prête pour cela », dit-il.

Keely acquiesça silencieusement. Encore un cap à franchir, à propos d'affaires à trier. Le bureau de Mark. Leur photo de mariage et celle de Abby sur sa table de travail, la carte ancienne encadrée qu'elle lui avait offerte à Noël, son parapluie de secours, sa chemise et sa cravate de rechange dans le placard. Pour elle, dans l'immédiat, les affaires de Mark représentaient plus que des objets. Ils semblaient vibrants de vie, et il lui était douloureux de les toucher. « Il faut que je passe un de ces jours, pour vider la pièce, dit-elle.

— Il n'y a pas urgence », dit Lucas, qui se pencha en avant tandis que ses bras maigres s'apprêtaient à faire levier pour l'aider à s'extirper du fauteuil. « Vous avez assez à faire pour le moment. Le cabinet ne va pas s'envoler.

— C'est tellement pénible d'affronter toutes ces choses, s'écria-t-elle. Le moindre objet me rappelle...

— Oh, je sais. »

Keely fut prise d'une bouffée de sympathie pour le vieil homme. Prentice était mort l'hiver dernier, mais Lucas n'avait même pas ouvert la porte de son appartement jusqu'au mois de juin. Keely l'avait accompagné sur la demande de Betsy Weaver. Betsy était trop bouleversée pour s'en occuper, mais Lucas avait besoin de quelqu'un pour l'aider. La vue des lieux, lorsqu'ils avaient ouvert la porte, avait été accablante. Alors que l'appartement était luxueux et donnait sur la marina, Prentice y avait vécu misérablement. Il y avait de la nourriture avariée, des piles de journaux pas lus, des sacs entiers de courrier jamais ouvert, des vêtements, généralement sales, éparpillés dans tout l'appartement, et une terrifiante collection de bouteilles d'alcool vides. Keely l'avait aidé de son mieux, mais le vieil homme s'était entêté à trier tout ce fatras lui-même, la dernière chose qu'il pourrait faire pour son fils égaré. « Vous savez ce que c'est, n'est-ce pas ? », dit-elle.

Lucas serra fort sa main. « Si vous voulez, je peux m'occuper du bureau à votre place. Vous savez que je le ferais volontiers. Vous avez été d'une grande aide lors de la mort de Prentice. »

Keely posa son autre main sur celle de Lucas et sourit. « Je vous remercie. Mais c'est une chose que je dois faire moi-même. Je lui dois bien cela. »

Lucas hocha la tête en regardant au loin, comme pour tenter d'apaiser son chagrin.

Keely détestait voir sa détresse. Elle changea de sujet. « Vous savez, Lucas, nous avons eu la visite d'un inspecteur aujourd'hui, pour poser des questions sur le soir du décès de Mark.

— Qui était-ce ?

— Il s'appelait Stratton.

— Phil Stratton, dit-il sombrement. Du bureau du procureur.

— Il a posé des tas de questions sur Mark, et Dylan, et même sur Richard, mon premier mari. Il y avait un problème dans le rapport de police, a-t-il dit. Est-ce que vous êtes au courant de quelque chose ? »

Lucas se renfrogna. « Non, dit-il. Mais j'ai une idée. »

Brusquement, on entendit un bruit sourd, comme si un objet volant venait de heurter la maison. Lucas lutta pour se mettre debout.

Keely sursauta avant de rire en reconnaissant le bruit. « Tout va bien. Dylan est rentré. Il fait des paniers dehors. » Mark avait fixé un anneau au-dessus de la porte du garage pour son beau-fils.

Lucas poussa un soupir. « Cela fait bien longtemps que je n'ai pas entendu ce bruit, dit-il comme pour s'excuser.

— Est-ce que Prentice aimait faire des paniers, enfant ? » demanda Keely.

Lucas fit un signe de tête affirmatif. « Mais je crois bien que Mark a utilisé celui de la maison plus souvent au total que Prentice, précisa-t-il.

— Vous savez, Mark a beaucoup parlé de cette époque vécue chez vous, pendant qu'il installait l'anneau de basket pour Dylan. Ce furent des jours heureux pour lui », dit gentiment Keely.

L'expression sur le visage de Lucas brisa le cœur de Keely. « Je l'ai démonté il y a quelques années — le panier de basket. Betsy avait toujours eu ce truc en horreur, d'ailleurs. Le choc des ballons faisait trembler la vaisselle de porcelaine dans les buffets, dit-il avec une bonne humeur feinte. Bon, il est temps que je m'en aille. »

Keely se leva pour le raccompagner. Elle voulait voir Dylan, de toute façon. « Merci de m'avoir apporté ces papiers. Je passe bientôt au cabinet.

— Et vous viendrez dîner à la maison, dit Lucas en l'embrassant sur la joue. N'oubliez pas. Vous pouvez appeler chez nous pour n'importe quelle raison. La mort de Mark ne change rien de ce point de vue. Nous restons votre famille. » Il salua Dylan au passage, qui était en train de dribbler dans l'allée, son blouson de cuir ouvert par le vent du soir. « Bonsoir, Dylan », cria-t-il.

Dylan s'arrêta et coinça le ballon sous son bras. « Bonsoir, Mr. Weaver », répondit-il.

Keely croisa les bras sur son buste et vint rejoindre son fils. « Frisquet », dit-elle. Dylan acquiesça par un grognement. Ils regardèrent Lucas regagner sa voiture d'un pas raide et grimper, malaisément, sur le siège avant. Il paraissait vieux et fatigué. Keely et Dylan agitèrent la main ensemble lorsqu'il redescendit vers la rue. Puis Keely se tourna vers Dylan. « Comment était ce dîner chez Jake ? » demanda-t-elle.

Haussement d'épaule de Dylan qui reprit ses dribbles en s'éloignant d'elle. « Pas mal, dit-il.

— Vous avez joué tous les deux à ce jeu électronique que tu adores ?

— Un certain temps. » Il alla jusqu'à la ligne de lancer franc que Mark avait peinte sur le sol et visa. Le ballon heurta le panier et rebondit. Il courut pour le rattraper. Retourna se mettre en position à petites foulées. Son visage était impassible. Toute son attention semblait concentrée sur le ballon et le panier.

« Dylan, j'ai quelque chose à te dire. A propos de la phrase que tu as prononcée cet après-midi avant de partir. »

Dylan lança le ballon, qui frappa contre le bois de la porte et lui revint directement. « Je ne sais pas de quoi tu parles », dit-il.

Keely frissonna et regretta de ne pas avoir enfilé sa veste avant de sortir. « Tu as dit que je te rendais responsable pour Mark. »

Dylan se concentra sur le panier et lança encore une fois. Et manqua, encore une fois. « Merde !

— Il commence à faire noir, dit-elle. Difficile de voir le panier.

— Ce n'est qu'une excuse. »

Keely ne répondit pas et laissa le silence régner tandis qu'il faisait une nouvelle tentative. Le ballon vint en suspens au-dessus de l'anneau avant de tomber en passant à travers le panier. « De toute façon, dit-elle, je voulais que les choses soient bien claires : je ne te fais aucun reproche, chéri. Je ne t'en ai jamais fait. C'est la vie. Nous n'y pouvons rien changer. Le seul fait de penser autrement est une perte de temps. L'important est de passer à la suite. Ne pas ressasser.

— C'est ce que tu voulais me dire ? interrogea-t-il froidement.

— Je veux simplement que tu saches qu'en aucune façon je ne te tiens pour responsable, chéri. Est-ce que tu comprends ?

— Je comprends, dit Dylan en lançant violemment le ballon dans l'obscurité, du côté du garage. J'en ai marre de ce jeu. » Sans un mot de plus, il passa dignement à côté d'elle pour regagner la maison.

« Dylan, que se passe-t-il ? Parle-moi. Je veux que les choses aillent bien entre nous. Qu'ai-je fait, encore ? Apparemment je ne fais rien de bien. »

Dylan s'immobilisa avant d'arriver à la porte. Sa silhouette, dessinée en ombre contre la lumière de la maison, son profil surtout, lui rappela beaucoup Richard. Dylan avait hérité de l'allure dégingandée de son père, de ses traits réguliers. Et puis, songea-t-elle, il avait aussi sa propension à garder pour lui ses pensées les plus intimes, ce qui leur donnait tout loisir de le tourmenter et le harceler. Keely voyait Dylan chercher les mots pour formuler ce qu'il avait sur le cœur. Au lieu de quoi il dit : « Le téléphone sonne.

— Laisse sonner.

— Il va réveiller Abby », lui fit-il observer.

Keely soupira avant de courir vers la maison, sachant que Dylan avait raison. Lorsqu'elle décrocha, elle eut simplement l'agence immobilière qui voulait arranger un rendez-vous pour le lendemain. Elle expédia la communication aussi vite que possible, puis revint s'inquiéter de Dylan. Elle avait entendu la porte claquer pendant qu'elle était au téléphone, et savait donc qu'il était rentré. Mais lorsqu'elle appela depuis le pied de l'escalier, elle n'obtint aucune réponse. Elle monta et parcourut le couloir jusqu'à sa chambre. Son blouson traînait sur le dossier de sa chaise de bureau. Ses vêtements jonchaient le sol. La porte de sa salle de bain était fermée, et elle entendit la douche couler. *Sa façon de se débarrasser de moi,* pensa-t-elle, *avec l'eau du bain.* Elle eut un soupir mais ramassa le linge sale et retourna vers l'escalier.

7

« ÊTES-VOUS sûre que cela vous convient ? », demanda Nan Ranstead sans reprendre souffle. Keely se força à sourire. Nan travaillait pour l'agence immobilière à laquelle elle avait confié la vente de la maison. Elle avait téléphoné une demi-heure plus tôt pour dire qu'elle avait dans son bureau des clients potentiels impatients de voir la maison. Keely avait bien compris qu'elle était censée ne pas être là pendant les visites, mais Abby venait juste de s'endormir et elle n'avait pas l'intention de la réveiller. « C'est absolument parfait, dit-elle.

— Nous marcherons sur la pointe des pieds », promit Nan. Elle désigna de son index à la French Manucure impeccable un jeune couple lisse qui attendait dehors. Ils se dirigèrent aussitôt vers le pas de la porte où se trouvait Nan.

Ils doivent me prendre pour la femme de ménage, pensa Keely, consciente soudain de son sweat-shirt et de son vieux jeans maculé de purée de bébé. Un coup d'œil dans le miroir du vestibule lui montra que ses cheveux blond cendré et mi-longs faisaient ternes et négligés, que son visage semblait gris et anonyme sans maquillage. Elle n'avait visiblement pas le cœur à se préoccuper de son apparence. Elle parvenait tout juste à se sortir du lit le matin, et à tenir jusqu'à la fin de la journée.

« Abby dort dans la chambre d'enfant, dit-elle à Nan. J'attendrai à l'intérieur. Vous n'aurez qu'à pousser la porte quand ils voudront regarder.

— Nous ne resterons pas longtemps, promit Nan.
— Prenez votre temps », dit Keely.

Elle se retira du vestibule pour se diriger vers la chambre d'enfant, dont elle ouvrit la porte pour entrer. Elle se pencha au-dessus du lit. Abby dormait à poings fermés. Son petit corps avait la forme d'une poire, à cause du paquet de couches sous la salopette en velours côtelé vert pâle. Keely porta un index à ses lèvres avant de caresser le visage tout chaud de l'enfant. A regret, elle s'arracha aux barreaux et s'assit dans un rocking-chair blanc, près de la fenêtre donnant sur la partie du jardin bordant le côté de la maison. Elle apercevait le bout de terrain devant la maison des Connelly, à travers les arbres séparant les deux propriétés. Evelyn Connelly soutenait son vieux père sur le court chemin menant à la voiture. Il était difficile d'imaginer que cet homme avait été un jour un médecin respecté. Il était aujourd'hui comme un enfant, et Evelyn semblait être totalement seule à veiller sur lui. Keely l'entendit parler sèchement à son père en l'installant sur le siège avant.

Elle avait été affligée de découvrir la pancarte À VENDRE sur la pelouse de Keely, et était venue dire son inquiétude. « Jamais vous ne trouverez une rue plus agréable, ni une plus jolie maison, avait-elle prévenu Keely. Elle est parfaite pour les enfants. Je sais de quoi je parle. J'ai grandi ici. »

Keely avait bredouillé une sorte d'assentiment, mais en se demandant en secret si cette nostalgie de l'enfance n'était pas ce qui avait empêché Evelyn de s'en aller. Sa vie actuelle dans cette maison était forcément triste et solitaire. Une belle maison ne remplaçait pas une vie sociale riche.

Keely envisageait de repartir pour le Michigan avec ses enfants lorsque la maison serait vendue. Ses frères vivaient toujours là-bas et leur famille aussi. Ils étaient beaucoup plus vieux qu'elle, mais ils représentaient un lien familial sur lequel elle pouvait compter. Peut-être retrouverait-elle son poste de professeur dans son ancien collège. Dylan pourrait reprendre les choses où il les avait laissées avec ses copains. Ils avaient besoin de trouver un endroit où ils se sentiraient chez eux. Ici, personne ne les regretterait.

Enfin, presque. Lucas et Betsy ne se réjouiraient pas de les voir partir. Mais malgré l'affirmation de Lucas disant qu'ils faisaient partie de la famille, sans Mark, le lien semblait bien ténu. Mark disait toujours que l'adoption avait été une idée de Lucas à laquelle Betsy s'était rangée par gentillesse. Pour ce qu'elle avait pu constater, Keely tendait à croire que Mark avait sans doute raison. Les Weaver regretteraient leur départ, mais ils ne seraient pas tristes.

En revanche, quand elle pensait à Ingrid, la mère de Richard, elle se sentait franchement coupable. Ingrid aurait pu être un pur produit du Middle West. Elle faisait de la pâtisserie, cousait ses vêtements, était gâteuse de son petit-fils. Keely se disait parfois qu'Ingrid avait accepté facilement son mariage avec Mark parce qu'ainsi Dylan vivrait auprès d'elle. Ingrid adorait aussi Abby et ne manquait jamais une occasion de la garder. Depuis la mort de Mark, Ingrid avait été une amie fidèle, qui faisait de son mieux pour l'aider. Ingrid serait brisée s'ils s'en allaient. *Nous achèterons une maison avec une chambre d'ami*, calcula-t-elle intérieurement. *Nous l'inviterons pour de longues périodes.*

Le bruit de la sonnette interrompit Keely dans ses pensées. Elle fronça le sourcil, regarda le bébé endormi en espérant que le carillon n'allait pas la réveiller. Elle se précipita dans le vestibule et ouvrit.

L'inspecteur Stratton se tenait sur le pas de la porte. Une équipe d'hommes portant des instruments attendaient derrière lui, dans l'allée. « Bonjour, Mrs. Weaver, dit-il poliment.

— Que désirez-vous ? » demanda Keely.

L'agent immobilier et le jeune couple bien habillé qui visitaient la maison apparurent dans l'encadrement de la porte de la salle de séjour et regardèrent Keely avec curiosité.

« Je vous présente notre équipe d'enquête sur les lieux du crime, expliqua Stratton. Nous avons besoin d'accéder à votre piscine pour relever d'éventuels indices liés à la noyade de votre mari.

— La noyade ! s'exclama dans un halètement la jeune femme derrière Keely.

— J'ai des visiteurs pour ma maison, informa Keely avec humeur.

— Ils peuvent continuer leur visite, dit Phil. Ils ne nous dérangent pas. »

Keely entendit murmurer derrière elle. « Non, je ne pourrai jamais, répétait la jeune femme.

— Pouvons-nous faire le tour par-derrière ? demanda Phil.

— Faites comme il vous plaira », dit Keely en claquant la porte. Elle se tourna pour présenter ses excuses à l'agent et aux acheteurs potentiels, mais le jeune couple évita son regard.

Nan Ranstead s'approcha de Keely : « Je crains que la visite soit terminée. Ils ne sont plus intéressés. Si vous aviez l'amabilité de me prévenir la prochaine fois que vous attendez la police.

— Je suis désolée. Je ne les attendais pas. »

Nan accompagna le jeune couple à la sortie, et Keely les regarda presser le pas dans l'allée pour rejoindre plus vite la Ford Taurus rouge de Nan. En hochant la tête, Keely rentra et marcha jusqu'aux portes-fenêtres avant de sortir sur la terrasse. Elle traversa le dallage et vit un homme en train de photographier la grille de la piscine, pendant qu'un autre maniait un mètre pliant et inscrivait des chiffres dans un carnet. Phil Stratton conférait avec un homme en coupe-vent bleu, qui tenait un porte-papier.

« Inspecteur Stratton », dit Keely.

Phil Stratton se retourna et la regarda.

« Que diable fabriquez-vous ici ?

— Nous avons pris des mesures...

— Ça, je le vois. Des mesures de quoi ? Pourquoi ?

— Eh bien nous avons mesuré par exemple la distance entre la maison et la piscine. » Il tapota sa lèvre supérieure avec un stylo doré. « Au fait, quel âge a votre bébé, exactement ?

— Elle a un an. Inspecteur, j'espère que vous savez que vous venez de torpiller la vente de ma maison. J'avais des acheteurs potentiels venus visiter les lieux. Mais lorsque vous avez claironné la noyade de mon mari, ils ont pris leurs jambes à leur cou et ont décampé.

— Je n'y peux rien, dit-il sèchement. A propos du bébé — combien de temps lui faut-il, à votre avis, pour aller de l'intérieur de la maison à la piscine ?

— Je ne sais pas, cria-t-elle. Comment le saurais-je ? Je ne la chronomètre pas.

— Mais elle n'est pas très rapide. Elle ne bat pas de records de vitesse.

— Evidemment que non.

— Vous ne trouvez pas cela étrange ? interrogea-t-il.

— Cela, quoi ?

— Eh bien, les jeunes enfants ne tiennent pas en place. Je n'ai pas d'enfants moi-même, mais mes sœurs passent leur temps à se plaindre de ne pouvoir quitter leurs gamins des yeux une seconde. Vous ne trouvez pas étrange que votre mari l'ait laissée seule, sans surveillance, assez longtemps pour qu'elle réussisse à arriver jusqu'à la piscine ? Sans jamais remarquer qu'elle n'était plus dans la maison ? »

Un instant, Keely fut désarçonnée. Elle pensa à la dernière image de Mark vivant — tenant Abby dans ses bras. Il savait qu'Abby devait être surveillée en permanence. Mais peut-être y avait-il eu un coup de fil, et s'était-il laissé distraire. Il croyait qu'Abby jouait tranquillement à côté de lui, à tort. « Je ne sais pas, convint-elle. Peut-être qu'ils étaient déjà dehors et qu'il l'a perdue de vue pour une raison que j'ignore. Le téléphone. Je n'en sais rien.

— Oui, j'imagine que c'est possible », dit Stratton. Il plissa les yeux pour contempler la piscine couverte d'une bâche. L'eau de pluie formait une flaque d'eau stagnante au centre, avec des feuilles mortes flottant à la surface. « Mais s'il était dehors avec elle, est-ce qu'il n'aurait pas remarqué que la grille de la piscine était restée entrouverte ? A votre avis ? »

Keely regarda la piscine, puis la maison. Son cœur battait bizarrement dans sa poitrine, comme s'il avait des manqués. « Je suppose qu'il a été distrait par quelque chose », concéda-t-elle. Et dans sa tête, elle l'imaginait, en grande conversation au téléphone, pensant que le bébé était là, à ses pieds. Qu'il n'y avait aucun danger. Peut-être était-il avec un client. En train de négocier un meilleur accord. Oubliant un peu le bébé au fur et à mesure qu'il alignait ses arguments. Et puis un cri, un grand plouf. Les larmes jaillirent de ses yeux quand elle se le représenta bondissant, sachant à cet instant que le désastre l'avait rejoint. Se précipitant pour la voir, sa poupée adorée, en train de se débattre désespérément dans la partie profonde et lui, confronté à un choix impensable — un choix qu'il fit.

« Pourquoi me forcez-vous à revivre ces instants ? supplia-t-elle.

— Par quoi aurait-il pu être à ce point distrait ? insista-t-il.

— Je n'en sais rien. Un client... une urgence...

— Nous avons envisagé cette possibilité. Rien n'indique qu'il était au téléphone au moment de l'accident. J'ai interrogé le sergent Henderson à ce sujet. Il a déclaré qu'ils n'avaient pas trouvé le combiné dehors lorsqu'ils sont arrivés. Il était à l'intérieur. Sur son support. »

Keely le foudroya du regard. « Il est peut-être rentré pour répondre.

— En laissant un bout de chou tout seul dehors, avec la grille de la piscine ouverte ? demanda Phil Stratton, incrédule.

— Non. Je ne sais pas, répondit piteusement Keely.

— J'aurais plutôt tendance à penser qu'il se trouvait dans la maison au moment de l'accident. Vos relevés montrent qu'il s'était branché sur Internet à sept heures. Il était donc dans la maison, et le bébé s'est échappé. Et il ignorait que la grille de la piscine était ouverte. »

Keely eut l'impression que sa tête était prise dans un tourbillon. « Il n'a pas fait attention, d'accord ? Et il a payé cette inattention de sa vie. Quelle différence cela peut-il bien faire ? Vous savez ce qui s'est passé. » Elle essuya nerveusement les larmes qui ruisselaient sur son visage.

L'inspecteur Stratton ne s'arrêta pas à ses larmes. « C'est précisément le problème. Nous ne savons pas ce qui s'est passé. Et sincèrement, je suis surpris que vous ne manifestiez pas plus de curiosité. »

Keely fut piquée par le reproche. « Ecoutez, je me moque de savoir comment les choses se sont passées. Le résultat est le même. La grille de la piscine était restée ouverte. Elle aurait dû être fermée, mais elle ne l'était pas. Mark a perdu le bébé de vue. Il aurait dû la surveiller, mais il ne l'a pas fait. J'allais avoir une vie heureuse, et maintenant c'est fini. C'est tout ce que j'ai besoin de savoir.

— Je crains que nous souhaitions en savoir un petit peu plus. Mrs. Weaver, je vous prie de nous amener votre fils, Dylan, cet après-midi, au bureau du procureur.

— Le bureau du procureur, répéta-t-elle en s'essuyant encore une fois les yeux. Et pour quoi faire ?

— Nous désirons avoir un nouvel entretien avec Dylan. C'est au tribunal de Profit. Vous savez y aller ? »

Les paroles de l'inspecteur l'assommèrent comme un coup de poing. « Oui, mais... un entretien avec Dylan ? Pourquoi ? De quoi s'agit-il exactement ? Pourquoi est-ce nécessaire ?

— A quelle heure rentre-t-il du collège ?

— A trois heures. Mais je ne vois pas...

— Alors disons trois heures trente.

— Attendez un instant, inspecteur. Laissez-moi vous épargner... épargner à tout le monde... cette peine. Voulez-vous savoir comment la grille de la piscine s'est trouvée ouverte ? Je vais vous le dire. Dylan — mon fils — Dylan l'a laissée ouverte. Il était furieux contre moi à cause de l'histoire du vélo, et quand il est rentré à la maison, il est allé chercher son skate qu'il avait laissé par négligence au bord de la piscine. D'accord ? Il a fait une bêtise, et il a laissé la grille ouverte, et le pire qui pouvait arriver est arrivé.

— Vous croyez donc que c'est Dylan qui a laissé la grille ouverte, dit-il en se ruant sur son aveu.

— Disons que c'est une explication. Bien sûr, reconnaître les faits le terrorise. Il a sans doute peur qu'ensuite je ne l'aime plus. Mais je n'ai pas l'intention de le faire souffrir toute sa vie pour un moment d'inattention. Nous faisons tous des choses que nous regrettons. Des choses que nous aimerions effacer si c'était possible. Sa négligence a conduit à une tragédie. Je le sais, il le sait, et maintenant vous le savez. Si vous avez envie de dire que dans son subconscient il se peut que... je n'en sais rien. Il est vrai que la venue du bébé a provoqué en lui des sentiments contradictoires. Qu'il m'en a voulu de mon remariage. Mais comme n'importe quel enfant. Cela ne signifie pas qu'il ait agi délibérément. Il ne l'a pas fait exprès. Jamais. C'est un enfant gentil. »

L'inspecteur Stratton la regarda, songeur. « Vous êtes bien sûre ?

— Evidemment, que je suis sûre ! s'exclama-t-elle. Je connais mon propre fils. »

L'inspecteur Stratton cria à l'équipe d'enquête sur les lieux du crime qu'il était temps de remballer. Puis il posa sur elle un regard impassible. « Dans ce cas, vous n'avez aucune raison de vous inquiéter. A trois heures trente, donc ? Vous pourriez avoir besoin de la présence de votre avocat. Nous ferons en sorte de ne pas vous garder trop longtemps. »

8

Les bureaux de Weaver, Weaver and Bergman étaient situés dans une maison de l'époque fédérale à l'extrémité du quartier des affaires de St. Vincent's Harbor. Lucas avait fait preuve de perspicacité en choisissant ce lieu. De la rue, il s'agissait d'une demeure élégante aux proportions parfaites, nimbée d'une aura d'histoire, de discrétion, de bon goût. A l'intérieur, depuis presque toutes les fenêtres on avait une vue sur Chesapeake Bay, et quiconque possédait quelques lueurs concernant la ville savait qu'un bien immobilier doté d'une vue sur le port était ce qu'on pouvait trouver de plus cher à St. Vincent's Harbor. Il suffisait de franchir le seuil et de fouler la moquette Stark bleue à motifs or pour savoir que ce cabinet était celui où les nantis venaient chercher une représentation juridique.

Keely gara son Cherokee dans un espace qui venait de se libérer en face du bâtiment, et elle contempla la solennelle façade de brique rouge avec une certaine appréhension. Elle avait souhaité retarder au maximum sa venue ici, mais cette fois, il le fallait bien. Le conseil de l'inspecteur Stratton suggérant d'amener Dylan au bureau du procureur avec un avocat l'avait mise dans un état de panique. Elle avait besoin de l'avis de Lucas, en tête à tête. Elle regarda tristement le tailleur pantalon en tissu écossais qu'elle avait revêtu à la hâte. Depuis la naissance de Abby, elle portait rarement ses tenues de « travail », mais aujourd'hui, dans ce tailleur, elle se sentait plus professionnelle, plus capable de contrôler cette situation hostile. Elle avait laissé Abby chez Ingrid, qui s'était montrée enchantée de garder le bébé si cela pouvait aider Dylan.

Keely gravit les marches blanches jusqu'à la porte brillante, et jeta un coup d'œil à la plaque dorée sur laquelle était gravé le nom du cabinet. Elle ne commit pas l'erreur de sonner, malgré la sensation d'intrusion qu'elle eut en poussant la porte et en entrant. Elle n'était pas venue ici souvent. Mark était un homme très absorbé dans son travail, et il avait signifié clairement, sans recourir à la parole, que les visites impromptues, même de sa femme, n'étaient pas les bienvenues.

Keely avança jusqu'au bureau de Sylvia Jeffries, qui travaillait depuis toujours à l'accueil, et elle se racla la gorge. Sylvia leva les yeux de son écran d'ordinateur, et manifesta sa surprise.

« Mrs. Weaver, dit-elle en tendant la main. Je suis tellement heureuse de vous voir. »

Keely serra la main de cette femme plus toute jeune, sans se donner la peine de la prier de l'appeler par son prénom. Sylvia appartenait à la vieille école et n'avait pas l'intention de modifier ses habitudes. « Heureuse de vous voir, Sylvia.

— Comment allez-vous, les enfants et vous ? demanda Sylvia avec gentillesse.

— On fait aller », dit Keely.

Veuve elle-même, elle compatit. « Ce n'est pas facile. Il faut juste prendre un jour après l'autre.

— C'est vrai, dit Keely. Je suis désolée de vous déranger...

— Oh, je suppose que vous aimeriez entrer dans le bureau de Mr. Weaver. Je le laisse fermé, dit Sylvia.

— En vérité, non, dit Keely. J'espérais voir Lucas.

— Ah, cela risque de poser un problème, dit-elle sombrement, une ride soucieuse lui barrant le front. Il a quelqu'un dans son bureau juste en ce moment.

— J'attendrai, dit Keely. C'est important.

— Je le préviens de votre présence. » Sylvia décrocha le téléphone.

« Merci », dit Keely en se dirigeant vers le fauteuil style

Queen Ann, recouvert de tissu rayé bleu et or, où elle s'assit. Elle regarda les gros titres des magazines posés sur la table basse, mais rien ne réussit à la distraire de ses inquiétudes du moment. Elle s'adossa, s'accrocha aux bras recourbés du fauteuil et tenta de calmer sa respiration en inspirant profondément.

Les murs étaient ornés de séries de photos sépia de la collection de Lucas. Keely les regarda pour passer le temps. Les cow-boys sur les clichés avaient été soumis à de longues séances de pose, à cause des contraintes de la photographie d'autrefois. Ils fixaient l'objectif d'un air mauvais, réduits à l'immobilité pour la postérité.

« Mrs. Weaver, annonça Sylvia d'une voix douce. Votre beau-père me prie de vous dire qu'il sera à vous dans un instant.

— Merci », dit Keely.

Au même moment, la porte du bureau de Lucas s'ouvrait, et Lucas sortit, suivi d'un jeune homme à la beauté exotique, traits africains, teint mocca, dreadlocks cuivrées. Il avait les yeux d'un vert d'eau saisissant et portait un blouson de cuir noir, avec des bottes de motard aux boucles défaites. « Je regrette, Mr. Graham, dit Lucas. J'aurais aimé pouvoir vous aider. Je ne sais quoi vous dire d'autre.

— C'est bon, mon ami, dit le jeune homme avec beaucoup d'ironie et un accent britannique. Je ne m'attendais guère à une aide de votre part. Le fait que je sois noir et...

— Vous vous méprenez complètement, Mr. Graham », se raidit Lucas.

Le jeune homme eut un mouvement de tête incrédule et claqua la porte derrière lui lorsqu'il sortit.

Lucas s'approcha de Keely. « Keely. Je suis navré pour cet incident.

— Pas de problème, murmura-t-elle.

— Entrez dans mon bureau. Sylvia, vous ne me passez personne. »

Keely le suivit dans le couloir où il avançait d'un pas mal assuré en s'appuyant sur sa canne d'ébène à pommeau d'argent. Elle prit place dans l'un des fauteuils confortables installés face à son bureau. Une statue de Frank Remington représentant un dompteur de chevaux sauvages ornait un coin de la grande table. Lucas avait l'air sombre en faisant lentement le tour de son bureau pour tirer son fauteuil.

« Stupéfiant, ce jeune homme », nota Keely.

Lucas poussa un long soupir en s'asseyant. « Oui », dit-il.

Keely avait envie de demander s'il avait des ennuis, mais elle connaissait assez le principe du secret professionnel pour n'en rien faire. Lucas ne pourrait pas parler, quand bien même il y serait disposé. Mais pour le moment, son regard était perdu dans les lointains et il semblait contrarié.

« Lucas ? demanda-t-elle. Vous allez bien ? »

Lucas ne répondit pas.

« Lucas ? »

Il secoua la tête, comme pour se débarrasser d'un poids sur son cœur, causé par la visite du jeune homme. « Je peux vous dire que je n'aime pas me faire traiter de raciste.

— Vous ne l'êtes pas, dit Keely, rassurante.

— J'ai certes mes défauts. Dieu sait que j'ai fait ma part de...

— S'il vous connaissait, il n'aurait pas dit ce qu'il a dit », insista Keely en se penchant en avant.

Lucas opina et tapota songeusement sur son sous-main avec un stylo.

« C'était un client ? » demanda Keely. Elle ne savait plus quoi dire pour meubler le silence. L'avocat semblait très contrarié.

Il tourna la tête et posa sur elle un regard perplexe. « Qui ? » demanda-t-il.

Keely recula dans son siège, un peu déconcertée par cet apparent ictus amnésique. « Votre visiteur. Le jeune Britannique qui vient de sortir.

— Oh, non. C'était juste... » La voix de Lucas resta en suspens. Puis il déclara avec brusquerie : « Ce n'était rien », mais Keely remarqua l'éclair de souffrance dans ses yeux. « Assez parlé de mes problèmes, dit-il d'une voix ferme. A quoi dois-je le plaisir... ? »

Keely ploya d'un coup sous le poids des inquiétudes qui

s'abattaient de nouveau sur elle. « Lucas, j'ai besoin de votre aide.

— A propos de la maison ?

— Non. A propos de la police. Vous vous souvenez que je vous ai parlé de la visite de l'inspecteur Stratton...

— Oui.

— Bon, eh bien, il est revenu aujourd'hui avec toute une équipe, et ils ont pris des photos et des mesures derrière la maison. Ils veulent que j'amène Dylan cet après-midi au bureau du procureur pour l'interroger.

— L'interroger ? A quel sujet ? »

Keely eut un air désabusé. « L'accident de Mark. Lucas, je ne sais pas ce qui se trame. » Elle entendit l'inquiétude dans sa propre voix. « Je suis censée le prendre à la sortie du collège et l'emmener là-bas. L'inspecteur a suggéré que je vienne avec un avocat.

— Procédure normale en cas d'interrogatoire d'un mineur, dit-il. Ne vous laissez pas impressionner par ce détail.

— Formidable, dit-elle avec une pointe d'ironie. Je me sens déjà bien mieux. »

Lucas garda le silence un moment. « A quelle heure ? » demanda-t-il abruptement

Keely consulta sa montre. « Je récupère Dylan dans un quart d'heure.

— Bien. » Il appuya sur le bouton de son interphone et s'adressa à Sylvia. « Annulez mes rendez-vous de cet après-midi. » Lucas se leva, fit le tour du bureau. « Bon, ne vous inquiétez pas, dit-il. Je passe quelques coups de fil pour tirer cette affaire au clair. Je vous retrouve ensuite au tribunal, dans une demi-heure, ça vous va ? »

Soupir de Keely. « D'accord. Merci, Lucas.

— Ne vous inquiétez pas, Keely. Il n'y a aucun souci à se faire », dit-il.

Keely se dirigea vers la porte, mais se retourna juste à temps pour surprendre le visage contrarié de Lucas. Son cœur, qui s'était allégé un instant, redevint lourd comme le plomb. *Il n'est sûr de rien du tout,* pensa-t-elle. *Oh Seigneur, que peuvent-ils bien nous vouloir encore ?* Elle parcourut le couloir et passa devant la porte fermée du bureau de

Mark, sur sa gauche. *Pas aujourd'hui,* pensa-t-elle. C'était plus qu'elle ne pouvait affronter.

Lorsque les adolescents jaillirent par toutes les portes du collège, Keely se concentra pour repérer son fils. Il était assez facile à identifier, avec son crâne rasé et son blouson de cuir qui flottait sur sa frêle carcasse. La boucle d'oreille en or brillait au soleil de l'après-midi. Il était tout seul, et avait la mine sombre en descendant les marches. Elle sortit de la voiture et marcha à sa rencontre. Elle ne voulait pas l'embarrasser en l'appelant devant tous ces autres gosses. Il était à l'âge où toute forme d'attention, ou presque, l'embarrassait.

Elle arriva à son niveau, et sa première réaction fut d'allonger le pas, sans même regarder qui était auprès de lui. « Dylan, attends », dit-elle à voix basse.

Dylan tourna la tête et son visage exprima la surprise. Il remarqua les vêtements habillés, et parut subitement inquiet. « Qu'est-ce qui se passe ? Où est Abby ?

— Abby est chez ta grand-mère. Dylan, il faut que je... il faut que nous allions voir... l'inspecteur Stratton, cet après-midi. »

Dylan s'immobilisa net, et plusieurs adolescents durent les contourner pour passer. « Pourquoi ? Quand ?

— Tout de suite, dit-elle comme en s'excusant. Ils... ils désirent nous parler.

— Tu veux dire, me parler. Ils veulent me parler.

— Lucas nous retrouve là-bas, il n'y a donc rien — absolument rien à craindre.

— Mais bien sûr, maman, dit-il.

— Trésor, je ne sais pas à quoi rime tout ce cirque, mais nous allons nous rendre là-bas, répondre à leurs questions, et en finir. »

Les épaules de Dylan s'affaissèrent, son regard parut égaré. « Cette histoire ne finira jamais », dit-il.

Keely voulut le prendre par l'épaule, mais il se déroba. Elle se rendit compte que bientôt, elle devrait se mettre sur la pointe des pieds pour l'embrasser. « Bon, cesse ce genre de propos. Ce n'est pas une affaire d'état. »

Il traîna la jambe pour la suivre jusqu'au Cherokee, perdu dans ses pensées. Il ouvrit la portière et monta. Elle fit le tour et s'installa à côté de lui. Elle ne voulait pas lui laisser voir sa propre inquiétude. Il n'en avait pas besoin. D'ailleurs, pensa-t-elle dans un effort pour positiver la situation, leur raconter ce qui s'était passé risquait d'être bénéfique à Dylan, de le soulager d'un poids.

Lorsqu'elle gara le Cherokee en face du tribunal, elle vit Lucas descendre de sa voiture, un peu plus bas. Elle l'appela, et ils attendirent que Lucas les rejoigne, en s'appuyant sur sa canne. Il salua chaleureusement Dylan, et Dylan réagit en serrant mollement la main qu'il lui tendait. « Si on entrait régler cette affaire, non ? » proposa Lucas.

Ils lui emboîtèrent le pas à l'intérieur du bâtiment austère. Lucas traversa le hall dallé de marbre pour demander l'inspecteur Stratton à l'accueil. Au bout de quelques minutes, on entendit un bip du côté de la double porte couleur crème, gardée par un agent de police. Phil Stratton fit son apparition, balaya le hall du regard, les repéra.

« Maître, dit-il en tendant la main à Lucas. Je savais que je risquais de vous voir ici. On y va. Mrs. Weaver, Dylan, si vous voulez bien me suivre. »

Keely sentit son cœur s'accélérer, mais elle songea qu'il n'y avait pas lieu de s'inquiéter. Dylan et elle suivirent Lucas et l'inspecteur Stratton, qui devisaient à voix basse le long d'un couloir silencieux, orné de portraits et menant à une salle de conférence qui contenait une table grande comme une table de salle à manger, entourée de sièges confortables. Phil leur fit signe de s'asseoir avant de disparaître un instant.

« Lucas, murmura Keely. Que se passe-t-il ? De quoi discutiez-vous ? »

Lucas ouvrit sa serviette sur le plateau ciré de la table, puis il s'adossa. « Je lui ai simplement demandé si le procureur du comté comptait montrer son visage au cours de cette rencontre. J'ai eu confirmation par mes sources personnelles que cette enquête était diligentée par elle. »

Keely fronça les sourcils. « Le procureur du comté... ?

— Maureen Chase, asséna calmement Lucas. Vous semblez surprise.

— Bien sûr, dit Keely. Je ne sais pas pourquoi je n'y avais pas pensé...

— Pourquoi y auriez-vous pensé ? s'indigna Lucas. C'est très peu professionnel de sa part. »

La porte de la salle de conférence s'ouvrit et Keely sursauta, s'attendant à voir entrer la rousse Maureen Chase. Au lieu de quoi elle vit l'inspecteur et un autre homme en costume venir s'asseoir face à eux, de l'autre côté de la table. « Je vous présente le lieutenant Nolte, dit Phil. Mrs. Weaver, Dylan, et vous connaissez sans doute Lucas Weaver. Il est souvent commis d'office dans la juridiction 72. Les deux hommes se serrèrent la main. Keely vit le tremblement compulsif de sa cheville et se concentra pour faire cesser le tic nerveux.

« Bien, dit Stratton. Nous sommes ici aujourd'hui pour parler de la mort de Mark Weaver. Je pense que la cause du décès ne fait aucun doute pour personne. Mr. Weaver est mort noyé. C'est la cause du décès, claire, nette. Mais nous nous posons encore des questions à propos de cet accident.

— Excusez-moi, dit Lucas. Si vous avez l'intention de poser des questions à cet enfant mineur, il existe des procédures...

— Nous ne vous avons pas attendu, Maître, dit aimablement l'inspecteur. Dylan Weaver, il est de mon devoir de vous informer que vous avez le droit de garder le silence. Tout ce que vous direz pourra être et sera retenu contre vous devant le tribunal. Comprenez-vous ? »

Dylan regarda sa mère les yeux écarquillés.

« Oh mon Dieu ! » s'écria Keely.

Lucas lui serra fort la main tandis que Stratton poursuivait. « Il s'agit d'une formalité, lui assura Lucas. A laquelle ils sont tenus de se conformer. »

Stratton termina l'énumération de ses droits à Dylan, puis poussa un document devant Keely. « Si vous voulez bien signer ceci, Mrs. Weaver... »

Keely jeta un regard inquiet à Lucas, qui lui fit signe d'obtempérer. « Tout va bien, Keely. Il s'agit d'une décharge. Ce document atteste simplement qu'ils ont votre autorisation pour interroger Dylan. Et qu'il a été informé de ses droits. Faites-moi confiance. Tout va bien. » Il désigna un endroit de la page et Keely signa, avant de repousser le papier de l'autre côté de la table.

« A présent, inspecteur, nous nous efforçons de nous montrer coopératifs, mais évitons de faire perdre son temps à tout le monde. Vous n'avez aucune preuve vous permettant d'avancer que cette mort pourrait être de quelque façon suspecte, asséna carrément Lucas.

— Il est exact que nous n'avons aucune preuve quant aux causes de la mort. Toutefois, même dans les cas de mort accidentelle, nous devons envisager la possibilité de négligence coupable. Il existe également ce que nous appelons les cas d'homicide sans mobile apparent.

— Sans mobile apparent, répéta Keely. De quoi s'agit-il ?

— C'est le cas d'homicide le plus difficile à prouver. Mais on y parvient. Posez la question à votre avocat. Vous vous souvenez de Frederick Yates ?

— Qui est Frederick Yates ? interrogea Keely, en haussant le ton.

— Ceci est absurde, dit Lucas. La petite s'est échappée jusqu'à la piscine, et elle est tombée dans l'eau. Elle était trempée jusqu'aux os. C'est vous qui l'avez trouvée. Mark ne savait pas nager. La seule négligence coupable, en l'occurrence, c'est celle d'un homme qui achète une maison avec piscine alors qu'il ne sait pas nager. »

Keely baissa les yeux, cramoisie. C'était la vérité. Irréfutable. Mais il était douloureux de l'entendre énoncée aussi crûment. Sa propre responsabilité dans tout ce qui était arrivé flottait aussi dans l'air.

« Je vais être franc avec vous, inspecteur. J'ai mis mon fils en garde quand il m'a parlé de cette maison en lui disant de ne pas l'acheter, continua Lucas. Sa femme l'a mis en garde. Elle non plus ne trouvait pas que c'était une bonne idée. Mais Mark a refusé d'écouter. Il n'a rien voulu entendre. C'était un homme qui se faisait une idée erronée de sa propre invincibilité. Et il avait la témérité de croire que sa décision inconsidérée ne se retournerait jamais contre lui. »

Keely regarda Lucas avec tristesse, blessée par ce portrait

au vitriol de son mari, et Lucas, sans sourciller, lui adressa un bref coup d'œil. Elle comprit aussitôt le message. Il chargeait Mark, qui ne pouvait évidemment pas protester. Et au fond de son cœur, Keely sut que Mark aurait approuvé.

« Alors que reste-t-il à discuter ? » Le regard de Lucas était provocateur.

Stratton s'enfonça dans son siège et croisa les bras sur sa poitrine. Sa carrure athlétique semblait à l'étroit dans le blouson de sport et la cravate qu'il portait. Son regard sombre demeura suave, mais il parla sur un ton réprobateur. « Il était votre fils, Lucas. Je m'efforce simplement de m'assurer que justice lui soit rendue.

— Je connaissais bien mon fils, inspecteur. Il n'aurait pas voulu que vous harceliez sa famille en son nom. Il s'est mis lui-même dans une situation dangereuse, et il a forgé son propre destin », répliqua sèchement Lucas.

Stratton eut un mouvement d'épaules. « Voilà qui semble un peu cruel. Vous n'êtes pourtant pas un homme dépourvu de cœur, Lucas. Chercheriez-vous à cacher quelque chose en chargeant votre fils ? »

Lucas le foudroya du regard. « Ne jouez pas à ce jeu avec moi, inspecteur. Je ne suis pas venu ici pour jouer à des jeux. »

Stratton se tourna vers Dylan qui détourna les yeux. « Que pensait votre père de cette coupe de cheveux, Dylan ? Et de la boucle d'oreille ?

— Vous voulez parler de mon beau-père ?

— Oui. La victime. Mark Weaver.

— La victime ? protesta Keely.

— La victime de la noyade, dit Phil.

— Il n'aimait pas, dit Dylan.

— Vous vous disputiez à ce sujet ?

— Quelquefois, dit Dylan avec un geste de lassitude. Pas trop souvent.

— Un homme qui se dispute avec son beau-fils sur des questions de coupe de cheveux, intervint Lucas sur le mode sarcastique. Si cela constituait un mobile de meurtre, plus un père d'adolescent ne serait en vie par les temps qui courent.

— Et ce blouson ? interrogea l'inspecteur. Il n'est pas vraiment à votre taille.

— Son blouson ! explosa Keely. Quel rapport avec cette affaire ?

— Est-ce que vous le portiez dans le seul but de le contrarier ?

— J'aime ce blouson, rétorqua Dylan avec indignation.

— Mais ça le contrariait tout de même, non ? Je veux dire, sachant d'où il venait. »

Keely contempla l'inspecteur, stupéfaite. « Comment savez-vous... ?

— Il s'en fichait complètement, dit Dylan.

— D'où vient ce blouson ? interrogea l'inspecteur.

— Il était à mon père, dit Dylan, sur le ton du défi. A mon vrai père. »

Stratton se pencha en avant et fixa ses grandes mains, aux ongles coupés court. « Si nous en parlions un peu, de votre vrai père.

— Pour dire quoi ? demanda Dylan, sur ses gardes.

— Est-ce que vous vous entendiez bien tous les deux ?

— Oui. Je l'adorais, dit simplement Dylan.

— Mais il était souvent... fâché, non.

— Il avait des migraines horribles », contra Dylan.

Stratton opina silencieusement, les lèvres serrées. « Comment est mort votre vrai père ? »

Dylan fut pris de tremblements et Keely planta un regard furieux dans celui de l'inspecteur qui ignora son expression scandalisée. « Lucas, murmura-t-elle.

— Inspecteur Stratton, intervint Lucas avec humeur. Quel rapport peut-il bien y avoir ?

— Comment est-il mort, Dylan ?

— Une balle dans la tête, bredouilla Dylan.

— Pardon ?

— Une balle... il s'est tiré une balle dans la tête. »

L'inspecteur opina encore et prit un bout de papier posé sur la table. Il fit semblant de l'étudier, avant de regarder de nouveau l'adolescent.

« Vous étiez dans la maison quand c'est arrivé ? »

Dylan secoua la tête en baissant les yeux. « Non.

— Mais vous l'avez trouvé. »

Dylan acquiesça, cette fois.

L'estomac de Keely ne faisait plus qu'un nœud. Comment osent-ils faire revivre ces moments à Dylan — trouver le corps de Richard — comme ça. Elle aurait voulu avoir le bras assez long pour gifler l'inspecteur Stratton par-dessus la table.

Comme s'il avait lu ses pensées, Lucas émit une protestation. « Est-il vraiment nécessaire de rappeler à cet enfant les détails horribles de la mort de son père ? »

Stratton ne se laissa pas ébranler. « Il y a un fait que j'aimerais établir, Maître.

— Alors faites, et qu'on en finisse, répliqua Lucas.

— Est-ce que votre père vous laissait jouer avec son arme, Dylan ? »

Dylan parut outragé. « Non. Bien sûr que non.

— Etiez-vous seulement au courant qu'il avait une arme ? »

Dylan hésita. « Non.

— Vous en êtes bien sûr ? dit Stratton. Vous n'aviez jamais vu cette arme auparavant ?

— Non. J'ai dit que non, insista Dylan.

— Et ce jour-là, quand vous avez "trouvé" votre père... où avez-vous trouvé l'arme ?

— Je ne l'ai pas trouvée ! s'exclama Dylan. J'ai juste vu papa allongé là, et je suis allé me cacher dans le placard.

— Bizarre.

— Qu'y a-t-il de bizarre ? demanda Keely avant que Lucas ait pu l'en empêcher. Il avait neuf ans. Il a eu peur. »

L'inspecteur l'ignora et regarda Dylan dans les yeux. « Je dis bizarre, Dylan, parce que vos empreintes se trouvaient partout sur cette arme. Comment cela peut-il se faire si vous ne l'avez jamais touchée ? »

9

KEELY eut l'impression que la pièce basculait. Elle entendit Lucas crier contre Phil Stratton, mais son attention était centrée sur Dylan dont le visage était devenu soudainement gris. Il ne la regarda pas. Ensuite, lentement, elle se tourna vers l'inspecteur qu'elle fixa avec courroux. « Ce n'est pas vrai », dit-elle.

Stratton soutint tranquillement son regard. « Vous prétendez donc que vous n'étiez pas au courant ?

— Je prétends qu'il s'agit d'un mensonge, dit-elle.

— Sauf qu'il s'agit d'un fait avéré, Mrs. Weaver, dit-il. Il est donc inutile que vous fassiez semblant de ne pas être au courant.

— Vous inventez, insista Keely.

— Je crains que non, dit-il. C'est consigné dans le rapport.

— Quel rapport ? demanda Keely.

— Le rapport fait par la police de Ann Arbor.

— Non. Quelqu'un m'aurait informée.

— Votre mari était au courant — Mark Weaver. Il savait.

— Il ne savait rien. Il me...

— Ça suffit, ça suffit, dit Dylan. C'est bon. »

Les regards de tous les adultes convergèrent sur lui.

« C'est bon, répéta Dylan. Je suppose que je... je crois que je l'ai ramassé.

— Tu crois ? demanda Lucas.

— Je suis sûr. Je l'ai ramassé.

— Mon Dieu, Dylan ! » s'écria Keely. En un éclair, elle

revit ce jour affreux. Richard, allongé dans son sang, et Dylan, dans le placard. A présent, lui était imposée l'image de Dylan, neuf ans, fasciné par la vue d'une arme à feu. Il s'approche, il la prend, il regarde le chargeur. « Tu aurais pu être tué.

— Racontez-nous, Dylan, dit Phil Stratton.

— Une minute », se fâcha Lucas. Il se pencha et referma une main sur l'épaule de Dylan. Puis il se mit à lui dire des choses importantes à l'oreille. L'enfant écouta, en hochant doucement la tête. Puis il la secoua nettement.

Lucas soupira. « D'accord, dit-il. Allons-y. »

Dylan soupira à son tour, son dos se voûta, il fixa les articulations blêmes des phalanges de la main qui agrippait l'autre. « Quand je suis entré dans la pièce et que j'ai vu papa par terre, je ne savais pas... Le... l'arme était sur le sol, à côté de lui. Je... je n'avais jamais vu de vrai revolver. Je me suis accroupi pour le regarder, puis je l'ai pris dans mes mains. J'ai senti cette odeur bizarre, écœurante. Et puis je crois que je me suis rendu compte... vous savez. Alors, je l'ai reposé par terre.

— Comportement parfaitement normal de la part d'un jeune garçon de neuf ans », dit Lucas.

Stratton en convint. « Parfaitement normal, oui. C'est ce qu'a pensé la police de Ann Arbor. L'enfant a été retrouvé dans la pièce où se trouvait le corps de son père. C'est exactement leur interprétation des faits.

— Alors pourquoi ressortir cette histoire maintenant ? s'écria Keely. Est-ce que nous n'avons pas assez souffert à votre goût ?

— C'était avant la mort de votre second mari dans un accident suspect, dit l'inspecteur.

— Il n'y a rien de suspect. Il s'est noyé. Il ne savait pas nager, cria Keely. Que peut-on trouver de suspect là-dedans ?

— Eh bien, pour commencer, Mrs. Weaver, j'ai quelques petits soupçons vous concernant. »

Keely recula dans son siège, assommée.

« Voyons. Vous êtes rentrée un jour et vous avez trouvé votre premier mari mort, avec votre fils à côté tenant l'arme du meurtre.

— C'est faux ! » cria Keely.

Lucas secoua la tête.

« Tragique accident, vous êtes-vous dit, la première fois. Vous avez servi une vague histoire à qui voulait l'entendre, afin de protéger votre fils. Qu'aurait fait d'autre une mère ? Vous avez commencé par dire à la police qu'il s'agissait sans doute d'un suicide. Les migraines, tout cela... Puis, lorsque Mark Weaver est entré en scène et que vous avez voulu toucher la prime d'assurance, vous vous êtes mise à parler d'un rôdeur dans le quartier, d'une arme qu'aurait achetée votre mari pour protéger la famille. Après tout, les choses auraient pu se passer ainsi. Mais lorsque votre second mari est mort "accidentellement", lorsque la même chose est arrivée une deuxième fois, l'idée ne vous a-t-elle pas effleurée que le rôle de votre fils dans toute cette affaire ne relevait pas de la seule coïncidence ?

— Cette fois, c'est assez, dit Lucas. Vous lancez des accusations sauvages et sans fondement. Vous composez un tissu de théories ridicules à partir du terrible malheur frappant cette famille. Keely, Dylan, venez. On s'en va. »

Stratton posa un regard impassible sur Dylan. « Tu avais envie de le voir mort, n'est-ce pas Dylan ?

— Dylan, ordonna sèchement Lucas. Viens. Ne lui dis pas un mot de plus. Phil, nous avons essayé de nous montrer coopératifs. Mais n'imaginez pas un instant que je ne sais pas d'où vient tout cela. Vous me surprenez, Phil. Je pensais que vous étiez un esprit libre. » Lucas attrapa sa serviette sur la table et pointa l'index sur l'inspecteur. « Elle se sert de vous, Phil. Avez-vous jamais entendu le dicton affirmant qu'il n'est pire furie qu'une femme bafouée ? Elle a un programme, et vous n'êtes qu'un instrument de ce programme. Il n'y a là que rideau de fumée et miroirs déformants. Et la vengeance d'une femme. Un dossier vide. »

Le visage de l'inspecteur rougit. Mais si la remarque de Lucas avait fait mouche, le ton de sa voix ne trahit rien. « Nous verrons. C'est ce qu'on a dit pour Frederick Yates.

— Non, dit Lucas. Nous ne verrons rien du tout. Ceci est du harcèlement pur et simple. Maureen Chase vous a ordonné de harceler ces personnes parce qu'elle est une femme déçue et amère. Elle est peut-être procureur général de ce comté, mais je vous promets que je passerai pardessus elle si vous continuez dans cette voie. On y va », ordonna Lucas.

Phil Stratton resta assis tandis que Dylan se dirigeait en titubant vers la sortie, soutenu par sa mère. Le lieutenant Nolte leur ouvrit la porte. Keely se précipita hors du tribunal et avala l'air goulûment, comme si elle était restée la tête sous l'eau. Dylan frissonnait dans son blouson, alors qu'il ne faisait pas froid. Keely regarda tristement son fils. « Oh Dylan, dit-elle. Je suis absolument désolée de ce que tu as dû subir. Ce qu'a dit cet homme, je ne veux même pas que tu y penses un instant.

— Je vais dans la voiture », dit-il. Sans la regarder, il marcha jusqu'au Cherokee, monta à l'intérieur, claqua la portière.

Keely se retourna et attendit Lucas qui parlait à des gens qu'il connaissait tout en se dirigeant vers la porte. Il sortit en fronçant les sourcils et rejoignit Keely.

« Lucas, dit-elle. Pourquoi ferait-elle une chose pareille ? s'écria Keely. Même si elle est jalouse, ou furieuse contre moi qui me suis mariée avec Mark. Se venger sur Dylan... sur un enfant... »

Lucas eut l'air désabusé. « C'est cruel, dit-il. J'en conviens. Mais ne les laissez pas vous atteindre. Tout cela se tassera rapidement. Ils n'ont rien de tangible pour monter un dossier. Quand bien même Dylan aurait voulu du mal à Mark, laisser une grille ouverte n'est pas un crime. »

Keely eut l'air d'en convenir, mais pendant un court instant, elle revit la grille, béante, l'expression sur le visage de Dylan, sa propre colère contre lui. « C'est ce qu'il entendait par négligence coupable, dit-elle.

— Il s'agit de harcèlement, grogna Lucas. Maureen Chase sait pertinemment que cette charge ne peut être retenue contre un enfant sous prétexte qu'il n'a pas fermé une porte. C'est absurde.

— Mais cette histoire, avec l'arme de Richard, persista Keely. J'ai été stupéfaite. Comment la police pouvait-elle être au courant ? »

Une certaine contrariété s'inscrivit un instant sur le visage de Lucas, et elle n'échappa pas à Keely. « Quoi ? interrogea-t-elle.

— Probablement un coup de bluff, dit-il en haussant les épaules. Coup gagnant. À moins qu'ils n'aient fait des vérifications. Cela ne signifie absolument rien. On reste précisément dans l'interprétation de la police à l'époque. Le geste tout à fait normal d'un gamin de neuf ans — ramasser le revolver pour l'examiner. Stratton a cependant raison sur un point : Mark a dû être au courant. Il avait accès à tous ces rapports de police. Il aurait pu parler des empreintes à Maureen, à l'époque, il y a longtemps. Je veux dire, ils étaient encore fiancés au moment des faits.

— Il lui a dit à elle, mais pas à moi, dit sombrement Keely.

— Ne prenez pas les choses de cette façon. Il a peut-être seulement voulu vous protéger. Il ne pouvait pas savoir... » Soupir de Lucas. « Il ne m'a rien dit à moi non plus... »

Les yeux de Keely lui brûlaient, mais elle redressa crânement le menton. Elle apercevait Dylan, d'où elle était. Il était assis sur la banquette avant, fixant le pare-brise du Cherokee d'un regard vide. « Je vais aller lui parler, dit Keely. Je ne peux pas la laisser faire une chose pareille à mon fils. Il se sent déjà assez coupable...

— Non, Keely. Je suis là pour vous conseiller, et mon conseil est de ne rien faire. Tenez bon, et tout cela va retomber comme un soufflé. Ils n'ont rien de concret. La seule raison qui nous a amenés jusque-là, c'est qu'elle s'est lancée dans une vendetta, et que Phil Stratton est un enquêteur perfectionniste qui adore avoir son nom dans les journaux. Pour autant, ils ne peuvent pas monter un dossier sur du vent. Ne leur montrez pas que vous êtes touchée. C'est exactement le but recherché par Maureen Chase. Ne lui faites pas ce plaisir. Serrez les dents. »

Keely acquiesçait en silence, mais continuait d'observer le profil de son fils à travers les vitres du Cherokee. Elle voyait encore des vestiges du petit enfant innocent dans le nez, dans ses lèvres. Bien sûr, pour le reste du monde, il n'était qu'un adolescent renfrogné, un skinhead avec une boucle d'oreille. Elle ferma les yeux. « Qui est Frederick

Yates, Lucas ? Stratton a cité son nom à deux reprises, cet après-midi. »

Lucas fit une grimace qui alarma aussitôt Keely. « Ce n'est pas la même chose, dit-il.

— Racontez-moi, dit Keely. J'ai besoin de savoir à quoi je suis confrontée.

— Phil aime beaucoup rappeler ce cas aux gens, soupira Lucas. Frederick Yates était un soudeur au chômage qui vivait avec sa petite-amie et leur fillette de trois ans. Un jour, la petite a fait une chute mortelle de la fenêtre de leur appartement, au troisième étage, alors que c'était lui qui la gardait. Il a déclaré qu'elle avait grimpé sur le rebord de fenêtre et qu'elle était tombée pendant qu'il avait le dos tourné. Maureen Chase était assistante du Procureur, à l'époque. Son patron, le Procureur en titre, voulait classer l'affaire. Il lui demanda de laisser tomber. Mais elle avait étiqueté Yates comme menteur depuis le début.

— Quel rapport avec nous ? s'écria Keely.

— Aucun, en vérité, dit Lucas. Sauf que Maureen croyait qu'il s'agissait d'un homicide, mais un homicide “sans mobile apparent”. Certes, l'enfant était décédée des suites d'une chute par la fenêtre. Il n'y avait aucun doute à ce sujet. La question était : comment est-elle tombée par la fenêtre ?

— Que s'est-il passé ? » demanda Keely.

Lucas fronça les sourcils. « Pour autant que je me souvienne, Yates a refusé de se soumettre au détecteur de mensonges, et ils n'avaient ni preuves, ni témoins. Stratton était dans la police, à l'époque, mais il partageait l'avis de Maureen. Ensemble, ils ont maintenu la pression sur Yates, qui s'est cramponné à son histoire. Puis, un jour, Stratton a débarqué avec ces types du labo qui faisaient très officiels, et ils ont passé la journée dans l'appartement à prendre des mesures et tout...

— C'est ce qu'ils faisaient autour de ma piscine ! s'exclama Keely.

— Hummm...

— Alors ils ont pris toutes ces mesures....

— Attendez, les mesures elles-mêmes n'ont rien prouvé, dit Lucas. Mais Phil Stratton s'en est servi pour établir ces chiffres apparemment officiels qui prétendaient donner la preuve qu'il aurait été impossible pour la petite fille de monter sur le rebord de fenêtre comme le prétendait Yates. Lequel Yates a fini par craquer et avouer qu'il avait jeté l'enfant par la fenêtre sous l'emprise de la colère, parce qu'elle avait fait pipi au lit.

— Mon Dieu, dit Keely. Quel monstre.

— Maureen l'a mis hors circuit à vie.

— Bien fait pour lui, dit-elle avec véhémence.

— Exact. C'est ce qui a fait sa carrière. Elle a battu son patron aux élections suivantes. Ce qui lui a permis de devenir le plus jeune procureur dans l'histoire de cette circonscription. Et la première femme aussi.

— Et aujourd'hui, Phil Stratton fait l'équation entre mon fils et Frederick Yates. »

Lucas lui toucha le bras. « Keely, calmez-vous. Ce n'est pas ce qui va se passer ici et maintenant. Je vous préviens simplement, si Stratton commence à traîner dans le coin avec des graphiques, ne leur prêtez aucune attention et appelez-moi. Je vous prie de m'excuser, Keely... je dois partir.

— Lucas, merci pour tout. Merci d'être venu jusqu'ici.

— J'ai été ravi de le faire. Pensez-vous être en état de conduire ?

— Je vais me débrouiller », dit-elle. *Je n'ai pas le choix*, songea-t-elle. Elle ignorait ce qu'elle allait dire à Dylan. Toute cette histoire ressemblait à une nouvelle phase d'un cauchemar qui ne finirait apparemment jamais. Lentement, elle marcha jusqu'à l'endroit où été garé le Cherokee, monta et s'installa au volant. Elle mit le contact et regarda son fils.

« Tu vas bien ? demanda-t-elle.

— Super, dit-il.

— C'était une horreur », dit-elle.

Dylan ne répondit pas.

« Chéri, je viens de parler avec Lucas. Son opinion est qu'ils s'en prennent à nous pour des raisons... personnelles. Liées à la relation existant entre le procureur et Mark. Ils essaient simplement de trouver tous les moyens de nous gâcher la vie. »

Au lieu de répondre, Dylan alluma l'autoradio et régla sur la station de hard rock qu'il aimait.

« Dylan, éteins ça, s'il te plaît, dit Keely. Je te parle.

— J'ai envie d'écouter de la musique.

— Ce n'est pas parce que nous sommes poursuivis injustement qu'il ne faut pas prendre l'affaire au sérieux. »

Dylan plissa les yeux et regarda droit devant lui, martelant le rythme sur ses cuisses avec ses deux index.

Keely se pencha pour appuyer elle-même sur le bouton. Le Cherokee replongea dans le silence.

Le regard de Dylan se figea.

« Comment se fait-il que tu ne m'aies jamais dit que tu avais ramassé le revolver ? Le jour de la mort de papa.

— Tu ne m'as jamais posé la question », dit-il.

Je ne suis pas ton ennemie, songea-t-elle. *Pourquoi ne puis-je pas te parler ?* Mais elle ne dit rien. Elle savait que cela ne mènerait qu'à une discussion sans intérêt. Elle posa les deux mains sur le volant et soupira. Puis elle passa la marche avant.

« Y a-t-il autre chose que tu ne me dises pas ? demanda-t-elle. Je ne veux pas d'autres surprises de ce genre. »

Pendant quelques instants, il demeura silencieux, puis elle vit une étrange expression traverser son visage. L'image fugitive de la... culpabilité. Son cœur se glaça brusquement. « Dylan ?

— Non, tu sais tout, dit-il, sarcastique.

— Dylan, je te préviens. N'utilise pas ce ton avec moi, je te prie.

— Tu ne pourrais pas y aller ? dit-il avec lassitude. Je veux rentrer à la maison. »

Sur ce point au moins nous sommes d'accord, pensa Keely. « Il faut que nous passions chez ta grand-mère, dit-elle. Récupérer Abby. »

Dylan se raidit d'un coup, comme s'il venait de prendre une secousse. « Ne lui dis rien », demanda-t-il instamment.

Keely se tourna vers lui. « Lui dire quoi ?

— Pour le revolver. Rien. Je ne veux pas qu'elle s'inquiète, dit-il, sur la défensive. Promets-moi que tu ne lui diras pas. »

Keely fronça les sourcils. Elle était terrifiée de mesurer à quel point elle le comprenait peu. « Promis. » *Pour l'instant,* ajouta-t-elle intérieurement, espérant aussi fort que lui que personne n'aurait jamais à être au courant.

10

INGRID Bennett habitait toujours, dans la même rue tranquille, la même maison modeste que son mari et elle avaient achetée quand Richard avait quatre ans. Tourner dans Swallow Street faisait toujours revivre à Keely les souvenirs de sa première visite ici, lorsque Richard l'avait amenée chez lui pour la présenter à ses parents et leur annoncer l'intention qu'ils avaient de se marier. Elle se rappelait encore la fierté qu'elle éprouvait alors, d'être ainsi embarquée dans une relation parfaitement adulte, et l'appréhension aussi, car elle espérait, en dépit du calme qu'elle affichait à ce sujet, que ses parents l'accepteraient facilement. Elle était souvent habillée en noir, pendant ces années à l'université, mais elle avait volontairement choisi de porter un pull jaune pâle pour ces présentations, et elle avait même fait la concession quasiment inouïe de repasser son jeans.

Keely engagea le Cherokee dans l'allée devant la maison et le gara derrière la petite Toyota blanche de Ingrid. Elle contempla une minute les murs beiges impeccables, les arbustes bien taillés, la pelouse ratissée, débarrassée des feuilles mortes. Bien que le père de Richard soit maintenant décédé, Ingrid continuait de tenir la maison impeccable, ce qui devenait pourtant plus pénible pour elle chaque année.

« J'attends dans la voiture », marmonna Dylan.

Keely lui jeta un regard étonné. « Tu sais bien que Grandma a envie de te voir », dit-elle.

Dylan soupira, puis il ouvrit la portière et sortit sans regarder sa mère. Il marcha jusqu'à la porte de la maison, ouvrit, entra. Keely suivit. Si elle avait été seule, elle aurait frappé. Ingrid et elle entretenaient de bons rapports, mais leurs relations restaient empreintes d'un certain formalisme. Dylan, en revanche, débarquait toujours tambour battant chez sa grand-mère, et l'appelait, certain d'être le bienvenu. Keely toqua contre la porte ouverte et passa la tête à l'intérieur. Abby était assise sur la moquette verte immaculée, et Dylan était plié en deux, dans les bras de sa grand-mère.

« Comment va mon grand garçon ? s'exclama Ingrid, et de fait Dylan l'avait maintenant dépassée en taille.

— Bonjour, Ingrid, dit Keely. Comment va votre dos ?

— Toujours douloureux, avoua Ingrid. J'avale beaucoup d'antalgiques. »

Keely s'accroupit près de Abby qui s'amusait avec un tas de jouets en plastique que Ingrid conservait pour ses visites. « Elle a été sage ?

— Bien sûr, dit Ingrid. Elle a touché à tout. »

Keely balaya d'un regard circulaire la pièce impeccable où le moindre bibelot et les paniers de fleurs séchées étaient à leur place. « Je suis désolée, dit Keely. C'est l'âge où on explore tout.

— Pas de problème, dit Ingrid. Elle a été parfaite. »

Keely serra Abby dans ses bras et posa un baiser sur son crâne, dans un geste protecteur. Elle savait que Ingrid adorait les petits et raconterait les exploits de Abby à toutes ses amies dès que possible. Mais il y avait toujours dans sa voix, quand elle parlait de Abby, cette légère retenue qu'elle n'avait jamais à propos de Dylan. Elle aimait Abby. Dylan, elle l'adorait.

« Que voulait la police ? » demanda Ingrid.

Keely regarda Dylan qui écarquilla les yeux en guise de mise en garde. « Simplement peaufiner leurs rapports concernant l'accident, dit-elle. Vous savez comment ils sont. »

Ingrid eut l'air rassuré. « Tiens, attends une minute, dit-elle à Dylan. J'ai besoin de toi pour mesurer quelque chose. »

Keely ravala un sourire en voyant l'inquiétude sur le visage de Dylan. Tandis que Ingrid s'empressait de sortir de la pièce, Dylan croisa le regard de sa mère. Il articula silencieusement : « Encore un pull », en roulant les yeux. Keely essaya de ne pas rire. Pour Noël dernier, Ingrid lui avait tricoté un pull-over rouge avec un renne en jacquard. La seule occasion où il le portait jamais était quand il venait ici, avec son blouson fermé par-dessus, et encore se plaignait-il presque immédiatement d'avoir chaud et de devoir le retirer.

« Dylan, viens ici, chéri », appela Ingrid depuis la chambre de derrière qui avait été autrefois celle de Richard et où elle rangeait maintenant sa machine à coudre et des boîtes en plastique pleines de tissu, d'aiguilles à tricoter et de pelotes, ainsi que le vieil ordinateur de Richard. Keely en avait fait cadeau à Ingrid lorsqu'ils étaient venus s'installer ici. Mark était équipé en matériel dernier cri. Au début, Ingrid avait décliné. Mais Dylan avait proposé de lui faire le branchement et de lui apprendre à naviguer sur Internet. A présent, Ingrid envoyait des e-mails à la seule sœur de Richard, Suzanne, qui vivait à San Francisco, elle téléchargeait des patrons et appartenait à des groupes échangeant des recettes de cuisine en ligne.

« J'arrive », dit Dylan, en s'efforçant de paraître enthousiaste. Keely lui adressa un petit sourire encourageant lorsqu'il se dirigea vers le couloir. Elle se leva pour se diriger vers le meuble de salon en merisier qui occupait un des murs du séjour. L'équipement audiovisuel se limitait à un petit téléviseur et un magnétoscope. Les autres rayonnages étaient occupés par des souvenirs de famille, encadrés. Dans le casier, à côté de la télévision, où Ingrid avait habituellement sa collection de Hummel, se trouvaient deux gros albums de photos, empilés rapidement. Ingrid doit être d'humeur nostalgique, aujourd'hui, songea Keely. Elle ouvrit le premier et feuilleta les pages, s'arrêta sur une image de Richard au volant de sa première voiture, une décapotable ancienne, avec Mark assis à côté de lui. Mark lui avait dit qu'il était pratiquement à demeure chez Richard. Sur le cliché, les deux jeunes gens saluaient l'objectif et faisaient des grimaces. Les photos avaient été soigneusement disposées par ordre chronologique, aussi trouva-t-elle plusieurs autres images de Mark, datant des années où Richard et lui étaient inséparables — bien avant qu'elle connaisse aucun des deux. Elle avait toujours le même sentiment bizarre en pensant qu'elle avait épousé ces deux hommes, ces deux amis qui s'étaient depuis longtemps perdus de vue.

Elle entendit Dylan revenir et ferma l'album. Dylan arborait un pull-over noir avec un éclair sur le devant. Keely le regarda en levant les sourcils. « Très joli, dit-elle.

— Plutôt mieux que le renne, concéda-t-il.

— Rapporte-le ici, cria Ingrid. Il n'est pas terminé.

— J'arrive, Grandma. Il est super, ce pull. »

Keely se sentit fière de lui. Il n'aurait pas voulu faire de peine à Ingrid pour tout l'or du monde. On sonna à la porte alors que Dylan sortait de la pièce. « J'y vais », cria Keely.

Elle se rendit à l'entrée et ouvrit. Sur le seuil de la porte se tenait un jeune homme en jeans, chemise blanche et blazer. Il portait une serviette en microfibre noire. « Mrs. Bennett ? demanda-t-il.

— Non ? Je suis son ex-belle-fille, dit Keely.

— Mrs. Bennett m'attend. Je m'appelle Tom Mercer, dit-il.

— Un moment, je vous prie. Je l'appelle, dit Keely.

— Ingrid, cria-t-elle en se retournant. Il y a ici un Tom Mercer qui désire vous voir.

— Faites-le entrer », répondit Ingrid.

Keely obtempéra. « Entrez, je vous prie. »

Le jeune homme pénétra dans le séjour. Il vit Abby sur la moquette. Lui fit des mamours, dont elle le remercia par un grand sourire baveux.

Ingrid arriva très vite, Dylan sur ses talons, et dévisagea le jeune homme. « C'est vous qui avez appelé pour la *Gazette* ? » demanda-t-elle.

Keely fut aussitôt sur ses gardes. « La *Gazette* ? », demanda-t-elle.

Le jeune homme tendit la main. « Tom Mercer. Enchanté, Mrs. Bennett. »

Ingrid lui serra la main. « Asseyez-vous donc, Mr. Mercer. Désirez-vous boire quelque chose ? »

Keely observa d'un œil soupçonneux le jeune homme qui sortait un magnéto de sa sacoche. Elle regarda sa belle-mère.

« Je suis désolée, dit Ingrid. Je vous présente l'ancienne femme de mon fils. Celle dont nous avons parlé au téléphone. Et voici mon petit-fils, Dylan. »

Dylan serra la main sans sourciller, mais Keely se rembrunit et se baissa pour récupérer Abby. « Pourquoi parliez-vous de moi ? demanda-t-elle.

— Mr. Mercer prépare un article sur Richard, dit fièrement Ingrid.

— Et pourquoi ? demanda Keely, non sans percevoir la grossièreté de sa question.

— Pourquoi pas ? dit Ingrid. C'était quelqu'un de brillant.

— Certes. Mais Richard est mort depuis près de cinq ans. Pourquoi faites-vous cet article aujourd'hui, Mr. Mercer ? demanda Keely.

— Keely, protesta Ingrid. Quelle question.

— En réalité, j'espérais avoir la chance de m'entretenir avec vous, Mrs. Weaver, dit-il.

— A quel propos ? Que savez-vous de moi ? demanda Keely.

— Manifestement, j'ai mené quelques recherches pour ce papier », dit prudemment Mercer.

Keely perçut bien le vague de sa réponse. Elle le regarda en plissant les yeux. « Il ne s'agit pas seulement de Richard, n'est-ce pas ? dit-elle brutalement. Vous vous intéressez aussi à la mort de Mark.

— En réalité, je travaille sur les deux hommes, dit Mercer d'un ton plus conciliant. Une histoire humaine, quoi. Deux amis de lycée ayant réussi chacun dans leur domaine, les deux connaissant une mort tragique et prématurée. Plus le lien supplémentaire que constitue le fait d'avoir épousé la même femme. Les gens aiment ce genre d'histoire.

— Nous n'avons pas besoin de publicité, protesta vivement Keely. Nous voulons tourner la page.

— Mrs. Bennett paraissait plus que consentante à l'idée de parler de son fils, s'entêta poliment Tom Mercer.

— Je suis certaine que Mrs. Bennett ne se rendait pas

compte de ce que vous maniganciez », dit Keely, en chatouillant Abby qui commençait à s'agiter dans ses bras. Elle ne regarda pas sa belle-mère, qui se tenait derrière elle, mais elle pria pour obtenir le soutien de Ingrid.

« Je ne vois pas où est le mal », dit Ingrid.

Keely se retourna. En regardant Ingrid, elle se rendit compte que la grand-mère de Dylan n'avait aucune idée des questions infâmes posées par l'inspecteur aujourd'hui. Mais elle n'allait pas les évoquer devant ce journaliste. « Je pense simplement que ce n'est pas une bonne idée, dit-elle.

— Eh bien, se raidit Ingrid, vous pouvez faire comme bon vous semble. Mais je ne vais pas me laisser dicter à qui j'ai le droit de parler ou non de mon propre fils, sous mon propre toit. C'est une chose dont je rêve. Je n'ai pas souvent l'occasion de parler de Richard. Dieu sait que vous prononcez à peine son nom. »

Keely se sentit rougir tandis que Tom Mercer lui adressait un petit sourire. Il s'assit sur le canapé et croisa les jambes. Keely fit passer Abby sur son autre bras, ramassa son sac à main, chercha les clés. Elle n'allait pas se lancer sur ce sujet en présence d'un journaliste. « Dylan, dit-elle. On y va. »

Le regard de Dylan passa de sa mère à sa grand-mère, mal à l'aise. Puis il se dirigea vers Ingrid pour l'embrasser encore. « Le pull est super, dit-il. Merci.

— De rien, chéri. Je vais le terminer cette semaine. » Elle lui posa un baiser sur la joue.

Sans un regard pour Keely, ni pour le journaliste, Dylan sortit de la pièce, puis de la maison.

« Merci d'avoir gardé Abby, dit Keely en évitant le regard hostile de sa belle-mère. Mr. Mercer, ne vous donnez pas la peine de m'appeler. Je n'ai rien à vous dire. »

Et de rejoindre la voiture avec Abby. Ils firent le chemin du retour dans un silence complet, Abby s'endormant sur son siège en cours de route. Lorsque la voiture fut dans l'allée, Keely souleva le bébé qu'elle serra contre son cœur. Les petits doigts de Abby endormie agrippèrent un morceau de soie de son chemisier.

Dès qu'ils furent entrés dans la maison, Dylan fila vers les escaliers pour monter dans sa chambre, mais Keely l'arrêta. « Dylan, dit-elle. Tu te tiens à l'écart de ce type s'il essaie de t'aborder, à l'école ou ailleurs. Ne lui parle pas. Je n'aime pas trop cette histoire. »

Dylan ne fit aucune difficulté. « D'accord, dit-il. Mais tu sais, c'est vrai ce qu'a dit Grandma. Tu ne parles jamais de papa. Tu fais comme s'il n'avait jamais existé. »

Keely posa un regard épuisé sur son fils. « Trésor, il était difficile pour moi de parler de papa avec ton père. Mais cela n'a aucun rapport avec ce que j'éprouve pour lui. Nous pouvons parler de lui tous les deux quand tu veux. J'en serai même très heureuse.

— Ouais, bon, dit-il en regardant par-dessus sa tête pour l'éviter.

— Dylan, j'ai beaucoup aimé ton père. » Un instant, elle pensa au dîner, aux devoirs, à l'heure. Puis elle oublia délibérément ces questions. « Ecoute, laisse-moi le temps de coucher Abby, de me débarrasser de ces chaussures qui me font mal aux pieds, et on pourrait s'asseoir un petit moment, regarder une de nos vieilles vidéos, peut-être. Quand on était partis camper tous les trois, l'année de tes sept ans... j'adore celle-là. Tu te souviens ? Avec les ratons laveurs qui nous avaient volé la nourriture si bien que nous avons dû suspendre le reste de nos provisions à un arbre ?

— Je n'ai pas envie, répliqua-t-il. Je ne suis pas un bébé.

— Mais chéri, tu viens de dire...

— Tu crois qu'on peut tout effacer en regardant une vieille vidéo ? »

Keely le regarda, désarmée. « Effacer quoi ? Je croyais que tu avais envie de parler. Dylan, la journée a été éprouvante. Cette histoire de police et tout le reste. J'essaie simplement de... je veux seulement que tu saches que je comprends.

— Tu ne comprends rien, dit-il.

— Alors explique-moi, demanda-t-elle.

— Tu n'écoutes pas. C'est comme parler à un mur.

— Je te remercie, dit-elle, vexée.

— Je monte. »

Keely se laissa tomber sur une des premières marches, en serrant plus fort son bébé. Le pas lourd de Dylan, en montant, fit trembler le sol sous elle.

11

KEELY eut un regard nostalgique sur la radieuse journée d'automne lorsqu'elle sortit prendre son courrier. *Tu devrais emmener la petite et aller quelque part,* se dit-elle. *Pour te changer un peu les idées.* Chaque fois que le téléphone sonnait, elle bondissait, attendant un appel des inspecteurs du bureau du procureur annonçant une nouvelle attaque pour prélever encore un bout de chair, comme des requins tournant autour de leur proie. En remontant l'allée, elle appréhendait presque de franchir le seuil de sa porte à cause du silence déprimant qui l'entourait.

La nuit précédente, elle avait rêvé qu'elle était assise à une table, genre table dans une cafétéria, lors d'une visite à Dylan dans sa nouvelle école. Il portait un uniforme et lui répétait qu'il détestait cet endroit et voulait revenir à la maison. Dans son rêve, elle ne savait pas pourquoi elle l'avait éloigné, mis dans un internat. Jamais elle n'avait envisagé une telle idée, ne serait-ce qu'une seconde. Les autres élèves défilaient en silence, et elle se demandait pourquoi leurs parents ne venaient pas les voir, eux aussi. Mais la sensation d'écartèlement présente dans ce rêve était trop forte pour être ignorée. Elle voulait arracher Dylan à cette époque et le ramener à la maison, mais elle savait que c'était impossible. Et la minute où elle s'éveilla, encore troublée, toujours allongée dans son lit, elle comprit. Il ne s'agissait pas d'une école. C'était une prison.

Elle secoua vigoureusement la tête, comme pour chasser physiquement le souvenir de ce rêve abominable. *Tu devrais mettre Abby dans la poussette et sortir*, se tança-t-elle. *Dans peu de temps, les journées seront froides et sinistres.* Mais la perspective de sortir l'effrayait. Elle avait une terrible sensation de solitude quand elle poussait son bébé dans le quartier silencieux et parfait, aux maisons bâties tellement en retrait de la rue que l'on n'apercevait aucun signe de vie en passant à pied. Et puis en vérité, elle se sentait très lasse, ces derniers jours, comme si les tâches les plus simples présentaient des difficultés insurmontables.

Elle n'était pas seule à éprouver cette fatigue. Keely songea à Dylan, qui avait le plus grand mal à s'arracher de son lit le matin, ces derniers temps. Il avait toujours été matinal, mais récemment il aurait fallu une grue pour le tirer de son état comateux. Elle se disait qu'il s'agissait d'un problème d'hormones — les enfants avaient besoin de plus de sommeil au moment de l'adolescence, c'était bien connu. Mais dans son cas, elle redoutait aussi un état dépressif. Chaque fois qu'elle signalait qu'il pourrait avoir besoin de parler à quelqu'un, un conseiller ou autre, il la regardait comme si elle venait de suggérer qu'il pourrait se sentir mieux d'avoir la tête coupée. Mais un de ces jours, il lui faudrait insister.

Keely s'assit à la table de cuisine et parcourut en soupirant les catalogues et enveloppes arrivés par la poste. Elle s'arrêta à une élégante brochure annonçant une promotion spéciale réservée aux bons clients de la bijouterie Collier's Jewelry Store. Il s'agissait d'une entreprise familiale dont la boutique se trouvait en ville et où Mark lui avait acheté la plupart de ses cadeaux. Elle se souvint immédiatement de la facture pour le bracelet de topazes. Elle avait décidé de vérifier auprès du magasin s'ils avaient toujours le bracelet, mais la suite des événements lui avait sorti cette histoire de la tête. « L'affaire vaut bien un saut jusque là-bas, dit-elle à Abby qui était encore assise sur sa chaise haute dont elle martelait la tablette avec une cuiller. On y va. »

Joie de Abby qui donna des coups de pieds dans le vide, l'œil vif à la perspective d'une sortie.

« Oh mon bébé, dit Keely en la sortant du siège et en couvrant de baisers son visage tiède, poisseux de bouillie.

Heureusement que tu es là. Tu es ma bouée de sauvetage. Nous profiterons de l'occasion pour aller voir les canards. »

Résolue à présent, Keely prit la facture dans la pile de papiers sur le bureau de Mark, puis rassembla les pulls, un biberon, des couches, un sac de pain rassis pour les canards, et tout ce qu'elle réussit à faire tenir dans le sac de change. Elle extirpa la poussette de Abby de son emplacement dans le garage, la plia, la fourra à l'arrière du Cherokee. Puis, après le coup de peigne de rigueur et la touche de rouge à lèvres, elle souleva le bébé dans ses bras et l'emmena jusqu'à la voiture où elle l'attacha dans son siège, tandis que Abby gloussait en montrant les écureuils.

Au moment de s'installer au volant, Keely entendit la sonnerie du téléphone, et hésita un instant. Sa première pensée, comme toujours, fut pour Dylan. La deuxième pour la police. *A moins que ce soit l'agence,* songea-t-elle raisonnablement, *pour prendre un autre rendez-vous. Ou Lucas, avec d'autres papiers à signer.* S'il s'agissait de Dylan, et si c'était important, il connaissait son numéro de portable, il saurait la joindre. Son portable était rangé dans le sac à langer. *Pour le reste, je m'en fiche,* pensa-t-elle. *Je ne veux pas savoir. Abby et moi sortons. Ils rappelleront.* Et de claquer la portière avant de mettre le contact.

La petite ville de St. Vincent's Harbor et son charme historique semblaient particulièrement pittoresques dans la belle lumière de l'automne. Keely remonta Main Street avec la poussette et s'arrêta devant chez Collier's. La vitrine était pleine de montres brillantes et de bijoux étincelants présentés sur du velours noir. Keely poussa la porte, et la sonnette retentit discrètement. Reginald Collier, tout pimpant avec son nœud papillon, s'occupait d'une dame âgée en train de lui débiter l'historique d'un collier qu'elle voulait faire réparer. Keely patienta tranquillement pendant que le bijoutier rassurait encore et encore sa cliente, avant de déposer le collier dans une petite pochette de plastique qu'il glissa dans un tiroir, sous les présentoirs. Il finit par s'intéresser à Keely. « Puis-je quelque chose pour vous ? » demanda-t-il.

Keely prit sa respiration. « Je l'espère, dit-elle. Je suis Keely Weaver. Mon époux, Mark, fréquentait votre magasin. »

Le bijoutier arbora une mine affligée. « Mr. Weaver était un excellent client, dit-il. Quelle horrible tragédie. Je vous prie d'accepter mes condoléances.

— Oui. Je vous remercie. Mais je suis ici pour un renseignement à propos de ceci », dit-elle en poussant la facture sur le comptoir.

Lent hochement de tête de Reginald Collier. « Ah oui, dit-il. Bien sûr. Je vous présente mes excuses, Mrs. Weaver. J'aurais dû faire savoir au service comptabilité de ne pas vous importuner maintenant. C'est un manque de délicatesse total. Affreux. Il n'y a aucune urgence.

— Mon mari m'a acheté plusieurs cadeaux chez vous, dit Keely.

— Je suis bien placé pour le savoir. Il avait très bon goût. Votre mari est un client de très longue date chez nous. Il s'agit seulement d'un pataquès administratif. J'ai décidé de passer par un service extérieur qui envoie automatiquement les factures et tient les comptes, parce que ma femme et moi ne nous en sortions plus. Mais voilà le résultat. On perd le contact humain, dit-il en froissant le bout de papier avant de le jeter dans la corbeille sous le comptoir. Croyez-moi, je vais leur dire un mot. Prenez tout votre temps, Mrs. Weaver. Je sais que vous avez beaucoup de choses plus urgentes à traiter, ces jours-ci. Et je suis vraiment navré si vous avez été contrariée.

— Vous êtes très aimable, tempéra Keely, mais, en réalité, le problème est que je n'ai pas ce bracelet. Je me demandais si Mark ne l'aurait pas éventuellement laissé chez vous pour une gravure, par exemple. Je ne l'ai jamais vu. »

Reginald Collier se rembrunit. « Non. Mr. Weaver est parti avec. Il s'agissait d'un ravissant bracelet, autant que je me souvienne. Des topazes. Les pierres étaient rectangulaires, taille émeraude, et elles étaient montées sur or.

— C'est effectivement séduisant, dit Keely, mais je ne

l'ai pas. Pour être sincère avec vous, je n'ai pas retourné toute la maison pour le trouver. Je me suis dit que j'allais d'abord vous consulter...

— Ecoutez, je ne me souviens pas d'une gravure, mais laissez-moi vérifier... » Le bijoutier prit sous le comptoir un grand registre relié de cuir noir, et passa en revue les pages, élégamment calligraphiées. « Voilà. Il l'a emporté avec lui il y a environ deux semaines. Un cadeau d'anniversaire de mariage, m'a-t-il dit. »

Keely ravala ses larmes. « C'est bien ce que je pensais, dit-elle doucement. Il est mort avant.

— Oh, c'est affreux, dit tristement Mr. Collier. Il l'aura sans doute caché quelque part pour vous faire la surprise. Connaissiez-vous ses cachettes ? Les épouses semblent toujours être au courant. La mienne sait. Je ne peux jamais la tromper.

— Non. Je ne sais pas. Pas vraiment, dit Keely en fronçant les sourcils.

— A son bureau, peut-être, suggéra le bijoutier. Ou dans un coffre ?

— Il n'avait pas de coffre. Mais au bureau, peut-être. C'est une bonne idée. Il faut que j'essaie.

— Je suis certain que vous allez trouver, dit-il. Evidemment, si vous n'aimez pas le bracelet qu'il a choisi, nous pouvons vous l'échanger. Ou si vous voulez le rendre, si vous ne voulez pas le payer... nous comprendrions fort bien...

— Non, dit-elle avec assurance. Ce cadeau devait être son dernier. Je sais que lorsque je l'aurai trouvé, je vais le chérir. » Elle sourit au bijoutier. « Je vous remercie. Vous avez été d'une grande amabilité. »

L'homme eut un signe de tête amène et agita la main pour dire au revoir à Abby lorsque Keely retourna la poussette et quitta la boutique, plongée dans ses pensées. Elle allait devoir se mettre à chercher sérieusement ce bracelet. Ce n'était pas comme si elle avait écumé la maison. L'urgence ne lui avait pas semblé immense, à côté de tous les autres problèmes qu'elle avait. *Il faut que je fasse de vraies recherches,* songea-t-elle.

En levant les yeux, Keely se rendit compte qu'elles

étaient presque au niveau des bureaux du cabinet de Lucas — l'ancien lieu de travail de Mark. *Je ferai sans doute aussi bien d'entrer et de fouiller son bureau tout de suite.* Elle eut un moment d'hésitation, consciente qu'elle n'avait pas le courage aujourd'hui. *Je vais commencer par la maison,* songea-t-elle. Elle attendit un trou dans le flot irrégulier des voitures, puis poussa Abby pour traverser la rue. A l'angle opposé se trouvait un distributeur de journaux en métal bleu, de la taille ou presque d'une boîte à lettres, mais avec le devant vitré, exposant la dernière édition de la *St. Vincent's Harbor Gazette. J'imagine que je devrais l'acheter,* pensa Keely en approchant, puis, quand elle déchiffra le titre à la une, elle sentit le cœur lui manquer, le sang monter à son visage.

UN ADOLESCENT DE LA VILLE EST LIÉ À DEUX ACCIDENTS MORTELS, clamait le gros titre en caractères gras, et en dessous : LE BUREAU DU PROCUREUR ORDONNE UN COMPLÉMENT D'ENQUÊTE. Pour illustrer l'article, signé de Tom Mercer, deux photos : une de Mark — celle qui figurait dans la brochure du cabinet d'avocats. L'autre montrait Richard et Mark adolescents dans la décapotable. La dernière fois que Keely avait vu cette photo, c'était dans le salon de Ingrid.

Keely chercha deux pièces de vingt-cinq cents pour les mettre dans la fente et sortir un journal libéré par le distributeur. Elle s'affaissa ensuite contre lui, les mains tremblant sur les pages imprimées tandis qu'elle lisait l'article qui, à cause de son âge, prenait soin de ne pas mentionner le nom de Dylan, mais évoquait le beau-fils, âgé de quatorze ans, de Mark Weaver, un important avocat de la ville dont la mort par noyade était actuellement considérée comme suspecte par le bureau du procureur.

Maureen Chase était longuement citée dans l'article, où elle disait qu'à la lumière du rôle de l'enfant dans la mort de son père, son bureau reconsidérait les informations relatives au décès de Mark Weaver. Son rêve de la nuit précédente s'abattit de nouveau sur Keely, au point qu'elle fut sur le point de vomir.

Elle froissa le journal, furieuse contre cette Maureen Chase qu'elle ne connaissait même pas. *Comment ose-t-elle ?* se demanda Keely. *Crucifier un enfant innocent dans le journal par ses insinuations infâmes. Mon fils,* songea-t-elle. *Mon bébé.* Les larmes lui montèrent aux yeux, mais elle refusa de les laisser couler. C'était exactement le but recherché par Maureen — user de son pouvoir pour les blesser et les humilier. « Là, ça suffit, dit Keely à voix haute. Elle ne va pas s'en tirer comme ça. »

Réagissant à la colère et à la tension dans la voix de sa mère, Abby se mit à pleurnicher.

Keely contempla le bébé dans sa poussette. Elle avait envie de se rendre immédiatement au bureau de Maureen Chase, franchir le barrage de sa secrétaire, lui dire exactement ce qu'elle pensait d'elle. Sauf que Abby, le minois couvert de miettes de gâteau, la regardait de ses grands yeux, et Keely savait qu'elle se trouverait en position défavorable pour affronter le procureur si elle remorquait un bébé. Qu'allait-elle faire ? Demander à la secrétaire de Maureen Chase de surveiller Abby pendant qu'elle-même entrait hurler contre sa chef ? Elle était paralysée et furieuse. Elle fit pivoter la poussette et retourna vers le Cherokee. « Viens mon poussin, marmonna-t-elle. On rentre à la maison. » *Pas chez Ingrid,* pensa-t-elle. *Je ne veux même pas lui parler. Bavasser sur Richard avec un type qui complotait de détruire Dylan publiquement — j'espère qu'elle est contente.* Elle se rendait à peine compte de la direction qu'elle avait prise, tant elle était occupée à fulminer. Mais Abby tendit une main, comme si elle tentait de retenir l'air au passage, la brise de cette belle journée dorée et automnale devenue brusquement froide.

12

PENDANT tout le trajet du retour, Keely oscilla entre la colère contre son ancienne belle-mère, et l'indignation suscitée par l'audace de Maureen Chase. Elle l'affronterait, cette Maureen Chase. C'était une certitude. Il lui fallait seulement trouver une personne pour garder Abby, et elle partirait à l'assaut de ce bureau, et de Maureen. Mentalement, elle se répétait ce qu'elle allait lui dire, comme pour être sûre que son opinion serait exprimée avec la clarté de l'eau de roche.

En tournant dans l'allée, marmonnant encore intérieurement, elle vit la Toyota blanche de Ingrid rangée sous le panier de basket. Ingrid, qui était assise sur la banquette avant, sortit péniblement dès qu'elle aperçut le Cherokee.

Un seul regard à cette femme âgée, et la colère de Keely, contre Ingrid du moins, tomba. Ingrid était comme d'habitude vêtue d'un ensemble pantalon de sa création, le haut joyeusement imprimé de fleurettes, assorti à un pantalon à taille élastiquée, sur une paire de grosses chaussures marron foncé à semelles compensées. Elle tripotait l'anse de son sac à main marron, comme s'il s'agissait d'un chapelet de billes anti-stress, et la grimace de son visage exprimait une totale détresse.

Keely descendit de voiture, ouvrit la portière arrière, se pencha à l'intérieur pour détacher le bébé et la sortir. Ingrid se dirigea résolument vers le Cherokee, et un coup d'œil à l'intérieur lui révéla le journal, sur le siège passager, devant. Ses épaules rondes s'affaissèrent.

« Ingrid, dit froidement Keely.

— Je vois que vous avez le journal », dit Ingrid.

Keely opina en serrant fort Abby, dont les yeux s'illuminèrent à la vue d'une personne amie.

Ingrid secoua la tête. « Keely, je suis désolée. J'ai été stupide. Je n'imaginais pas. » Son menton en tremblait. « Si j'avais su qu'ils allaient faire cela à Dylan... »

Keely eut envie de hurler que Ingrid aurait dû y penser avant de parler à ce journaliste, mais elle se força à ne rien dire. « Je sais que jamais vous ne lui feriez volontairement du mal », dit Keely.

Ingrid leva les yeux. Dont le bleu pâle se voila de larmes. « Pas pour tout l'or du monde. J'ai essayé de vous appeler dès que j'ai découvert. Jamais je n'aurais parlé à cet homme si j'avais pensé...

— C'est bon, dit Keely. Je sais.

— Il m'a simplement flouée », dit Ingrid en tapant un pied chaussé de Mephisto sur l'allée. Puis elle secoua encore la tête. « Comment pourrai-je jamais expliquer à Dylan ? gémit-elle.

— Il comprendra, dit Keely. Il sait combien vous l'aimez.

— Mais tout de même, c'est moi. Oh, j'en ai la nausée. » Elle fouilla dans son sac en quête d'un mouchoir qu'elle posa en tampon devant sa bouche.

« Calmez-vous maintenant, dit Keely. Dylan n'aimerait pas que vous vous rendiez malade pour ça. Vous allez bien ? »

Ingrid avala une grande goulée d'air et fit signe que oui, mais elle grimaça et des gouttes de sueur perlaient à la naissance des cheveux qu'elle avait moins épais. « Ce n'est rien, dit-elle.

— Vous feriez mieux d'entrer vous asseoir », dit Keely.

Une faible sonnerie monta de la banquette arrière.

« Qu'est-ce que c'est ? demanda Ingrid en regardant partout autour d'elle.

— Mon portable. Il est dans le sac à langer de Abby. Pourriez-vous me l'attraper, Ingrid ? J'ai les deux mains prises.

— Euh, je ne suis pas sûre... » Ingrid fouilla dans le sac à l'intérieur de la voiture.

« Il est rouge », dit Keely.

Ingrid sortit le portable. « Je l'ai », dit-elle en l'exhibant à bout de bras, comme s'il était vivant.

« Appuyez sur le bouton en forme de barre. »

Ingrid dut plisser les yeux avant d'appuyer soigneusement sur le bouton du milieu et de tenir maladroitement le téléphone contre son oreille. « Allo ? dit-elle. Quoi ? »

Keely réfléchissait, se demandant qui pouvait utiliser son numéro de portable. Ingrid lui tendit l'appareil, les yeux écarquillés, inquiète. « C'est l'école. »

Keely le lui arracha des mains et répondit, le cœur battant.

Difficile de se concentrer sur la conduite. Le Dr. Donahue, principale du collège de Dylan, venait de l'informer, avec une élégance concise, que Dylan avait participé à une bagarre dans la cafétéria et qu'elle devait venir immédiatement. Elle avait laissé Abby avec Ingrid. Sur tout le trajet pour arriver à l'école, Keely n'avait cessé de réfléchir. *Où faut-il tracer la limite ? Quand doit-on faire preuve de compréhension, et quand doit-on sévir ?* Elle avait enseigné dans un collège — tout lui semblait limpide alors. Mais c'était avant que sa vie dérape et qu'elle en perde le contrôle. Avant que le bureau du procureur, et la police, et les journaux, commencent d'insinuer que Dylan pourrait ne pas être étranger à tous leurs malheurs. Elle était contrariée que son fils crée des problèmes à l'école. Mais par ailleurs, pensa-t-elle, n'était-ce pas compréhensible ? Elle ne souhaitait pas être trop indulgente avec lui, mais elle ne souhaitait pas non plus le réprimander. Elle désirait le protéger contre tant de cruauté. Il se sentait déjà tellement coupable. Pourquoi fallait-il que tout le monde se ligue pour empirer les choses ?

Elle enfonça la pédale de frein en atteignant l'entrée du parking. Il faut avouer qu'elle avait conduit si vite qu'elle avait failli ne pas tenir compte des panneaux clignotants incitant à réduire la vitesse devant l'école. Lentement, résolument, elle gara le Cherokee sur un emplacement, puis d'un bond fut à terre et se pressa sur l'allée et les marches donnant accès au bâtiment. Elle sonna, fut admise à l'intérieur.

Le bureau vitré se trouvait tout de suite dans le vestibule, en face de l'auditorium. Elle poussa la porte et entra. Le Dr. Donahue était debout devant le bureau, tournant le dos à Keely, les bas croisés sur sa veste de tweed. Elle écoutait l'un des gardiens, qui parlait d'une voix forte, audible par Keely.

« Le petit Bennett a prétendu que c'est l'autre qui a commencé, mais je vais vous dire — l'agressivité de ce gamin, c'est fou. Je lui ai fait la remarque. J'ai dit : "Vous feriez bien de surveiller votre agressivité, mon garçon." Et il a pris un air carrément arrogant pour me répondre : "Je ne suis pas votre garçon." Même que j'ai pensé : "Heureusement pour moi." J'ai lu cet article dans le journal d'aujourd'hui. Je ne voudrais pas l'avoir comme fils. Je tiens à la vie. »

Keely sentit monter la colère et serra les poings.

« Très bien, Mr. Curtiss, dit la principale. Je vous remercie.

— Dr. Donahue », dit Keely.

La principale se retourna. Elle posa sur Keely un regard strictement professionnel, derrière des lunettes à monture d'écaille.

« Je suis Keely Weaver. La mère de Dylan Bennett.

— Mrs. Weaver, merci de vous être déplacée.

— Que s'est-il passé, Dr. Donahue ?

— Eh bien, comme je vous l'ai dit au téléphone, il y a eu un... une petite bagarre à la cafétéria. Nous avons un élève à l'hôpital en train de se faire poser des points de suture sur l'arcade sourcilière.

— Est-ce que Dylan va bien ? demanda Keely.

— Dylan va très bien. C'est lui qui a blessé l'autre collégien. En le frappant avec le plateau de repas, si j'ai bien compris.

— Oh Seigneur, dit Keely. Dylan a fait cela ?

— Il s'agit d'une infraction grave, dit le Dr. Donahue.

Qui aurait pu être traitée par la police. Heureusement, les parents de l'autre enfant n'ont pas désiré porter plainte. Mais je dois vous dire, Mrs. Weaver, que votre fils a un problème de contrôle de ses réactions. »

Keely reçut ces paroles comme une critique à son endroit, sur la façon dont elle avait élevé Dylan. Elle sentit ses joues s'enflammer. « Je suis absolument navrée. » Elle éprouva le besoin de tenter une explication. « Il a dû faire face à beaucoup de... tension, de changements », dit-elle, alors que les mots qu'elle aurait voulu employer étaient *mort* et *tragédie*. Mais elle les avait trouvés mélodramatiques, bien qu'exacts.

« Je suis au courant de la situation de Dylan. C'est tout à fait triste, dit sèchement la principale. Mais nous ne pouvons tolérer ce genre de chose dans l'établissement. Nous devons assurer l'ordre.

— Je comprends, dit humblement Keely.

— J'ai renvoyé Dylan pour trois jours.

— Il est renvoyé ? interrogea faiblement Keely.

— Il n'a manifesté aucun regret, dit la principale. Il a refusé de présenter des excuses. »

Keely laissa s'exprimer son impuissance. « Je ne sais pas quoi dire. Depuis quelque temps, j'ai un peu de mal à le comprendre...

— Oh, je pense qu'il subit une pression importante, concéda le Dr. Donahue. Cet article dans le journal est... malencontreux. Et les enfants sont capables d'une grande cruauté. Une des élèves qui a assisté à la bagarre dit que les autres garçons se moquaient de Dylan.

— Je m'en doutais, murmura Keely.

— Mrs. Weaver, je crois qu'il est important que vous offriez à Dylan une aide professionnelle. Quelqu'un à qui il puisse parler de ses problèmes.

— Je l'ai envisagé.

— Il est temps de faire plus que l'envisager. Nous, qui travaillons dans l'encadrement scolaire, avons dû suivre plusieurs séminaires pour apprendre à reconnaître les profils de jeunes susceptibles d'avoir recours à la violence. Et je suis au regret de vous dire que votre fils correspond à ces profils.

— C'est injuste, protesta Keely. Y a-t-il un lien avec cet article dans le journal ? Parce que si...

— Mrs. Weaver, il n'y a aucun lien, avec aucun fait divers rapporté par la presse, en dehors de ceux concernant les drames qui se produisent dans des établissements scolaires, partout dans le pays. Nous voyons le même scénario se reproduire encore et toujours. Un enfant solitaire, tyrannisé par certains élèves, qui a des problèmes pour contenir sa rage... j'espère que Dylan n'a pas accès à une arme à feu.

— Non ! s'écria Keely. J'ai peine à croire à vos insinuations. »

Les yeux du Dr. Donahue se firent assassins. « Ne soyez pas naïve, Mrs. Weaver. Pas plus tard que le mois dernier, au lycée, un élève a menacé l'infirmière avec un couteau. Il y a eu des alertes à la bombe, dans divers services scolaires, qui étaient le fait d'un élève. Ces choses arrivent ici même, dans ce tranquille petit comté de Profit. Je suis responsable de la sécurité de tous les élèves de cet établissement. Tous. C'est une responsabilité qui m'empêche parfois de dormir. Je ne peux pas m'offrir le luxe de prendre le moindre risque. Lorsque que je vois un problème potentiel, je dois prévoir le pire. Votre fils a frappé un autre élève à la tête. Je ne vais pas attendre de le voir débarquer avec un fusil. »

Keely regardait droit devant elle, et tremblait de la tête aux pieds.

« Mrs. Weaver, reprit la principale plus aimablement. Je ne suis pas en train de dire que Dylan va prendre un fusil. Je m'efforce seulement d'éviter que cela se produise. C'est pourquoi je vous conseille une aide extérieure. Je préfère pécher par excès de prudence.

— Je comprends, dit Keely, assommée.

— Nous avons adressé de nombreux parents au Dr. Evan Stover, du Blenheim Institute. Il s'occupe presque exclusivement d'adolescents. Il est très compétent. Voici sa carte.

— Je vous remercie. Je l'appellerai, promit Keely. Où se trouve Dylan, à présent ?

— Il est allé aux toilettes. » Le Dr. Donahue fronça les

sourcils en consultant sa montre. Elle ouvrit la porte de son bureau et appela sa secrétaire. « Wendy, Dylan Bennett est-il revenu ? »

Mouvement de tête négatif de la secrétaire. « Je ne l'ai pas vu. »

La principale fit la moue.

« Quel est le problème ? demanda Keely.

— Il n'y en a aucun », dit Le Dr. Donahue. Elle repéra le professeur d'éducation physique des garçons qui arrivait, en tenue, avec presse-papier et sifflet, et baskets blancs flambant neufs. « Mr. Taylor, cria-t-elle, pouvez-vous me rendre un service ? »

Le coach arriva en petites foulées. « A votre service.

— Voulez-vous voir si Dylan Bennett est encore dans les toilettes. Il s'y trouve depuis ... un certain temps. »

Le coach se dirigea docilement où on lui demandait et poussa la porte des toilettes.

« Cette bagarre avait-elle un rapport avec l'article du journal ? » demanda Keely après un moment de silence gêné.

Le Dr. Donahue ne fit pas mine de ne pas être au courant. « Je le crois, dit-elle. Bien que le harcèlement ait commencé avant.

— Dylan ne m'en a jamais parlé, dit Keely.

— Il s'imagine sans doute que vous avez déjà assez de soucis, dit la principale.

— Je me fais essentiellement du souci pour lui, admit Keely.

— C'est un âge difficile.

— Je suis au courant, croyez-moi. J'ai enseigné dans un collège.

— Alors vous comprenez forcément.

— Mais Dylan ne représente de menace pour personne, insista Keely. Je le saurais, sinon.

— C'est le discours de tous les parents », dit la principale d'un ton las.

Le professeur d'éducation physique était de retour. « Il n'est pas là-bas, dit-il.

— Comment cela ? demanda la principale.

— Où est-il ? » interrogea Keely.

Le coach fit une grimace. « Il a déclaré à un élève qui se trouvait là qu'il s'en allait.

— Qu'entendez-vous par s'en aller ? demanda Keely.

— Quitter l'école », dit le coach, dont l'expression solennelle traduisait la gravité de l'infraction.

Keely eut un regard inquiet en direction de la principale. Qui arborait une mine sévère. « Il a reçu l'ordre de revenir immédiatement en sortant des toilettes. Il n'y avait aucune ambiguïté dans mes instructions.

— Pourquoi partirait-il ? » s'écria Keely.

Le Dr. Donahue la regarda en levant les sourcils. « Par défi, j'imagine. Pour nous montrer qu'il a du caractère. Je ne peux pas tolérer ce genre de comportement. Il ne peut pas quitter l'école ainsi, parce que bon lui semble. Nous sommes responsables de lui tant qu'il est dans l'établissement. Vous devez le lui faire comprendre, Mrs. Weaver. Vous êtes aussi responsable, en fin de circuit... »

Keely entendit la critique, elle comprenait le souci de la principale, mais elle n'avait qu'une idée en tête. « Il faut que je le retrouve, dit-elle.

— Mrs. Weaver », intervint sèchement la principale, sans arrêter Keely, qui était déjà dehors. Une fois à la voiture, elle regarda dans toutes les directions. Où pouvait-il bien se trouver ? Quel chemin avait-il pris ?

La maison était trop loin pour faire le chemin à pied. Il prenait le car scolaire à l'aller et au retour. Elle monta dans le Cherokee et mit le contact. Où donc pouvait-il aller, sinon ? Elle se mit à parcourir les rues du quartier, aussi lentement que possible. Heureusement, il y avait très peu de circulation ; une seule personne protesta en maniant l'avertisseur, avant de la dépasser. Le ciel s'assombrit progressivement, la belle journée d'automne vira au froid, au gris, et pour finir, quelques gouttes de pluie s'écrasèrent sur le pare-brise. Elle regardait à droite, à gauche, essayant de repérer le blouson en cuir noir et râpé. Malheureusement, les couleurs foncées se fondaient un peu dans le paysage brun des feuilles mortes.

Les gouttes de pluie éparses se transformèrent en pluie fine et régulière tandis qu'elle scrutait les maisons : une église, aux portes bien fermées ; la cour de récréation d'une école et un parc, tous les deux désertés à cause de la pluie. *Dylan, où es-tu ?* implora-t-elle, comme si elle pouvait l'atteindre par la pensée. *Où donc es-tu passé ?*

Elle appela le Dr. Donahue sur son portable, juste pour voir si son fils était revenu, et on lui passa aussitôt la principale. « Peut-être faudrait-il appeler la police, suggéra cette dernière.

— Non, non, surtout pas », supplia Keely. Elle savait que la principale cherchait seulement à se couvrir, peu désireuse d'être tenue pour comptable de la disparition d'un élève alors qu'il était sous sa responsabilité. Mais Keely ne voulait pas que l'inspecteur Stratton ait vent de l'incident, qu'il les harcèle de nouveau. Dylan était quelque part, près, elle allait le trouver. « Laissez-moi chercher un peu plus », dit Keely. Aussitôt après avoir raccroché, elle perçut l'ironie de la situation. Elle aurait dû être la première à appeler les flics, leur demander de l'aide. C'était son fils qui avait disparu. Mais à cause de la façon dont elle avait été traitée, elle avait peur de les solliciter, peur que Dylan se cache justement à cause d'eux. C'était trop injuste.

Elle passa devant le panneau indiquant la voie rapide, et se dit qu'elle ferait peut-être mieux de la prendre et de rentrer dans leur quartier. Si jamais il avait fait du stop — ce qui lui était interdit, mais il lui était aussi interdit de quitter l'école sans rien dire, et cela ne l'avait pas retenu. L'idée de Dylan faisant du stop lui glaça les sangs. Elle imagina un prédateur arrêtant sa voiture près de son fils, trop heureux d'avoir repéré l'occasion en or. *Oh je vous en prie mon Dieu, non.* Elle roula doucement vers la rampe d'accès, sans grande envie de quitter le quartier du collège, mais sans savoir non plus où elle pourrait encore chercher. Elle hésita au moment de s'engager, regarda dans son rétroviseur. Puis, sous le pont qui passait au-dessus de la rue tranquille, elle vit quelque chose bouger du côté des piliers de ciment. Elle cligna des yeux pour voir au travers de la vitre pleine d'eau, qu'elle baissa, laissant la pluie lui battre le visage. Il y avait une silhouette recroquevillée contre le béton glacial. On aurait dit un sans domicile fixe, désemparé, vaincu. En regardant de plus près, elle vit le blouson de cuir, le crâne rasé.

Dylan, pensa-t-elle, le cœur bondissant. Elle faillit crier son nom, mais se ravisa. S'il la voyait et partait en courant ? Elle rangea le Cherokee sur l'accotement et descendit. La pluie lui ruissela dans le cou et sur les yeux tandis qu'elle attendait de pouvoir traverser et le rejoindre.

Sous le pont, il avait dû entendre claquer la portière, car il leva les yeux. Leurs regards se croisèrent, et elle sentit son cœur se fendre à la vue du vide, du désespoir qu'elle lut sur son visage. Quand il la reconnut, il passa à la fureur et se mit debout.

Keely traversa les quatre voies de la route tranquille, et se précipita vers lui, les bras tendus, ouverts. Mais il lui tourna le dos.

« Dylan ! cria-t-elle. J'étais folle d'inquiétude.

— Je vais bien, dit-il. Que fais-tu ici ?

— Je te cherche. Que veux-tu que je fasse d'autre ? Je suis allée voir le Dr. Donahue, et le professeur d'éducation physique a dit que tu avais quitté l'école. »

Il haussa les épaules en signe d'indifférence. « Je n'avais aucune raison de rester. Je suis sûr qu'on t'a dit que j'étais renvoyé trois jours. »

Keely frissonna et repoussa les boucles mouillées devant ses yeux. « Trésor, que se passe-t-il ? Le Dr. Donahue dit que tu t'es battu.

— Il y a eu une bagarre dans la cafétéria. Rien de bien terrible, dit-il. Sauf que, évidemment, j'ai été le seul à être réprimandé.

— Est-ce que c'est toi qui as commencé ? demanda-t-elle, en voulant lui toucher le bras, mais il se dégagea.

— A ton avis ?

— Je ne sais pas. C'est pour cette raison que je te pose la question.

— Bien sûr que j'ai commencé, dit-il. Je suis un méchant.

— Oh Dylan, cesse, dit-elle avec lassitude. Raconte-moi seulement ce qui s'est passé.

— Et tu me croiras, n'est-ce pas ?

— Bien sûr que je te croirai. »

Dylan plissa les yeux en la regardant, et secoua la tête.

Keely était désarmée. Comme si, quelque part, il était

loin, hors d'atteinte, et continuait de s'éloigner. « La principale a dit que ces élèves te harcelaient depuis un moment déjà. Est-ce que c'est vrai ?

— Formidable, dit-il. On se croirait de nouveau au poste de police. Avec un peu d'air frais en prime. Tiens, au fait, j'ai vu qu'il y a un grand article sur moi dans le journal d'aujourd'hui.

— Comment es-tu au courant ? demanda Keely.

— Tout le monde est au courant. Je l'ai vu dans la corbeille du bureau de la principale.

— Ce qui est exactement sa place, dit vivement Keely. La corbeille. »

Dylan tendit la main pour lui donner une petite tape condescendante sur l'épaule. « Allons, on se remet. Courage. Je croyais que tu allais être fière de moi. Faire la une de cette façon ! »

Keely se dégagea d'un geste d'épaule. « Dylan, pour l'amour de Dieu. Cesse de me parler comme à une ennemie. Tu sais bien que je les trouve infâmes.

— Allez, maman. Avoue. Tu as tout de même un petit doute, non ? Un tout petit ? » railla-t-il.

Pour douter, elle doutait. Elle doutait de réussir jamais à se rapprocher de lui. Elle doutait qu'il redevienne jamais l'enfant qu'elle connaissait et qu'elle adorait. Elle avait l'impression qu'il s'éloignait d'elle et qu'elle était incapable de le retenir. Impuissante, elle dit : « Dylan, laisse tomber, tu veux ? On rentre.

— A la maison, dit-il. Mais bien sûr, vite, à la maison. »

Sans l'attendre, il traversa la chaussée en courant, sans même regarder si une voiture arrivait. Elle faillit crier, mais les mots restèrent coincés dans sa gorge. Elle avait l'impression que son cœur était pris dans un étau. *Il faut que je fasse quelque chose,* songea-t-elle. Le psychiatre indiqué par le Dr. Donahue lui revint en mémoire. Elle l'appellerait dès qu'ils seraient de retour à la maison.

Même si, rationnellement, elle pensait autrement, elle avait l'impression de capituler. Elle avait besoin d'aide pour lui. Elle pensa à Richard, qui avait toujours apprécié son fils. Dylan avait été un petit garçon si facile, si intelligent... Richard et elle échangeaient souvent des regards où se mêlaient émerveillement et fierté face à leur enfant, sentiments qu'elle avait aussi partagés avec Mark lorsqu'ils contemplaient Abby. Et à présent que ce petit garçon doux et charmant semblait devenir un enfant perturbé, elle semblait être incapable de l'aider. Tout ce qu'elle pouvait dire l'enfonçait, apparemment davantage dans le mutisme et la colère. Elle connaissait les difficultés du contact avec les adolescents — toute sa carrière n'avait été faite que de cela. Mais le cas était différent. Il s'agissait de son propre fils, et la tension qui caractérisait leur vie créait une sensation d'oppression insupportable. Keely était constamment hantée par l'idée que la situation dépassait la classique angoisse de l'adolescence — que d'une certaine façon, elle était responsable.

Le désespoir, qui la tenaillait en permanence ces derniers temps, menaçait de l'engloutir, sans qu'elle puisse s'en accommoder. Elle traversa la rue dans le sillage de son fils. Arrivée à la portière du conducteur, elle tenta d'ouvrir, en vain. Dylan avait verrouillé les portières de l'intérieur. Elle fouilla dans la poche de sa veste, mais les clés étaient restées sur le contact. Dylan lui jeta un regard lorsque, sous la pluie battante, elle secoua la portière en tapant contre la vitre. Il resta impassible et, l'espace d'une minute terrible, Keely songea : *Il va me laisser dehors, comme ça. Il ne va pas déverrouiller les portières.*

« Dylan, ouvre », cria-t-elle.

Il détourna le regard, appuya la nuque contre le dossier, ferma les yeux.

Mon Dieu, pensa-t-elle. Puis elle entendit le clic des taquets remontant d'un coup. Et elle eut honte d'avoir douté de lui, en même temps qu'elle comprenait qu'il attendait précisément qu'elle doute de lui. Et qu'il était satisfait qu'elle ait douté. Elle ouvrit la portière et se hissa, trempée jusqu'aux os, derrière le volant.

Elle prit le temps de le regarder, avec l'envie de lui demander pourquoi, mais il scrutait le paysage par la vitre de son côté, comme si elle n'était pas là.

13

Le lendemain matin, Keely ouvrit bruyamment la porte de la chambre de son fils, et alluma le plafonnier. Dylan était emmêlé dans les draps, le visage enfoui dans les oreillers. Le bruit s'ajoutant à la lumière parut le sortir de sa torpeur, et il s'assit en se frottant les yeux, mal réveillé. « Qu'est-ce..., bredouilla-t-il.

— Dylan, je t'ai appelé quatre fois déjà. Il faut que tu te lèves. J'ai besoin que tu surveilles Abby. Je dois sortir. »

Dylan cligna des yeux et soupira. Puis il essaya de regarder sa mère. « Tu vas où ? Tu es sur ton trente et un.

— J'ai une visite à faire, dit Keely. J'ai laissé un numéro près du téléphone. Abby a mangé, elle est dans son parc. Il y a des dessins animés à la télé, alors elle va les regarder pendant une demi-heure, mais il faut que tu t'habilles et que tu descendes. Tu es renvoyé, mon cher, tu n'es pas en vacances. »

Les épaules de Dylan s'affaissèrent d'un coup, comme s'il venait de se rappeler ce qu'il faisait dans son lit, un matin de semaine. « D'accord, grogna-t-il.

— Tout de suite, Dylan.

— J'ai dit d'accord, cria-t-il. D'accord, alors tu sors. J'arrive.

— Cinq minutes, tu as cinq minutes », dit-elle en claquant la porte derrière elle.

Elle sortit et se regarda dans le miroir du vestibule. Elle avait soigné sa tenue vestimentaire pour cette rencontre. Tailleur pantalon de gabardine noire, en partie pour rappeler à Maureen Chase qu'elle était en deuil, en partie parce que c'était encore ce qu'elle avait de plus élégant. Elle contempla ses ongles, polis et vernis de laque pâle. Elle ne s'était plus fait les ongles depuis la naissance de Abby. Elle avait aussi pris le temps de faire un brushing sur ses cheveux blond cendré qui tombaient souplement sur ses épaules, brillants. Le petit déjeuner avait refusé de passer. Son estomac était noué par la nervosité.

Elle descendit au rez-de-chaussée et attendit, tapotant sur sa montre, le pied marquant la mesure, impatiemment. Malgré elle, elle sourit au spectacle de Abby rivée aux personnages colorés sur l'écran de télévision, parlant en borborygmes enfantins et criant de plaisir sans raison apparente. Keely allait juste se lever et retourner crier à son tour au pied de l'escalier, mais sans plaisir en ce qui la concernait, lorsqu'elle entendit le pas lourd de son fils sur les marches.

Il descendit, frottant son crâne rasé, portant les mêmes vêtements que la veille. Elle songea à le réprimander, le renvoyer en haut se changer, mais elle ne voulait pas remettre plus longtemps cette rencontre. Elle risquait de ne plus avoir le courage.

« C'est bon, Dylan. Je t'ai laissé ton petit déjeuner dans la cuisine. Mange quelque chose, et ensuite, sors Abby de son parc, et laisse-la circuler librement. Mais ne la quitte pas des yeux.

— D'accord, dit-il, agacé.

— Si le cabinet du Dr. Stover appelle, dis-leur que c'est pour un rendez-vous. Je les rappellerai à mon retour. »

Dylan poussa un gros soupir sonore, exaspéré.

« Je ne serai pas longue, dit-elle.

— Où tu vas ? » interrogea-t-il.

Elle hésita, avant de décider qu'il avait le droit de savoir. « Je vais voir le procureur, Ms. Chase, dit-elle. J'en ai assez. Je veux lui dire en face ce que je pense de cette affaire.

— Elle va te prendre pour une folle.

— Merci pour ce vote de confiance.

— Excuse-moi, dit Dylan avec lassitude avant d'ajouter gentiment : Merci, Maman. »

Cette seule parole aimable eut un immense pouvoir

réconfortant. Elle se pencha pour l'embrasser avant de partir, mais il se renfrogna et secoua la tête. Il ne fallait pas trop en demander. Elle soupira et après un autre baiser sur les cheveux de Abby, elle réussit à sortir de la maison.

Le bureau du procureur se trouvait au troisième étage du tribunal. Keely sentit son cœur se lever avec l'ascenseur, puis s'arrêter net dans son ascension. Il battait la chamade au moment où l'écran lumineux indiqua le troisième étage, avant l'ouverture des portes. Devant les portes ouvertes, appuyant sur le bouton descente, se tenait le très beau jeune Noir aux dreadlocks cuivrées que Keely avait croisé au cabinet de Lucas. Il recula pour la laisser sortir de l'ascenseur et, une fois encore, elle fut frappée par les yeux bleu-vert, parfaitement inattendus sur son faciès plat et africain. Le jeune homme monta dans la cabine et appuya sur le bouton rez-de-chaussée, l'air absent, sans croiser le regard de Keely.

Keely vérifia les numéros inscrits sur les portes et avança jusqu'à la réception du bureau du procureur. Elle resta plantée devant le bureau, mal à l'aise, et attendit que la secrétaire de Maureen Chase ait terminé sa conversation téléphonique. Cette dernière se grattait le cuir chevelu avec la gomme de son crayon, tout en persuadant habilement le correspondant fort énervé qu'elle ne pouvait absolument pas déranger sa patronne, qui ne manquerait cependant pas de l'appeler avant la fin de la journée. Keely ne put qu'admirer la classe. Elle possédait le mélange d'efficacité et d'initiative nécessaire pour gérer les intrusions dans un lieu si noble. Il serait difficile de passer son barrage. Keely s'efforçait de mobiliser tous ses éventuels talents de persuasion lorsque la jeune femme reposa le combiné et leva les yeux sur elle.

Elle se força à sourire. « Je m'appelle Keely Weaver. Je suis venue pour voir Miss Chase. »

La secrétaire consulta le calendrier, remplie de notes au crayon, sur son bureau. « Avez-vous rendez-vous ? demanda-t-elle.

— Il s'agit d'une urgence dont je dois m'entretenir avec elle, dit Keely. Une urgence inattendue.

— Je suis désolée. Elle est prise toute la journée. Si vous désirez un rendez-vous...

— Je comprends, dit Keely sur un ton conciliant. Ce ne sera pas long. Je vous le certifie. »

La secrétaire était rompue aux tactiques des juristes et ne se laisserait pas émouvoir. « Je n'en doute pas, dit-elle fermement. Elle a une demi-heure de libre dans la matinée, après-demain. Si vous voulez bien me dire le motif de...

— Personnel », dit Keely.

La secrétaire se tourna vers son écran d'ordinateur. « Appelez-la à son domicile. »

Keely sentit l'angoisse submerger son cœur. Elle ne pouvait pas rentrer en disant à Dylan qu'elle n'avait pas réussi à voir Maureen Chase. Cherchant un moyen de persuasion, elle remarqua sur le bureau une photo encadrée, montrant un bébé avec une minuscule casquette de baseball Orioles sur la tête. « C'est votre fils ? demanda-t-elle.

— Oui. » Puis pivotant sur sa chaise pour faire face de nouveau à Keely, elle ajouta : « Et ne commencez pas à m'expliquer que vous aussi vous avez un fils, et qu'il a des problèmes, parce que je passe mon temps à voir des mères dont le fils a un problème. Voyez votre avocat, qui pourra parler avec le procureur. »

Gênée que sa manœuvre se soit révélée aussi transparente, mais toujours aussi déterminée, Keely dit : « Ecoutez, je sais que des tas de gens souhaitent parler à Miss Chase et que c'est votre travail de filtrer. Mais je ne reviendrai pas après-demain. Je veux la voir aujourd'hui, et je vous prie de le lui dire. »

La secrétaire fit une moue fâchée. « Vous semblez être une personne correcte, dit-elle. Ne m'obligez pas à appeler la sécurité.

— La seule chose que je vous demande, insista Keely, c'est de l'informer de ma présence.

— Ce que vous me demandez est impossible, répéta-t-elle. Je fais ce qu'on me demande de faire. Si je la dérangeais chaque fois qu'un... un original prétend la voir immédiatement, je perdrais mon boulot, d'accord ? » Elle pointa un ongle rouge sur la photo posée sur son bureau

« Il a besoin de manger ; j'ai besoin de travailler. Maintenant, vous désirez un rendez-vous, oui ou non ?

— Elle était fiancée avec mon mari », lâcha brutalement Keely.

La secrétaire s'adossa et considéra Keely avec un intérêt nouveau. « Qui ? demanda-t-elle.

— Votre patronne. Elle a été fiancée avec mon mari. Mark Weaver. »

Les yeux de la jeune femme s'agrandirent. « Vous êtes la femme de Mark ? » interrogea-t-elle.

Un court instant, Keely fut interloquée par la familiarité du ton. Puis elle se souvint que Mark était un avocat de haute volée. Il était naturel que la secrétaire de Maureen le connaisse. « Oui, dit Keely.

— Quelle horrible tragédie », dit-elle. Elle décrocha le téléphone en pianotant sur le bureau. Puis elle tourna le dos à Keely, qui entendit le chuchotement d'une conversation, avant que la jeune femme raccroche et se retourne de nouveau de son côté. Du bout de son crayon, elle désigna la porte close du bureau de Maureen. « Allez-y », dit-elle.

Keely s'efforça de masquer sa stupéfaction devant l'effet instantané produit par la simple mention du nom de Mark. « Merci », dit-elle, en essayant de paraître calme et digne. Consciente d'être observée, elle marcha jusqu'à la porte de Maureen, toqua, et tourna le bouton en même temps que l'assistant du procureur disait : « Entrez », de l'intérieur.

Maureen était installée à son bureau, le dos tourné à Keely, et tapait fébrilement sur le clavier de son ordinateur. Au milieu de piles de dossiers en équilibre instable, était abandonnée la moitié d'un bagel au fromage, sur son papier de soie. Un cactus de Noël, qui semblait n'avoir jamais vu une goutte d'eau, moins encore une fleur, depuis de nombreux Noëls, était coincé entre le Rolodex et le téléphone. Sur sa table se trouvait la photo encadrée, mais jamais époussetée semblait-il, de deux enfants roux, une fille et un garçon, bras dessus, bras dessous. Keely l'observa en attendant. Elle était absolument certaine que Maureen n'avait pas d'enfant. Il aurait pu s'agir de neveux, mais les couleurs étaient un peu passées, comme si la photo avait été prise il y a bien longtemps. Maureen et son frère, peut-être, quand ils étaient enfants, pensa Keely. A part cette unique photo, pas un seul objet personnel ne laissait transparaître une indication sur la nature de la femme en tailleur vert olive, assise derrière le bureau.

« Miss Chase ? »

Maureen avait les yeux fixés sur l'écran de l'ordinateur et ne bougea pas d'un millimètre au son de la voix de Keely. « Asseyez-vous, dit-elle. J'ai fini dans un instant. » Elle passa une main dans sa crinière rousse et soupira. Puis elle pivota sur son fauteuil et posa son regard gris vert dans celui de Keely. « Alors ? dit-elle abruptement.

— Je suis Keely Weaver.

— Je sais qui vous êtes », dit Maureen.

Keely croisa les jambes et s'efforça de faire sentir qu'elle observait la femme assise en face d'elle. Elle ne put s'empêcher de voir l'image de Mark avec cette femme, une femme qu'il avait projeté d'épouser. Elle portait un tailleur de bonne coupe qui révélait une silhouette mince. Son visage était maquillé avec art, chaque touche de fard mettant en valeur la beauté de ses traits réguliers. Elle portait des bijoux un peu lourds et avait les ongles laqués dans des tons terra-cotta. Mais il y avait en elle une agressivité résolue, comme si elle s'était préparée à l'assaut.

« Je suis désolée. J'interromps peut-être votre petit déjeuner, dit Keely.

— J'ai terminé », dit Maureen, qui enveloppa le bagel à moitié mangé avant de le jeter dans la corbeille, comme pour couper court aux civilités.

Très bien, songea Keely. *Moi aussi, je peux être strictement professionnelle.* Elle inspira profondément et s'efforça de chasser tout accent de supplique de sa voix. « Je suis ici parce que mon fils en a enduré suffisamment avec ces deux... événements tragiques survenus dans sa vie, et qu'il n'a pas besoin du harcèlement de vos enquêteurs et des journaux.

— Harcèlement, répéta Maureen, impassible.

— Oui, du harcèlement, s'entêta Keely. Je sais que Mark comptait pour vous et, en son nom, je vous demande de laisser mon fils tranquille. Mark disait toujours... le plus grand bien de vous, et sincèrement ce genre de chose semble un tout petit peu... en dessous de votre niveau. »

Les lèvres de Maureen sourirent, mais ses yeux restèrent de glace. « C'est votre opinion, dit-elle.

— Que dois-je comprendre ?

— Dites-moi, Mrs. Weaver, avez-vous été surprise d'apprendre que votre fils avait tenu l'arme responsable de la mort "accidentelle" de votre premier mari ? »

Keely ne répondit pas.

« Voyez-vous, j'étais au courant depuis longtemps. Mark me l'avait dit. A l'époque où il vous a représentée face à la compagnie d'assurance. »

Keely sentit son visage s'enflammer à l'idée que Mark avait parlé de cela à Maureen sans dire un mot à sa propre femme. *Laisse tomber,* pensa-t-elle. *La seule chose qui importe est Dylan.* « Cela n'a aucun sens, dit-elle, en dépit de vos insinuations.

— C'est ce que pensait Mark à l'époque, dit Maureen. Le pauvre imbécile. Ils ne s'entendaient pas trop, n'est-ce pas ? Mark et votre fils. »

Keely soutint son regard, prête à se battre. « Ils avaient quelques problèmes. Rien de grave.

— Votre fils a vendu le vélo que Mark lui avait offert. Je tiens ce fait de Mrs. Ambler. Dylan rejetait toutes les tentatives de Mark pour gagner son affection.. »

Qu'est-ce que vous en savez ? avait envie de demander Keely.

Maureen lut dans ses yeux. « Mark m'a dit que cet enfant le détestait. Qu'il lui en voulait. » Sa voix avait des accents triomphants. Elle semblait se réjouir de posséder cette information, de pouvoir la révéler à la veuve de Mark. « Il se confiait à moi. »

Keely fut scandalisée que Mark ait parlé de leurs affaires personnelles avec une collègue. Mais elle ne pouvait s'offrir le luxe de se laisser dévier par ses émotions. « C'est assez banal, dit-elle, compte tenu de l'âge de Dylan et des circonstances. Mark le comprenait bien.

— A quel point détestait-il Mark ? demanda Maureen. C'est la question à laquelle je dois trouver une réponse.

— Oh, pour l'amour du ciel, dit Keely. Dylan est un enfant. Il n'a fait de mal à personne. Il n'a pas tiré sur son père. Il n'a pas "organisé" un accident pour Mark. Ce ne sont que des spéculations perverses. Dylan est un enfant normal, placé dans des circonstances difficiles, et vous êtes en train de le persécuter. »

Maureen se pencha au-dessus de son bureau et plissa les yeux pour regarder Keely. « Vous ne comprenez donc vraiment rien ? Vous devriez vous mettre à ma place un instant. »

Keely secoua la tête. Maureen se leva, fit quelques pas jusqu'à un classeur dans l'angle de la pièce. Elle sortit une poignée de dossiers qu'elle jeta sur le bureau. « Tenez, dit-elle. Vous voyez cette pile ? Ce sont tous des dossiers d'enfants innocents, qui ont l'âge de Dylan ou moins. Ici, dans le district de Profit. J'en ai encore trente identiques... »

Keely détourna les yeux lorsque Maureen ramassa la pile et se mit à passer en revue chaque cas : « Attaque à l'arme blanche, vol à main armée, tentative de meurtre, négligence coupable, tentative de meurtre... » Elle laissait tomber les dossiers un par un, et chacun atterrissait sur le bureau avec un bruit sourd. Puis elle se pencha pour fixer Keely.

« Il n'existe plus d'innocent de quatorze ans, de nos jours. Votre cher fils, il a une manière de se débarrasser des gens qui sont en travers de son chemin... Je m'efforce simplement d'éviter que la chose se répète encore... »

Malgré elle, Keely repensa aux mises en garde du Dr. Donahue, au collège de Dylan. Elle songea au gamin de la cafétéria qui avait terminé à l'hôpital, avec des points de suture. *Cela n'a rien à voir,* se dit-elle.

« Dylan n'est pas ce genre d'enfant, insista Keely.

— C'est ce que disent toutes les mères que je rencontre. Juste avant qu'on embarque leur fils en prison.

— Il n'est pas question de Dylan, se fâcha Keely. C'est vous qui êtes en cause. Vous et votre vendetta parce que Mark... » Elle n'acheva pas la phrase.

Maureen fit le tour du bureau, croisa les bras et appuya son petit postérieur ferme contre le bord du plateau. Au lieu de passer à la défensive, elle parut se détendre, se calmer. « Parce que Mark quoi ? » demanda-t-elle.

Keely la foudroya du regard. « Parce que Mark a rompu vos fiançailles et m'a épousée, dit-elle.

— Vraiment ? demanda Maureen. Vous croyez que j'ai de quoi être jalouse ? »

Sans laisser à Keely le temps de répondre, Maureen repassa derrière son bureau et prit la photo des deux enfants roux.

« Je ne nie pas que j'ai des raisons personnelles de poursuivre aussi férocement les jeunes délinquants. Mon frère jumeau, Sean, dit-elle en tournant la photo dans le sens de Keely, a été assassiné, il y a plusieurs années, par un gosse comme le vôtre... un adolescent perturbé. »

Keely se sentit à la fois rassurée que Maureen lui confie une telle tragédie, et furieuse que le procureur établisse un lien avec Dylan. « C'est affreux, murmura Keely. Mais je n'apprécie pas que vous compariez mon fils à un assassin. Vous n'avez pas le droit...

— Quelqu'un l'a protégé, lui aussi, poursuivit Maureen en évacuant sa remarque. Exactement comme vous êtes en train de le faire aujourd'hui. Il n'a jamais été inquiété par la justice. C'est arrivé la veille de Halloween et les gens ont mis cela sur le compte d'une blague. Une blague. Mon frère jumeau en est mort, de cette blague. Et personne n'a jamais payé. Mais les choses ne se passeront pas ainsi cette fois. Votre fils ne va pas s'en tirer.

— Je ne peux rien à ce qui vous est arrivé, dit Keely. Mais je vous préviens : laissez mon fils en dehors de cela. »

Maureen se gaussa. « Vous me prévenez, moi ?

— Je vais parler de cette conversation à Lucas Weaver.

— Ne comptez pas trop sur Lucas, contra Keely en croisant le majeur sur l'index. Mark et Lucas étaient comme les deux doigts de la main. Quand il se rendra compte de ce qui se passe, vous risquez de perdre son appui. Vous allez devoir m'excuser, Mrs. Weaver. J'ai du travail. »

Et elle se dirigea vers la porte.

« Josie, cria-t-elle à sa secrétaire. Avez-vous les sorties imprimantes que je vous ai demandées ? »

Josie approcha et tendit une liasse de feuilles à Maureen,

mais son regard curieux s'attarda sur Keely. Sans dire un mot de plus, Maureen regagna son fauteuil, décrocha son téléphone, se mit à composer un numéro. Comme si Keely n'était plus dans la pièce. Keely qui se remit debout et s'éclipsa d'un pas incertain.

14

A son retour, Keely s'attendait à être accueillie par un Dylan impatient, avec Abby accrochée à la jambe large de son jean. Au lieu de quoi la maison était silencieuse, sans aucun signe de l'un, ni de l'autre. « Dylan ? » appela-t-elle. Aucune réponse.

Elle traversa le vestibule jusqu'à la chambre d'enfant, pensant trouver la petite endormie dans son lit, mais la pièce était vide. Aucune des barrières de porte n'était en place au rez-de-chaussée. *Il l'a peut-être emmenée promener*, pensa-t-elle, tout en sachant que c'était peu probable. Dylan en faisait le moins possible quand il était obligé de garder le bébé. *Pas de panique. Vérifie à l'étage.* Elle se précipita dans l'escalier et prit le couloir. En arrivant près de sa porte, elle reconnut, avec un mélange d'agacement et de soulagement, le martèlement des basses, et la mélodie chuchotée, venant du casque de Dylan.

Elle ouvrit brusquement la porte, sans frapper. Dylan, qui était assis à son bureau, les pieds sur la table, les yeux fermés, en train d'écouter un CD dans son casque, sauta lorsque la porte s'ouvrit. « Hé, protesta-t-il en ôtant les écouteurs, tu ne sais pas qu'on peut frapper avant d'entrer ? »

Keely ignora la protestation. « Où est ta sœur ? »

Dylan se renfrogna et remit le casque. « A côté, dit-il.

— Comment cela à côté ? » cria Keely. Elle attrapa le casque et l'arracha de sur sa tête. Dylan bondit de son siège, en position de combat.

« Que fait-elle à côté ? demanda Keely. Que s'est-il passé ?

— Rien, dit-il avec humeur. Ms. Connelly a voulu l'emmener.

— Et toi, tu l'as donnée à la voisine ? Tu étais censé la surveiller. Que se passe-t-il, Dylan ?

— Elle pleurait. Elle est tombée. »

Le cœur de Keely s'emballa. « Abby est tombée ? Tombée où ? Est-ce qu'elle va bien ?

— Elle va très bien, dit Dylan avec une moue écœurée. Cette vieille... dame, qui habite à côté, l'a entendue pleurer, et elle est venue s'en mêler. Juste sous prétexte qu'elle l'a trouvé, lui...

— Lui ?

— Mark, grogna Dylan. Elle croit maintenant qu'elle peut débarquer quand bon lui semble...

— Bon sang, Dylan. Je... » Keely pouvait à peine parler. Elle pointa sur lui un doigt menaçant. « Tu ne bouges pas d'ici. Je m'occuperai de toi plus tard. »

Keely dévala les escaliers, se précipita à la porte, traversa la pelouse mitoyenne et arriva à la maison voisine de style colonial flamand, vaste et un peu décrépie. Elle tambourina sur la porte d'entrée, ce qui déclencha les aboiements des chiens. Quelques instants plus tard, elle entendit un bruit de serrures, et Evelyn lui ouvrit.

« Evelyn, dit-elle dans tous ses états, Dylan m'a dit que vous aviez emmené Abby. »

Soupir théâtral de Evelyn qui recula d'un pas. « Entrez donc. »

Les chiens continuèrent leur raffut tandis que Keely passait auprès d'eux.

« Ils ne vous feront pas de mal, s'impatienta Evelyn. Dépêchez-vous. »

Keely n'était jamais entrée dans la maison des Connelly auparavant. Les persiennes étaient fermées, de sorte qu'il faisait presque nuit dans les grandes pièces basses de plafond. La maison sentait le renfermé, avec un petit fond de chenil. La salle de séjour glauque était encombrée de canapés, de petites tables basses et de fauteuils, bien que chaque siège ait été placé à distance décourageante des autres.

« Elle est derrière », dit Evelyn, qui appela ses chiens, et ceux-ci la suivirent dans la maison, haletant, les griffes de leurs pattes cliquetant contre les parquets fatigués.

Ils passèrent une petite bibliothèque sombre et pleine de fouillis où le vieux Dr. Connelly était en train de ronfler, assoupi en position assise sur un canapé recouvert d'un plaid rouge et vert à motifs de Noël. Le téléviseur était allumé et diffusait un débat.

Evelyn Connelly posa l'index devant ses lèvres et fit signe à Keely de la suivre encore. Cette dernière emboîta docilement le pas de cette femme plus toute jeune dans la maison mal éclairée, jusqu'à la cuisine. Une cuisine au plafond et aux murs lambrissés, où les appareils étaient vert céladon. Abby était assise sur le linoléum usé, à côté des gamelles des chiens, en train d'examiner une croquette pour animaux. Il y avait un gros sparadrap sur son menton. Keely se précipita sur sa fille qu'elle souleva dans ses bras, et elle retira vite des petits doigts la croquette pour chien qu'elle laissa tomber dans une des gamelles, ce qui déclencha de nouveau les aboiements.

« Zeus, Dobie, chut ! » ordonna Evelyn tandis que Keely embrassait le crâne de son bébé en l'examinant sous toutes les coutures. Evelyn se servit un verre d'eau au robinet de l'évier, et but.

« J'étais dehors en train de ratisser les feuilles, dit-elle. Il faut bien que quelqu'un le fasse. La propriété ne va pas s'entretenir toute seule. Bien que je sois déjà très occupée à m'occuper de mon père, je ne peux pas tout laisser aller à vau-l'eau, sinon...

— Je sais, interrompit Keely. Que s'est-il passé ?

— Je vous ai vue partir ce matin. Alors, pendant que je ratissais le côté du jardin près de chez vous, quand j'ai entendu ce hurlement affreux venant de votre maison... bref, après ce qui est arrivé la dernière fois, je me suis dit qu'il valait mieux que je m'en mêle. J'avais reconnu la voix de la petite, et elle hurlait à la mort. »

Le tableau de la rue calme et tranquille mise en émoi par les hurlements de Abby provoqua chez Keely un sentiment de honte et d'immense colère, comme si sa propre incompétence était à l'origine de tout ce qui allait mal dans sa vie. « Oh Seigneur, dit-elle piteusement.

— Apparemment, dit Evelyn en rinçant son verre avant de le retourner soigneusement sur l'égouttoir, elle était tombée et s'était cogné le menton contre la table basse. Il y avait du sang partout. Quand je suis arrivée, elle était toute seule, en train de pleurer, pleine de sang, sur le tapis plein de sang...

— Où était Dylan ? » demanda Keely.

Evelyn Connelly commença par hausser les épaules. « Pendant une minute, j'ai cru que vous l'aviez laissée toute seule à la maison. Je pensais que son frère était en classe... »

Malgré son sentiment de culpabilité, Keely explosa : « C'est absurde, dit-elle avec humeur. Jamais je ne ferais une chose pareille. »

Evelyn s'essuya les mains sur un torchon, non sans examiner, longuement, ses gros diamants étincelants. « En tout cas, poursuivit-elle, j'ai nettoyé les dégâts, je l'ai changée, je lui ai fait un pansement...

— Merci, Evelyn. C'est très aimable à vous, dit Keely avec raideur.

— Oh, j'ai l'habitude. Je suis fille de médecin. Je n'ai pas peur du sang.

— Et où se trouvait Dylan, pendant tout ce temps ? » demanda Keely.

Evelyn inclina la tête en faisant la grimace. « Il n'a pas été très efficace, dit-elle. Il était plutôt dans mes jambes qu'autre chose.

— Il a donc essayé de se rendre utile, dit Keely, un peu soulagée. Les petits enfants de cet âge, ça tombe. Il y a des accidents.

— S'il s'agit d'un accident, dit Evelyn. Nous n'avons que sa parole. »

Keely eut l'impression que son visage se figeait. Abby tirait joyeusement les cheveux de sa maman. « Eh bien, merci, Evelyn, pour ce service.

— Je l'ai amenée ici parce que je ne trouvais pas que

c'était une bonne idée de la laisser dans la maison, seule avec lui », continua Evelyn d'une voix sinistre.

Keely dut se mordre la langue, se répéter que sa voisine avait tenté de faire ce qu'elle croyait le mieux. « Je vous le dis encore, merci pour votre intervention. Nous allons vous débarrasser, à présent.

— Très bien », dit Evelyn, sur un ton indiquant qu'elle avait fait ce qui était en son pouvoir et se lavait maintenant les mains de la suite. Elle les raccompagna à l'entrée, suivie des chiens. Keely serra fort Abby pour passer devant les chiens et devant sa voisine réprobatrice. Elle s'éloigna de la maison plongée dans l'ombre, sans se retourner.

Une fois chez elle, elle ferma la porte, s'appuya un instant contre elle, et serra si fort Abby que la petite protesta en gigotant. Puis elle regarda vers le haut de l'escalier. Le vestibule semblait tourner autour d'elle et elle dut fermer les yeux. Finalement, elle souffla, ouvrit les yeux, emmena Abby dans la chambre d'enfant. Elle la changea, alla lui chercher un biberon de jus de fruit dans la cuisine, l'installa dans son parc. Ce parc avait certes été son endroit préféré, tant qu'elle n'était pas très mobile, mais à présent, Abby s'agitait quand on voulait l'y confiner. « Je reviens tout de suite », promit Keely.

Inspirant profondément, elle monta l'escalier. La porte de Dylan était fermée. Elle frappa, fort. « Dylan, dit-elle. Ouvre cette porte. »

Aucune réponse ne parvint de l'intérieur. Elle attendit dans le couloir, sa colère augmentant progressivement. « Dylan ! »

Elle tourna le bouton et secoua la porte. « Bon sang de bon sang. Ouvre cette porte ! » Elle entendit un bruit de serrure, puis la porte s'ouvrit et ils se trouvèrent face à face. La pièce autour d'eux était un chaos indescriptible, comme s'il avait délibérément éparpillé toutes ses affaires sur son bureau, sa commode, son lit. Il la défiait du regard.

Sa colère et sa frustration prirent le dessus. « Dylan, dit-elle. Je t'avais demandé de surveiller ta sœur pendant que je sortais. Je t'avais dit de ne pas la laisser seule.

— Et je ne l'ai pas laissée seule, répondit-il, maussade.

— Ms. Connelly m'a dit que lorsqu'elle est arrivée dans

la maison, la petite était toute seule dans le séjour, hurlant et couverte de sang.

— C'est une vieille p... peau, dit-il.

— Es-tu en train de dire qu'elle ment ? Elle n'a aucune raison de raconter des salades, Dylan. Alors que toi...

— Bien sûr, tout est de ma faute, dit-il amèrement avant de retourner s'asseoir sur sa chaise qu'il fit pivoter pour lui tourner le dos. Cette idiote de môme se casse la figure en se cognant le menton, et c'est à moi que tu fais des reproches.

— Je suis censée penser quoi ? s'écria Keely. Je suis censée te faire confiance comment ?

— Je ne m'y risquerais pas, à ta place, lança Dylan, sarcastique.

— Je t'ai fait confiance aujourd'hui. Je t'ai fait confiance pour Abby. Envers et contre tout, je t'ai fait confiance pour veiller sur elle. »

Les yeux de Dylan se plissèrent. « Envers et contre tout.

— Oh, je t'en prie, Dylan. Ne jouons pas sur les mots. Je suis là-bas à essayer de convaincre ce procureur que tu es un garçon adorable et honnête, qu'elle est injuste avec toi, et pendant ce temps, tu laisses Dieu sait quoi arriver à ta sœur.

— Tu n'as pas confiance en moi, dit-il carrément. Pourquoi ne pas en convenir ?

— Le problème n'est pas de savoir si j'ai confiance en toi. Je pensais que tu avais enregistré la leçon. Que tu savais qu'il faut faire attention. Réfléchir. Mais tu continues comme avant. Tu penses à toi, point final. Tant pis pour ce qui peut arriver aux autres. »

Dylan s'adossa, croisa les mains sur sa nuque, opina. « Tu as raison, maman, dit-il. Tu as toujours raison.

— Ne prends pas cette attitude avec moi, Dylan, dit Keely en secouant la tête.

— Je dis juste que je suis d'accord avec toi, dit-il innocemment.

— Tu fais l'insolent — voilà ce que tu fais. Au lieu d'assumer la responsabilité de tes actes... »

Dylan se pencha en avant et la chaise atterrit sur ses

quatre pieds à grand bruit, tandis que ses deux poings frappaient sur la table. « Sors d'ici », cria-t-il.

Surprise, Keely sursauta, mais resta sur place. « Ce n'est pas à toi de me dire ce que je dois faire, dit-elle.

— Je suis encore dans ma chambre, grinça-t-il.

— Qui se trouve être un bazar absolu, fit-elle remarquer avec colère. Je te prierai donc de ranger. »

Dylan eut un regard panoramique sur le désordre, le tas de vêtements. « Moi, je trouve que tout va bien », dit-il.

A cet instant, et contemplant ce chaos total, Keely se souvint d'un autre désordre, pire — celui qui régnait dans l'appartement de Prentice Weaver lorsque Lucas et elle avaient ouvert la porte, puis étaient entrés. A croire que l'état épouvantable de l'endroit où il vivait reflétait le tourment de son âme, le chaos de sa vie. Ce qu'elle refusait de penser à propos de son fils. Les enfants, c'était différent, après tout. Ils étaient tous désordonnés. Il fallait du temps pour leur apprendre à nettoyer et ranger. Mais en même temps qu'elle se faisait cette réflexion, elle se rendit compte que Betsy Weaver avait dû se dire la même chose lorsque Prentice était adolescent, sauf que la phase n'avait pas été passagère. Elle annonçait un trouble encore à venir. *Oh Dylan,* pensa-t-elle, *qu'est-ce que je fais de toi ?* Elle prit une grande inspiration et tenta de réfléchir calmement avant de parler.

« Dylan, le Dr. Stover a-t-il appelé pendant mon absence ?

— Ouais, marmonna-t-il. Il faut que tu le rappelles.

— D'accord. Je le ferai. Ecoute, trésor, je voudrais que tu essayes de ranger un peu, et ensuite, il faudrait qu'on prenne le temps de parler tranquillement de la suite des événements.

— Ce qui signifie ? interrogea-t-il, sur la défensive.

— Dylan. Le Dr. Stover m'a été recommandé par le collège comme une personne susceptible de t'aider à résoudre tes problèmes.

— Super. Un psy », dit-il.

Keely fut sur le point de répliquer, mais se contenta d'acquiescer. « Exact. Tu as raison. C'est un psy. Est-ce si terrible ? Je pense que tu as besoin de quelqu'un pour parler de... de tout ce qui se passe dans ta vie. Une personne qui ne soit pas partie prenante comme je le suis.

— Donc, tu penses que je suis fou, dit-il.

— Non, je ne pense pas que tu sois fou. Mais j'ai l'impression que je m'y prends mal, trésor. J'ai l'impression que nous nous hurlons des choses et que nous n'allons nulle part.

— C'est vrai, dit-il d'un ton morne. Quelquefois, moi aussi je pense que je suis fou. » Par la fenêtre au-dessus de son bureau, il regarda les feuilles mortes, desséchées, qui pendaient encore aux branches.

« Dylan, protesta Keely avec sa compassion retrouvée. Tu n'es pas fou. » Elle vint jusqu'à son bureau et tenta de le prendre par le cou. « Nous venons juste de passer par des moments difficiles. »

Il la repoussa comme si son étreinte était venimeuse. « Ne fais pas cela, dit-il. Ne me touche pas, et évite de m'offrir ta fausse sympathie. »

Keely retira ses mains qui devinrent des poings serrés, et respira profondément. Puis elle se dirigea vers la porte. « Très bien. Je te laisse. Et range ta chambre, ordonna-t-elle par-dessus son épaule, sans se retourner pour ne pas croiser son regard hostile. Je ne supporte plus. »

Le téléphone sonnait lorsque Keely arriva au rez-de-chaussée. Elle décrocha et entendit une petite voix hésitante prononcer son nom.

« Keely, Betsy à l'appareil. Je sais qu'il est tard pour lancer une invitation, mais si vous et les enfants vouliez vous joindre à Lucas et moi pour dîner ? La cuisinière a acheté un morceau de viande assez gros pour nous nourrir tous, et plus encore. »

Keely songea instantanément à Dylan. Elle savait qu'il refuserait de venir, mais à ce stade, elle s'en moquait. « Betsy, votre invitation ne pouvait pas mieux tomber. J'ai besoin de sortir d'ici. Je suis prisonnière entre ces murs. Ce serait merveilleux. » Elles convinrent de l'heure, et Keely raccrocha en se sentant un peu moins isolée et déprimée qu'avant. Si seulement Dylan pouvait venir et se tenir correctement pendant toute la durée du repas, tout irait bien. Elle marcha jusqu'à l'escalier. On aurait cru que

Dylan expédiait les meubles contre les murs, là-haut. « Dylan, cria-t-elle.

— Je range, répondit-il, fâché.

— Descends, je te prie, fit Keely. J'ai des choses à te dire. »

Quelques instants plus tard, elle entendit claquer sa porte, et son pas se mettre à descendre l'escalier. « Quoi ? demanda-t-il quand ils se trouvèrent nez à nez.

— Nous sommes invités à dîner par Lucas et Betsy, et j'ai accepté, dit-elle.

— Ah non, dit-il. Pas moi.

— Pourquoi pas ? Ce sont tes ... grands-parents.

— Pas du tout. Pour moi ils ne sont rien.

— Dylan.

— Je n'ai qu'une grand-mère. Point final », insista-t-il.

Inutile de discuter, décida-t-elle. Techniquement il avait raison, et il n'était pas juste de le forcer à avoir envers les Weaver des sentiments qu'il n'éprouvait pas.

« Très bien, c'est parfait. Ils ne sont pas tes grands-parents...

— Ils sont à peine ceux de Abby, continua-t-il, se sentant justifié. Vu l'âge qu'avait Mark quand ils l'ont adopté. Ils ne comptent même pas comme des grands-parents...

— Dylan, ça suffit. Tu la ... tais-toi, maintenant.

— Tu veux dire : tu la fermes.

— Dylan, insista Keely en s'efforçant de conserver une voix équanime. J'ai besoin de sortir de cette maison et d'être avec des gens.

— Je ne veux pas aller là-bas. Il faut manger avec les bons couverts, et je ne sais jamais quel verre je suis censé prendre. »

Il était exact que les Weaver conservaient les manières un peu désuètes et rigides du milieu privilégié d'où était issue Betsy. Lucas venait d'un milieu où l'on portait des bleus de travail, mais il s'était bien adapté aux manières brahmines de sa femme. Néanmoins, ils n'étaient pas vraiment des gens collet monté. Betsy était une femme gauche et timide, ornithologue passionnée, dotée d'une bienveillance sans affèterie.

« Surveiller tes manières pendant une soirée ne te ferait

pourtant pas de mal. D'autant que les Weaver sont très gentils avec nous.

— J'ai des devoirs, s'entêta-t-il. Jake a dit que je pouvais passer chez lui pour qu'on fasse les devoirs ensemble, marmonna Dylan.

— Pas si vite. Tu es renvoyé du collège. Ce qui veut dire que tu es consigné. Tu ne vas pas aller faire des ronds de jambes.

— Ce n'est pas des ronds de jambes. Nous allons juste faire les devoirs. C'est toi qui veux aller faire des ronds de jambes dehors.

— Dylan...

— Il faut que je me tienne à jour pour le travail. Les professeurs seront encore plus souvent sur mon dos quand je vais revenir.

— Ça m'est égal. Tu ne sors pas ce soir, ni aucun soir pendant le temps de ton renvoi. Point final. Tu as le choix entre rester enfermé ou venir avec moi chez les Weaver.

— Je ne vais pas là-bas, dit-il entre ses dents serrées.

— Alors j'appelle et j'annule...

— Ah, parce que tu ne me fais pas confiance pour rester à la maison en ton absence », lança-t-il, grinçant.

Keely redressa le menton, mais elle savait qu'il disait la vérité.

« Merci beaucoup, maman...

— Tu dois bien reconnaître, Dylan, que tu ne m'as pas donné beaucoup de raisons de penser autrement.

— Je ne sortirai pas, dit-il. J'appellerai Jake pour avoir les devoirs, et je resterai ici pour les faire. D'accord ? »

Soupir de Keely. Elle ne pouvait pas le garder prisonnier dans cette maison, elle le savait. Il lui fallait voir s'il respecterait les limites édictées par elle. Le laisser faire ses preuves, en dépit de la peur qu'elle avait d'être déçue. Elle hésita, indécise sur la conduite à tenir. « Tu vas avoir faim...

— Je peux me faire un sandwich, si j'ai faim.

— Je sais bien que tu peux.

— Alors vas-y. Tu as envie d'y aller, vas-y. »

Elle était prête à argumenter encore avec lui, mais elle ne se sentait plus le courage de se battre contre lui. Si elle le forçait à l'accompagner, elle savait qu'il ferait la tête, ne dirait rien, et que tout le monde serait mal à l'aise. Et bien que les Weaver soient capables de comprendre, il semblait injuste de leur faire subir les humeurs de Dylan. Ils cherchaient seulement à être gentils. Et puis il avait raison. Il était capable de se faire un sandwich.

« C'est bon, dit-elle avec lassitude. J'imagine que tu peux rester là.

— Waou, super, ironisa-t-il.

— Ne me pousse pas à bout », conseilla Keely avec un mouvement de tête agacé. Il lui tourna le dos. Un peu plus tard, elle entendit claquer la porte.

Elle envisagea de réagir, de le réprimander, de revenir sur sa décision. Puis elle soupira. A quoi bon une nouvelle dispute ? *Laisse faire,* se dit-elle. De retour dans la cuisine, elle décrocha le téléphone, appela le cabinet du Dr. Stover, et put obtenir un rendez-vous pour le lendemain. Quand il fut l'heure de partir chez les Weaver, elle se passa un coup de brosse dans les cheveux, puis rassembla les petits pots pour Abby ainsi que quelques jouets. La soirée commencerait tôt. Lorsqu'elle eut tout préparé, Keely cria depuis l'escalier à l'intention de Dylan : « On y va. »

Aucune réaction ne vint de l'étage.

« Tu m'as entendue ? » cria-t-elle encore.

Elle entendit cette fois la porte s'ouvrir. « Oui, je t'ai entendue. C'est bon ?

— Nous serons de retour vers neuf heures.

— Comme tu veux », dit-il.

Elle pensa un instant signaler qu'elle avait fini par joindre le cabinet du Dr. Stover et pris un rendez-vous pour le lendemain, mais se ravisa. Un pas après l'autre. En disant au revoir, elle souleva Abby sortit, et referma la porte de la maison derrière elle. Puis elle parcourut l'allée, non sans se retourner une fois.

Dylan était debout à la fenêtre de sa chambre. Il avait tiré le rideau et l'observait.

Elle lui adressa un petit signe de la main, mais à l'instant même où elle le fit, il laissa retomber le rideau et disparut.

15

« C'ÉTAIT un excellent dîner », dit Keely en récupérant Abby et ses jouets sur le plancher, et elle suivit Betsy dans le petit salon de la vaste maison coloniale donnant sur la baie. Lucas s'excusa avant d'aller passer quelques coups de fil en promettant de les rejoindre très vite. La pièce aux murs couverts de livres était, comme le reste de la maison, équipée de confortables canapés et fauteuils recouverts de tissu Ricardo Scalamandre, et décorée d'objets anciens parfaitement soignés et entretenus. Derrière le canapé, sur les murs et dans des vitrines faites sur mesure, était exposée la collection de Lucas : pistolets, flèches d'Indiens, titres de mines, bric à brac modeste, artistement arrangé.

« Je suis contente que vous ayez apprécié, dit timidement Betsy. Nous sommes très heureux que vous ayez pu venir. »

Keely posa le bébé sur le tapis de soie oriental en faisant une prière pour qu'elle n'abîme rien. Les vitrines étaient fermées par une paroi vitrée, mais Keely estima que le dessus de verre était trop élevé pour que Abby puisse les atteindre et les casser. Elle risquait cependant d'y laisser des traces de doigts. Ce dont Betsy semblait ne pas se soucier. Sa vie était jonchée d'objets précieux, et interchangeables.

Enfin, pas tous, songea Keely en se calant dans la causeuse, en face de Betsy qui avait sorti un sac à ouvrage et s'était installée dans un fauteuil sous une lampe de pharmacien en cuivre. La table à côté de Betsy était un autel à la mémoire de Prentice, qui n'avait malheureusement pas hérité du physique avantageux de son père. Dans leur cadre d'argent, les photos montraient un garçon aux petits yeux de lapin, avec un menton fuyant et un grand nez. En atteignant l'âge adulte, il semblait affronter l'objectif avec un malaise frôlant la terreur ; sans doute en était-il venu à appréhender de se voir ensuite en photo. Mais en regardant le reste de la pièce, Keely dut bien se ranger à l'avis de Mark sur la place qu'il occupait dans la famille. Il y avait certes des photos de lui, à intervalle espacé, un peu partout dans la pièce, mais celles de Prentice, même peu flatteuses, comblaient par paquets entiers le moindre espace libre.

Betsy leva les yeux de sa broderie et surprit Keely en train de regarder la collection de clichés. Sur la table, à côté d'elle, se trouvait une photo montrant un Prentice impeccable, en costume, fleur à la boutonnière, presque séduisant. Près de lui posait une jeune femme aux traits réguliers et au teint de rose anglaise, qui le regardait avec admiration. Betsy prit le cadre et regarda l'image, presque étonnée. « Il était si beau, là-dessus, dit-elle en scrutant son visage sur la photo pour y trouver la clé éventuelle de sa fin dramatique.

— Oui, il avait l'air heureux, dit Keely, avec sincérité.

— Cette photo a été prise le jour de son mariage », dit Betsy.

Keely opina silencieusement. Elle était au courant pour Veronica. Trois ans après le mariage, Veronica s'était enfuie avec un autre. C'est alors que Prentice s'était mis à boire comme un trou. « Ils formaient un joli couple », dit-elle.

Betsy soupira. « Il m'est difficile de lui pardonner. Elle n'a jamais expliqué pourquoi elle en avait choisi un autre, jamais laissé à Prentice une chance de la reconquérir. Il a eu le cœur brisé.

— Oh, je comprends », dit Keely en sincère sympathie. *Qui pardonnerait une chose pareille à une femme ?* « C'était cruel. »

Betsy soupira encore en passant un doigt maternel sur

la joue de son enfant. « Vous savez, les gens l'enviaient parce qu'il était né riche. Sans se rendre compte que cet argent ne lui a apparemment jamais apporté le bonheur. Il s'en serait peut-être mieux sorti s'il avait dû se battre dans la vie, comme Mark. »

Keely ne put s'empêcher de penser que peu de gens devaient envier le combat de Mark. Orphelin tout jeune, une succession de foyers, la délinquance... le genre de vie qui aurait brisé n'importe qui. Par-dessus son épaule, elle jeta un regard triste à la photo souriante de Mark, sur une autre étagère, nichée parmi divers souvenirs. Mark avait trouvé au sein de cette famille une place qui lui avait valu la gentillesse de Betsy, et quelques photos dans la collection. Mais il n'aurait pas de mère pour constituer un autel à sa mémoire. *Ne t'inquiète pas, chéri,* pensa-t-elle, *nous garderons toujours vivant ton souvenir.*

« Il me manque encore tellement. »

Un instant, Keely crut que Betsy parlait de Mark, mais en se retournant, elle la vit encore plongée dans la contemplation de la photo de Prentice.

« J'en suis sûre », dit Keely avec conviction. *Oui,* songea-t-elle, *en dépit de tout.* Elle savait que Prentice n'avait apporté que du chagrin à ses parents, mais l'amour d'une mère est inconditionnel. On ne se détourne jamais de ses propres enfants, même s'ils font tout ce qu'ils peuvent pour. Ses pensées dérivèrent vers Dylan.

« Vous avez l'air bien triste, dit Betsy.

— Oh, se reprit Keely en secouant la tête. En parlant de fils, j'étais en train de penser à Dylan. Il... il vit des jours difficiles, ces temps-ci.

— Lucas m'a raconté. Je pense que ce qu'ils tentent de faire est une honte, dit-elle, scandalisée. Comme si cet enfant n'avait pas déjà assez souffert...

— Absolument, dit Keely, comblée par l'indignation de Betsy. J'ai appelé un psy sur le conseil de la principale du collège. Peut-être lui serait-il profitable d'avoir quelqu'un à qui parler.

— Vous avez sans doute raison, dit Betsy mollement. Je ne suis pas très favorable à ce genre de chose. Mais certaines personnes ne jurent que par ça. »

Keely sut que le flegme était toujours bien porté chez les Weaver. Elle se demanda s'ils avaient jamais essayé d'apporter une aide psychologique à Prentice, compte tenu de tous les problèmes qu'il avait. Comme si elle avait lu les pensées de Keely, Betsy poursuivit : « Prentice a vu un psychiatre pendant quelque temps. » Mouvement de tête négatif. « Rien n'y a fait. Prentice est simplement quelqu'un qui n'a jamais réussi à trouver sa voie. »

Keely opina en silence, méditant sur le résumé, en quelques mots, d'une vie entière de tristesse. Et elle ne voulait pas que son propre fils connaisse le même sort. « Vous savez, dit-elle, je devrais sûrement être déjà en route vers la maison, pour mettre Abby au lit. Et voir ce que devient Dylan.

— Mais elle est sage comme une image », s'exclama Betsy. Abby avait rampé jusqu'à son fauteuil et tirait la jambe de son pantalon. Betsy se pencha pour lui caresser les cheveux. « C'est une enfant superbe. »

Et cette seule phrase contenait toute la tristesse de n'être pas grand-mère. Keely le ressentit fortement.

« Nous reviendrons, n'est-ce pas, trésor ? » dit-elle en rassemblant les affaires de Abby.

Au même moment, Lucas entra dans le petit salon. « Qu'est-ce que c'est ? dit-il. Vous partez déjà ?

— C'est préférable, dit Keely en lui souriant. Merci beaucoup pour cette soirée. Betsy... »

La vieille dame opina aimablement. « Je vous prie de m'excuser, très chère, si je ne me lève pas. Ces vieilles hanches...

— Je les raccompagne, dit Lucas qui se pencha pour soulever Abby, mais la petite se débattit et se mit à protester en se tournant vers sa mère.

— J'en connais une qui a sommeil, dit Keely en prenant son bébé dans les bras. Merci encore, Betsy. » Elle agita la petite main de Abby pour dire au revoir à Betsy, puis suivit Lucas qui boitait visiblement, et ils se retrouvèrent ainsi dans la véranda qui dominait une pelouse onduleuse. Le ciel était sans étoile, grâce à une brume envahissante qui transformait la lune blanche en une flaque luminescente au milieu du ciel de nuit.

« Nous pouvons nous débrouiller, maintenant, dit Keely.
— Ne soyez pas stupide, dit Lucas. J'insiste. »

Keely renonça à le contredire. Ils parcoururent en silence la longue allée pour rejoindre le Cherokee de Keely, devant le garage. Lucas leur ouvrit galamment les portières. Pendant qu'elle attachait Abby dans son siège, Lucas dit : « Keely — je vais aller trouver Maureen Chase à son bureau pour lui parler de toute cette affaire. Je suis certain de réussir à la faire reculer. »

Keely se raidit. « J'ai déjà essayé, Lucas. Je sais que vous m'en aviez dissuadé, mais il le fallait. Elle ne s'est pas montrée réceptive. »

Le regard de Lucas se fit sévère, mais le ton resta compréhensif. « J'aurai peut-être plus de chance, dit-il.
— Je le souhaite. Je crains vraiment que Dylan refuse de retourner en classe, à la fin de ses trois jours de renvoi. Vous savez comment sont les enfants. Ils croient que tout le monde les regarde, que tout le monde parle d'eux. Mais tout de même... je parle du journal et du procureur... insinuer qu'il a laissé la grille ouverte délibérément... c'est vraiment trop.
— Ne la laissez pas vous atteindre, dit Lucas avec fermeté. Tout cela finira par se calmer. »

Exact, songea Keely en claquant la portière du Cherokee. *Toutes les tempêtes finissent par se calmer, tôt ou tard. Mais elles peuvent aussi laisser de sacrés dégâts.*

Le temps de rentrer, Abby s'était endormie dans son siège auto. Keely sourit en l'extrayant doucement de la voiture pour la porter jusqu'à la maison. Il n'y avait que peu de lumières allumées, celles qu'elle avait laissées en partant chez les Weaver. Quand elle ouvrit la porte, Keely eut envie d'appeler Dylan, mais elle eut peur de réveiller le bébé. Il était peut-être en bas. Elle regarda au passage dans la cuisine, la salle à manger, le salon, mais il n'y était pas. La télévision était éteinte — il n'était donc pas à cet étage. Keely traversa le vestibule pour aller jusqu'à la chambre d'enfant. A la lumière de la veilleuse, elle se débrouilla pour changer les couches du bébé endormi et lui mettre son pyjama sans la réveiller. Elle l'embrassa sur le front et resta un instant près du berceau avec Abby dans ses bras, respirant le doux parfum innocent de son enfant. A regret, elle la déposa dans son petit lit, la couvrit, et sortit sur la pointe des pieds, en laissant la porte entrouverte et l'audio-bébé branché.

Maintenant, pensa-t-elle, *Dylan.* Elle alla jusqu'au pied de l'escalier et l'appela doucement, mais sans résultat. Agacée, elle monta et traversa le palier jusqu'à sa chambre. Elle s'attendait à le trouver là, sur son lit, en train d'écouter de la musique, de gratter une guitare imaginaire, mais dès qu'elle ouvrit la porte, elle sut qu'il n'était pas à l'intérieur.

Oh non, songea-t-elle. Le cœur lui manqua quand elle se rendit compte qu'il avait finalement défié son interdiction. *Je parie qu'il est allé chez Jake. Sacré nom.* Il était renvoyé, bon sang. Un renvoi, ce n'est pas des vacances supplémentaires. *Voilà,* se dit-elle, *j'ai été correcte, je lui ai accordé le bénéfice du doute, bravo pour le résultat.* Au fond d'elle, elle se sentit un peu effrayée par cette provocation. Elle avait la sensation de perdre le contrôle. *Heureusement, il a ce rendez-vous demain chez le psy,* se dit-elle. *J'ai vraiment besoin d'aide avec lui.* Espérant contre tout espoir, elle vérifia les autres pièces du premier étage, mais elle avait vu tout de suite qu'il n'y était pas. Elle redescendit, regarda dans le bureau, la véranda de derrière, puis se décida à téléphoner. Le téléphone des Ambler sonna trois fois, puis Susan décrocha.

« Susan, c'est Keely Weaver, dit Keely sur un ton agacé. Dylan est-il là ?

— Non. Je ne crois pas. Un instant. » Elle entendit Susan s'adresser à Jake. Puis elle reprit le combiné. « Non, dit-elle.

— Je vais lui tordre le cou, dit Keely. A quelle heure est-il reparti ? Il a dit qu'il rentrait ?

— Keely, j'ai peur de ne pas bien comprendre. Nous ne l'avons pas vu du tout ce soir. »

L'estomac de Keely se noua. « Il n'est pas venu ?

— Non, dit Susan. Je suis désolée. A-t-il dit qu'il venait ici ?

— Euh... pas exactement, bredouilla Keely.

— Une seconde, je vous prie. » Susan ne parla plus dans

le combiné, mais en direction de son fils. « Chéri, Dylan a-t-il téléphoné pour dire qu'il venait ce soir ? »

Keely entendit Jake répondre que non.

Susan s'adressa de nouveau à elle. « Non. Jake n'a pas eu de nouvelles de lui. »

Keely garda le silence, mais son esprit fonctionnait à toute allure.

« Est-ce que vous avez vérifié dans sa chambre ? demanda Susan, compatissante.

— Oui, j'ai regardé, répondit Keely, dont la voix changea de registre. Il n'y est pas.

— Avez-vous une idée d'où il pourrait être allé ? demanda encore Susan.

— Non, cria Keely. Je pensais qu'il était chez vous.

— Laissez-moi interroger Jake, dit Susan dont les paroles furent encore une fois assourdies. Jake, as-tu la moindre idée d'où Dylan pourrait être allé ce soir ? Est-ce qu'il se passait quelque chose en ville où il aurait pu... ?

— Je ne sais pas. Faire du skate, peut-être... », fut la réponse de Jake, lointaine.

Susan revint à son interlocutrice. « Jake dit qu'il est peut-être allé faire du skate. Je suis sûre qu'il ne va pas tarder à rentrer. Ne vous inquiétez pas. Ils sont tous les mêmes. »

Non, pensa Keely en raccrochant. *Ils ne sont pas tous comme Dylan.* Elle remonta l'escalier en courant pour aller dans la salle de bain de Dylan. Mais avant même de regarder, elle sut qu'il n'était pas sous la douche. Elle aurait entendu l'eau couler. Vu de la lumière sous la porte. Elle ouvrit tout de même, pour confirmation. Puis elle resta un moment sur le palier, à regarder désespérément autour d'elle. *Son vélo,* se dit-elle. *Vérifie si le vélo est là.* Il est peut-être allé quelque part en vélo. Elle dévala de nouveau l'escalier, sortit de la maison et courut vers le garage, dont la porte était en retrait de la maison. Elle ouvrit, alluma.

Le vélo était là, à sa place, à côté de la voiture de Mark. Il n'était donc pas parti en vélo. Quelqu'un aurait-il pu passer le prendre ? Il ne connaissait personne en âge de conduire. Le père de quelqu'un ? Elle ne lui connaissait aucun autre ami. Aurait-il pu sortir se promener ? Cette fille, Nicole, qui était venue à l'enterrement, habitait un peu plus bas dans la rue. Etait-il possible qu'il soit allé jusque-là lui rendre visite ? Keely avait peine à l'imaginer faisant une chose pareille. Il fallait un minimum... de culot. Et elle savait que Dylan ne débordait pas d'assurance, ces derniers temps. Ce qui était un euphémisme. Il était carrément en dessous du niveau de la mer. Mais où pouvait-il être ? Il ne serait pas allé se promener juste comme ça, sans but. Il ne le faisait jamais. Jake a parlé de skate. *Son skateboard, peut-être,* se dit-elle, ce qui lui redonna une bouffée d'espoir, mais lorsqu'elle fit le tour de la voiture, elle le vit là, dressé contre le mur, à côté de son vélo.

Dylan où es-tu ? se demanda-t-elle furieusement. Peut-être avait-il laissé un mot avant de partir. Où l'aurait-il mis ? Dans la cuisine, pensa-t-elle. C'est là que la famille laissait les petits mots. Elle n'avait fait que jeter un coup d'œil dans la cuisine. Elle ne l'avait peut-être pas vu. Elle se précipita de nouveau vers la maison, essayant de ne pas céder à la panique, se disant qu'il existait une explication rationnelle à toute cette affaire et qu'il serait exaspéré lorsqu'il découvrirait le mauvais sang qu'elle s'était fait. Elle essaya aussi de ne pas penser à leur dispute de l'après-midi. Après tout, il y en avait eu d'autres.

Keely parcourut vite le hall et entra dans la cuisine dont elle alluma toutes les lumières. Son regard se porta immédiatement sur la table, où on laissait toujours les petits mots. Même dans son autre vie, avec Richard... Là, sous la salière. Mais il n'y avait rien. Cependant, le fait de penser à Richard lui donna une autre idée. Et Ingrid ? Pourrait-il avoir appelé sa grand-mère ? Lui avoir demandé de passer le prendre en voiture ? Ça valait la peine d'essayer. Elle composa le numéro de Ingrid et s'appuya contre l'évier, en se mordant la lèvre. Elle détestait mêler Ingrid à cette histoire. Et s'il n'était pas là-bas, Ingrid paniquerait et voudrait appeler la police.

Oh Dylan, où es-tu passé ? L'estomac de Keely n'était plus qu'un nœud d'angoisse et de frustration. Debout contre l'évier, en train de se mordiller les lèvres et d'essayer de formuler sa question à Ingrid, elle ne se rendit pas compte, au début, de ce que ces yeux regardaient. Après tout, le fait de voir des blousons accrochés au portemanteau, à côté de la porte donnant sur le jardin, n'avait rien d'anormal. Et puis, au moment précis où Ingrid décrocha et dit : « Allo ? Allo ? », Keely comprit.

Elle raccrocha et marcha comme une automate jusqu'au portemanteau. Le blouson en cuir de Richard était accroché là.

Si elle savait une chose, à propos de Dylan, c'était bien celle-ci : il ne serait pas sorti de la maison sans le blouson de Richard. Elle fut traversée par un frisson en touchant le cuir usé, et elle se retourna d'un coup, s'attendant à le voir. Mais il n'y avait personne. La maison était toujours plongée dans le silence.

Pourtant, il était là. Il était dans la maison.

« Dylan, cria-t-elle, très fort, sans se soucier de réveiller Abby. Dylan, où es-tu ? Réponds-moi. »

Elle se mit à courir dans toute la maison, allumer toutes les lumières, ouvrir toutes les portes. Elle se précipita dans le jardin, derrière la maison, alluma les projecteurs de la piscine. Aucun signe de lui. « Réponds-moi ! » cria-t-elle.

Puis, au moment où elle allait traverser de nouveau la terrasse, pour rentrer dans la maison, cette fois, elle remarqua quelque chose — une faible lumière au niveau du sol. Une faible lumière qui venait de la cave.

La cave ? songea-t-elle. Que ferait-il là-dedans ? Il n'y avait rien du tout, dans cette cave. Ils venaient juste d'emménager. Ils n'avaient pas encore eu le temps de la remplir de fourbi. A part des cartons vides. Quelques vieilles chaises longues. Des outils de Mark.

Le cœur battant, elle marcha jusqu'aux portes métalliques inclinées et fermées qui donnaient sur les marches. Il n'y avait pas d'accès direct à la cave depuis l'intérieur de la maison — il fallait utiliser ces lourdes portes. Pourquoi les aurait-il fermées, s'il était descendu là ? Pouvaient-elles s'être rabattues accidentellement ? Etait-il coincé en bas ? Elle tira le battant de droite qu'elle coinça en position ouverte, et appela encore : « Dylan ? »

Elle voyait à présent que la lampe était allumée. Mais il ne répondit pas. Lentement, elle descendit les marches de ciment, le cœur battant la chamade tandis qu'elle écartait les toiles d'araignée sur son passage.

« Dylan, réponds-moi », supplia-t-elle, mais sa voix n'était plus qu'un murmure. Elle atteignit le bas des marches, scruta la pénombre. Il fallut un moment à ses yeux pour s'habituer. Pour décrypter ce qu'elle voyait.

Il était affalé par terre, le visage contre le ciment.

« Oh mon Dieu ! cria-t-elle. Non ! » Elle se dirigea vers lui et perdit l'équilibre en trébuchant sur une boîte vide qui roula sous ses pieds. Basculant en avant, elle atterrit sur les mains et les genoux, qui furent éraflés par le ciment. Et elle rampa jusqu'à lui. Sentit l'odeur du sang, avant de le voir, tranchant sur l'odeur humide de la cave, lui emplissant les narines d'effluves infâmes qui lui provoquèrent un haut-le-cœur en même temps qu'elle l'atteignait, lui. Elle voyait son visage, à présent, livide contre le gris poussiéreux du sol. De la blessure en forme de faucille qui lui balafrait la gorge, le sang avait coulé sur le ciment où il avait dessiné une flaque irrégulière, pareille à la carte d'un monde sombre, perdu.

16

« Mrs... » Le jeune médecin afro-américain à lunettes consulta la liste qu'il avait en main avant de regarder de nouveau la foule de personnes dispersées dans la grande salle d'attente des urgences. « ... Weaver ? »

Keely se leva. Il y eut une sorte de bourdonnement dans ses oreilles, dont elle connaissait la signification. Elle était au bord de l'évanouissement. *Pas maintenant,* se dit-elle avec rage. *Pas après avoir fait tout ce chemin.*

Elle avait réussi à atteindre un téléphone. Réussi à faire le 911. Appelé ensuite Ingrid qui était arrivée dans sa Toyota en quelques minutes, apparemment, en pantoufles et après avoir enfilé un imperméable sur sa chemise de nuit. Keely avait encore réussi à ne pas s'évanouir dans l'ambulance alors qu'elle regardait le visage immobile et blanc de Dylan pendant que les urgentistes s'affairaient sur lui et que le sang imbibait le pansement autour de son cou. Elle s'était débrouillée pour répondre aux questions des officiers de police, une fois à l'hôpital, et signer les papiers tandis qu'on bringuebalait Dylan pour le sortir de l'ambulance sur le brancard roulant, et l'embarquer dans une salle dont les portes se refermèrent en la laissant dehors. Elle avait réussi à faire face aux deux heures écoulées, toute seule. *Il n'est rien dont tu ne sois capable,* pensa-t-elle, *lorsque tu n'as pas le choix.*

« Je suis Mrs. Weaver », dit-elle.

Le médecin lui fit signe. « Veuillez me suivre, je vous prie.

Keely avança jusqu'à l'endroit où il se trouvait et le regarda dans les yeux, inconsciente de la pâleur de son propre visage. Le médecin ne manqua cependant pas de la remarquer et l'emmena dans une alcôve tranquille où il tira un siège avant de lui appuyer doucement sur les épaules. « Là. Vous venez de subir un choc terrible. Asseyez-vous... »

Docilement, Keely s'exécuta.

« L'état de votre fils est stable, à présent, lui affirma-t-il. Il est hors de danger. »

Le bourdonnement, qui était devenu presque assourdissant, cessa. *Dylan va vivre,* se répéta-t-elle mentalement. Le médecin était assis en face d'elle.

« Cela a dû être une scène épouvantable à découvrir, dit-il dans un mouvement de sympathie.

— J'ai cru qu'il était mort ».

Soupir du médecin. « Disons qu'il a eu de la chance, dit-il. La méthode qu'il a choisie — se trancher la gorge avec un couteau de cuisine — est certes effrayante mais finalement moins efficace que bien d'autres qu'il aurait pu tenter.

— Vous êtes certain..., commença-t-elle. Serait-il possible... ? Je veux dire — la police m'a posé des questions telles que... s'il y avait des signes d'effraction. Je veux dire, ce qui paraît probablement stupide, mais... se pourrait-il qu'il s'agisse d'un acte commis par quelqu'un d'autre ?

— Ne soyez pas gênée. Je comprends que ceci soit très difficile pour vous. Bien sûr, je ne suis pas médecin légiste, dit-il, mais... il est assez évident qu'il s'agit d'une tentative de suicide. La vue du sang ainsi que la douleur l'ont mis dans un état de choc qui l'a empêché de se trancher le cou plus profondément qu'il n'a fait. »

Keely opina en écoutant ces paroles qui pourtant l'accablaient.

Le jeune médecin secoua la tête. « Heureusement... heureusement, il a manqué tant la veine jugulaire que l'artère carotide. S'il avait sectionné l'une ou l'autre, les conséquences auraient pu être fatales. Il a réussi tout de même à entailler le larynx et toucher les cordes vocales. Nous avons pratiqué une trachéotomie provisoire pour contourner la blessure. Il a une sonde nasalogastrique pour l'alimenter, un drain, et une perfusion pour les antibiotiques. Il faut absolument éviter l'infection. Bien entendu, il sera incapable de parler pendant quelques jours, mais il ne s'agit pas d'une incapacité permanente. Il était dans le coma lorsqu'il est arrivé, mais il est en train d'en sortir. Nous l'avons stabilisé. »

Il est en vie, se répéta-t-elle. *Il ne va pas mourir.* « Quand pourrai-je le ramener à la maison ? » demanda-t-elle.

Le visage compatissant du médecin prit une expression réservée. « Il va évidemment lui falloir un peu de temps pour se remettre, dit-il, et ensuite... ensuite, il aura peut-être besoin d'une hospitalisation ailleurs... pendant quelque temps.

— Ailleurs ?

— Je ne suis pas vraiment habilité à vous parler de cela. Vous serez contactée dans un jour ou deux...

— Contactée à quel sujet ? » demanda-t-elle, perdue.

Le médecin prit longuement son souffle. « Il existe certaines... procédures concernant les mineurs en cas de tentative de suicide...

— Quelles procédures ? interrogea Keely, inquiète.

— Comme je vous l'ai dit, vous verrez quelqu'un chargé de vous en parler. Une assistante sociale. Et la police voudra poser certaines questions à Dylan.

— Non, pas la police, protesta Keely.

— Je crains que ce soit la politique de l'hôpital. Ils ont besoin de s'entretenir avec lui. Et avec vous.

— Oh non, dit-elle. Pourquoi ?

— Il leur faut compléter leur enquête, expliqua-t-il. Mais je ne suis pas vraiment la personne adéquate pour aborder ce problème. Moi, je m'occupe de sa guérison physique. Dans l'immédiat, l'important est de remettre votre fils sur pied. Pourquoi ne pas aller voir Dylan, maintenant ?

— Oui, murmura-t-elle. S'il vous plaît... »

Il posa brièvement une main sur la sienne. « Essayez de ne pas être trop impressionnée. Il a l'air plus mal en point qu'il n'est. Nous avons eu de la chance, dit-il. Ça ira ? Si vous avez besoin d'un petit sédatif...

— Je vais bien », dit Keely, malgré son cœur qui criait le contraire. *Non, non, je ne vais pas bien du tout. Mon fils, mon petit garçon, vient d'attenter à sa propre vie. Comment pourrais-je aller bien un jour, maintenant ?* Elle se leva et suivit l'interne, qui ouvrit la porte et lui fit signe d'entrer.

Lentement, elle avança dans la pièce. A côté d'un écran noir sur lequel tressaillaient et couraient des lignes multicolores, Dylan était étendu sur le lit, les yeux fermés. Il avait une perfusion au bras, un tube dans le nez dont une narine semblait sanguinolente, et un autre tube qui sortait du pansement sur sa gorge. Son crâne chauve semblait duveteux et fragile comme un œuf contre l'oreiller. Il avait le teint un peu gris. La bouche restait ouverte, comme s'il était trop épuisé pour la fermer. Elle regarda le pansement, puis détourna les yeux.

Elle se pencha pour embrasser le front frais et moite. Puis elle empoigna une chaise qu'elle posa silencieusement près de lui. Passant la main à travers les barreaux qui formaient une protection tout autour du matelas, elle réussit à prendre la main glacée dans les siennes. Elle appuya son propre front contre l'acier froid des barreaux et ferma les yeux. Elle commença par remercier Dieu que son fils soit en vie. Puis elle s'adressa silencieusement à l'adolescent endormi. *Oh, Dylan,* songea-t-elle. *Mon pauvre petit. Mon fils adoré. Comment en est-on arrivé là ?* Elle se remémora les derniers jours écoulés en se demandant comment elle avait pu ne rien voir venir. Elle l'imagina dans la soirée, seul à la maison, submergé par un tel désespoir qu'il ne désirait plus vivre un moment de plus. Comment est-ce possible ? Son esprit se ferma à cette idée.

De toutes les façons possibles et imaginables, elle se blâma. A cause de son envie de sortir, elle l'avait laissé tout seul — après une dispute sévère. Elle savait bien qu'il était déprimé. Pire encore, et plus effrayant, l'idée ne lui avait pas traversé l'esprit qu'il risquait de vouloir se faire du mal. La même histoire qu'avec Richard se répétait. Elle n'avait pas vu les signes. Elle avait été aveugle au point de ne rien comprendre à ceux qu'elle aimait. Elle n'avait rien vu venir. Dans aucun des deux cas.

Oh, je suis trop nulle, pensa-t-elle. *Je t'ai complètement laissé tomber. Si seulement tu m'avais dit. A moins que tu ne l'aies dit, mais j'étais trop plongée dans mes propres problèmes pour me rendre compte.* Dylan bougea et son corps tressauta sur le lit, comme si l'angoisse qui imprégnait ses pensées avait pénétré la conscience assoupie de Keely.

Non, pensa-t-elle. *Ne rends pas les choses pires qu'elles sont.* Elle leva la main inerte de Dylan jusqu'à ses lèvres et l'embrassa. « Tout va s'arranger », murmura-t-elle, en dépit du sentiment qu'elle avait que rien ne s'arrangerait, jamais.

Le subconscient de Dylan ne s'y trompa pas. De nouveau, il s'agita sur le lit.

La porte s'ouvrit, laissant entrer une infirmière pressée, qui ignora la présence de Keely. La jeune femme, qui avait les pommettes hautes et larges, portait un pantalon et une blouse à fleurs rose vif, ainsi qu'un badge où était écrit : LUZ PERON, infirmière diplômée. Elle vérifia l'écran de contrôle, puis la perfusion qu'elle remit bien en place, et mesura le pouls avec sa montre.

« Comment va-t-il ? demanda humblement Keely à l'infirmière.

— Il s'en sortira, dit-elle. Nous allons le déplacer dans quelques instants. Pour le mettre dans une chambre normale. Nous devons débarrasser ce lit.

— Puis-je rester avec lui, cette nuit ?

— Il faudra demander à l'infirmière d'étage. »

Keely contempla le visage livide de Dylan. « Je ne veux pas qu'il soit seul à son réveil. »

Le visage de l'infirmière ne trahit aucune émotion. « Je ne suis pas au courant. » Puis elle se fit plus compatissante. « Parfois, on met un lit de camp dans la chambre. »

Keely la regarda, désemparée.

« Et si vous rentriez vite chez vous prendre vos affaires, puisque vous allez passer la nuit ici. Il ne va pas se réveiller tout de suite. »

Keely hésita, se sentant incapable de prendre une décision. Il fallait, pourtant. Elle se leva, se pencha au-dessus du lit, embrassa de nouveau le front frais. « Je reviens tout de suite, trésor, dit-elle avec conviction et des larmes dans les yeux. Je vais passer toute la nuit à ton chevet.

— Allez-y, maintenant, dit gentiment l'infirmière. Je

parlerai du lit supplémentaire à l'infirmière de service quand nous le monterons. »

Keely ouvrit la porte et entra dans le vestibule peu éclairé de sa maison. Ingrid, qui contemplait un magazine dans la salle de séjour, le lâcha comme s'il lui brûlait les doigts et se leva d'un bond. Elle se précipita vers Keely qui ôtait son manteau.

« Comment va-t-il ? » demanda Ingrid.

Keely soupira en hochant doucement la tête. « Il va s'en sortir », dit-elle en serrant dans les siennes les mains que lui tendait Ingrid. Puis elle prit son souffle : « Il a manqué de peu l'artère, ajouta-t-elle en trébuchant sur le dernier mot.

— Dieu du ciel, gémit Ingrid en vacillant sur ses jambes.

— Asseyons-nous », proposa Keely. Les deux femmes retournèrent dans le séjour où elles s'assirent spontanément face à face.

Des larmes roulèrent sur les joues de Ingrid qui détourna le regard.

« Allez-vous bien ? interrogea Keely.

— Ne vous inquiétez pas pour moi, s'agaça Ingrid.

— Comment va Abby ?

— Elle dort comme un ange. Elle ne s'est pas réveillée une seule fois.

— Bon », dit Keely. Elles gardaient le silence. Quand elle leva les yeux, Keely vit une grimace de douleur sur le visage de Ingrid. « Vous êtes sûre que tout va bien ?

— C'est mon estomac qui proteste — j'ai avalé trop d'antalgiques. Ça va aller. Quand pourrai-je le voir ?

— Je ne sais pas exactement, dit Keely. Je vais y retourner. Je ne dispose que d'un court laps de temps avant son réveil. Ils vont me laisser dormir dans sa chambre. Sur un lit de camp. Je suis juste revenue prendre quelques affaires. » Après un regard contrit à Ingrid, elle ajouta. « Pourriez-vous... accepteriez-vous de passer la nuit ici ?

— Je ne bouge pas, dit Ingrid.

— Merci, Ingrid », murmura Keely. Elle parvenait difficilement à regarder son ex-belle-mère en face. *Elle doit me haïr*, pensait Keely. *D'abord son fils se suicide, ensuite son petit-fils fait une tentative. Je dois incarner l'échec absolu, pour elle.*

« Je pense que je suis responsable, déclara brutalement Ingrid. J'aurais dû m'excuser.

— Responsable, vous ? » protesta Keely. Elle avait peine à en croire ses oreilles. Elle se redressa. « Comment pourriez-vous être responsable ? Je le savais déprimé. J'aurais dû reconnaître les signes. Après Richard...

— Oh, non », dit Ingrid d'une voix lasse.

Keely secoua la tête, de nouveau submergée par l'ampleur du geste de Dylan. « Je ne sais pas ce que je vais faire, à présent. J'aurai peur de le quitter des yeux. S'il recommençait ?

— Ne parlez pas ainsi, dit Ingrid. Ne pensez pas ainsi non plus. Les enfants prennent des risques insensés. Surtout les adolescents. Les garçons. Quand Richard avait cet âge, les nuits blanches que j'ai passées, à l'attendre, les frayeurs qu'il nous a faites... oh, je ne saurais pas vous dire. Les garçons sont comme ça. Rien ne les fait dévier de la voie qu'ils ont choisie. Ils sont... comme prêts à exploser. Mon mari disait toujours que si certains survivaient à l'adolescence, cela tenait du miracle. »

Keely pensa à Richard. Lui n'avait survécu aux années d'adolescence que pour connaître une mort violente à trente ans.

« Ce n'est pas la même chose que ce qui est arrivé à Richard, Keely. Je le sais au fond de mon cœur. Dylan va s'en sortir. »

Comment peux-tu en être si sûre ? avait envie de gémir Keely. Mais elle comprenait bien que Ingrid ne cherchait qu'à l'aider à aller de l'avant. Qu'à se rassurer en dépit de ses propres peurs.

« Excusez-moi, dit piteusement Keely.

— De rien. Maintenant, prenez vos affaires et repartez à l'hôpital. Il a besoin de vous. Allez, dépêchez-vous, avant que Abby ne vous entende. »

Keely posa un regard perplexe sur son ex-belle-mère. Combien lui en avait-il coûté de taire ses reproches ? Aux yeux de Keely, Ingrid parut soudain parée d'un incroyable stoïcisme. « Si j'étais à votre place, j'aurais des reproches à faire, dit-elle sincèrement.

— Je ne vous fais pas de reproche, protesta Ingrid en secouant la tête. Et quand bien même, cela n'avancerait à rien. Absolument rien. C'est vous qui souffrez le plus. Maintenant, allez-y. »

Keely obtempéra. Il ne s'agissait pas d'une absolution. Qu'elle n'aurait du reste pas pu accepter si elle se l'était vu accordée. Elle se força à se remettre debout et se dirigea lourdement vers l'escalier. Elle alluma la lampe sur sa commode, hésita devant l'audio-bébé, monta le son. Elle entendit la respiration régulière de Abby, en train de remuer dans son petit lit et baissa de nouveau le son, puis ouvrit son placard.

Son sac de voyage était sur la planche du haut. Elle le descendit et le posa sur le lit. Vérifia la trousse de toilette, se rendit dans la salle de bain chercher le dentifrice. Celui de Mark était toujours à sa place, à côté du sien — un des rangements qu'elle n'avait pas encore trouvé le courage de faire. Elle referma la porte de l'armoire de toilette, vit son visage hagard dans le miroir. Ses yeux étaient bouffis d'avoir pleuré, son teint terreux. Elle se sentait au bord de l'effondrement, mais savait aussi qu'elle ne pouvait pas flancher. Pas avec Dylan là-bas, vulnérable et muet.

Elle retira ce qui restait de son maquillage, se changea pour des vêtements confortables dans lesquels elle pourrait dormir. Puis elle fourra un pull dans le sac, au cas où il ferait froid, mais ne se donna pas la peine de prévoir d'autres vêtements pour le lendemain. Elle se moquait bien de son allure. La seule chose qui l'intéressait dans l'immédiat était d'être présente pour le réveil de Dylan.

Bien qu'épuisée, elle savait qu'elle aurait du mal à dormir. *Un livre,* pensa-t-elle. *Juste pour m'occuper l'esprit.*

Elle fit quelques pas jusqu'à la table de chevet, de son côté du lit, empoigna une pile de livres qu'elle avait mis là, avec l'idée d'en choisir un, ou deux. En se laissant tomber sur le bord du matelas, elle aperçut, du coin de l'œil, un morceau de papier blanc qui s'envola de son oreiller pour atterrir sur la descente de lit.

Intriguée, Keely abandonna les livres, se pencha, ramassa le morceau de papier.

Il s'agissait d'une feuille pliée en quatre, avec MAMAN écrit sur le quart supérieur. Son cœur cessa de battre un instant lorsqu'elle comprit ce qu'elle avait dans les mains. L'écriture était celle de Dylan, et le mot n'était pas là avant. Il l'avait laissé sur l'oreiller pour qu'elle le trouve... après.

C'était impossible. On aurait dit un des petits billets doux qu'il lui écrivait pour s'excuser, et déposait sur son oreiller quand elle l'avait grondé. Sauf que là, il ne s'agissait pas d'un message amoureux. Mais de ses dernières paroles. La lettre par laquelle il lui annonçait son... suicide.

Sa main tremblait. Elle avait la nausée.

Il lui avait laissé un message. Qu'elle avait peur de lire. S'il lui faisait des reproches ? S'il lui avait laissé des mots de haine ? Des mots qu'elle ne pourrait jamais effacer de sa tête, même s'ils se réconciliaient ? Une part d'elle avait envie de déchirer le papier en confetti et de les jeter dans les toilettes. L'autre, la part la plus forte, avait besoin de savoir. Savoir parce qu'il était toujours vivant, et que, si elle devait lui être d'une aide quelconque, il leur faudrait être parfaitement honnêtes l'un envers l'autre. Finis les secrets. Elle avait besoin de savoir ce qu'il avait sur le cœur lorsqu'il avait décidé d'en finir pour toujours avec sa vie.

Elle se barda de courage et déplia la feuille.

Il s'agissait d'une feuille de cahier, mais lorsqu'elle la déplia sur l'oreiller, elle vit qu'il n'y avait qu'une seule phrase inscrite au milieu de la page. Elle lut *J'ai fermé la grille.*

Qu'est-ce que cela veut dire ? se demanda-t-elle. Elle fut d'abord furieuse de rage rentrée. *Dylan, pour l'amour du ciel.* Elle ne savait pas à quoi à elle s'attendait, mais ce n'était pas à cela. Y avait-il une sorte de code, un jeu secret stupide auquel il s'adonnait alors qu'il était question de vie ou de mort ? Comment pouvait-il ? Comment pouvait-il la laisser s'interroger pendant le reste de sa vie ? *J'ai fermé la grille.* Un cryptogramme adolescent. Mais quel était le sens ? Que disait-il ? *J'ai fermé la grille.* Quelle grille ? Elle l'avait trouvé dans la cave. Il n'y avait pas de grille à la cave. D'ailleurs, ils n'avaient de grille nulle part. Enfin, sauf la grille de ...

Et d'un seul coup, son visage se vida de son sang.

Il avait fermé la grille. Il n'avait pas laissé la grille ouverte. Il n'y avait pas de message codé. Il parlait de la grille de la piscine. Il parlait du soir où Mark s'était noyé.

Qu'ai-je fait ? songea-t-elle. Au fur et à mesure que le sens de son billet faisait son chemin, elle devenait rouge de honte.

Depuis le soir de la mort de Mark, elle avait toujours pensé que Dylan avait laissé la grille ouverte. Elle avait ignoré ses protestations et cru qu'il mentait. Sans s'occuper de ce qu'il disait. Après tout, son skate était près de la piscine, et puis il était furieux et distrait lorsqu'il était venu le récupérer.

Il n'avait pas agi délibérément. Bien sûr que non. Elle avait tenté encore et encore de l'empêcher de se sentir trop coupable de sa négligence. Après tout, c'est bien ce qu'elle répétait en permanence : Les accidents, ça arrive. Ce n'est la faute de personne. Mais l'affirmation implicite était limpide — Dylan était celui qui avait laissé la grille entrouverte. Ce qui était la seule explication plausible à ce qui était arrivé. Quoi qu'il prétende par ailleurs.

Tant pis s'il disait que ce n'était pas lui. Elle n'avait pas écouté. Elle l'avait poussé au désespoir. Ce soir, en affrontant la fin de sa vie, il avait tenu à lui faire savoir une chose. Une seule. Non pas qu'il ne l'avait pas fait exprès. *Il ne l'avait pas fait du tout.*

J'ai fermé la grille. Le monde de Keely bascula quand elle comprit pour la première fois le sens des paroles de Dylan, et mesura leur signification.

17

Au bureau des infirmières des urgences, un aide-soignant informa Keely que Dylan avait déjà été transféré. Il lui donna le numéro de chambre et les instructions pour y arriver. Serrant le papier avec le numéro dans une main, et son sac de voyage de l'autre, Keely trouva l'ascenseur et se rendit au troisième étage. Les couloirs étaient silencieux, mais on s'y affairait encore beaucoup, l'équipe de nuit poussant les chariots et échangeant des plaisanteries à voix basse, tout en vaquant à ses occupations.

Keely s'adressa à l'unique infirmière présente au bureau central pour s'identifier et s'enquérir du lit de camp. « Je suis Mrs. Weaver. Mon fils vient d'être amené des urgences. Dylan Bennett. »

L'infirmière opina. « Il est à la 303.

— Il n'y a pas de problème pour que je passe la nuit ici ? L'infirmière de la salle de réveil a dit que...

— Oui. Un des aides-soignants vous a préparé le lit de camp.

— Merci », dit Keely, indéniablement surprise, mais soulagée par l'absence de formalités et de complications bureaucratiques. « Je vous remercie infiniment. Comment va mon fils ? A-t-il repris connaissance ?

— Il a repris conscience très brièvement. Il était sonné.

— Tout de même... c'est formidable », dit Keely, et l'infirmière ne la contredit pas. Keely souleva de nouveau son sac et se pressa dans le couloir jusqu'à la chambre de Dylan. Juste devant la porte, elle tomba nez à nez avec l'inspecteur Stratton, qui arrivait de l'escalier, suivi par un agent.

« Inspecteur, dit Keely. Que faites-vous ici ?

— J'ai reçu un appel concernant le rapport consécutif à l'intervention en urgence. C'est un des inspecteurs chargés du 911 qui m'a prévenu. Lorsque j'ai su qu'il s'agissait de Dylan...

— C'est incroyable, dit Keely. Vous êtes encore après lui. Vous n'en avez pas fait suffisamment contre lui ? Ce n'est qu'un enfant. »

L'expression de l'inspecteur demeura impassible. « Ecoutez, Mrs. Weaver, je comprends bien que le choc est grand pour vous, et loin de moi l'envie d'ajouter à vos ennuis, mais je suis ici pour une enquête demandée par le bureau du procureur. Voudriez-vous me raconter ce qui s'est passé ?

— Je n'étais pas là quand c'est arrivé », dit-elle sèchement.

Il se rembrunit. « J'ai interrogé les officiers de police qui se sont rendus sur les lieux. Et j'ai recoupé avec le SAMU. Apparemment, votre fils a tenté de se trancher la gorge avec un couteau de cuisine. Connaissez-vous les raisons de ce geste ? A-t-il dit quoi que ce soit, ou laissé un mot ? »

Keely regarda Phil Stratton dans les yeux, et elle songea que tout ce qui s'était passé — ses questions à Dylan, sa façon de le harceler plus le fait qu'elle-même avait douté de la parole de son fils — était la cause de leur présence ici, dans cet hôpital, ce soir. Une part d'elle aurait voulu lui raconter tout, lui brandir le message de Dylan sous le nez, lui dire précisément où il pouvait se mettre ses questions. Elle envisagea un instant de le faire avant de prendre conscience de l'inutilité d'un tel geste. « Devons-nous en parler à l'instant ? Je désire seulement être présente quand mon fils se réveillera. Ne pouvez-vous pas faire preuve d'un peu de compassion ? S'il vous plaît. »

Il l'observa en plissant les yeux et Keely le vit un instant méditer sur la conduite à tenir. Apparemment, il décida de lever le pied.

« Entendu, Mrs. Weaver. Je peux revenir. Nous pouvons faire cela demain. »

Keely ne prit pas la peine de le remercier, ni de le saluer. Elle poussa la porte de Dylan et laissa l'inspecteur dans le couloir.

La vue de Dylan allongé était à peine moins impressionnante que lorsqu'elle l'avait découvert un peu plus tôt. *Etonnant, à quelle vitesse on s'habitue aux pires réalités,* pensa-t-elle. Elle avança jusqu'au lit, lui prit la main. Se pencha pour examiner son visage cireux. « Chéri, murmura-t-elle. Je suis revenue. Je vais rester à ton chevet toute la nuit. »

Les paupières de Dylan papillonnèrent, puis, avec une grimace pénible à regarder, il les entrouvrit et son regard flou remonta jusqu'au visage de Keely.

Elle sentit ses propres yeux se noyer de larmes, mais elle se força à sourire. « Bonjour, chéri », dit-elle doucement.

Il fit un bruit dans sa gorge.

« Non, trésor, n'essaie pas de parler. »

Il fit alors un imperceptible mouvement de la tête, comme pour convenir qu'il ne pouvait rien dire, quand bien même il le voudrait.

« Je sais, dit-elle. C'est terrible. Mais tu vas te rétablir, Dylan. J'ai parlé avec le docteur. Ce truc, dans ta gorge, n'est que temporaire. Tu vas récupérer. Tu seras en pleine forme. »

Un moment, lorsqu'il la vit, il y eut une brève lueur dans ces yeux familiers, mais elle était à présent repartie, remplacée par une expression éteinte. Ses paupières se refermèrent.

Keely lui serra fort la main, comme pour l'empêcher de tomber. *Oh mon Dieu,* pensa-t-il. *Aidez-nous. Aidez-moi à l'aider. Donnez-lui la volonté d'aller mieux.*

« Dylan », chuchota-t-elle, pressante. Elle espérait voir ses yeux s'ouvrir, ce qu'ils ne firent pas. Elle continuait pourtant de sentir une légère pression de sa main. Il faudrait s'en contenter. « Je suis là, dit-elle. Maman est là. » Et le pathos de ce « maman » lui étreignit la gorge en même temps qu'il envahissait la chambre.

Une part d'elle songea qu'elle devrait le laisser tranquille, à présent, se retirer silencieusement dans son fauteuil et le laisser dormir. *Dieu sait qu'il a besoin de sommeil,* pensa-t-elle. Mais quelque chose en elle l'incitait à penser que ce sommeil, dans l'abysse où il avait sombré, risquait de n'être pas réparateur. Il risquait de ne pas dormir facilement tant qu'il n'aurait pas compris que maintenant elle savait. Elle se pencha sur le lit et approcha ses lèvres des oreilles de Dylan.

« Mon amour, dit-elle tout bas. Ecoute-moi. J'ai trouvé ton message. Celui que tu as laissé sur mon oreiller. »

Ses yeux s'ouvrirent brusquement cette fois, comme s'il avait oublié une chose que ces mots venaient de lui rappeler.

« Je n'ai pas compris tout de suite. Pour la grille. J'ai lu le message, mais je n'ai pas compris tout de suite. »

Le regard de Dylan scrutait maintenant son visage. Il semblait la fixer de loin, très loin, mais son attention n'en était pas moins centrée sur elle. Keely humecta ses lèvres avant de continuer. « Et puis tout à coup, le sens m'a sauté aux yeux. Le sens de ce que tu disais. » Elle le regarda avec intensité. « Tu disais qu'une autre personne avait ouvert la grille le soir où... où Mark est mort. Une autre personne. Pas toi. Tu avais déjà essayé de me le dire, mais tu savais que je n'entendais pas. »

Il ferma les yeux un instant, avant de les ouvrir de nouveau et de la fixer intensément.

« Je t'ai entendu, cette fois, chéri, dit-elle passionnément, en pressant sa main froide dans la sienne. Cette fois j'ai entendu, et bien. Je passais mon temps à répéter que ce n'était pas de ta faute, et je voulais dire par là que tu avais laissé la grille ouverte accidentellement. Que tu ne voulais pas qu'il arrive quoi que ce soit de mal. Mais à présent, je comprends pourquoi tu étais tellement en colère. Parce que tu n'as pas laissé cette grille ouverte... jamais. Tu savais que ce n'était pas toi qui avais laissé ouvert... sauf que personne ne voulait entendre. Pas même ta propre mère. » Sa voix se cassa et elle dut inspirer profondément pour pouvoir continuer. « J'espère que tu pourras me pardonner », dit-elle.

Le regard de Dylan ne bougea pas, mais elle vit les yeux s'emplir lentement. Ils clignèrent, et une larme déborda sur la paupière inférieure. Keely sentit un soulagement gagner son cœur, et elle éprouva de la reconnaissance.

Cette larme était comme la première goutte de pluie après la sécheresse. Les crispations sur le visage de Dylan semblaient s'être effacées.

Serrant sa main, Keely poursuivit, d'une voix qui résonnait comme un pressant murmure dans la chambre sombre : « Je ne sais pas qui a laissé ouvert, mais je trouverai. Je te promets. Je trouverai comment les choses se sont passées. Et tout le monde sera au courant. S'il s'agit de la négligence de quelqu'un, ou même de Mark, ça m'est égal. Je ne les laisserai pas te rendre responsable. Terminé. Tu m'entends ? Ce n'était pas toi, et je ne te laisserai pas payer pour ce que tu n'as pas fait. D'accord ? »

Il opina faiblement et ferma les yeux.

Keely avala un grand coup. « Et j'espère simplement qu'un jour tu me pardonneras de m'être montrée si injuste envers toi. J'ai commis une erreur, et je suis désolée. Plus désolée que tu ne pourras jamais imaginer. »

Les yeux de Dylan restèrent fermés, ses lèvres pâles et gercées dessinant une moue sévère.

« Dors, maintenant, Dylan. Je reste auprès de toi. Promis, murmura-t-elle farouchement. Jamais plus, je ne te laisserai tomber. »

18

PHIL Stratton remonta à pied l'allée illuminée par le clair de lune, vers l'ancien relais où habitait Maureen Chase. Bien qu'ils travaillent ensemble depuis maintenant cinq ans, Phil n'avait jamais été invité au domicile de Maureen. Jusqu'à ce soir. Et il n'avait pas la naïveté de croire qu'il était invité pour ses beaux yeux. Pas à cette heure. Il était près de minuit. Lorsqu'il avait été prévenu à propos de Dylan Bennett, il avait aussitôt appelé pour donner l'information à Maureen. Elle avait commencé par être désagréable en entendant le son de sa voix, mais lorsqu'il avait annoncé la nouvelle concernant Dylan, elle avait clairement indiqué qu'elle n'attendrait pas le lendemain pour avoir des détails. Phil avait reçu l'ordre de se rendre à l'hôpital et de passer aussitôt après à son domicile, pour lui faire part de ce qu'il aurait appris.

En gravissant les marches de pierre devant sa porte, il songea que cet ancien relais romantique ne correspondait pas au genre de maison qu'il imaginait pour Maureen. Elle semblait plutôt du genre à vivre dans un appartement ultra moderne, aux murs blancs et au mobilier design, près du port. Ce lieu semblait sortir d'un paysage anglais.

Phil hésita avant de frapper. Depuis le premier jour où ils avaient travaillé ensemble, elle l'attirait, et il comparait constamment les femmes avec qui il sortait à Maureen. Elle était plus vive et plus jolie que la plupart de celles qu'il fréquentait. Presque toutes n'avaient aucune idée du métier qu'il faisait, et leur regard se vitrifiait quand il tentait de leur expliquer. Certes, Maureen sortait avec Mark Weaver quand avait débuté leur collaboration, et lorsque cette liaison s'était achevée, leurs propres relations étaient installées dans le registre strictement professionnel. Mais il n'était peut-être pas trop tard pour y remédier, rêva-t-il.

Phil se rappela qu'elle n'était intéressée que par les informations qu'il venait lui livrer sur Dylan Bennett. Il lissa sa cravate et sonna à la porte.

Quelques instants plus tard, la porte s'ouvrit. Au début, il n'était pas sûr d'avoir Maureen devant lui. Elle était nu pied et enveloppée dans un peignoir en tissu-éponge, le visage encadré de boucles mouillées. Elle semblait plus pâle, elle avait plus de taches de rousseur, elle était moins jolie qu'au bureau, mais aussi plus douce, plus vulnérable.

« Phil, dit-elle. Merci d'être venu. »

Stratton hésita, attendant qu'elle le prie d'entrer. Par-dessus son épaule, il apercevait des bougies et des meubles confortables, recouverts de chintz. Ce côté maison était un aspect de Maureen qu'il n'aurait jamais deviné. Il y avait un fond de musique. Un instant, il se demanda si la musique et les bougies étaient pour lui.

« Alors ? dit-elle. Que s'est-il passé ? Est-il encore vivant ? »

Le ton de sa voix le tira brutalement de ses fantasmes. Il se rendit compte qu'elle allait rester là, dans l'encadrement de la porte, lui barrant l'entrée. Il se dit que tout engagement romantique avec elle interférerait dans le travail, et qu'il était ici pour des motifs professionnels.

« Il va bien. Il vivra. »

Les yeux noisette de Maureen scintillèrent. « Comment s'y est-il pris ? »

Il secoua la tête. « Ce gosse a tenté de se trancher la gorge.

— Quelle horreur, murmura-t-elle, en portant une main protectrice sur son propre cou laiteux.

— Je sais, dit-il. C'est carrément effrayant. » Il pensait qu'elle allait maintenant s'écarter pour l'inviter à discuter à l'intérieur, mais elle resta sur place à se tripoter la gorge de ses doigts aux ongles manucurés, perdue dans ses réflexions.

« Apparemment, il serait descendu dans la cave de la maison et aurait utilisé un couteau de cuisine, pendant que sa mère était sortie. Elle l'a retrouvé en bas à son retour. J'ai eu un bref entretien avec le médecin. Il semblerait que Dylan ait perdu connaissance à la vue du sang, et manqué les artères principales. »

Maureen hocha la tête. « Un beau ratage. »

Phil trouva le commentaire un peu réfrigérant. « J'ai essayé de le voir dans sa chambre, dit-il encore. Mais il a une trachéo. Il ne peut pas parler. »

Elle continua de hocher la tête, absente, les yeux plissés. « Avez-vous parlé à la mère ?

— Elle n'a pas été d'un grand secours. Elle était un peu déstabilisée, comme vous pouvez imaginer. Je lui ai dit que cela pouvait attendre. »

Maureen se fâcha contre lui. « Phil, vous n'êtes pas si bête. Nous essayons de coincer ce gamin. Tentative de suicide ? Il clame pratiquement sa mauvaise conscience. Vous savez bien qu'il ne faut pas les lâcher quand ils sont vulnérables. »

La réprimande toucha Phil qui se raidit. « J'ai fait appel à mon jugement, dit-il.

— Eh bien, votre jugement était erroné. J'ai le sentiment que vous prenez un peu de mou au spectacle de la jolie veuve éplorée, accusa-t-elle.

— Ce gosse n'a que quatorze ans, protesta Phil. Il va manifestement mal. Et vous savez qu'il ne partira nulle part. Ils vont le coller un moment en observation à Blenheim quand il sera rétabli. Je pense que si nous y allons trop fort, on va avoir Lucas Weaver sur le dos.

— Je n'ai pas peur de Lucas Weaver, dit-elle.

— Je n'ai pas peur de lui non plus, dit Phil. Mais, tout de même... nous ne sommes pas vraiment aux trousses d'un criminel endurci.

— Vous cherchez des excuses », dit-elle sèchement.

Phil la regarda en se retenant pour ne pas répliquer sur le même ton. Il inspira longuement. « Voyons — il se fait tard, dit-il. La journée a été longue. Je vous informe de ce qu'ils ont à raconter dès que je leur ai parlé. » Et de tourner les talons pour redescendre l'allée vers la route. Ravi qu'elle ne puisse pas voir le rouge sur son visage.

« Phil, appela-t-elle. Attendez une minute. »

Phil se retourna. « Qu'y a-t-il ? »

Moue de Maureen. « Excusez-moi. Je suis un peu trop... proche de ce cas.

— Bon, il est tard, dit-il fraîchement. Nous sommes fatigués tous les deux.

— Non, je n'ai pas à vous dire comment vous devez faire votre travail, dit-elle.

— N'en parlons plus, dit Phil en secouant la tête.

— Ecoutez, si on en reparlait dans le courant de la semaine ? On pourrait dîner, peut-être ? »

Le cœur de Phil en fut retourné, il se sentit se rengorger, tout en se détestant de réagir ainsi. « J'imagine. C'est vous qui invitez ? » dit-il, momentanément désireux de lui faire payer ses critiques acerbes. Mais presque aussitôt, il regretta. Il ne voulait pas qu'elle l'invite. Quelque raison qu'elle ait de sortir avec lui, il tenait néanmoins son ouverture, sa chance. Sauf qu'il était maintenant trop tard.

« Nous ferons une note de frais, dit-elle avec un sourire forcé. Disons qu'il s'agit d'un repas d'affaire. »

Espèce d'imbécile, songea-t-il. *Pourquoi as-tu dit cela ?* Juste comme il s'apprêtait à s'excuser, elle le congédia négligemment : « Allez dormir un peu. » Et elle referma la porte. Et il resta dehors, dans le noir. Il repartit tout seul vers sa voiture. Avant de monter, il se retourna pour regarder les rideaux tirés de la fenêtre de Maureen. Luisante comme une braise dans l'obscurité.

On alluma une lumière, et Keely s'éveilla dans le brouillard, essayant de s'asseoir. Il lui fallut un moment pour comprendre où elle était. Puis elle se souvint. Elle se redressa sur un coude. Elle avait mal au dos à cause du cadre métallique du lit qui lui rentrait dans la chair à travers le matelas tout mince. De l'autre côté de la chambre, elle vit une infirmière s'affairant au chevet de Dylan, remplaçant la poche de liquide transparent relié à sa perfusion, par une autre.

« Comment va-t-il ? » chuchota Keely.

L'infirmière se retourna et posa un regard amène sur Keely. « Il va bien », dit-elle d'une voix normalement sonore, comme si l'on était en plein jour. « On le surveille régulièrement. » Puis elle éteignit la lumière au-dessus du lit de Dylan.

Keely se laissa retomber sur l'oreiller et regarda les aiguilles lumineuses de la pendule murale : 3 h 45 du matin. Elle savait qu'elle n'allait pas se rendormir avant longtemps. Elle entendait des bruits assourdis venant du couloir de l'hôpital.

Mon Dieu, se dit-elle. Que vais-je faire ? Mon mari est mort. Mon fils a tenté de se tuer. Manifestement, il a de sérieux problèmes. J'ai un bébé dont je dois m'occuper. Un souci chassait l'autre dans sa tête. La nuit et l'obscurité semblaient peser sur elle. L'adrénaline courait dans ses veines, porteuse de veille, mais pas de paix. *Non,* se dit-elle. *Cesse immédiatement.*

Keely se mit en position assise puis pivota sur le lit pour poser les pieds sur le sol. *Ça suffit. Passer des heures entières à te lamenter sur tout ne va pas régler les problèmes. Demain matin, tu ne pourras être d'aucun secours à Dylan. Qui a pourtant grand besoin de ton aide.* Elle songea de nouveau au message qu'il lui avait laissé — *J'ai fermé la grille* — et pensa : *D'accord, concentre-toi sur cette phrase. Que signifie-t-elle ? Si Dylan a laissé la grille fermée, une autre personne l'a donc ouverte.* Elle se sentit ébranlée, mais finalement plus calme après cette réflexion.

Qui ? Comment allait-elle pouvoir le découvrir ? *Réfléchis bien,* se dit-elle. Mark aurait-il pu l'avoir laissée accidentellement ouverte ? Il était peut-être sorti chercher quelque chose, et puis le téléphone avait sonné. Un client peut-être, et Mark avait laissé la grille ouverte, et oublié de revenir. Difficile d'imaginer qu'il ait pu agir de cette façon, mais c'était une possibilité. Quelles étaient les autres ?

Keely éprouva le besoin de dresser une liste, de mettre de l'ordre dans ses idées. Elle se leva, marcha jusqu'au placard, prit son sac à main sur une planche. En fouillant à l'intérieur, elle trouva un carnet et un stylo qu'elle avait toujours avec elle. *Cela fera l'affaire,* pensa-t-elle. Puis elle s'assit sur la pointe des fesses dans le fauteuil pour les visiteurs, et ouvrit le carnet. Dylan bougea dans son lit, mais ne s'éveilla pas.

Très bien, se dit-elle. *De quelle façon la grille aurait-elle pu être ouverte ?* Une visite pendant qu'elle était dans la galerie marchande ? Mais personne n'avait reconnu être passé chez eux ce soir-là. Certes, si l'éventuel visiteur s'était rendu compte de l'erreur tragique qu'il avait commise en ouvrant la grille de la piscine... disons qu'il était compréhensible qu'il ne se précipite pas pour faire connaître sa présence. Mais moi, il faut que je sache, pensa-t-elle, *alors il doit bien y avoir un moyen de trouver.*

Keely inscrivit des chiffres sur les lignes et tapota la page de son stylo. *Premièrement. Mark. S'il était en ligne, il faisait peut-être des recherches pour un dossier. Téléphoner à Lucas pour savoir sur quels dossiers travaillait Mark. Nom et numéro de téléphone des clients. S'il était en communication avec l'un deux au moment de l'accident, cette personne risquait d'avoir eu vent des événements.*

Deuxièmement. Elle tenta de visualiser sa maison, son jardin. La partie derrière la maison était isolée, mais l'allée était visible, la porte d'entrée aussi. Quelqu'un avait pu voir quelque chose. *Faire le tour des voisins et leur demander s'ils avaient vu arriver un visiteur ce soir-là.*

Troisièmement. Keely mordilla le bout de son stylo. Quand des gens décident de passer, ils commencent par téléphoner, raisonna-t-elle. Et si Mark s'était laissé distraire par un appel téléphonique, il était important de savoir qui avait appelé. *Appeler la compagnie de téléphone,* écrivit-elle. Ils pourraient probablement lui fournir, dans ce genre de situation, le numéro des éventuels appels locaux. *Vérifier la facture du portable. Trouver qui a appelé.*

Elle souligna la dernière phrase. Voilà qui ressemblait à un bon départ. Elle se sentit mieux, d'avoir fait quelque chose de constructif, dressé une liste. Elle remit le carnet dans son sac, replaça le sac dans le placard. Puis, sur la pointe des pieds, elle alla embrasser le front frais et humide de son fils. « Je vais trouver », lui murmura-t-elle tandis qu'il sommeillait. Et après un nouveau baiser, elle regagna son petit lit. Une fois la mince couverture thermique remontée sur elle, elle réussit à s'endormir.

19

La brume matinale recouvrait encore l'herbe de la pelouse lorsque Betsy Weaver, en bottes de caoutchouc vertes, veste Mao noire et chapeau de paille, se dressa sur la pointe des pieds pour ouvrir la mangeoire des oiseaux, en bas de son jardin, et regarder à l'intérieur. Un écureuil jacassait dans les branches nues d'un érable, au-dessus de sa tête. Betsy lui lança un regard noir. « Tu as tout mangé, hein ? Ces graines sont pour mes oiseaux, pas pour toi. » Betsy se pencha pour prendre un sac de graines de deux kilos et demi, dont elle versa soigneusement le contenu dans la mangeoire, qu'elle remplit.

« Mrs. Weaver ? »

Betsy se retourna avec un sursaut de peur en voyant l'inconnu qui venait de se matérialiser sur la pelouse, à moins de trois mètres d'elle. Un jeune Noir aux cheveux coiffés à la jamaïcaine, comme les Rastas qui venaient en vacances à Rosehill, près de Kingston. « Que désirez-vous ? dit-elle en s'efforçant de contrôler le tremblement dans sa voix. Je n'ai pas d'argent sur moi. » Elle regarda du côté de la maison. Lucas n'était pas encore parti au bureau. Si seulement il pouvait jeter un coup d'œil dehors, voir qu'elle avait des ennuis.

L'homme la considéra froidement, et elle remarqua qu'il avait les yeux vert d'eau, ce qui était tout sauf banal.

« Croyez-le ou pas, Madame, je ne suis pas venu en violeur, ni en voleur, répondit-il sèchement avec un accent très britannique. Je souhaite seulement vous parler. »

Instantanément, Betsy rougit, honteuse de sa réaction dictée par les préjugés. Mais cet homme l'avait bel et bien prise au dépourvu. Elle n'allait tout de même pas s'excuser d'avoir été surprise. « Je n'ai pas l'habitude d'être interpellée dans mon jardin. Vous auriez pu sonner à la porte, comme n'importe quel autre visiteur. Mon mari est à l'intérieur.

— Je ne souhaite pas le voir. J'ai essayé de parler avec lui, mais il a été catégorique dans son refus de m'aider. J'espérais trouver un peu plus de compréhension chez vous. »

Betsy serra le sac de graines contre son buste étroit et observa l'homme avec un mélange de curiosité et de peur latente. « Quel genre de compréhension ? demanda-t-elle. Si vous avez des choses à vendre, je puis vous dire d'emblée que...

— Je m'appelle Julian Graham, coupa-t-il. Ma mère s'appelle Veronica Fairchild. »

Betsy accusa le coup. « Veronica ? Ma... ma bru ?

— Exactement, dit-il, ravi de son désarroi. Elle ne vous a pas parlé de moi ? »

Betsy fit non de la tête.

« En voilà une surprise. Oui, c'était bien ma mère. Qui nous a abandonnés, mon père et moi, alors que j'avais un an, pour s'enfuir aux Etats-Unis. Il paraît qu'elle a épousé votre fils.

— Mon fils est décédé », dit sombrement Betsy.

Le jeune homme s'assombrit à son tour. « Je suis au courant. C'est bien triste, Madame. Mais c'est ma mère que je cherche.

— Veronica ? Vous êtes sûr ? Vous faites peut-être erreur.

— Non, il n'y a pas d'erreur, dit-il, irrité.

— Oh, je suis désolée. Nous n'avons jamais été au courant de votre existence. Veronica ne nous en a jamais soufflé mot. Ni à mon fils non plus, j'en suis certaine. Mais pourquoi l'aurait-elle fait, je vous le demande ? »Les yeux du jeune homme lancèrent des éclairs et Betsy le remarqua. « Excusez-moi. Je ne l'entendais pas de cette façon. » Puis elle se renfrogna. « C'est simplement qu'elle n'était pas... elle ne m'a jamais inspiré confiance. Même avant qu'elle... » Les pensées de Betsy commencèrent à se perdre, mais elle força son attention à se fixer de nouveau sur l'homme qu'elle avait en face d'elle. « Veronica est une femme très cruelle. Très froide. Je me demande... est-ce que... était-elle seulement divorcée de votre père ?

— Ils n'ont jamais été mariés », dit-il, en relevant fièrement le menton.

Betsy secoua la tête, de haut en bas, puis horizontalement. « Hum... pourquoi ne suis-je pas surprise ? dit-elle. Veronica. » Elle poussa un long soupir avant de lever les yeux et d'observer son jeune interlocuteur. « Enfin, vous ne la trouverez pas ici. Elle est partie depuis des années. A Las Vegas, avec un... un homme marié. Qui avait de l'argent, évidemment », ajouta Betsy d'un ton acerbe.

Julian Graham soupira à son tour. « Avez-vous son adresse ?

— Je ne sais pas où elle est, et je m'en moque, répondit Betsy. Je regrette de vous dire une chose pareille, jeune homme, mais il vaut peut-être mieux pour vous que vous ne la trouviez pas. Je ne vois pas ce qu'elle pourrait vous apporter d'autre que du chagrin.

— C'est à moi qu'il appartient d'en juger, Madame, dit sèchement Julian. Je veux seulement l'information.

— Eh bien, je crains qu'après qu'elle eut brisé le cœur de mon fils et détruit sa vie, nous n'ayons pas gardé le contact », dit Betsy d'un ton glacial. Puis, se souvenant que ce jeune homme n'était pas responsable, elle se radoucit. « Je vous aiderais volontiers si je le pouvais. Mais cela remonte à des années. Elle ne voulait plus avoir aucune relation avec nous. Je lui ai demandé son numéro de téléphone et son adresse quand elle a appelé. Personnellement, j'aurais été ravie de la rayer de ma vie, mais Prentice... » Sa voix se brisa. Elle releva néanmoins la tête. « Il a essayé de la suivre. Il est allé là-bas, à l'adresse qu'elle nous a donnée, qui s'est révélée fausse. Pouvez-vous imaginer ce qu'a ressenti mon fils... ? » Puis, lisant la souffrance dans le regard du jeune homme, elle comprit qu'il ne devait imaginer que trop bien. « Je n'ai rien contre vous personnellement, vous savez. Nous avons tous été ses victimes.

— Je ne suis la victime de personne, rectifia le jeune homme.

— Non, bien sûr que non, dit Betsy. Comment se fait-il que vous soyez ici, de toute façon ?

— Je suis venu aux Etats-Unis, de Grande-Bretagne, pour une tournée. Avec un orchestre, en fait.

— Eh bien, c'est formidable, murmura Betsy. Encore que je sois certaine de ne rien connaître de la musique que vous aimez, vous les jeunes. Voulez-vous entrer un instant ? Prendre... une tasse de thé ? » Sa voix s'éclaircit à la seule perspective d'offrir le réconfort d'une tasse de thé à un Anglais.

Julian ne répondit pas tout de suite. Il contempla l'imposante maison avant de refuser, mais avec moins d'amertume dans la voix : « Non, merci. Je dois partir.

— Je... je suis navrée. J'espère n'avoir pas été discourtoise. Mais je ne peux rien pour vous...

— Peu importe, dit-il.

— Bonne chance... Julian... » dit Betsy, sans vraiment baisser la voix. Elle le regarda partir, puis retourna lentement vers la maison, les méninges en émoi à propos de la visite inattendue de ce jeune homme. Pourquoi Lucas ne lui avait-il pas parlé de ce Julian Graham ? Ils n'avaient jamais eu de secrets. Il devait bien savoir qu'elle voudrait être au courant. Puis elle soupira en songeant à tous les souvenirs pénibles ainsi réveillés. Le chagrin de Prentice. La façon dont il les avait rendus responsables. Les accusant d'avoir fait fuir Veronica, de ne pas lui avoir donné la sensation d'être la bienvenue. Pendant des mois, après être rentré sans elle de Las Vegas, il ne leur avait plus adressé la parole, refusant tous leurs efforts pour le réconforter. Préférant le réconfort de la bouteille. Betsy cramponna le sac de graines contre elle, comme s'il s'agissait d'un bébé.

Quand elle franchit la porte, elle vit Lucas raccrocher le téléphone. Il se retourna pour la regarder. Il avait le visage blanc comme un linge, les yeux écarquillés et effrayés. Lucas donnait rarement le spectacle d'un homme effrayé.

Betsy lâcha le sac de graines sur la table et se précipita

vers lui. « Chéri, qu'y a-t-il ? demanda-t-elle. Tu as l'air très mal.

— C'était Keely », souffla-t-il.

Betsy s'assombrit. « A cette heure-ci ? Que voulait-elle ?

— Elle venait de rentrer de l'hôpital. Elle y a passé toute la nuit. Dylan... a tenté de se tuer.

— Non, ce n'est pas possible », dit Betsy. Elle le regardait avec incrédulité et lui prit la main. Qu'il avait froide et moite. « Il doit y avoir une erreur.

— Hier soir. Quand elle est rentrée de chez nous, elle l'a trouvé. Il s'est tranché la gorge.

— Oh, Lucas. Oh, non, gémit-elle.

— Je crains bien que si, dit-il sombrement, les lèvres pincées.

— Est-ce que... survivra-t-il ?

— Oui, dit Lucas. Dieu soit loué.

— Comment va-t-elle ? Comment va Keely ? demanda Betsy.

— Elle tient le coup, bizarrement.

— Pauvre petite. Là, assieds-toi. Tu as une tête terrible.

— Après un choc pareil », marmonna-t-il tandis qu'elle l'aidait à s'asseoir avant de s'installer à côté de lui. Ils restèrent ainsi, la main dans la main, ne sachant que trop bien ce que devait ressentir Keely à ce moment.

« Elle m'a dit qu'il était déprimé, dit Betsy.

— J'aurais dû savoir...

— Comment tu aurais pu ? le gronda doucement Betsy. Tu connais à peine ce garçon.

— Tu sais de quoi je veux parler, insista Lucas. Cette pression sur lui. La police... Maureen Chase. Surtout Maureen. Et Keely n'a aucune idée de ce qui se passait...

— Tu ne penses pas qu'elle est au courant ? s'inquiéta Betsy.

— Je suis certain du contraire, dit sombrement Lucas. Et je ne veux pas être celui qui lui apprendra la vérité.

— Non. Non. Mais tu n'y pourras pas grand-chose. Tu as fait tout ce qui est en ton pouvoir pour la protéger, rappela gentiment Betsy. Et nous allons continuer de faire le maximum. C'est sûr. Mais lorsque je pense à Mark... j'en suis malade...

— Jusqu'à quel point peut-on être sûr de connaître quelqu'un ? » dit mélancoliquement Lucas. Ils restèrent un moment silencieux, accrochés l'un à l'autre.

« Lucas, soupira Betsy. A propos des gens que l'on connaît bien ou pas... »

Lucas la regarda avec perplexité.

« Je viens d'avoir une visite. Au jardin. Un jeune homme qui s'appelle Julian Graham.

— Il est venu ici ? »

Betsy opina. « Il a dit t'avoir parlé.

— C'est vrai, dit Lucas en évitant son regard. Il est passé au cabinet.

— Et tu ne m'as rien dit ?

— Je suis désolé, chérie... J'aurais dû t'en parler. Je ne voulais pas remuer tout cela.

— Tu n'as pas pensé que je voudrais savoir ? Depuis quand prends-tu les décisions pour moi ?

— Je sais. J'ai eu tort de ne pas te le dire. Mais tu as eu tellement de choses à affronter ces derniers temps. J'essayais de te protéger. C'est une habitude.

— Je sais. Je sais..., convint Betsy avec un soupir.

— Je lui ai dit d'essayer Las Vegas. Bien qu'il soit impossible de dire où elle se trouve à présent. C'était il y a des années... »

Betsy prit un air sombre et serra la main de Lucas contre elle. « Je ne l'ai jamais aimée. Je le reconnais. Le fait que la femme choisie par Prentice ne me plaisait pas n'est un secret pour personne. Néanmoins, j'aurais voulu...

— Je sais, dit Lucas. Je partage ce souhait.

— Il a toujours cru que nous étions contents qu'elle le quitte.

— Pourquoi aurions-nous été contents ? Ce n'était pas un choix qui nous appartenait, dit Lucas. Tu te souviens de tes parents ? Ils n'étaient pas contents que tu me choisisses. Cela ne nous a pas gênés.

— Non, certes pas », reconnut Betsy en souriant malgré elle. Elle savait qu'il avait raison. Il n'était pas nécessaire d'y revenir encore et encore. Ils l'avaient fait des millions de fois au cours des années. Rien ne pouvait changer le passé. Immédiatement, les pensées de Betsy revinrent à

Keely et Dylan Bennett. « Les enfants ne se rendent pas compte... quand ils souffrent, nous souffrons...

— Tu penses à Keely », dit-il, lisant dans ses pensées.

Les larmes lui montèrent aux yeux, roulèrent sur ses joues. « Comment supporte-t-elle ?

— Elle est forte, dit Lucas.

— Personne n'est fort à ce point.

— Franchement, elle a été extraordinaire, dit Lucas. Au téléphone, il y a un instant, elle me demandait conseil à propos de la police et m'interrogeait sur les clients de Mark.

— Pourquoi ? Comment peut-elle penser à autre chose que Dylan ?

— Mais elle pense à Dylan. Elle a le sentiment que cette enquête sur la mort de Mark est ce qui a poussé Dylan à... un tel désespoir. Elle met désormais toute son énergie à tenter d'exonérer Dylan de toute responsabilité dans la mort de Mark.

— C'était un accident, dit Betsy. Il n'y a pas de coupable dans une mort accidentelle.

— Je sais bien, dit Lucas. Mais il est impossible de lui faire entendre raison.

— Oh, je la comprends, dit Betsy. Elle se bat pour la vie de Dylan. »

Keely avait Abby sur un bras et de sa main libre tenait le combiné contre son oreille. Elle n'était rentrée chez elle que le temps de se changer et de passer un petit moment avec Abby. Elle voulait retourner à l'hôpital le plus vite possible. Jetant un coup d'œil à la pendulette posée sur le bureau de Mark, elle murmura : « Allez, vite ! », en appuyant sur la longue série de touches devant permettre d'atteindre un être humain de la compagnie du téléphone. Un employé du service clientèle finit par répondre. L'amabilité avec laquelle il proposa son aide baissa radicalement lorsqu'il entendit la requête de Keely.

« Monsieur, j'aurais besoin d'une liste des appels venant de, ou à destination de chez moi à cette date, dit-elle en déclinant le jour de la mort de son mari.

— Vos appels nationaux et internationaux figureront sur votre facture, dit-il.

— Non, vous m'avez mal comprise. Je veux avoir connaissance de tous les appels, nationaux, internationaux et locaux, passés depuis chez moi ou vers chez moi, un soir précis.

— Je suis désolé, Madame. Nous ne tenons pas de registre de cela.

— Je sais bien que si, car vous avez été capable d'indiquer à la police que mon mari a utilisé Internet ce soir-là.

— Ce n'est pas la même chose, Madame. Le serveur a cette information pour des raisons de facturation. Pour les communications locales, nous ne gardons pas de trace, sauf si le client a contacté préalablement la police et demandé une surveillance de la ligne.

— Je ne vous crois pas, dit Keely. Vous avez tous les autres appels, pourquoi pas les communications locales ?

— Je vous répète que non, répondit l'homme patiemment. Je suis désolé.

— Bon, dois-je fournir un document de justice, un commandement, je ne sais quoi ?

— Je suis désolé, Madame. Les choses ne se passent pas comme dans les séries télévisées. Je vous dis la vérité. Nous n'avons pas de liste. Il n'en existe pas. A présent, puis-je faire autre chose pour vous ?

— Non, merci », dit Keely en raccrochant brutalement le téléphone.

Abby poussa un petit cri et Keely la cajola : « Ce n'est rien, dit-elle. Tout va bien. » En murmurant à l'oreille du bébé, elle fouilla les factures empilées sur le bureau de Mark et sortit la plus récente correspondant au téléphone portable de Mark. Elle avait rarement vu Mark utiliser son portable à la maison, mais ce n'était pas exclu, et au moins les factures donnaient-elles le détail de tous les appels passés, et reçus. En parcourant la suite de chiffres indiquant les dates, elle vit que celle de la mort de Mark était trop récente pour figurer sur la facture. Avec un soupir, elle composa le numéro du service des facturations. Une fois encore, elle passa par le dédale des boîtes vocales avant de trouver un être vivant à qui formuler sa demande.

« Vous recevrez cette information avec votre facture du mois prochain, dit l'employée.

— Je... je sais bien, dit Keely. Mais il se trouve que... j'ai besoin de cette information maintenant.

— Je suis désolée, Madame, mais je ne peux rien pour vous.

— Vous avez sans doute cette information sous les yeux, sur votre écran d'ordinateur, dit Keely. Pouvez-vous simplement me lire les numéros des communications correspondant à ce soir-là ? »

La femme marqua un temps d'hésitation. « Non. Je ne peux pas vous donner cette information par téléphone.

— Pouvez-vous l'imprimer et me l'envoyer ? insista Keely. C'est... c'est une question de vie ou de mort. »

La femme eut un petit rire nerveux. « Bon, n'exagérons rien.

— Avez-vous des enfants ? demanda Keely. Ne seriez-vous pas prête à tout pour les aider s'ils étaient en danger ? J'ai besoin de savoir qui a appelé ce numéro précis, ce soir précis. »

La femme resta un moment sans rien dire. Puis elle reprit d'une voix douce : « Notre politique...

— S'il vous plaît, dit Keely. Je vous en prie. Je sais bien que ce n'est pas votre politique. Et que vous n'avez aucune raison de faire ça pour moi. Mais je vous en supplie. Si vous pouviez simplement faire une sortie imprimante et me l'envoyer... mettez les frais de poste sur la prochaine facture. Je vous en conjure. Je ne vous le demanderais pas si ce n'était pas urgent.

— Je vais voir ce que je peux faire, dit la femme d'une voix revêche.

— Merci, dit Keely. Merci mille fois. » La communication fut coupée avant que Keely ait le temps d'ajouter un mot.

20

Le lendemain, Keely fut accueillie par un énorme bouquet de fleurs en arrivant dans la chambre de Dylan. « Oh, s'écria-t-elle. Elles sont belles. » Puis elle prit la carte posée contre le vase. « Lucas et Betsy. Betsy appelle régulièrement pour avoir de tes nouvelles. »

« Lucas est passé », dit Dylan d'une voix rauque.

Et Keely leva aussitôt un regard surpris. « Tu n'as plus le tuyau », s'écria-t-elle en se précipitant au chevet de son fils.

Dylan fit signe que non.

« C'est formidable, dit Keely. Tu as l'air d'aller mieux. »

Dylan haussa vaguement les épaules avant de s'enfoncer de nouveau dans les oreillers. Il avait encore le teint cireux, mais ses joues avaient un peu de couleur. « Ça va mieux.

— N'essaie pas de trop parler. Il va te falloir un peu de temps pour t'habituer. Oh, trésor, je suis tellement soulagée. Peut-être que maintenant tu vas pouvoir revenir bientôt, dit-elle. Ils envoient une assistante sociale chez nous ce matin pour tout vérifier, mais je suis sûre que nous allons passer l'examen victorieusement. A vrai dire, je ne suis venue qu'une minute voir comment tu allais. J'ai laissé Abby à la garde de l'infirmière d'étage. Je ne pouvais pas patienter jusqu'à cet après-midi pour te voir, mais il faut que je reparte pour arriver avant cette assistante sociale. Je dois faire bonne impression, tu sais ? »

Dylan fit un oui silencieux, mais ne sourit pas.

« Mrs. Weaver. »

En se retournant, Keely découvrit l'inspecteur Stratton sur le pas de la porte, en train de toquer sur l'encadrement. Son moral s'effondra.

« Je constate que Dylan a retrouvé l'usage de la parole, à présent. J'espère qu'il n'y a pas de problème, dit Stratton en entrant dans la chambre. Bonjour Dylan. »

Les yeux de Dylan s'écarquillèrent. « Bonjour, murmura-t-il.

— En vérité, dit Keely, si, il y a un problème. J'ai consulté mon avocat. Il ne veut pas que vous parliez avec Dylan en dehors de sa présence.

— C'est votre droit, dit Stratton. Mais je dois demander, pour le procès verbal, si Dylan a été victime d'une agression ou si la blessure...

— Je l'ai fait moi-même », marmonna Dylan.

Keely inspira profondément. « Et il ne vous en dira pas plus, dit-elle avec autorité. Puis-je m'entretenir avec vous dans le couloir, inspecteur ? »

Stratton eut un geste de lassitude désabusée et salua Dylan d'un signe de tête. « Je te souhaite un prompt rétablissement », dit-il avant de suivre Keely dehors.

Keely consulta sa montre. Elle ne pouvait pas se permettre de faire attendre l'assistante sociale. « Inspecteur Stratton, je suis certaine que vous ne le croirez pas, mais j'ai maintenant la certitude que mon fils n'est pas responsable de l'accident dont a été victime Mark. Pour la sérénité de Dylan, pour la mienne, je suis résolue à trouver qui est responsable. Comme il pourrait s'agir d'un visiteur, j'ai contacté la compagnie de téléphone pour tenter de découvrir qui aurait pu appeler Mark pour annoncer sa visite. La compagnie de téléphone a refusé de me donner la moindre information sur les appels provenant de l'extérieur. Ils prétendent ne pas conserver les traces, mais mon avocat me dit que la police peut obtenir une telle information. »

L'inspecteur demeura impassible.

« Est-ce exact ? demanda-t-elle.

— Je ne peux rien faire pour vous, dit-il.

— Vous voulez dire que vous refusez. »

Stratton posa sur elle un regard compatissant. « Vous savez, j'apprécie ce que vous tentez de faire. Je comprends que vous aimiez cet enfant et désiriez le croire. Mais, Mrs. Weaver, je pense que vous dépenseriez plus efficacement votre temps à essayer d'obtenir de votre fils qu'il vous dise la vérité sur ses actes. Vous ne lui rendez pas service en refusant de voir combien il se sent coupable. Et je vais vous dire une chose — s'il ne se débarrasse pas de ce poids qu'il a sur la poitrine, la même chose pourrait se reproduire ». Il balaya d'un geste de la main l'environnement hospitalier. « Sauf que la prochaine fois risque d'être la bonne. »

Keely eut l'impression de prendre une gifle. Sans lui laisser le temps de réagir, il tourna les talons et s'éloigna. En le regardant partir, furieuse contre elle de ne pas avoir trouvé les paroles pour lui river son clou, elle vit la pendule au-dessus du bureau des infirmières. « Oh, Seigneur », s'écria-t-elle.

Lorsque le Cherokee s'engouffra dans l'allée, Keely vit une petite voiture à hayon garée devant la maison. *Zut !* pensa-t-elle. Elle voulait être là, en train d'attendre tranquillement, quand arriverait l'assistante sociale. Une femme mince en jupe écossaise et veste de daim usée se tenait sur les marches du perron, examinant manifestement la maison et la pelouse. Lorsqu'elle sortit Abby de son siège, Keely vit que cette femme semblait prendre note de la pancarte À VENDRE et des feuilles mortes jonchant le jardin.

Keely se précipita à sa rencontre. « Mrs. Erlich ? » demanda-t-elle.

La femme en question fixa sur elle un regard froid. « Vous êtes Mrs. Weaver.

— Je suis désolée de ce retard, dit Keely en ouvrant la porte fermée à clé avant de lui montrer le chemin. J'étais à l'hôpital. Entrez. » L'assistante sociale attendit dans le vestibule pendant que Keely installait Abby dans son parc et lui tendait son livre parlant préféré. L'attention du bébé fut instantanément absorbée par les dessins et les cris d'animaux. « Sois sage, mon cœur », murmura Keely.

Puis elle se tourna vers la femme en jupe écossaise. « Heureuse de faire votre connaissance. Puis-je vous débarrasser de votre veste ?

— Non, merci, dit Mrs. Erlich. Je la garde.

— Voulez-vous boire quelque chose ? Du thé ?

— Du thé ? répéta l'assistante sociale, vaguement incrédule. Je ne suis pas venue prendre le thé. » Son regard parcourut les pièces visibles depuis le vestibule. « J'aimerais commencer par la chambre de Dylan.

— Oh, très bien, dit Keely. C'est en haut. »

Et de faire signe à Mrs. Erlich de monter la première, ce qu'elle déclina, en attendant que Keely ouvre la voie. Et Keely entreprit de gravir les marches en parlant pour ne rien dire. *Tu en fais trop,* pensa-t-elle, sans réussir à se retenir. « Je crains que le ménage laisse un peu à désirer. Je passe le plus clair de mon temps à l'hôpital. La chambre de Dylan tient assez du labyrinthe. L'organisation n'est pas son fort. Et vous savez comment sont les enfants. Impossible de leur faire jeter quoi que ce soit. Je crois qu'il a gardé tous les livres qu'il a lus, jusqu'à la moindre bande dessinée...

— Pourquoi vendez-vous la maison ? » demanda Mrs. Erlich, dans son dos.

Keely ne sourcilla pas, ne se retourna pas. « Eh bien, comme vous ne l'ignorez pas, j'en suis certaine, mon mari... s'est noyé dans notre piscine il y a peu de temps. Je n'ai tout simplement plus envie de vivre ici. Je pense que c'est sinistre pour les enfants. Comme pour moi.

— Ne croyez-vous pas que votre fils a vécu suffisamment de bouleversements dans sa vie sans lui imposer un nouveau déménagement ? »

La question hérissa Keely qui aurait volontiers répondu que cela ne la regardait pas. Mais elle se rappela que les assistantes sociales sont censées poser ce genre de question. Un souvenir du temps où elle enseignait. Elles cherchent seulement à vérifier que les décisions sont prises dans l'intérêt de l'enfant. « Selon moi, c'est la meilleure solution pour tout le monde, dit-elle d'un ton égal. Par ici, ajouta-t-elle en avançant d'un pas pour ouvrir la porte. Voici la chambre de mon fils. »

Elle y avait mis un peu d'ordre la veille au soir, mais à présent, en la regardant avec les yeux d'une étrangère, elle n'était pas trop contente du spectacle qui s'offrait. « Il y a peut-être un peu de désordre, s'excusa-t-elle. J'ai rangé au mieux, mais Dylan est à l'âge où l'on est très jaloux de ce qui est à soi. Je n'aime pas trop intervenir sur son territoire. Je pense qu'un enfant a droit à une certaine intimité.

— Renfermé », dit Mrs. Erlich.

Le commentaire ne plut pas à Keely qui se garda cependant de protester. « Vous n'allez peut-être pas le croire, dit-elle en s'efforçant de garder sa belle humeur, mais c'est plutôt bien aujourd'hui. J'ai même réussi à ramasser le linge sale.

— Je vois. Vous n'exigez donc pas la moindre participation de sa part — comme ramasser son linge sale par exemple. »

Le visage de Keely devint cramoisi. « Je n'ai rien dit de la sorte, martela-t-elle avant de baisser le ton. Il a des corvées, bien évidemment, des responsabilités. Mais je ne saurais honnêtement prétendre qu'il s'en acquitte spontanément. Je pense qu'en cela il est comme la plupart des enfants. »

Mrs. Erlich avança vers le lit. Elle souleva le matelas et regarda en dessous. Puis elle alla dans le placard. Ota les couvercles de plusieurs boîtes à chaussures, fouilla dans les pense-bêtes de Dylan. Elle referma le placard, désapprouva manifestement les affiches rock de guitaristes blêmes et vêtus de cuir, punaisées sur les murs. Elle regarda les projets inachevés tassés sur les étagères, en compagnie d'un casque de cycliste noir et de revolvers en plastique, d'une pile de coffrets de CD dans le désordre, de figurines de combattants emmêlés dans des câbles de casque. « Il semble attiré par le noir et la violence, remarqua à voix haute l'assistante sociale.

— Je crains que ce soit le cas de beaucoup de garçons, de nos jours. C'est hélas une constante de notre paysage culturel. »

Mrs. Erlich hochait la tête en étudiant la collection de CD. « Fait-il usage de drogues ? »

Keely la contempla pendant une longue minute. « Non.

Bien sûr que non. Les drogues sont rigoureusement interdites dans cette maison.

— Mon expérience me dit que les goûts de votre fils sont communs à ceux qui prennent de la drogue.

— C'est un adolescent, dit Keely. Les adolescents sont rebelles. Ils adoptent les icônes de la rébellion. C'est normal.

— Il me semble que vous avez... une conception assez peu banale de ce qu'est un comportement normal, Mrs. Weaver.

— J'ai été professeur dans un collège pendant plusieurs années, Mrs. Erlich. J'ai beaucoup fréquenté les adolescents de l'âge de Dylan. J'ai toujours eu le sentiment que ces images n'étaient que cela — des images. Elles ne signifient pas nécessairement usage de drogue ou inclination à la violence. Les gosses de cet âge font des expériences ; ils cherchent leur identité. Ils veulent choquer leurs parents. C'est une manière d'exprimer leur individualité.

— Que peut-il y avoir de plus violent que de se trancher la gorge ? » interrogea l'assistante sociale.

Keely s'accrocha au bouton de porte au point d'avoir les articulations des doigts toutes blanches, et tenta d'encaisser la gifle verbale sans sourciller. « Je... je ne nie pas que c'est... un acte perturbant. Toutefois... je dis seulement qu'il s'agit d'une réaction à une situation précise. Pas d'un élément d'une... stratégie globale. Entendez-moi... si vous souhaitez parler de normes culturelles, je n'apprécie pas plus que vous ces images violentes. Simplement... je n'ai jamais remarqué que Dylan... se fixait vraiment sur aucune d'elles.

— Vous n'avez jamais remarqué, murmura l'assistante sociale d'un air entendu. Vous savez, un enfant va rarement venir vous trouver pour vous annoncer qu'il se sent déprimé. Un parent doit être attentif aux signes. »

Comment osez-vous ? pensa Keely. *Comment osez-vous porter des jugements sur notre relation ? Vous ne nous connaissez même pas.* Mais elle ne dit rien. Elle se retint. « Je savais qu'il était déprimé. Certes. J'aurais été encore plus inquiète si mon fils n'était pas déprimé ces temps-ci. Son père... est mort. Ensuite son beau-père. Il a connu plus de chagrins dans sa courte vie que bien des adultes.

— Oui, dit Mrs. Erlich en se dirigeant vers le palier. Disons que la plupart des adultes auraient prêté plus d'attention à ce genre d'enfant, précisément pour cette raison. »

Keely referma la porte de la chambre en se retenant de toutes ses forces pour ne pas la claquer.

L'assistante sociale parcourut le couloir, en jetant un œil sur les autres chambres, apparemment sensible aux tissus coûteux recouvrant les fauteuils crapaud, aux tapis sur les parquets cirés. Elle entra dans la chambre de maître et palpa littéralement la douceur du coton d'Egypte des taies d'oreiller. Elle s'intéressa ensuite à la commode où Keely exposait les photos de Mark avec les enfants, dans des cadres en argent. Elle inspecta le coffret à bijoux de Keely et souleva un collier de turquoise sur son index. Elle l'observa un instant en plissant les yeux, avant de le laisser retomber dans le désordre de perles. Elle regarda également la salle de bain attenante et hocha la tête devant les lavabos jumeaux et le chrome étincelant de la douche. « Vous ne vous refusez aucun luxe », dit-elle.

Keely la regarda avec incrédulité. Depuis quand était-ce un crime d'avoir une jolie maison, se demanda-t-elle. « Mon mari gagnait très bien sa vie », dit-elle sèchement.

Mrs. Erlich fit claquer sa langue derrière ses dents. « Je m'en doute. » Elle entra dans la salle de bain et ouvrit l'armoire à pharmacie. Elle examina les étiquettes des flacons de pilules, et sortit une petite fiole de plastique ambre contenant une provision de tranquillisants que le médecin avait prescrits, après le décès de Mark. Elle fit une moue réprobatrice avant de regarder Keely, de l'autre côté de la porte.

Keely qui croisa les bras et défia silencieusement cette femme de lui reprocher d'avoir suivi une prescription médicale. Mrs. Erlich hésita un peu, puis replaça la fiole ambre derrière le miroir. Et elle referma l'armoire.

« Et à quoi exactement occupez-vous vos journées, Mrs. Weaver ? Vous avez dit avoir enseigné. Mais vous n'avez plus besoin de le faire, à ce que je vois. Comment meublez-vous le temps ? Golf, tennis ? Déjeuners au club ?

— Je m'occupe de ma maison et de mes enfants, répliqua Keely, assez furieuse. Et j'ai l'intention de reprendre l'enseignement lorsque Abby sera plus grande. J'ai choisi de rester chez moi et de m'occuper d'elle. Un bébé a besoin de beaucoup d'attention. D'ailleurs, j'aimerais bien descendre au rez-de-chaussée voir ce qu'elle fait.

— Je vous en prie », dit l'assistante sociale, suggérant d'un geste de la main que Keely devait ouvrir la marche.

Ne te laisse pas atteindre par elle, pensa Keely en se plantant les ongles dans le gras de la main. *Elle fait seulement son travail.* Keely se dirigea vers le séjour et souleva Abby, qui s'impatientait sérieusement dans son parc. Elle la câlina en frottant son nez contre la petite joue, puis se tourna vers la femme qui venait d'entrer dans la pièce : « Je vous présente Abby, la sœur de Dylan. »

Mrs. Erlich ne manqua pas le pansement sur le menton de Abby. « Qu'est-ce que c'est ?

— Rien... ce n'est rien, dit Keely en se sentant rougir. Elle apprend juste à circuler sans se tenir à rien. Elle est tombée et s'est cogné le menton. » Nerveuse, Keely agitait Abby dans ses bras. « Parce qu'on ne peut pas apprendre à marcher sans quelques chutes. Mais on a beau dire ... par les temps qui courent, on se sent coupable même des moindres bobo, bleu ou bosse qui ponctuent une enfance normale.

— Surtout quand on est dans votre situation, dit l'assistante sociale.

— Quelle situation ? interrogea sèchement Keely. Que voulez-vous dire ? »

Mrs. Erlich désigna Abby. « Puis-je regarder ? demanda-t-elle.

— Regarder quoi ? demanda Keely.

— La blessure. J'aimerais que vous ôtiez le pansement afin que je puisse examiner la blessure.

— Il n'y a pas de "blessure"..., protesta Keely.

— Mrs. Weaver, lança sèchement l'assistante sociale. L'avez-vous conduite chez un médecin pour la faire examiner ?

— Non. Ce n'était pas nécessaire.

— Ce n'était pas nécessaire, ou redoutiez-vous que le médecin puisse conclure à des mauvais traitements ?

— Des mauvais traitements ? répéta Keely éberluée. C'est insensé. L'idée ne m'a même pas effleurée.

— J'aimerais examiner cette enfant, dit Mrs. Erlich.

— Non, il n'en est pas question. Je ne vous autorise pas à toucher ma fille, dit Keely.

— Oh, mais je peux obtenir un mandat vous enjoignant de la faire examiner par un médecin, riposta-t-elle. Je vous conseille néanmoins de vous montrer plus coopérative si vous espérez récupérer votre fils. »

Ces paroles assommèrent Keely. « De quoi parlez-vous ? murmura-t-elle. Le récupérer ? »

Le regard de Mrs. Erlich se fit méprisant. « Si la vie familiale de Dylan constitue un danger potentiel pour son bien-être, nous risquons de devoir lui trouver un autre lieu de vie quand il quittera l'hôpital.

— Un danger ? De quelle manière cette maison pourrait-elle représenter un danger pour lui ? Et où envisageriez-vous de l'envoyer ? s'écria Keely.

— En foyer d'accueil, Mrs. Weaver. Je suis consciente que les personnes de votre classe sociale n'ont pas l'habitude de subir ce genre d'examen. Je vous accorde aussi que les maisons que j'ai l'occasion de visiter sont généralement beaucoup plus... modestes que la vôtre, dit-elle avec une moue dédaigneuse. Mais le seul fait que vous viviez dans le luxe se signifie pas automatiquement que votre fils soit mieux loti qu'un enfant élevé dans un taudis.

— Bon, se fâcha Keely. Notre maison est comme elle est. Je n'ai pas l'intention de m'excuser parce qu'elle est confortable. Nous n'avons rien fait de mal.

— Je vous suggère de contrôler vos humeurs, Mrs. Weaver, dit l'assistante sociale. Ce genre de débordement ne sert pas votre cause. Mon avis pèse très lourd dans la décision. »

La vérité contenue dans les propos de cette femme n'échappa pas à Keely, qui tenta de maîtriser les trémolos de sa propre voix. « Vous ne pouvez pas penser... il n'existe aucune raison au monde de nous retirer Dylan. Rien, ni dans cette maison, ni dans ma vie, ne justifie une mesure de ce genre. Rien. Regardez où bon vous semblera. Dès l'instant de sa naissance, Dylan a reçu tout l'amour et toute l'attention du monde. Sauf qu'il a connu de terribles tragédies.

— C'est votre façon de voir les choses ? Un jeune garçon écrasé par les circonstances ?

— Elles ne sont pas anodines, ces circonstances.

— Vous dirai-je mon appréhension de la situation, Mrs. Weaver ? Je vois une femme pratiquant le "tout va bien" face au comportement de son fils. Vous semblez prête à justifier toute déviance de sa part en la qualifiant de "normale" chez un adolescent. Je commence du reste à me demander si votre fille ne risque pas de souffrir du même type de négligence maternelle. Voilà ce que recouvre le mot "danger". Certains enfants ont été enlevés à leur famille pour moins que cela.

— S'agit-il d'une menace ? demanda Keely en la fixant droit dans les yeux.

— Je crois que je vais me retirer, à présent, soupira Mrs. Erlich.

— Une minute, je vous prie », dit Keely en se mettant en travers de son chemin. L'assistante sociale lui tourna le dos et se dirigea vers les portes-fenêtres, au fond de la pièce. « Comment pouvez-vous me juger de cette façon ? Vous ne me connaissez même pas. »

Le désespoir de Keely sembla laisser Mrs. Erlich de marbre. Elle regardait par les vitres, perplexe. « Vous ne m'avez pas dit que votre mari s'était noyé dans la piscine, Mrs. Weaver ? interrogea-t-elle.

— Si », répondit amèrement Keely. En pensant : *Comme si vous ne le saviez pas.*

« Et vous continuez néanmoins de laisser la grille grande ouverte. Histoire de chercher les ennuis...

— Elle n'est pas grande ouverte, protesta Keely, furieuse, en reculant vers les portes-fenêtres tandis que Abby gigotait dans ses bras. Elle est fermée. Pourquoi est-ce que je ... » Tout en cherchant le bouton de porte, elle regarda dehors, au-delà de la terrasse, et les mots lui restèrent dans la gorge.

« Moi, j'appelle cela une grille ouverte », dit Mrs. Erlich.

Serrant fort Abby contre elle, Keely se précipita dehors, traversa la terrasse, descendit les marches. Elle entendait le cliquetis des talons de l'assistance sociale qui lui avait emboîté le pas. Keely s'immobilisa devant la grille, qu'elle regarda sans comprendre. La serrure, qui fonctionnait avec un mécanisme à pompe, était ouverte. La porte donnant accès à la piscine, entrouverte.

S'agit-il d'une plaisanterie d'un goût douteux ? se demanda Keely. *Qui pourrait en être l'auteur ?* Elle regarda autour d'elle, affolée, mais le jardin était calme, le seul bruit était celui du gazouillis des oiseaux. Son estomac se noua tandis qu'elle contemplait la grille, béante. La piscine était certes recouverte, mais la pluie qui s'était accumulée dans la bâche suffisait à constituer un sérieux danger pour un bébé de l'âge de Abby. Un bout de chou qui tomberait là pouvait facilement se noyer.

« A votre place, dit l'assistante sociale, je me montrerais plus prudente. »

21

L'ASSISTANTE sociale appuya son porte-papier contre la portière ouverte de sa voiture et griffonna des notes. Keely, qui la regardait depuis l'intérieur de la maison, eut envie de courir lui prendre son porte-papier et la supplier de reconsidérer ses conclusions. Dès l'instant de leur rencontre, elle avait ressenti son hostilité. Chaque mot prononcé par cette femme procédait d'un éclairage négatif. Et le coup de la grille ouverte pour accéder à la piscine avait fourni l'apothéose. Cette assistante sociale n'avait aucune raison de penser au pire, et pourtant Keely était certaine que Mrs. Erlich n'aurait rien de positif à dire concernant l'environnement familial de Dylan. Et ensuite, que se passerait-il ? Ses spéculations angoissées furent interrompues par la sonnerie du téléphone.

A regret, Keely abandonna son point de vue privilégié, devant la fenêtre, pour aller décrocher. L'appel venait de l'hôpital. Dans un désarroi muet, elle écouta la responsable des services aux patients l'informer que Dylan allait être transféré au cours de l'après-midi à Blenheim, établissement psychiatrique accueillant des adolescents, qu'elle ne pourrait donc le voir que dans la soirée, et seulement pendant une demi-heure. Keely dit qu'elle comprenait, et elle raccrocha. *Pas de panique*, pensa-t-elle. *Pas de panique. Ce transfert de Dylan relève de la procédure normale.* C'est ce qu'avait dit le médecin. Keely appela Lucas au cabinet pour s'entendre répondre qu'il était encore au tribunal. « Sylvia, dites-lui que je suis désespérée. »

Sylvia promit de faire passer le message et lui confirma qu'elle avait bien son numéro à la maison et celui de son portable.

Après avoir raccroché, Keely enfouit son visage dans ses mains. A ce stade de la journée, la seule chose dont elle ait envie était d'aller se coucher et de cacher son visage dans l'oreiller pour ne plus voir la lumière. L'idée de sommeil et d'oubli temporaire de tous ces ennuis miroitait devant elle comme un mirage dans le désert. Sauf que pour Dylan, elle ne pouvait s'offrir le luxe de s'endormir. Elle avait devant elle la perspective de longues heures pendant lesquelles elle ne pourrait pas le voir. Il était inutile de se soucier de l'assistante sociale. Keely allait tout expliquer à Lucas qui saurait quoi faire. Entre-temps, il lui restait à se dépêcher de tenir sa promesse faite à Dylan. Peut-être que si elle trouvait quelque chose pendant l'après-midi, elle aurait des nouvelles à lui exposer ce soir à l'hôpital. *Dépêche-toi*, se dit-elle pour se donner du courage. *Il faut te bouger.* Elle n'avait pas besoin de consulter la liste des tâches qu'elle s'était elle-même dressée. Elles étaient simples à enregistrer. Elle avait passé tous les coups de fil, sans grand succès. Il lui restait à présent à faire la tournée des voisins, pour tenter de découvrir si quelqu'un — éventuellement — se souvenait d'un quelconque détail lié à la soirée de la mort de Mark.

Abby émit quelques faibles protestations lorsque sa mère la changea avant de l'habiller pour sortir. Sa bonne humeur revint dès qu'elle comprit que Keely, en train de l'installer dans la poussette, lui laissait emporter une peluche. Très vite, elles se retrouvèrent sur le trottoir, au bout de l'allée, à contempler la rue tranquille dans les deux sens.

A contrecœur, Keely dut bien admettre qu'elles devaient commencer par la maison la plus proche, et Evelyn Connelly. Elle roula donc la poussette vers le bas de la rue, puis remonta l'allée de chez Evelyn jusqu'aux marches du perron. Les rideaux étaient comme d'habitude tirés devant les fenêtres. Non sans prier Abby d'attendre sagement, elle monta, et sonna. A l'intérieur, les chiens se mirent à aboyer furieusement. Keely attendit un temps qui lui parut interminable, puis Evelyn entrebâilla la porte. Son expression se fit méfiante lorsqu'elle reconnut Keely. Qui fit mine de ne pas remarquer.

« Evelyn, dit-elle, en s'efforçant d'adopter un ton neutre et alerte, je suis navrée de vous déranger, mais je me demandais si vous auriez un instant. »

Evelyn n'ouvrit pas la porte plus largement, ni ne la pria d'entrer. Elle changea de jambe d'appui, donna une tape à un de ses chiens qui essayait de passer en force. L'animal recula docilement. « A quel sujet ? demanda-t-elle.

— Je ne serai pas longue. Je désirais seulement vous interroger à propos de la grille de la piscine. Quelqu'un l'a ouverte aujourd'hui. »

Soupir de Evelyn. « Oh, c'est vrai, excusez-moi. J'ai dû entrer une minute.

— Vous avez ouvert ? interrogea Keely en écarquillant les yeux.

— Comment cela “vous avez ouvert” ? » répéta désagréablement Evelyn. Seigneur. Où est le problème ? »

Keely avait peine à croire ses oreilles. « Mais pour quelle raison... ?

— J'étais dehors, derrière, sur la terrasse, d'accord ? Je lançais des balles de tennis aux chiens. Ils s'amusaient à me les rapporter. Je n'ai pratiquement plus jamais l'occasion de jouer vraiment au tennis, vu que je suis pour ainsi dire prisonnière ici...

— Et..., dit Keely qui s'efforçait de ne pas hausser le ton.

— J'en ai envoyé une dans votre jardin. Impossible de la retrouver, et puis j'ai cru l'apercevoir près de la piscine. Comment êtes-vous au courant, de toute façon ? Vous n'étiez pas là.

— Vous avez laissé la grille ouverte, dit sombrement Keely.

— Oh, je vous prie de m'excuser, ironisa Evelyn. Allez-vous me faire arrêter pour effraction ?

— Abby aurait pu tomber dans la flaque qui s'est formée au milieu de la bâche et se noyer, s'exclama Keely.

— Pas tant que quelqu'un s'occupe de la surveiller. Et puis, pour l'amour du ciel — ne faisons pas toute une histoire. La piscine est recouverte, après tout. De toute façon, il n'est rien arrivé.

— Il n'est rien arrivé ? s'indigna Keely. Et le soir où mon mari s'est noyé, il n'est rien arrivé non plus ? Etiez-vous allée récupérer une balle de tennis en oubliant de refermer la grille ? Vous êtes-vous dit aussi qu'"il n'est rien arrivé", ce soir-là ? »

Les yeux de Evelyn lançaient des éclairs. « Je vous ai raconté ce qui s'est passé. J'étais dans le petit salon avec mon père, et nous regardions la télévision avec la climatisation qui fonctionnait. Je n'ai entendu quelque chose que lorsque j'ai dû sortir les chiens. Si votre bébé n'avait pas poussé des cris aussi aigus et persistants, je ne me serais rendu compte de rien.

— Oui, c'est ce que vous avez raconté, dit Keely, essayant toujours de contrôler sa colère.

— Je ne suis pas une menteuse. Je n'ai aucune raison de vous mentir... »

L'hostilité de cette femme était tangible, mais Keely était résolue à ne pas se laisser distraire de son propos. « Je tente simplement d'établir comment la grille de la piscine a pu se trouver ouverte, ce soir-là. Je sais que cela peut paraître un peu tard, mais... c'est important...

— J'aurais tendance à penser que la réponse est évidente, dit Evelyn. Après ce qu'a fait votre fils l'autre soir, sa culpabilité pourrait difficilement être plus criante. »

Cette accusation implicite de Dylan choqua légèrement Keely. Elle avait espéré une parole de sympathie, pas cette réaction. « Dylan n'a pas laissé la grille ouverte, dit-elle sèchement.

— Oh, ne soyez donc pas aveugle, se gaussa Evelyn.

— Aujourd'hui, c'est vous qui avez laissé ouvert, répliqua Keely.

— Et c'était un accident. Si j'en crois ce que disent les journaux, votre fils aurait agi délibérément.

— Je vous saurais gré de ne pas colporter de mensonges.

— Vous n'avez pas à me dicter ce que je dois faire ou pas », insista Evelyn et, à l'intérieur de la maison, les chiens se mirent à aboyer en entendant l'angoisse dans la voix de leur propriétaire.

Ces aboiements suscitèrent aussitôt l'inquiétude de Keely pour Abby. Si Evelyn avait décidé de les laisser dehors, Abby et elle, la petite resterait dans le champ de vision des chiens. Malgré l'envie qu'elle avait de lui faire regretter ses paroles et ses actes, Keely n'osa pas. Elle devait penser d'abord à Abby.

Aussi tourna-t-elle le dos à Evelyn. « Vous devriez avoir honte de vous, Evelyn », dit-elle en descendant, et elle ôta le frein de la poussette.

Après un temps d'hésitation, Evelyn ouvrit grand sa porte. « Ce n'est pas à moi d'avoir honte, dit-elle. Moi, je suis la personne qui doit vivre à côté de gens de votre espèce. Je suis toute seule ici avec mon vieux père. Et voilà que je découvre que ce jeune garçon a tué son propre père d'abord, son beau-père ensuite. J'ai vu de mes propres yeux ce qu'il a fait à sa petite sœur. Et pour couronner le tout, il se tranche la gorge... quelle horreur ! Imaginez que la prochaine fois il décide de s'en prendre à moi... Je vous avouerai volontiers que c'est un cauchemar de vivre à côté d'un déséquilibré de cette espèce. »

Le visage de Keely se figea. Elle empoigna de ses mains moites la poignée de la poussette. « Je sais exactement de quoi vous parlez », dit-elle d'un ton cinglant.

Evelyn ne se sentit pas visée. Elle poursuivit sa tirade. « Je prie tous les soirs pour que quelqu'un achète votre maison, afin que je puisse de nouveau dormir tranquille. J'ai l'impression de vivre dans un de ces abominables grands ensembles où la délinquance juvénile fait partie du quotidien. Je ne connaîtrai pas un instant de paix tant que vous ne serez pas tous partis. Partis pour de bon, et peu m'importe où.

— Pour votre information, dit calmement Keely, Dylan va beaucoup mieux. J'espère pouvoir le sortir de l'hôpital et le ramener ici très bientôt. »

Evelyn frissonna d'horreur. « Dieu nous protège », marmonna-t-elle. Elle claqua ensuite la porte, et Keely l'entendit donner un tour de clé.

« On y va, Abby », murmura Keely qui marcha lentement, la tête haute, dans l'allée d'abord, puis en descendant la rue. Elle avait surtout envie de tourner dans l'allée de sa propre maison, pour disparaître chez elle et se cacher. Son estomac était en émoi, comme si elle allait vomir, et son visage devenait cramoisi à la pensée de la méchanceté de cette voisine. Tous les gens qui passaient en voiture dans le quartier pensaient circuler dans la plus civilisée des rues. Nul ne soupçonnait qu'un tel venin se distillait derrière ces façades cossues. Mais en atteignant le sanctuaire de sa propre allée, Keely pensa à Dylan lui serrant fort la main à l'hôpital, et elle hésita. La véhémence de Evelyn l'avait surprise, mais elle ne pouvait se laisser arrêter. Elle avait promis à Dylan. A regret, en traînant des pieds, elle continua donc son chemin.

Pas de réponse à la porte de la vaste maison de style Tudor, juste en face de chez elle. Elle n'avait jamais parlé au jeune couple qui habitait là. Ils occupaient tous les deux des postes importants à Baltimore et étaient rarement chez eux. Les week-ends, soit ils recevaient, soit ils sortaient. D'un pas résolu, elle traversa en direction de chez les Warner. Elle n'avait pas vu Dan Warner, ni sa fille Nicole, depuis l'enterrement. Mais le fait qu'ils se soient déplacés ce jour-là la mettait plus à l'aise pour sonner à leur porte.

Elle appuya sur le bouton. Quelques instants plus tard, la porte s'ouvrait sur un Dan Warner portant beau sa quarantaine et ses cheveux poivre et sel. Il était vêtu d'une grosse chemise Camel et tenait un tournevis.

« Bonjour, Dan », dit-elle. C'est ainsi qu'il s'était présenté le jour où il était venu apporter un paquet déposé par erreur dans leur boîte à lettres, mais qui leur était destiné.

Le regard de Dan se posa sur les lignes douces du visage de Abby, et il sourit. Puis il revint à Keely : « Mrs. Weaver. »

Keely inspira profondément. « Appelez-moi Keely, dit-elle. Je suis navrée de débarquer ainsi sans prévenir. Je voulais toujours passer vous remercier, votre fille et vous, d'être venus à l'enterrement de mon mari. C'était gentil de votre part.

— Oh, nous voulions vous exprimer notre regret pour ce qui est arrivé. Une tragédie.

— Merci, dit Keely. La sympathie des gens fait vraiment du bien.

— J'en sais quelque chose, dit tristement Dan. Mais, où sont passées mes bonnes manières ? Entrez donc, je vous prie. »

Keely sortit Abby de sa poussette. « Je ne veux pas vous retarder. » Elle le suivit dans la maison, qui donnait l'impression rassurante d'avoir été vraiment habitée. Le moindre coin libre exposait des photos de famille encadrées, dont une photo de mariage de Dan, portant la moustache et les cheveux longs et ondulés, auprès d'une beauté brune à taches de rousseur et longs cheveux brillants, qu'il tenait enlacée.

« Je réparais ces étagères, dit-il gentiment. Je ne suis pas le roi des menuisiers. Je répète depuis des semaines que je vais les réparer. Mais vous me donnez une bonne excuse pour faire une pause. Voulez-vous boire un coca, ou autre chose ? »

Keely déclina d'un signe de tête.

Abby gigotait dans les bras de sa mère lorsqu'ils atteignirent le joyeux désordre de la cuisine. « Vous pouvez la poser, dit Dan. Nous avons l'habitude des enfants, ici. » Il ouvrit un placard et, l'air de rien, tendit à Abby un moule à muffin, qu'elle se mit à examiner avec une curiosité ravie. « Bien qu'il n'en reste qu'un à la maison, dit-il encore. Mais la famille ne va pas tarder à s'agrandir de nouveau. Le premier petit-enfant, attendu d'un jour à l'autre.

— Vraiment, s'étonna Keely.

— Je sais, dit-il. Dites-moi que je n'ai pas l'air d'un grand-père. Je ne m'en lasse pas. »

Keely sourit. « Vous n'avez pas l'air d'un grand-père. »

Cette preuve de bonne volonté fit rire Dan. Il ouvrit le réfrigérateur, sortit un coca, tira sur la languette. « Annie et moi avons commencé jeunes », soupira-t-il.

Keely observa une photo souriante de la femme aux taches de rousseur, dans un cadre en forme de cœur, aimanté sur la porte du frigo. « C'est votre femme ?

— Oui, l'hiver où elle est tombée malade.

— Elle était ravissante. »

Dan dut pincer les lèvres avant d'acquiescer. « C'était une beauté. » Puis un silence embarrassé s'installa dans la pièce.

« Dan, dit Keely. Je ne suis pas venue seulement faire une visite de courtoisie. Je voudrais vous demander quelque chose. Je sais que c'est... peu probable... mais...

— Allez-y.

— C'est à propos du soir où mon mari s'est noyé...

— Epouvantable. Un homme si jeune...

— Vous souvenez-vous du soir où c'est arrivé ?

— Certes, dit-il. Ma soirée poker. Quand je suis rentré en voiture, j'ai vu toutes les voitures de police, l'ambulance...

— Vous n'étiez donc pas là ce soir-là », dit Keely avec un soupir, tandis que ses épaules se voûtaient et que le découragement était audible dans sa voix. « Vous êtes rentré après l'arrivée de la police. »

Dan avala son coca et posa la canette sur le plan de travail. « Exact, dit-il.

— Alors tant pis. Un coup pour rien, dit Keely avec un sourire forcé. Vous ne devez même pas voir notre maison depuis chez vous », ajouta-t-elle en regardant à travers l'encadrement de verdure dense qui entourait les fenêtres de la cuisine. Elle se pencha pour prendre Abby. « En tout cas, merci pour le temps que vous m'avez accordé. » Elle tenta d'arracher doucement le moule à muffin des mains de Abby, qui ne voulait pas lâcher et protesta bruyamment.

« A vrai dire, reprit-il. J'ai honte de le reconnaître, mais je me souviens qu'en m'engageant dans la rue, j'ai souhaité qu'ils ne soient pas chez moi... la police et le reste.

— Oh, je comprends très bien. J'ai eu la même idée, avoua Keely. J'espérais que ce ne serait pas nous...

— Je suis désolé. On ne peut pas éviter, quand on a un adolescent à la maison. J'ai eu peur qu'il s'agisse de Nicole. Elle avait passé la soirée seule, ce jour-là. Au fait, vous aimeriez peut-être lui parler ?

— C'est possible ?

— Bien sûr, dit Dan. Mais je dois vous prévenir. Elle est

très étourdie. » Il se dirigea vers le bas de l'escalier. « Nikki, cria-t-il. Nikki , tu m'entends ? »

Keely sentit son cœur s'emballer de nouveau, plein d'espoir. Tout. N'importe quoi. Mais quelque chose. Elle lâcha le moule à muffin et Abby se remit à jouer.

« Quoi ? demanda une voix de fille, depuis l'étage.

— Descends un peu, chérie », dit-il.

Aucune explication supplémentaire ne fut nécessaire. Keely entendit un bruit de pas sur les marches, puis une jeune fille, nu-pieds, en T-shirt et pantalon kaki, les cheveux blonds coiffés en chignon informe et ébouriffé, descendit l'escalier.

« Trésor, dit Dan. Je te présente notre voisine, Mrs. Weaver. Ma fille, Nicole. »

L'adolescente sourit, révélant un appareil dentaire. « Je sais, vous êtes la mère de Dylan. Je vous ai vue au... vous savez, le jour de l'enterrement. »

Un instant, Keely fut désarçonnée d'entendre mentionner l'enterrement. La plupart des enfants s'étrangleraient plutôt que de prononcer ce mot. Qui les mettait mal à l'aise, les dérangeait. Puis elle se souvint. Nicole avait une expérience de première main. Elle avait déjà vécu l'enterrement de sa propre mère.

« Je voulais vous remercier, justement, dit Keely. D'être venue. C'était vraiment gentil à vous. Je pense que cela compte beaucoup pour Dylan. Savoir qu'il a une amie.

— Nous ne sommes pas vraiment amis, dit l'adolescente. Je le vois au collège mais... » Puis son regard se posa sur Abby. « Oh, fit-elle d'une voix suave. Que tu es mignonne. » Et de se mettre à sortir des sons auxquels Abby réagit avec un bonheur total. « J'adore les bébés. Si vous avez besoin d'une baby-sitter...

— Nikki chérie, tu te souviens du soir où Mr. Weaver s'est noyé. Je n'étais pas à la maison. J'étais avec les copains de poker, dit Dan.

— Oh, oui, répondit-elle en ouvrant de grands yeux, avant de s'adresser avec compassion à Keely. Comment est-ce que c'est arrivé, d'ailleurs ?

— Oh, Abby est tombée dans la piscine, et mon mari a plongé pour la sauver. Sauf qu'il ne savait pas nager. Et que je continue de me demander comment la grille toujours fermée de notre piscine s'est trouvée ouverte. J'ai d'abord pensé que c'était mon fils...

— Dylan.

— Oui, Dylan.

— A propos de Dylan, dit Nicole. Est-ce qu'il va bien ? Je suis au courant pour... vous savez. » Elle leva l'index qu'elle posa en travers de son cou, en faisant une grimace.

Dan haussa des sourcils interrogateurs, mais ne posa pas de question.

« Il est toujours à l'hôpital, dit Keely, épatée par le fonctionnement du téléphone arabe chez les adolescents. Mais il va beaucoup mieux. Le problème, c'est que ce n'est pas lui qui a laissé la grille ouverte, et je suis sûre que mon mari n'aurait jamais fait preuve de pareille négligence, alors j'essaie de comprendre comment elle a pu s'ouvrir toute seule.

— Mais, ce n'est pas moi, protesta Nicole.

— Non, trésor, intervint gentiment Dan. Mrs. Weaver n'est pas en train de te soupçonner. Elle voudrait seulement savoir si tu n'aurais pas vu quelqu'un chez elle, ce soir-là.

— Une voiture, dans la rue, par exemple... ? insista Keely.

— Non, répondit Nicole avec sérieux et regret. Je ne suis pas sortie du tout ce soir-là. J'ai une masse de devoirs incroyable, cette année. »

Keely pinça les lèvres avec un hochement de tête. « J'espérais simplement...

— Attendez. Attendez un instant, dit Nicole. J'ai commandé une pizza pour dîner, ce soir-là, et le livreur a mis une éternité. Il m'a raconté qu'il avait commencé par se tromper de maison. »

Le cœur de Keely se mit à battre plus fort. « Voilà une éventualité. Il est peut-être allé chez moi. Il y a toujours des confusions entre nos adresses.

— Exact, confirma Dan. C'est ce qui nous a permis de faire connaissance.

— Est-ce que tu te rappelles où tu as passé la commande ? demanda Keely.

— Une seconde », dit Nicole. Elle se dirigea vers le téléphone et fouilla une liasse de menus, cartes et pense-bêtes posés sur le plan de travail. « J'ai trouvé. Tarantino's. »

Elle tendit une feuille de papier que Keely prit avec gratitude. « Merci. Vous me donnez une piste pour continuer. Je vous suis vraiment reconnaissante.

— De rien, dit Nicole.

— Bon, Abby, reprit Keely. Cette fois il faut vraiment y aller. Nous avons suffisamment dérangé ces personnes fort aimables.

— Vous ne nous avez pas dérangés, précisa Dan.

— Et vraiment, si vous avez besoin de quelqu'un pour garder Abby, passez-moi un coup de fil, proposa Nicole. Parce que je fais beaucoup de baby-sitting.

— On peut lui faire confiance, dit Dan.

— Merci, dit encore Keely en serrant fort le bout de papier. Vraiment. Merci pour tout.

— Mais le plaisir était pour nous », dit Dan. Il les raccompagna jusqu'à la porte. « Peut-être aurons-nous l'occasion de faire plus ample connaissance, à présent. »

Keely acquiesça d'un signe de tête aimable. Il n'était pas utile de dire qu'elle n'avait pas l'intention de rester à St. Vincent's Harbor une minute de plus qu'il ne serait rigoureusement nécessaire.

22

LES POUSSETTES SONT INTERDITES, annonçait une pancarte écrite à la main sur la porte de Tarantino's Pizza. *Qu'à cela ne tienne*, pensa Keely en se penchant pour soulever Abby dans ses bras. « On y va », murmura-t-elle. Elle laissa la poussette sur le trottoir, sous un auvent, et ouvrit la porte. Un mélange d'odeurs d'ail, de sauce tomate, et de fromage fondu l'accueillit. Deux adolescents étaient assis à l'une des quelques tables en Formica du restaurant étriqué ; dans un box, un homme lisait le journal, un gobelet en carton posé devant lui. Keely s'approcha de la caisse, en secouant Abby dans ses bras. Personne n'était visible devant les portes métalliques des fours en brique. Elle entendait des voix, masculine et féminine, en train de discuter bruyamment dans la cuisine, derrière.

Abby s'agita, pour signaler son envie d'être par terre et d'explorer les lieux. Après un coup d'œil au carrelage sale, Keely secoua la tête. « Reste avec Maman », dit-elle en se penchant sur le comptoir pour tenter d'attirer l'attention de quelqu'un. « Je vais faire aussi vite que possible. Tiens, joue avec ceci », ajouta Keely en fouillant dans son sac d'où elle sortit un trousseau de clés en plastique. Que Abby se mit à agiter et mordiller avec plaisir.

Le couple en pleine dispute n'était pas visible. En temps normal, Keely aurait patienté poliment, en se raclant la gorge assez bruyamment pour ne pas passer inaperçue, mais aujourd'hui, elle ne pouvait pas attendre. « Bonjour, dit-elle. Puis-je voir quelqu'un ? »

Dans les cuisines, les voix se turent, et une petite femme fort jolie, avec des boucles brunes, apparut dans l'encadrement de porte. Elle portait un T-shirt blanc et un long tablier blanc sur la poche duquel était brodé GINA. Le visage aux pommettes hautes de Gina s'éclaira d'un grand sourire à la vue du bébé. « Vous allez bien ? demanda-t-elle. Que puis-je pour vous ?

— Eh bien, euh, je ne suis pas venue ici pour passer une commande, dit Keely après avoir pris une longue inspiration. Je m'appelle Keely Weaver. Je cherche votre livreur. J'essaye de localiser un type venu livrer une pizza dans mon quartier, il y a quelques semaines. Pourriez-vous me trouver cette personne ? »

L'intéressée fut aussitôt sur ses gardes. « Un instant, je vous prie. » Elle se tourna pour crier en direction de la cuisine. « Patsy, arrive ici. »

Un grand type basané sortit. « Quoi ? demanda-t-il sans un regard pour Keely. C'est à quel sujet ? »

Signe du menton de Gina en direction de Keely. « Tu peux parler à cette dame ? Elle cherche après Wade. »

Pat dévisagea Keely. « Qu'est-ce qu'il a fait ? demanda-t-il sans précautions oratoires.

— Rien. Il n'a rien fait, répondit Keely qui s'empressa de le rassurer. Je désirais seulement lui poser une question.

— A quel sujet ? demanda l'homme. C'est en rapport avec la police ?

— Non, pas du tout, dit Keely.

— Parce que nous ne voulons pas d'histoires, dit Pat.

— Non, cela n'a rien à voir. C'est... apparemment, un de mes voisins a commandé une pizza et le livreur a eu un peu de mal à trouver la maison. Or cette histoire s'est produite le soir où mon mari a été victime d'un accident mortel.

— Mortel, reprit Gina. Que voulez-vous dire ? Comme un accident de la route ? Est-ce que Wade l'a heurté ou autre chose ? Oh, Seigneur.

— Non, non. Il n'a rien à voir dans cette affaire. C'est juste que ma voisine dit que votre livreur s'est arrêté à la mauvaise maison, et je me demandais s'il aurait pu s'agir de la mienne. J'espérais qu'il aurait pu voir quelque chose... ou quelqu'un... »

Gina se rembrunit. « Je ne comprends rien. Il aurait pu voir qui ? »

Keely rougit et la femme comme l'homme la regardaient à présent d'un œil soupçonneux.

« Ecoutez, il s'agit simplement d'une question personnelle que j'ai besoin de lui poser. Rien à voir avec son travail ici.

— Il n'est pas là, dit brutalement l'homme.

— Si vous voulez me laisser votre nom... », proposa Gina. Pat lui lança un regard de mise en garde qu'elle feignit de ne pas voir. « Je peux lui demander de vous appeler. »

Keely hésita un peu avant de faire passer Abby d'un bras sur l'autre afin de fouiller son sac en quête d'un carnet et d'un crayon. « Va-t-il passer bientôt ? » demanda-t-elle.

Gina consulta Pat, qui fulminait. « Je ne sais pas trop », dit-elle.

Tout à coup, la sonnette de la porte retentit en même temps que débarquait un type un peu débraillé, le cheveu platiné et taillé en brosse. Il portait un T-shirt noir avec TARANTINO'S PIZZA inscrit en lettres blanches. Ses paupières lourdes lui donnaient l'air à moitié endormi.

« Je suis là », annonça-t-il sans entrain. Il se rendit ensuite en traînant la semelle jusqu'au distributeur de boissons, où il mit deux pièces d'un quarter. Une cannette rouge tinta dans le casier métallique. Le gars la récupéra, fit sauter la capsule, avala une gorgée. Puis il regarda Gina et Pat qui l'observaient d'un œil critique. « Vous permettez ? J'ai besoin de me rafraîchir un peu. » Et il se laissa tomber sur la banquette d'un des boxes, en se passant la main sur le visage. Son avant-bras portait un tatouage, mais Keely ne put distinguer le dessin.

« Est-ce lui, Wade ? » demanda-t-elle à Gina.

Gina et Pat échangèrent un regard. Puis Gina prit la parole. « Hé, Wade. Cette dame veut te parler. »

Wade se tourna et plissa les yeux en direction de Keely, qui avait toujours Abby dans les bras. Il fit mine de se rendre en levant les deux bras, tout en ponctuant à l'avance ses protestations d'innocence par des hochements de tête convaincus. « Hé, elle est pas de moi, juré. J'ai rien à voir là-dedans, moi », s'esclaffa-t-il.

Keely ignora la plaisanterie puérile. Comme à l'unisson, Gina fit une moue dégoûtée. « Arrête, elle a quelque chose à te demander. »

Pat marmonna entre ses dents avant de rejoindre la cuisine. Puis il cria : « Tâchez de faire vite. J'ai des pizzas à livrer, moi. »

Wade vida la cannette d'un trait et la posa bruyamment sur la table. « Que puis-je faire pour vous, Madame ? Je fais ma pause. Quel est le problème ? On vous a mis des poivrons alors que vous aviez demandé des champignons ? »

Il ne fallait pas espérer mieux, et Keely le comprit. « Il y a quelques semaines, dit-elle, vous avez livré une pizza dans mon quartier. J'habite derrière Cedarmill Boulevard. La jeune fille qui habite en face de chez moi avait commandé une pizza ici, ce soir-là, et elle dit que le livreur s'est trompé de maison, qu'il a d'abord été à une mauvaise adresse.

— Et alors ? La pizza était froide ? Ça me tue, moi, des trucs pareils », dit-il en lui coupant la parole.

Abby tira une mèche de cheveux de sa mère en grognant. Keely la calma et lui tapota affectueusement le dos, avant de poursuivre. « Il est arrivé un accident chez moi, ce soir-là. Mon mari s'est... noyé dans la piscine de notre maison. Je me demandais comment la grille de la piscine avait pu se trouver ouverte...

— J'ai rien à voir avec votre piscine, moi, coupa Wade avec agressivité.

— Oh, j'ai entendu parler de cette histoire aux infos, dit Gina, comme si elle cherchait dans sa mémoire. Quel malheur.

— Je ne suis pas en train d'insinuer que vous auriez un rapport avec ce qui est arrivé, précisa soigneusement Keely. Je me disais simplement, que peut-être, si vous étiez effectivement passé chez moi par erreur...

— Pourquoi je serais passé chez vous ? intervint encore Wade.

— Il se produit souvent des confusions concernant le

courrier ou les livraisons dans ce quartier. Nous avons des noms de famille et des adresses qui se ressemblent. Je m'appelle Weaver, et eux Warner... »

Wade eut un geste d'impatience : « Allez droit au but.

— Je désire savoir si vous êtes effectivement passé, si vous avez remarqué quelque chose, quelqu'un.

— Qui ? explosa-t-il. De quoi parlez-vous ? »

Keely sentit le courage lui manquer. Ce type n'était vraiment pas une flèche. « Je ne sais pas précisément. Une voiture bizarre devant la maison, peut-être. Vous souvenez-vous de ce soir où vous êtes allé à la mauvaise adresse ?

— Je ne sais pas. J'ai livré des milliers de pizzas, depuis. C'était quand ? Vous habitez où exactement ? »

Keely lui donna la date, son adresse, et tenta de lui décrire au mieux sa maison. L'espace d'un instant, elle crut voir une lueur dans ses yeux. « Vous vous souvenez ? » demanda-t-elle pleine d'espoir.

Mais Wade se fit aussitôt évasif. « Je ne suis pas sûr. Cela aurait pu être n'importe quelle maison. Je ne me souviens pas. »

Soupir de Keely. « Quelqu'un a laissé la grille de cette piscine ouverte. Je suis certaine qu'il s'agit d'un accident, mais j'ai besoin de savoir comment c'est arrivé.

— Avez-vous demandé à vos amis si quelqu'un était passé ? demanda Gina dans un effort de bonne volonté, tandis que le regard froid et voilé de Wade se perdait au-delà de Keely.

— J'ai interrogé toutes les personnes possibles, dit Keely. Mon mari était avocat. J'ai pensé à un éventuel client, mais cela n'a rien donné.

— Pourquoi est-il tellement important de savoir comment la grille est restée ouverte ? » demanda Gina.

Keely pesa soigneusement ses mots. « La responsabilité de l'accident est retombée sur mon fils, et il... il en est très bouleversé. Ce n'est pas lui qui a laissé la grille ouverte.

— Oh. C'est dur, convint Gina.

— Vous avez dit qu'il s'est noyé, votre mari ? Il est mort ? demanda Wade.

— Oui, dit sobrement Keely.

— Et vous voulez savoir s'il était avec quelqu'un ce soir-là ?

— J'ai besoin de savoir », insista Keely.

Wade hocha la tête et tapa la cannette de Coca sur la table. « Il y a une récompense ?

— Hé, *cretino*, se fâcha Gina. Tu aides la dame.

— Je suis désolé, soupira Wade en toute innocence. Je ne sais rien du tout.

— Je serais prête à donner... une récompense pour le renseignement. »

Wade plissa les yeux pour la regarder. « Laissez-moi votre téléphone. Si je me souviens de quelque chose, je pourrai vous appeler. »

Keely hésita. Elle ne voulait pas avoir affaire avec ce type louche. L'idée de lui confier ses coordonnées lui donnait la chair de poule. Mais il savait peut-être quelque chose qu'il n'avait pas envie de raconter devant ses patrons. A regret, elle griffonna son nom et son téléphone sur un papier et le lui tendit.

Pat Tarantino se mit à hurler le nom de Wade depuis la cuisine. « J'ai des commandes à livrer, brailla-t-il.

— J'arrive, c'est bon, marmonna Wade. Y a pas de quoi faire une pendule. » Il flanqua sa cannette vide dans la poubelle à couvercle basculant et s'éloigna vers le fond de la salle.

Après avoir vu Wade disparaître par la porte de la cuisine, Keely s'adressa à Gina à voix basse. « Je n'étais pas très tranquille de lui confier mes coordonnées, dit-elle.

— Je suis sûre qu'il n'y aura pas de problème, dit Gina dans un soupir, en évitant le regard de Keely.

— Vous n'en avez pas l'air.

— Oh, je ne vais pas vous raconter d'histoires. Il a eu des ennuis autrefois. Il a fait de la prison.

— Seigneur Dieu !

— Je ne voulais pas que Patsy l'embauche, mais c'est l'ami d'un ami, si vous voyez ce que je veux dire. Quelqu'un à qui nous étions redevables. Alors comme on avait besoin d'un livreur... Jusqu'à maintenant, il a été correct.

— Qu'est-ce qu'il a fait ? demanda Keely. Je veux dire, pour quelle raison a-t-il été en prison ?

— Oh, je ne sais plus. Ne vous inquiétez pas. Ce n'était ni un viol, ni un meurtre, ni un truc de ce genre. On ne l'enverrait pas chez les gens.

— J'ose espérer, dit Keely.

— Je crois que c'était une histoire de drogue. De toute façon je vous souhaite bonne chance. J'espère que vous allez trouver ce que vous cherchez. »

Keely remercia, puis sortit avec Abby qu'elle remit dans la poussette avant de traverser le parking jusqu'au Cherokee. Au moment où elle ouvrait le coffre pour ranger la poussette, elle vit la voiture de livraison de pizzas arrêtée en dehors de la zone de stationnement. Dès qu'elle la regarda, la voiture démarra, et accéléra aussitôt à fond dans un crissement de pneus.

23

PAUVRE *bout de chou,* songea Keely les lèvres posées sur le front de Abby tandis qu'elle attendait que son ex-belle-mère vienne lui ouvrir. *Tu ne reconnaîtras même plus ta maison.* Elle sonna de nouveau. *Vite, Ingrid,* pria-t-elle. *Il faut que j'y aille.* Elle voulait arriver à l'institut Blenheim assez tôt pour voir le médecin de Dylan, et Dylan seulement ensuite. Elle laissa le doigt sur la sonnette, mais personne ne répondit.

Le visage de Keely refléta sa contrariété. La voiture de Ingrid était garée dans l'allée. Faire une promesse sans être là pour la tenir ne lui ressemblait pas. Elle tourna le bouton, ouvrit la porte, passa la tête à l'intérieur. « Ingrid ? » appela-t-elle. Les jouets de Abby étaient sortis, comme d'habitude. Les lumières n'étaient pas allumées, mais la télévision marchait. Tout indiquait que Ingrid les attendait. Sauf qu'elle était invisible. Keely entra dans la maison en serrant Abby contre elle. « Ingrid ? C'est Keely. Vous êtes là ? »

Keely hésita, soudainement inquiète, car Ingrid ne semblait pas en grande forme, ces derniers temps. Deux ou trois fois, elle l'avait trouvée un peu pâle, et moite. *Mais elle aurait appelé, si elle avait été malade,* pensa Keely.

Elle est peut-être allée chez une voisine, raisonna-t-elle. Elle souleva le rideau pour regarder les maisons les plus proches. Les lumières s'allumaient sous les abat-jour au fur et à mesure que le crépuscule devenait plus profond. Tout à coup, venant de la salle de bain, un son étranglé parvint aux oreilles de Keely. « Ingrid ! » cria-t-elle. Elle entendit de nouveau le même son, suivi du bruit de la chasse d'eau. Keely faillit voler au secours de Ingrid, mais elle résista, ne voulant pas attenter à la dignité de son ex-belle-mère. Elle attendit donc dans le séjour, soucieuse. « Ingrid, tout va bien ? » demanda-t-elle en forçant la voix.

Il n'y eut pas de réponse, mais dans l'instant elle entendit un bruit de pas laborieux dans le couloir. Ingrid entra très lentement dans le séjour et s'accrocha au dossier d'une chaise.

« Ingrid, demanda Keely d'une voix anxieuse. Que se passe-t-il ?

— Je ne pense pas pouvoir m'occuper de Abby ce soir, dit-elle, blême.

— Que vous arrive-t-il ? s'alarma Keely. Vous avez une mine épouvantable. »

Ingrid secoua la tête, le menton tremblant. « Je suis désolée. Je m'en veux beaucoup de vous faire défaut. Mais je ne suis pas au mieux de ma forme. Je sais que vous voulez aller voir Dylan...

— Ce n'est pas grave », la rassura Keely, sans savoir ce qu'elle allait faire. Puis elle se souvint de Nicole Warner. « Je peux demander à la petite voisine. Une adolescente qui habite juste en face. » Keely réfléchissait à voix haute. « Elle a dit qu'elle serait ravie de faire du baby-sitting.

— Bien », dit Ingrid d'un air absent. Puis elle ouvrit la bouche et se plia en deux.

Keely posa Abby par terre pour se précipiter au secours de cette femme plus très jeune. « Qu'est-ce qui vous arrive ? Pouvez-vous parler ? »

Ingrid se redressa, une main serrée sur son ventre, l'autre cramponnant le dossier de chaise. Elle avait le visage livide et le front moite. D'un geste, elle fit signe à Keely de s'en aller. « Je vais bien. Allez-y maintenant. Il est temps que vous partiez. Je vais me remettre. » Le souffle court, Ingrid humecta ses lèvres. Malgré la pénombre, Keely vit du sang sur ses dents.

La chambre où Dylan passait son séjour à l'institut Blenheim était à mi-chemin entre la chambre d'internat et la cellule pénitentiaire. Il y avait un petit lit avec un couvre-lit orange, en coton, un bureau et, sur l'unique fenêtre, des barreaux peints en gris muraille. La seule similitude avec une chambre d'hôpital était la salle de bain, en entrant, à droite. Keely resta sur le seuil de la porte avec un sac à provision. La vue des barreaux lui brisa le cœur. Elle lutta pour garder un visage neutre lorsqu'elle regarda son fils, assis, tout habillé, sur le bord de son lit. Il avait des cernes profonds sous les yeux et un pansement sur la gorge.

Dylan leva sur elle un regard triste.

« Salut chéri, dit Keely qui entra, se pencha pour l'embrasser, et s'assit à côté de lui, sur la pointe des fesses.

— Oh, c'est toi, murmura-t-il d'une voix grinçante.

— Ça fait du bien de te voir sur pied et en forme », dit Keely, en s'efforçant de ne pas être blessée par le ton utilisé. Elle aurait voulu le prendre dans ses bras et le serrer fort, mais elle voyait bien, à la façon dont il se tenait, qu'il était sur ses gardes et vulnérable. *Chaque chose en son temps*, se rappela-t-elle. *Laisse-le respirer.* « Je suis désolée d'arriver en retard. Est-ce qu'on t'a transmis mon appel ?

— Non, dit-il sombrement.

— Grandma est tombée malade. Il a fallu que je l'emmène chez le docteur. Ils ne t'ont rien dit ?

— J'ai cru que tu avais oublié, dit-il.

— Bien sûr que non, je n'ai pas oublié.

— Grandma va mieux ?

— Elle ira bientôt mieux. Elle a fait... une... mauvaise réaction à des médicaments qu'elle prenait. Ils ne t'ont rien dit ? »

Dylan haussa les épaules. « Non. Tu es sûre qu'elle va aller bien ?

— Oui, affirma Keely. Bon Dieu. Je leur avais pourtant demandé de te prévenir.

— Est-ce que tu as apporté mes affaires ? demanda-t-il, apparemment incapable de partager son indignation.

— Celles qui étaient autorisées, soupira-t-elle. Tu n'as pas le droit d'avoir de la nourriture. La platine de CD était cassée, mais j'ai apporté ton Discman.

— Merci, dit-il.

— Est-ce que tu as vu le docteur ?

— Le Dr. Stover ? Ouais.
— Comment ça s'est passé ?
— Il est correct.
— J'ai hâte de lui parler, dit Keely. J'espérais le voir aujourd'hui, mais, avec Grandma... Demain, peut-être.
— Quand est-ce que je pourrai rentrer à la maison ? » demanda Dylan.

Keely se rembrunit. Lorsqu'elle avait parlé avec Lucas, elle lui avait tout raconté concernant la visite de l'assistante sociale et ses sous-entendus insultants. Lucas lui avait alors promis de remuer ciel et terre pour ramener Dylan à la maison. Mais elle avait gardé le sentiment qu'il n'en faudrait pas moins pour y parvenir.

« Bientôt, dit-elle. Quand, je ne sais pas exactement. J'en apprendrai plus en voyant le médecin. »

Dylan parut tristement résigné.

« Trésor, ils ont besoin de garder un peu un œil sur toi. Ils tiennent à être sûrs que tu ne vas pas...
— Recommencer », dit-il sans fioritures.

Elle s'apprêtait à démentir, prétendre que non, lorsqu'elle pensa soudain *Tu crois tromper qui ?* « Exact, dit-elle. Nous avons eu de la chance pour cette fois.
— Je ne vais pas recommencer, affirma-t-il d'un air las.
— Tu n'es pas seul en cause, Dylan. Ils ont l'air de penser que je n'ai pas bien tenu mon rôle... qui est de te protéger.
— Ce n'est pas ta faute...
— Si, ils ont raison, Dylan. Nous le savons tous les deux. Je ne faisais pas attention. J'étais perdue dans ma propre... détresse et je ne faisais pas attention — j'aurais pu te perdre. C'est de ma faute. »

Dylan ne discuta pas et un silence lourd s'installa entre eux.

Keely avait la sensation que son cœur portait le poids d'une enclume. *Il m'en veut,* pensa-t-elle. *Il m'en veut vraiment. Jamais il ne me fera de nouveau confiance, quoi que je fasse. Il se rappellera toujours que je ne l'ai pas écouté. Qu'il n'a pas pu compter sur moi...*

« Est-ce que tu as déjà trouvé des choses ? interrogea soudainement Dylan. A propos de la grille ? »

Keely fut prise d'une bouffée de gratitude en regardant

son fils. Gratitude pour la capacité des enfants à renouveler leur confiance. « J'y travaille. J'y ai passé la journée. Quelqu'un va me donner la réponse. Plus j'y pense, plus je suis certaine que la grille a été ouverte par une autre personne que Mark. Jamais il n'aurait fait preuve d'une telle négligence. Ce n'était pas son genre. Sais-tu que je l'ai de nouveau trouvée ouverte aujourd'hui ?

— Comment c'est possible ?

— Evelyn Connelly, la voisine. Elle cherchait une balle de tennis qu'elle avait lancée pour ses chiens, et elle a laissé ouvert.

— Tu m'étonnes. Cette vieille chouette. Elle avait peut-être fait la même chose ce soir-là.

— J'y ai pensé, soupira Keely. Elle nie.

— Tu ne trouveras jamais », soupira Dylan à son tour, démobilisé.

Keely l'attrapa par les épaules. « N'abandonne pas comme ça. Moi, je n'abandonne pas. Je n'abandonnerai jamais.

— Comment va Abby ? demanda Dylan qui semblait s'être désintéressé de la question.

— Elle va bien, chéri. Son frère lui manque.

— Ouais, je te crois, dit-il, mais un vague sourire éclaira fugitivement sa mine sombre.

— Nicole Warner s'occupe d'elle ce soir. Vu que Grandma est malade.

— Nicole Warner ? répéta-t-il, incrédule.

— Tu la connais ?

— Je sais qui c'est, dit-il négligemment.

— Elle a l'air très gentille. C'est elle qui s'est proposée. Elle était inquiète pour toi.

— Elle me prend pour un dingo qu'on met à l'asile.

— Ce n'est pas vrai.

— Si, c'est vrai. Ils m'ont même prescrit des drogues. Des euphorisants. C'est cool, non ? T'avales une petite pilule, et hop ! tu vois la vie en rose.

— Qui t'a prescrit ces pilules ? Le Dr. Stover ? »

Dylan fit signe que oui.

« Je vais m'en occuper », dit fermement Keely. Un hurlement venant du fond du couloir la fit sursauter. Elle tourna vivement la tête, comme pour voir l'origine de ce cri.

« Oh, c'est normal ici, lui dit Dylan, du haut des huit heures d'expérience qui faisaient de lui un vieux de la vieille. Après tout, nous sommes dans un asile de fous.

— Ils m'ont dit à l'accueil qu'il n'y avait que des enfants, à cet étage.

— Ouais, des enfants fous. En fait, il s'agit apparemment surtout de drogués et de filles anorexiques.

— Tu n'as rien à faire ici. Je vais te sortir de là, trésor. Je te le jure. » Elle fit cette promesse sans savoir comment elle allait s'y prendre. « Toi, concentre tes efforts sur ton rétablissement. »

On toqua rudement à la porte. « Les visites sont terminées. Veuillez sortir, dit un garçon de salle vêtu de vert.

— Que vas-tu faire, ce soir ? demanda-t-elle en récupérant son sac à main. Ecouter ta musique ?

— Je vais peut-être aller voir un film dans la salle commune, avec les autres zinzins.

— Ne dis pas cela, chéri.

— D'ailleurs, la plupart me semblent plutôt bien. Il y a juste quelques braillards.

— Bon, trésor, dit-elle en le serrant doucement dans ses bras. Je reviens demain.

— Si tu veux. »

Keely leva les deux pouces en le regardant, avant de sortir, mais son sourire disparut lorsqu'elle quitta la chambre. Elle demanda au bureau des infirmières si elle avait la moindre chance de pouvoir encore parler au Dr. Stover.

L'unique infirmière de service posa sur elle un regard vide. « Il est parti pour le reste de la journée, dit-elle. Vous pouvez laisser un message sur sa boîte vocale. Le Dr. Stover, ou un autre, vous rappellera. Nous avons des médecins sur place uniquement en cas d'urgence. Sinon, vous pouvez prendre rendez-vous. S'agit-il d'une urgence ? »

Keely regardait l'infirmière fixement, se sentant impuissante face à ce mur bureaucratique. *Prudence dans ta façon d'agir,* se répéta-t-elle intérieurement. *Ne fais pas plus de vagues que strictement nécessaire. S'agit-il d'une urgence ? Non,* pensa-t-elle. *Pas pour les autres. Pour moi, c'est simplement mon monde qui s'écroule.*

24

UNE pluie continue et le grondement du tonnerre suivirent Keely depuis l'institut Blenheim jusque chez elle. Où elle fut accueillie chaleureusement par Nicole qui lui assura que Abby avait été un ange. Keely la remercia et la paya. Elle insista malgré ses protestations pour lui prêter un parapluie — un parapluie noir, avec un ciel bleu et des nuages blancs sur la face intérieure — pour parcourir le chemin jusque chez elle sous la pluie. Depuis le pas de sa porte, Keely regarda l'adolescente descendre allègrement l'allée, sa queue-de-cheval blonde sautillant au rythme de ses pas sous le parapluie, comme une tache d'or dans le noir. Lorsque Nicole fut sortie de son champ visuel, Keely emmena Abby, qui était déjà en pyjama, jusqu'au rocking-chair de la chambre d'enfant où elle s'installa, et lui chanta doucement à l'oreille pour la bercer. En quelques minutes, elle entendit le soupir plein de frissons qui signalait toujours que Abby s'était endormie. Keely resta dans le rocking-chair et dans le noir, savourant la sensation des battements du cœur de son bébé contre le sien. Elle appuya la tête contre le dossier et ferma les yeux.

Tout à coup, on sonna à la porte. Keely sursauta et couvrit les oreilles de Abby pour la protéger de ce bruit strident. Doucement, elle posa le bébé endormi dans son petit lit et se précipita vers le vestibule plongé dans l'obscurité, tandis qu'on sonnait une nouvelle fois. *Suffit,* pensa-t-elle. *Vous allez la réveiller.* Elle ouvrit la porte.

La pluie avait cessé et la nuit était claire. Une énorme

lune jaune était suspendue, bas dans le ciel. L'homme qui se tenait sur le pas de sa porte l'observait sous ses paupières lourdes. Ses cheveux platine se dressaient sur les racines noires, comme une queue de sconse. Les marques laissées sur son visage par l'acné ressemblaient à des cratères sous la lune. Il fumait une cigarette. Quand elle ouvrit, il jeta son mégot dans les fourrés, à côté des marches. Keely le dévisagea.

« Vous vous souvenez de moi ? » dit-il. Et, devant son absence de réponse, il ajouta : « Wade Rovere. De la pizzeria.

— Je sais qui vous êtes », dit-elle, le cœur battant la chamade. Presque comme s'il était apparu devant sa porte en réponse à ses pensées. « Je suis heureuse de vous voir, dit-elle sincèrement. Vous vous êtes souvenu de quelque chose ?

— Euh, peut-être, répondit-il, évasivement.

— Peut-être ? » Keely fut d'un coup sur ses gardes. Ce n'était pas là une réponse de quelqu'un pressé d'aider. « J'aimerais autant ne pas jouer aux devinettes, dit-elle froidement. Ceci a beaucoup d'importance pour moi. »

Il resta un instant silencieux. Puis il demanda : « Combien d'importance ?

— Pardon ? se raidit Keely. Que voulez-vous dire ? Beaucoup d'importance.

— Comptez-vous me prier d'entrer ? »

Keely hésita. Brusquement, elle mesura à quel point elle était seule et isolée, dans cette maison. Elle songea que cet homme avait fait de la prison. *Trop tard pour t'en inquiéter à présent,* se dit-elle. Elle s'écarta et dit nerveusement : « Entrez. »

Wade passa lentement devant elle. Il observa la salle de séjour, prit un plat d'argent posé sur la table et le retourna pour vérifier le poinçon. Il loucha sur la toile accrochée au-dessus de la cheminée et essaya de déchiffrer la signature. Puis, se tournant pour regarder Keely par-dessus son épaule, il dressa le pouce en direction du tableau.

« C'est un vrai ? » demanda-t-il.

Keely fronça les sourcils. Il s'agissait d'une aquarelle encadrée que Richard et elle avaient achetée un jour dans une exposition en plein air. « C'est une vraie peinture, dit-elle.

— D'un peintre célèbre ?

— Non, dit-elle avec agacement. Je l'ai achetée dans une kermesse. »

Wade émit un grognement. « Compris.

— Voulez-vous vous asseoir, Mr. Rovere ?

— Appelez-moi Wade. »

A présent qu'il était dans la maison, elle réfléchit de nouveau à la stupidité de l'y avoir fait entrer. Comment allait-elle se débarrasser de lui s'il ne voulait pas partir ? *On se calme*, se dit-elle. *Tu as besoin de ce type. Trouve ce qu'il a à dire.* « Bon... Wade. Si vous avez une information, je serais ravie de l'entendre, dit-elle. Je serais intéressée par tout ce que vous pourrez me dire sur le sujet. »

Wade commença à s'asseoir sur un fauteuil en damassé rayé, mais il hésita alors que son postérieur était juste au-dessus du siège. « Je peux ? » demanda-t-il.

Keely lui fit signe que oui. Il s'installa, puis sortit une cigarette qu'il alluma sans demander si elle y voyait un inconvénient. Il éteignit l'allumette en cherchant des yeux un cendrier. Etouffant un soupir agacé, Keely trouva sur une étagère un vieux cendrier en porcelaine bleue et blanche qu'elle lui tendit. Wade parut satisfait et se cala confortablement dans son fauteuil. « Pas mal, la maison, apprécia-t-il. Je parie qu'il y en a pour un paquet de fric. »

Keely croisa les bras, mais resta debout. « Reconnaissez-vous cette maison ? Le soir où mon mari s'est noyé, insista-t-elle, est-ce ici que vous êtes venu en premier ? »

Wade souffla un rond de fumée qu'il regarda monter. Puis il sourit, malgré l'expression dure et bornée de son regard. « Mouais.

— Vous êtes donc passé ici ce soir-là, dit-elle avec un frisson de plaisir. Avez-vous effectivement frappé à la porte ? Avez-vous vu mon mari ?

— Grand, pas mal. Avec une chemise style banquier, sans cravate.

— C'est cela, exulta Keely. Vous l'avez vu.

— Je l'ai vu.

— Avez-vous vu quelqu'un d'autre ? Y avait-il une autre

personne avec lui ? Il y avait une seule voiture dans l'allée quand je suis partie — sa Lexus gris métallisé. Avez-vous remarqué d'autres voitures ? Même la description d'une voiture garée devant la maison pourrait être utile. Vous avez l'air d'un gars qui s'y connaît sûrement très bien en voitures...

— Doucement, doucement, dit-il. Pas si vite.

— Excusez-moi, bredouilla-t-elle, soucieuse d'être agréable. Qu'alliez-vous dire ?

— Je sais ce que vous désirez, Madame, dit-il. Et il se trouve que j'ai ce que vous désirez. » Keely sentit de nouveau son cœur s'emballer. *Oh Seigneur,* pensa-t-elle. Son imagination enjamba le temps, elle se voyait déjà en position de tout raconter à Dylan. Lui prouver sa confiance en lui. Jeter l'information au visage de Maureen Chase et montrer au monde entier, pour de bon, que son fils n'avait rien à se reprocher.

« S'il vous plaît... Wade. Vous n'imaginez pas l'importance de tout ceci.

— C'est que, dit-il en se penchant en avant, les avant-bras posés sur les cuisses et un œil fermé tandis que la fumée montait, on a un petit problème.

— Quel genre de problème ? » interrogea Keely, suspicieuse.

Une grimace tordit le visage de Wade, comme si cette idée le faisait souffrir. « C'est juste qu'il me semble que je devrais avoir... euh... une compensation, si vous voyez ce que je veux dire. »

Il fallut un petit moment pour que ses intentions s'inscrivent dans la conscience de Keely. « Vous voulez que je vous paie ? » finit-elle par demander.

Et Wade d'acquiescer silencieusement, avant de tirer une longue bouffée puis d'écraser le mégot. « Ouais, dit-il en crachant un nuage de fumée. Exact. C'est à cela que je pensais. »

Keely ferma les yeux pour essayer d'empêcher la colère de prendre le dessus. *Pourquoi suis-je surprise ?* se demanda-t-elle. Il avait réclamé une récompense à la pizzeria. La fumée de sa cigarette lui donnait envie de vomir. Faire payer les gens pour ce genre d'information, c'était plus ou moins un crime, non ? De l'extorsion de fonds. Elle ignorait la loi, bien qu'elle ait été mariée à un avocat. Mais elle savait qu'elle pouvait l'affirmer avec autorité.

L'espace d'un instant, elle envisagea de menacer d'appeler les flics, mais elle se ravisa aussitôt. Cet homme avait passé un certain temps en prison. La moindre allusion à la police équivalait à agiter un chiffon rouge, face à ce genre de type. Il n'en sortirait rien de bon, et cela risquait de l'inquiéter assez pour l'inciter à nier avoir vu quoi que ce soit. Et qui pouvait prouver le contraire ? Après tout, la police n'était pas en quête d'informations relatives à la mort de Mark. Elle était la seule à imaginer qu'il fallait continuer à chercher.

« D'accord, dit-elle d'un ton égal, alors qu'intérieurement elle tremblait de froid. J'ai effectivement parlé d'une récompense. Je suppose qu'il serait... convenable de vous payer... pour votre peine. Je vais chercher mon carnet de chèques.

— Non, non, dit-il. Pas de chèque. Du liquide. »

Les yeux de Keely s'écarquillèrent. « Je dois avoir une centaine de dollars dans mon portefeuille. Cela suffira ? »

Wade se mit à tousser avant de la regarder avec une expression d'incrédulité médusée. « Cent dollars. Non, dit-il en secouant violemment la tête. Cela ne suffira pas du tout. Je pensais plutôt à quelque chose comme... Cinq mille. Il va sans doute vous falloir passer à votre banque.

— Cinq mille dollars ? Vous êtes fou ? demanda Keely.

— C'est le prix », dit-il sombrement.

Il mit la main à sa poche pour sortir une autre cigarette. Sans réfléchir, Keely lui arracha le paquet des mains. « Ne fumez pas chez moi », dit-elle.

Wade bondit du fauteuil pour lui attraper le poignet. « Rendez-moi ça », dit-il.

Leurs visages étaient si proches que Keely sentit l'odeur d'alcool dans son haleine. Il avait les yeux brillants de rage.

« C'est bon, dit-elle. Tenez. » Elle lui tendit le paquet de cigarettes qu'il fourra aussitôt dans sa poche poitrine, puis il lui lâcha le poignet.

Elle ne voulait pas lui laisser voir qu'elle avait eu peur

de lui. Il lui fallait contrôler sa voix. « J'écoute cette information que vous prétendez avoir », dit Keely.

Mais Wade fit non de la tête. « Pas question. Ensuite, vous ne me payerez jamais.

— C'est effectivement un risque, point final.

— Si vous souhaitez la jouer sur ce ton, dit Wade en affectant l'indifférence. Apparemment, votre fameux mari ne vous a pas laissée sans rien. Mais si vous ne voulez pas perdre quelques-uns de ces précieux dollars pour trouver ce qui lui est arrivé...

— N'essayez pas de m'intimider, fit Keely. Comment suis-je censée savoir que vous n'allez pas inventer un truc ?

— Je vous ai dit que je l'avais vu, vous vous souvenez ? »

Keely opina en songeant à Mark avec sa chemise de bureau et pas de cravate. « Certes, convint-elle doucement. Mais peut-être que vous n'avez rien vu de plus.

— Comme vous voudrez, dit-il sèchement, avant de se diriger vers la porte.

— C'est de la cupidité écœurante. Personne ne va vous payer cinq mille dollars.

— N'en soyez pas si sûre. J'ai d'autres possibilités. »

Keely fonça vers la porte et se mit en travers de son chemin. « Attendez un instant », dit-elle. Elle venait soudainement de voir sa meilleure chance lui échapper. « Bon, ce que vous faites est mal. Mal et illégal. Mais je ne nie pas que je tiens à savoir. Alors essayons de trouver un arrangement. Un arrangement raisonnable. »

Wade l'observa, pesant le pour et le contre. Puis il déclina. « Non. J'ai eu tort de venir. J'essayais seulement de rendre service.

— Rendre service ? cria-t-elle.

— Otez-vous de mon chemin », dit-il. Et avant qu'elle voie venir le coup, il l'écarta brutalement de la porte, comme une poupée de chiffon. Elle tomba contre la table du vestibule qu'elle renversa. Un vase de fleur bascula et se brisa. Tandis que Wade se dépêchait de sortir, Keely atterrissait par terre, déséquilibrée par le choc, dans une mare d'eau et un tas de céramique cassée. Il lui fallut un moment pour retrouver sa respiration.

Tout à coup, elle prit conscience d'une présence, sur le

pas de la porte, avec un mélange d'espoir et de peur à l'idée que Wade était revenu. Elle leva les yeux et découvrit Dan Warner, qui la regardait. Il tenait un parapluie noir, fermé. On apercevait un bout de ciel bleu entre les plis. « Keely ! » s'écria-t-il. Laissant le parapluie dans le porte-parapluie près de l'entrée, il se baissa, tenta de l'aider à se relever, mais elle le repoussa. Elle se sentit prise d'une fureur irrationnelle contre son voisin bien intentionné. Déjà elle pensait à Wade, à la façon de retirer ce qu'elle avait dit, payer ce qu'il demandait — payer n'importe quel prix.

« Je vais bien, dit-elle en se relevant.

— Je suis venu rapporter le parapluie. J'ai vu ce gars s'en aller.

— Je vais bien. Je vous assure.

— Que s'est-il passé ? demanda-t-il.

— Je vous en prie — je ne veux pas en discuter ».

Dan fronça un sourcil soucieux. « Vous êtes blanche comme un linge, dit-il sévèrement. Venez donc vous asseoir. Allez.

— Je n'ai pas besoin d'aide, dit sèchement Keely, qui lui en voulait d'intervenir.

— Laissez-moi au moins nettoyer ce bazar, dit-il. Où se trouve la cuisine ? »

Keely sombra dans un coin de canapé et pointa le doigt vers le bas du vestibule. Dan prit cette direction-là, tandis que Keely secouait négligemment son poignet, avant de le regarder précisément. Il portait les marques rouges laissées par les doigts de Wade. Puis son regard tomba sur le mégot de cigarette dans le cendrier. *Pourquoi ai-je fait cela ?* se lamenta-t-elle. *Je l'ai envoyé promener, et maintenant je me retrouve sans rien.*

Dan réapparut avec une corbeille et une serpillière sans doute dénichée sous l'évier. Sous sa surveillance, il alla s'occuper de la table du vestibule, qu'il redressa avant d'essuyer le plateau. Ensuite, il se baissa et se mit à ramasser les dégâts, fleurs et éclats de céramique qu'il regroupa dans la corbeille.

Lorsque ce fut chose faite, il se redressa et la regarda.

« Vous pouvez tout à fait me répondre que cela ne me regarde pas, dit-il, mais qui était ce type ? »

Hochements de tête silencieux de Keely.

« Hé, je sais ce que c'est que se parler à soi-même parce que l'on n'a personne d'autre à qui raconter. C'est mon quotidien. »

L'émotion contenue de sa voix et le désarroi visible dans ses yeux ne lui étaient que trop familiers. Keely se sentit soudain plus conciliante. « Je suis désolée, dit-elle. Je sais que vous comprenez. Depuis quand votre femme.... Depuis combien de temps êtes-vous seul ?

— Annie est morte il y a trois ans. Cancer du sein.

— Comment vous en sortez-vous ? demanda piteusement Keely dont la tête était en ébullition.

— Qui s'en sort ? demanda-t-il, avec une pointe d'ironie. Vous avez vu ma maison.

— C'est une maison chaleureuse », dit-elle.

Dan poussa un soupir en venant s'asseoir à l'autre extrémité du canapé. « Tout est resté comme elle l'a laissé. Le désordre en plus.

— J'ai l'impression de connaître votre Annie rien qu'en ayant vu sa maison », dit aimablement Keely.

Dan ne dit rien, mais son regard fit le tour du séjour. Keely se demanda si sa propre maison en disait long sur Mark à quelqu'un qui entrait ici pour la première fois. Finalement, elle en doutait. Mark n'avait pas habité assez longtemps ces lieux pour y imprimer sa présence.

« De toute façon... comme je disais, poursuivit Dan avec entêtement, je sais ce que c'est que de ne pas avoir un adulte à qui parler quand on a un problème. Or, j'ai bien l'impression que vous avez un petit problème. Que voulait ce type ? Avez-vous des ennuis ? Je serai discret. Vous ne me connaissez pas vraiment, mais on peut me faire confiance. »

Keely réussit à arborer un pauvre sourire. La proposition était tentante. Elle devinait qu'il savait écouter. Son regard était attentif, comme s'il la voyait vraiment quand il la regardait. Et pendant un instant, elle eut envie de lui dire. Elle savait qu'il serait scandalisé par les exigences de Wade, et son indignation serait un réconfort. Elle pourrait diviser le poids de son fardeau par deux, si elle le partageait avec lui.

Puis elle se rappela que le renseignement sur le livreur de Tarantino's venait de Nicole. Qui avait seulement essayé de l'aider. Mais si Dan apprenait la suite, il se sentirait probablement responsable. Apparemment, il appartenait à cette catégorie d'homme — chevaleresque. Il voudrait absolument aller régler cette histoire personnellement avec Wade. Et Wade la bouclerait, définitivement, et elle n'obtiendrait jamais l'information dont elle avait besoin. « Ce n'est rien, dit-elle. Franchement. Un simple malentendu. »

25

KEELY n'alla même pas se coucher. Elle savait qu'elle passerait la nuit à tourner et virer dans son lit. Elle préféra donc méditer sur sa rencontre avec Wade Rovere. Il avait laissé entendre qu'il pouvait vendre son information ailleurs. Mais où ? Sûrement ne s'agissait-il que d'un coup de bluff, d'une tentative pour la pousser à payer quelque fausse révélation, inventée pour la circonstance. Pourtant, il était capable de dire comment était habillé Mark. Avait-il seulement deviné juste, ou savait-il vraiment quelque chose ? La solution normale serait d'appeler la police, mais lorsqu'elle pensa à Phil Stratton et ses questions, elle sut qu'elle n'en ferait rien. Et si elle voulait réaliser un titre, il faudrait bien qu'elle parle à Lucas, qui avait tous les documents concernant leurs placements. Il avait proposé son aide, et elle lui avait bien volontiers confié la gestion de leur portefeuille. Malgré tout, l'idée de raconter à Lucas pourquoi elle avait besoin de liquidités — pour payer un escroc lui extorquant des fonds — l'ennuyait. Peut-être ne poserait-il pas de questions, se dit-elle. Après tout, elle n'avait pas de comptes à rendre sur ses dépenses. Mais elle connaissait Lucas. Il serait inquiet. Il voudrait savoir.

Finalement, juste avant l'aube, elle s'allongea et sombra dans un sommeil agité. Peuplé à profusion d'images incompréhensibles en guise de rêves. A son réveil, allongée sur le canapé, elle pensait à Mark. Quel conseil lui donnerait-il ? Il était toujours d'une compétence parfaite, sûr de lui — la tête froide, quelle que soit l'urgence. Soudain lui revint une phrase que Mark lui avait dite, un jour : *Je garde toujours une grosse somme de liquide à la maison. Je la cache dans le placard, en cas de besoin.*

Keely n'y avait jamais prêté grande attention, elle ne s'était jamais souciée de lui demander, ni même de se demander, à quel genre de besoin il pensait. Elle s'était toujours sentie en sécurité quand il prenait les choses en mains. En réalité, elle n'y avait jamais réfléchi une seconde jusqu'à cet instant, où le souvenir de ses paroles lui revenait, comme une prière exaucée.

Après s'être précipitée à l'étage, Keely resta plantée devant la penderie de Mark, contemplant le sobre déploiement de costumes coûteux, les piles impeccables de chemises, amidonnées, chacune dans la boîte de la blanchisserie, les rangées de chaussures, en bas, parfaitement cirées et maintenues en forme par un embauchoir. La recherche allait prendre un certain temps.

Elle inspectait les pull-overs pliés sur l'étagère supérieure lorsqu'elle fut interrompue par la sonnerie du téléphone. La secrétaire du Dr. Stover de l'institut Blenheim, pour lui dire que le docteur voulait la voir immédiatement.

« Est-ce que mon fils va bien ? s'inquiéta Keely.

— Je ne suis pas au courant des raisons pour lesquelles le Dr. Stover souhaite s'entretenir avec vous, dit la secrétaire.

— J'arrive », dit Keely.

Elle se changea, prépara Abby, et arriva sans tarder devant le bureau du Dr. Stover. « Excusez-moi, demanda-t-elle, essoufflée, à la secrétaire. Je suis Mrs. Weaver. Vous avez dit que le Dr. Stover désirait me voir immédiatement. Ai-je le temps de conduire mon bébé à la crèche de l'hôpital ?

— Largement. Le Dr. Stover a été appelé à l'extérieur, pour une urgence. Il risque d'en avoir pour un moment, dit la secrétaire. Souhaitez-vous attendre ? Nous pouvons reprendre rendez-vous. »

Est-ce que je souhaite attendre ? pensa Keely. *Non. Mais je vais le faire. Je ne partirai pas avant de l'avoir vu.*

« J'attendrai », dit-elle résolument.

Il s'était écoulé près de deux heures lorsque la secrétaire raccrocha le téléphone avant de se tourner vers elle. « Le Dr. Stover est prêt à vous recevoir », dit-elle.

Keely retint un soupir d'impatience et se dirigea vers la porte du cabinet.

Le Dr. Stover, sexagénaire barbu et enrobé, se leva et vint la saluer.

« Mrs. Weaver, dit-il. Je suis navré d'avoir dû vous faire attendre.

— Mais je voulais être sûre de vous voir aujourd'hui, dit Keely, sans sourire.

— Je suis heureux de votre présence, dit le Dr. Stover en retournant s'asseoir. Moi aussi, je souhaitais vous voir. Accordez-moi simplement une minute de plus. »

Keely prit place sur le siège que lui indiquait le Dr. Stover. Pendant qu'il fouillait dans les papiers posés sur son bureau, Keely regarda sur les murs les diplômes encadrés, sur les rayonnages les manuels de psychiatrie.

« Je suis à vous, Mrs. Weaver », dit-il.

Keely se redressa sur chaise.

« Parlons de Dylan. Sa tentative de suicide a représenté un grand choc pour vous, je pense.

— Certes, dit Keely.

— Votre fils a-t-il des antécédents de problèmes psychologiques ? A-t-il jamais été suivi par un psychiatre, ou un psychologue, auparavant ?

— Non, jamais », dit Keely qui accompagna sa réponse d'un hochement de tête.

Le Dr. Stover leva les sourcils. « Pas même lorsque son père s'est suicidé ? »

Keely perçut instantanément le reproche implicite. « Non, reconnut-elle.

— Avez-vous envisagé de lui fournir une aide professionnelle ? Le traumatisme a dû être important pour Dylan. »

Keely inspira profondément. « Dr. Stover, mon mari... le père de Dylan était... torturé — je ne trouve pas de mot plus juste pour décrire la situation — torturé par des migraines. Aucun traitement ne semblait efficace. Dylan était au courant. Je veux dire, depuis son plus jeune âge.

Nos vies étaient largement régies par les migraines de Richard. Aussi, tout en ayant parfaitement conscience du choc de sa mort pour... pour nous deux, je n'ai pas pensé... j'ai estimé qu'avec le temps Dylan parviendrait à l'accepter. Avec le temps, et toute mon attention.

— Rétrospectivement, dit-il, pensez-vous avoir pris la bonne décision ? »

Keely le regarda dans les yeux. « J'ai fait de mon mieux à l'époque. Je ne vois pas l'intérêt de souhaiter pouvoir revenir en arrière.

— Et pourtant, lorsque votre second mari est mort, vous n'avez toujours pas cherché un soutien psychologique pour votre fils. C'est exact ?

— C'était si récent, dit Keely, penaude de devoir se trouver des excuses.

— J'ai ici une note indiquant que vous avez tenté de me joindre le jour précis de la tentative de suicide de Dylan. Avait-il un comportement révélant des tendances suicidaires ?

— C'est-à-dire ? » demanda Keely.

Le regard du Dr. Stover exprima la surprise. « J'aurais pensé que vous étiez sensible à ce genre de signes après la mort de votre mari. »

Keely soutint son regard, mais resta un moment muette. Elle percevait la désapprobation sous les mots prononcés. « Je ne vois pas à quoi vous faites allusion.

— Eh bien, enchaîna le Dr. Stover, on observe souvent, par exemple, que les personnes suicidaires disent avoir fait telle ou telle chose pour la dernière fois. En prenant congé de quelqu'un, elles laisseront entendre qu'il s'agit d'un adieu. Souvent aussi, elles donnent des objets auxquels elles tiennent énormément, juste avant le passage à l'acte. En précisant qu'elles les confient. Qu'elles n'en auront plus besoin.

— En d'autres termes, elles téléphonent leurs intentions, avec l'espoir que quelqu'un les arrêtera, dit-elle.

— Oui. C'est fréquent.

— Non. La réponse est non. Ni l'un, ni l'autre n'ont fait cela. »

Le Dr. Stover eut l'air perplexe.

« Je ne suis pas en train de chercher à m'exonérer, dit Keely. Je n'ai pas été à la hauteur pour Dylan, d'accord ? Je n'ai pas été à la hauteur, ni avec l'un, ni avec l'autre. Je le reconnais. Je ne m'invente pas des excuses. Mais non, ces choses auxquelles vous faites allusion — non, ils n'ont pas agi ainsi.

— Vous semblez être une femme perspicace, Mrs. Weaver. Etes-vous en train de dire que vous n'avez eu aucun signe avant-coureur ?

— Je savais que mon premier mari souffrait. Mais il n'était pas homme à s'épancher sur ses sentiments. C'était un scientifique. Il accordait beaucoup de prix à... l'objectivité. Il a essayé tout un arsenal de traitements pour tenter de soigner ses migraines. Rien n'y a fait. Il n'a jamais parlé de mettre fin à ses jours, mais il y pensait, manifestement. Quant à Dylan, euh, je savais qu'il était déprimé. Compte tenu des circonstances, cela semblait... logique. J'étais moi-même déprimée. » Soupir de Keely. « A quoi bon regretter de ne pouvoir revenir en arrière ? Je dois penser au présent. Comment va mon fils aujourd'hui ? Je veux dire, vous avez eu l'occasion de parler avec lui. Comment le trouvez-vous ?

— Il est anxieux, déprimé, pas de façon sévère, cependant — ce qui est surprenant.

— Il m'a dit que vous lui aviez prescrit des médicaments.

— C'est exact. Je l'ai mis sous antidépresseurs légers.

— Quel va être l'effet de ce médicament ? demanda Keely. S'agit-il d'un traitement qu'il va devoir subir pendant une longue période ?

— Aussi longtemps que je l'estimerai nécessaire, dit le Dr. Stover. C'est destiné à calmer ses angoisses, l'empêcher de sombrer trop profondément.

— Et les effets secondaires ?

— Somnolence. Perte d'appétit, souvent. Et chez certaines personnes, affaiblissement de la libido.

— Rien de permanent, j'espère, dit-elle.

— Rien de permanent. Je veux qu'il prenne ces médicaments en plus de la thérapie normale.

— Ce serait bien. Je pense qu'il a besoin de quelqu'un à qui parler.

— Est-ce qu'il vous parle, Mrs. Weaver ?

— Pas autant que je le souhaiterais », reconnut Keely.

Le docteur se tortilla sur son siège. « Dylan et vous, avez-vous jamais parlé du suicide de son père ?

— Oui, dit Keely, réticente. Un petit peu. Il n'était qu'un petit garçon...

— Avez-vous jamais imaginé un lien possible avec le suicide de Dylan ? »

Keely hocha lentement la tête. « J'ai lu que les suicides étaient plus fréquents chez les enfants de gens morts... de cette façon.

— Mon impression est que votre fils cache largement la souffrance que lui occasionne la mort de son père.

— Vous avez probablement raison », admit Keely.

Après un silence, le docteur ajouta : « Les journaux ont rapporté certaines allégations du procureur...

— Oh non, s'exclama Keely. Ne commencez pas sur ce... »

Le Dr. Stover recula sur son siège et la regarda attentivement.

« Ecoutez, Dr. Stover. Le procureur est une certaine Maureen Chase. Cette femme était fiancée à mon second mari, Mark. Depuis la mort de Mark, elle n'a cessé de persécuter mon fils par un désir mesquin de se venger. Je sais que je dois paraître paranoïde, mais croyez-moi, c'est la vérité. Dylan n'a rien à voir avec la mort d'aucun de mes deux maris. Ce n'est pas un sentiment de culpabilité qui l'a poussé à tenter de mettre fin à ses jours. La cause principale, c'est que personne, pas même sa propre mère, n'a voulu croire qu'il disait la vérité. »

Le Dr. Stover inclina la tête en l'observant attentivement. « C'est une théorie intéressante, Mrs. Weaver.

— Si par intéressante, vous entendez absurde..., dit sèchement Keely.

— Non, j'entends bien intéressante. » L'ombre d'un sourire passa sur son visage, et il prit quelques notes sur les papiers qu'il avait devant lui.

« J'ai promis à Dylan que j'allais découvrir ce qui s'était

passé, exactement, le soir de la mort de Mark, afin de mettre un terme aux insinuations de Miss Chase. » La visite de Wade Rovere lui revint en mémoire. Elle se sentit rougir et espéra que le psychiatre ne remarquerait pas son trouble. « Je pense qu'il est important, si vous devez soigner Dylan, que vous le croyiez aussi.

— Je suis du côté de Dylan, Mrs. Weaver, dit le Dr. Stover de manière énigmatique.

— Il a besoin d'avoir quelqu'un de son côté, dit Keely en croisant son regard. Quelqu'un d'autre que moi.

— Oui, mais je vois que vous êtes une alliée loyale. »

Elle ne détecta aucune ironie dans sa voix. « Merci. Sincèrement. Merci. J'apprécie ce que vous venez de dire. »

Le Dr. Stover opina silencieusement.

Keely inspira profondément. « Je crois que l'autre chose que je désire vraiment savoir, c'est quand je pourrai le ramener à la maison. Autrement dit, ne peut-il pas suivre cette thérapie en consultation externe ? Il nous manque beaucoup, à sa sœur et à moi.

— Disons que je comprends votre... impatience, Mrs. Weaver, mais il est d'autres éléments à prendre en compte. Mon travail est de faire une évaluation sur les jeunes gens et leurs conditions de vie. Nous devons tout mettre en œuvre pour nous assurer qu'ils ne vont pas rééditer leur comportement suicidaire. Ils risqueraient de ne pas avoir la chance de survivre à une seconde tentative. » Il tapota une pile de papiers. « J'ai ici un rapport très... troublant de l'assistante sociale, où se trouvent de nombreuses... remarques critiques concernant votre maison et vos performances maternelles avec Dylan. »

Le visage de Keely devint écarlate. Elle ne savait comment se défendre des accusations portées par cette assistante sociale. Elle savait qu'attaquer Mrs. Erlich ne lui gagnerait pas les faveurs du Dr. Stover. « Je... j'ai eu le sentiment qu'elle... que je ne... » Keely s'interrompit pour respirer un grand coup. « J'étais très tendue, Dr. Stover. Il est embarrassant de voir sa maison et sa vie... passées au crible, pour ainsi dire. Je crains de n'avoir pas su très bien m'exprimer. Il peut y avoir eu certains malentendus entre nous. »

Le Dr. Stover avait écouté gravement. « Je comprends, dit-il. Je dois néanmoins prendre le rapport de Mrs. Erlich très au sérieux, Mrs. Weaver. Votre fils a tenté de se suicider. Ce qui place vos qualités de mère au centre de mes préoccupations. »

Keely avala péniblement. « Je ne vois pas ce que je peux dire. Mes enfants sont tout pour moi. J'aime Dylan plus que la vie. Je ferais n'importe quoi pour l'aider. N'importe quoi. » Ses épaules s'affaissèrent d'un coup. « Je suppose que tous les parents disent la même chose. »

Le Dr. Stover garda son expression grave. « Si vous saviez », murmura-t-il. Puis il regarda sa montre. « Je crains que nous n'ayons pas plus de temps, Mrs. Weaver. » Toujours impassible, il la regarda en pointant son stylo vers la porte.

26

MAUREEN Chase tourna la clé dans la serrure de sa maison et regarda Phil Stratton par-dessus son épaule. « Voulez-vous entrer prendre un verre ? »

C'était l'invitation suggérant d'habitude qu'une certaine intimité pourrait suivre. Mais Phil avait des doutes. La soirée avait plutôt bien commencé, par une conversation alerte sur quelques dossiers en cours, autour du verre qui accompagna les hors-d'œuvre. Mais après plusieurs verres de vin, lorsqu'il eut abordé le cas de Dylan Bennet et du rôle joué par l'adolescent dans la mort de son beau-père, Maureen se fixa sur un sujet, Mark, et n'en sortit pratiquement plus.

Elle le regardait, dans l'expectative.

« Volontiers, pourquoi pas ? » dit Phil. Et de la suivre à l'intérieur.

La pièce principale combinait cuisine, coin repas, et plusieurs endroits pour s'asseoir. Les vis-à-vis étaient recouverts de housses fleuries, la porcelaine exposée dans le vaisselier avait un décor de lierre, et le chauffage au gaz, que Maureen se hâta d'allumer, était entouré de paravents en tapisserie. Partout dans la pièce étaient disposés des bouquets de fleurs coupées, des bougies, des coupelles parfumées de pot-pourri.

Elle le regarda depuis la cheminée.

« Jolie maison, dit-il. Absolument charmant.

— J'ai fait le ménage pour vous.

— C'est très aimable, dit-il, non sans entendre la platitude de son compliment.

— Asseyez-vous donc. »

Elle désigna l'un des vis-à-vis.

« Merci.

— Une bière ? proposa-t-elle.

— Oui, formidable », dit-il avec un peu plus d'enthousiasme.

Elle se dirigea vers le coin cuisine et sortit une bière et une bouteille de vin du réfrigérateur. Elle déboucha le vin et emplit un verre. « J'aimais bien la bière, dit-elle. Jusqu'à ma rencontre avec Mark. Mark était un amateur de vin. Nous parlions toujours de prendre une de ces péniches qui parcourent la France et de nous arrêter dans diverses régions viticoles. Il m'a vraiment appris à apprécier les différences entre les vins, et la qualité des différents vignobles. »

Elle prit la bouteille de bière par le goulot pour la tendre à Phil. Puis elle cogna son verre contre la bouteille verte. « Santé ! » dit-elle.

Elle vint s'asseoir à côté de lui sur le vis-à-vis, et sa proximité le paralysa aussitôt.

« Ne vous méprenez pas, continua Maureen, je ne cultive pas toutes ces affectations — vous savez, le coup de la tonalité de fruit rouge, avec une note de tabac en arrière-bouche. Ce n'était pas le style de Mark. Je veux dire qu'il n'était pas prétentieux, comme homme. Il savait simplement apprécier les plaisirs de la vie. »

Phil ferma les yeux et porta le goulot de la bouteille de bière à ses lèvres. Manifestement, le changement de décor n'avait pas brouillé son point de mire. Toujours et encore la vie et les hauts faits de Mark Weaver. Il ne pensait même pas qu'elle ait eu conscience de l'ennui et de la monotonie de leur conversation pendant le dîner. Chaque fois qu'il avait tenté de raconter quelque chose, il lui revenait une anecdote à propos de Mark Weaver. Le lien pouvait être extrêmement ténu, elle ne s'en souciait apparemment pas.

Maureen était assise tout contre lui, à présent, et il sentait la chaleur de sa peau. Il se disait même qu'elle risquait de passer à l'attaque. Leurs cuisses se touchaient, mais s'il risquait un geste, quand bien même elle serait consentante, il avait la sensation désagréable qu'il jouerait en fait les doublures pour un fantôme. Il fut une époque, quand il était plus jeune, où le score était l'essentiel. Plus maintenant. Il ne pouvait plus se contenter de faire les gestes. C'était trop éprouvant psychologiquement. Il avait besoin de savoir qu'une femme s'intéressait vraiment à lui avant de la suivre au lit.

Elle parut remarquer son silence. « Un peu de musique ? » proposa-t-elle.

Phil se tortilla sur son coin de canapé. « Oui. Pourquoi pas ? »

Maureen se leva, envoya valser ses chaussures, et se dirigea à petits pas vers sa chaîne. Elle prit une pile de CD dont elle se mit à regarder les titres.

« Vous aimez quoi ? demanda-t-elle.

— Je ne sais pas. Le jazz. Le Rythm&Blues. »

Elle montra un disque. « Vous aimez Allen Toussaint ?

— Jamais entendu parler. »

Elle mit le CD sur la platine. « Il est de New Orleans. »

Des rythmes étranges et une voix plaintive emplirent la pièce.

Phil fit mine d'apprécier : « Il a un joli son. »

Avec un soupir, Maureen s'adossa, ferma les yeux, et Phil sut tout à coup et précisément ce qu'elle allait dire.

« C'était la musique préférée de Mark. »

Phil posa sa bouteille de bière sur la table basse et se mit debout. « Bon je crois que je vais y aller, dit-il.

— On a le temps, non ? »

Phil la regarda, recroquevillée dans son coin de canapé, les joues roses à cause du vin, ses cheveux roux en désordre, son chemisier de soie juste assez ouvert pour laisser entrevoir la naissance des seins. Il soupira. « Vous êtes une belle femme, Maureen.

— Merci », dit-elle. Et de taper le coussin à côté d'elle. « Revenez donc vous asseoir. J'adore les compliments.

— Non, il vaut mieux que je me sauve.

— Vous n'aimez pas mélanger le travail et le plaisir ? » demanda-t-elle.

Il avait envie de lui dire la vérité. Qu'il comprenait à présent pourquoi elle ne sortait jamais. Combien d'hommes accepteraient de s'accommoder de son monologue sur un autre ? Et pas n'importe quel autre. Un homme marié qui l'avait laissée tomber depuis longtemps. Pendant un bref instant, l'idée lui trotta dans la tête que Keely Weaver avait peut-être raison. Que peut-être Maureen persécutait la famille de Mark par dépit.

« C'est probablement une mauvaise idée, dit-il. Vous et moi travaillons très bien ensemble. Je ne veux pas gâcher cela. »

Elle le regarda avec des yeux innocents. « Pourquoi parler de gâchis ? Ce pourrait être plus... amusant ! »

Phil éprouva une pointe d'exaspération. Il n'avait certes rien à expliquer. « Je ne doute pas que ce serait amusant, dit-il sans enthousiasme.

— Mais vous n'êtes simplement pas tenté, dit-elle, apparemment blessée.

— Je suis très tenté. » Il se savait mauvais menteur et se demanda s'il était vaguement crédible. Sa seule urgence était de sortir de là.

Elle se mit debout sur ses pieds sans chaussures et se colla contre lui pour qu'il sente la pointe de ses seins à travers l'étoffe fine de son chemisier. « Oh, allez, inspecteur, ne jouez pas les balourds. »

Elle avait un parfum de vanille et sa peau blanche criblée de taches de rousseur avait la fraîcheur de la rosée. Un instant, ses sens furent submergés, il oublia pour quelle raison il voulait partir. Elle paraissait si... consentante, et puis il caressait l'idée qu'elle était peut-être simplement très seule, qu'elle n'avait pas eu d'autre homme depuis Mark Weaver. Et si en faisant l'amour avec lui elle oubliait définitivement Mark Weaver...

Elle lui prit la main, mêla ses doigts aux siens, puis exerça une légère traction. « Allez, dit-elle. Assis. »

La résolution de Phil vacilla. Il semblait certes l'intéresser, à présent. Elle le dévorait des yeux comme si elle ne l'avait jamais vu. Peut-être était-ce seulement le vin qui lui montait à la tête, se dit-il. Peut-être pouvait-il rester seulement quelques minutes de plus.

La sonnerie aiguë du téléphone le fit sursauter.

« Ignorez, dit-elle. J'aurais dû débrancher ce truc. »

Phil avait trop souvent été appelé sur le lieu du crime

pour ignorer une sonnerie de téléphone dans la nuit. « Non, dit-il, en désengageant sa main. Vous savez qu'il vaut mieux décrocher.

— Vous avez sans doute raison », dit Maureen en se dirigeant vers le téléphone, fixé sur le mur de la cuisine.

Phil se leva. « Où se trouve la salle de bain ? demanda-t-il.

— Juste après ma chambre », dit-elle en montrant du doigt la pièce dans la pénombre, au bout de la salle de séjour. Elle décrocha et lui tourna le dos. « Bonsoir », dit-elle. Et elle prit bientôt une mine concernée en écoutant son interlocuteur. « Un instant, je vous prie, dit-elle. Moins vite. Qui vous a dit cela ? »

En soufflant, Phil entra dans sa chambre. C'était une bonbonnière de dentelle et de fleurs, éclairée seulement par une petite lampe de chevet à abat-jour de soie rose. En même temps qu'il traversait la pièce, Phil se demanda s'il allait finir dans ce lit. Il savait qu'il n'avait pas intérêt — avec ou sans Mark Weaver —, avoir une liaison avec elle ne serait pas une bonne idée. Il entendit le son familier de sa voix « de travail » dans la pièce voisine, forte, irritée, sans pour autant distinguer ses paroles. Il s'interrogea sur l'origine de cet appel.

Il ouvrit la porte, s'attendant à entrer dans la salle de bain. Au lieu de quoi il se rendit compte qu'il venait d'ouvrir la porte de la penderie. C'était un grand placard, profond, et la lumière s'allumait automatiquement quand on ouvrait la porte. Il y avait des tas de vêtements suspendus, ainsi que des chaussures, mais l'article le plus ostentatoire, juste au centre, comme pour en faciliter l'accès, était une longue robe de mariée ivoire, en dentelle et satin, avec une traîne qui touchait le sol. Il resta bouche bée. Les manches pendaient et les poignets étaient déboutonnés, la dentelle du col avait des taches de fond de teint.

Pourquoi a-t-elle une robe de mariée ? pensa-t-il. *A-t-elle été mariée auparavant ?* La robe n'était pas neuve. Elle avait visiblement servi. Il souleva l'ourlet de satin et vit qu'il était gris, avec des traces d'humidité, comme si cette robe avait été portée dehors, comme si elle avait traîné sur l'herbe humide ou les dalles mouillées. Sauf qu'il était certain qu'elle n'avait jamais été mariée. Il en aurait entendu parler, sinon. Tout à coup lui vint une idée écœurante. Cette robe devait être celle qu'elle avait l'intention de porter pour épouser Mark Weaver. Et qu'elle avait gardée toutes ces années. A en juger par son état, elle n'avait pas dû se contenter de l'essayer pour s'admirer dans le miroir. Elle avait dû la porter, bien qu'il n'y ait pas eu de mariage.

« Hé ! », cria-t-elle avec colère.

Phil lâcha l'ourlet de la robe comme s'il brûlait.

« Vous trouvez que cela ressemble à une salle de bain ? demanda-t-elle.

— Désolé, bredouilla-t-il. Je me suis trompé de porte.

— Sortez, dit-elle. Ecartez-vous de mes affaires. »

Phil recula, en évitant son regard. Elle claqua la porte du placard. Et il fut submergé par une soudaine bouffée de compassion, mêlée de dégoût. Il se demanda comment il allait pouvoir la regarder de nouveau en face.

« Ecoutez, Maureen, je suis désolé. C'était involontaire. Je ne fouillais pas...

— Oh, la ferme. »

Des mots qui cinglèrent Phil. « Il se fait tard, dit-il avec raideur. Je pense qu'il vaut mieux que je prenne congé.

— Je ne vous le fais pas dire. »

27

KEELY ouvrit le placard à vêtements du vestibule et prit la petite veste en velours côtelé de Abby, sur le crochet de la porte. Elles devaient se préparer pour aller en ville, voir Lucas. La veille, après l'entretien avec le Dr. Stover, Keely avait fouillé le placard de Mark de fond en comble, sans réussir cependant à trouver l'argent qu'il prétendait avoir caché dans la maison. Au milieu de ses recherches, elle s'était souvenue du bracelet de chez Collier's qu'elle n'avait pas trouvé non plus.

Elle avait fini par décider de dire à Lucas qu'elle avait besoin de réaliser cinq mille dollars. S'il lui demandait pourquoi, elle le lui expliquerait. Elle était prête à payer pour l'information de Wade, quelle qu'en puisse être la nature.

Mais alors qu'elle enfilait négligemment son manteau, elle s'immobilisa net. Elle n'avait pas pensé au placard du vestibule. Mark avait deux ou trois vestes ici aussi. Et ses bottes. Elle explora rapidement les poches des vestes, puis considéra les bottes, par terre, ainsi que la tenue de sport. Il y avait des raquettes de tennis dressées contre une paroi, des clubs de golf dont il ne s'était jamais servi, un assortiment de snow-boots, et une vieille paire de santiags. Des santiags en serpent. Keely se mit à genoux pour aller prendre une santiag, puis l'autre. *Où diable avait-il eu ces bottes ?* se demanda-t-elle. Elle ne les lui avait jamais vues aux pieds. Puis elle songea à Lucas, sa passion pour les objets du Far West. Il avait dû les offrir à Mark pour un anniversaire ou autre, et Mark n'avait pas eu le cœur de s'en débarrasser, bien qu'apparemment elles n'aient jamais été portées.

En tenant les bottes contre elle, Keely plongea une main dans l'une, puis dans l'autre. Le second essai fut gagnant. Son cœur se souleva. *Trouvé !* pensa-t-elle. Soigneusement, elle sortit la liasse de billets, retenus par un élastique, du bout pointu de la botte, puis se rassit sur les talons, pour contempler sa découverte. Un paquet de liquide, sûr. Elle manipula les coupures, consciente soudain qu'elle devait avoir plusieurs milliers de dollars entre les mains. Rapidement, en tremblant, elle compta. Trois mille dollars. Moins que ce dont elle avait besoin, mais elle était certaine que Wade aurait envie de parler quand il verrait la liasse. *Oh, merci chéri,* pensa-t-elle, en fermant les yeux. *Merci beaucoup.*

Keely entendit le bruit d'une portière de voiture et se dépêcha de fourrer l'argent dans sa poche. Elle remisa les santiags au fond du placard, puis, après avoir pris Abby dans son parc, elle se dirigea vers la porte.

« Une seconde », cria-t-elle, en manipulant la serrure. Elle ouvrit la porte.

Lucas était là, les mains cramponnant sa serviette devant lui, et un large sourire éclairant son visage ridé. « Keely, dit-il. J'ai une surprise pour vous. »

Intriguée, Keely ouvrit grand pour le laisser entrer.

Un Dylan livide, aux traits fatigués, se tenait à côté de lui sur le perron, fixant ses pieds.

Le cœur de Keely bondit et elle poussa un cri. Abby hurla de joie à la vue de son frère. Le bras libre de Keely enlaça Dylan, qui réunit sa mère et Abby dans une étreinte brève, puissante. « Oh Dylan, murmura-t-elle contre l'épaule de son blouson en cuir. Oh chéri, tu es vraiment là.

— Je suis rentré, Maman, dit-il. Tout va bien. »

Lorsqu'ils se lâchèrent mutuellement, Keely se tourna vers Lucas qu'elle fixa, dans un état de stupeur. « Que s'est-il passé ? demanda-t-elle. Comment avez-vous pu vous débrouiller... ?

— J'ai fait une petite vérification sur cette assistante sociale qui est venue ici. Mrs. Erlich. Je savais que ce nom me disait quelque chose. Il y a quelques années, elle a été accusée de négligence après qu'un enfant qu'elle avait rendu à sa famille s'était retrouvé avec des séquelles cérébrales à la suite de mauvais traitements.

— Seigneur, dit Keely.

— Maureen Chase a refusé de la poursuivre. Sous le motif que la faute incombait aux parents, pas à l'assistante sociale. Depuis, Mrs. Erlich se montre “vigilante”, dirons-nous. Maureen s'est assurée que le dossier de Dylan lui était confié.

— Juste pour nous persécuter ! s'exclama Keely. Ce n'est pas illégal ?

— Techniquement non. Mais lorsque j'ai expliqué tout ceci au Dr. Stover, sans omettre de lui signaler de surcroît que Mark avait rompu ses fiançailles avec Maureen pour vous épouser... eh bien, il a décidé que Dylan pouvait rentrer chez lui.

— Lucas, vous êtes génial.

— Il tient néanmoins à ce que vous lui ameniez Dylan en consultation.

— Oh, je le ferai, dit Keely. Oui, je le ferai. Entrez. Tous les deux.

— Je ne peux pas, s'excusa Lucas. J'ai promis à Betsy que nous irions du côté de la baie cet après-midi, observer les pluviers. Je voulais simplement voir votre visage.

— Oh Lucas, merci. Je ne pourrai jamais vous remercier comme il convient.

— De rien, dit-il. Dylan, repose-toi. Evite les ennuis. »

Dylan fit oui d'un signe de tête et entra dans la maison. Après une brève hésitation, Keely s'adressa à voix basse à Lucas. « C'est officiel ? demanda-t-elle avec inquiétude. Il ne s'agit pas d'une simple visite... ? »

Lucas reprit un air sérieux. « Nous sommes... à demi sortis de l'auberge, dit-il prudemment. Maureen Chase continue de brandir des menaces.

— Quel genre de menaces ?

— Qu'elle va trouver un juge qui annulera la décision du Dr. Stover.

— Elle ne peut pas faire une chose pareille ! s'exclama Keely.

— Je ne le pense pas. Pas sans avoir une raison en béton. »

Le regard de Keely se figea. « Eh bien, je suis peut-être en mesure de la battre à son propre jeu.

— Ce qui signifie ? » s'inquiéta Lucas.

Hésitation de Keely. « Disons que je risque de réussir à découvrir ce qui s'est réellement passé ici le soir de la mort de Mark.

— Découvrir comment ? »

Elle envisagea de parler de Wade. Elle avait son nom sur le bout de la langue, mais elle se retint. En regardant Lucas, elle venait de se rendre compte qu'il ne marcherait jamais dans ce genre de plan. « Je suis une intuition, dit-elle.

— Keely, soupira Lucas. Vous avez Dylan avec vous, à la maison, maintenant. Contentez-vous de vous occuper de lui, de son confort — et laissez-moi les chicanes juridiques. Je maîtrise Maureen Chase.

— Je sais que vous la maîtrisez. Et je ne vous dirai jamais assez merci, Lucas.

— Allez, dit Lucas. Profitez de vos retrouvailles. »

Keely le regarda descendre le trottoir en boitant pour rejoindre sa voiture, puis elle ferma la porte. Elle entra dans la salle de séjour, où Dylan était encore debout, avec son sac à dos, comme s'il était en visite. Elle arriva derrière lui, lui prit le sac. « Assieds-toi, dit-elle. Tu as envie de quoi, chéri ? Tu as l'air tellement fatigué. Oh, que je suis contente de te voir.

— Ça va, Maman. Ça va bien. Remets-toi.

— Me remettre ? », s'esclaffa-t-elle en serrant fort le visage de son fils entre ses deux mains avant de l'embrasser sur le front.

Dylan se dégagea en faisant une grimace exagérée. « Assez, gémit-il.

— C'est tellement bon de t'avoir de nouveau à la maison, dit Keely qui s'était assise et lui souriait. Te sortir de cet endroit.

— Ça, putain.

— Dylan ! » gronda-t-elle sans conviction.

Dylan se baissa pour s'intéresser à Abby. La petite se

tenait contre ses tibias, ses petites mains posées sur les genoux de son jean, et elle le gratifiait d'un sourire béat et édenté. « Salut, morveuse, dit-il gentiment. Ça va bien ?

— Elle est heureuse que tu sois de retour », dit Keely.

Dylan hocha la tête et lui sourit aussi, mais ses épaules se voûtèrent. « Je suis content d'être là. C'était dégueulasse là-bas.

— Tu prends toujours les médicaments ? demanda Keely.

— Oui. Je suis aussi censé continuer de le voir.

— Je crois que ce serait une bonne chose. Il semble être fort compréhensif. » Elle s'exprimait avec mesure, mais en réalité, si le Dr. Stover avait été là, elle l'aurait embrassé et serré dans ses bras.

« Ouais, il est pas mal, dit Dylan.

— Il faut que tu continues de lui parler. Et à moi aussi, chéri. Tu ne peux pas garder les choses à l'intérieur comme tu as fait. Il faut me faire confiance. Nous devons nous faire confiance mutuellement...

— Je sais, je sais.

— Parfait », dit Keely en se rendant compte qu'il prenait déjà ses distances. Ses paroles lui semblèrent à elle-même vides de sens. *Je m'y prends mal,* pensa-t-elle en sentant souffler un vent de panique. *Il faut que je casse les vieilles habitudes. Mais comment ?* « Je... je tiens à ce que tu saches que je... ferai mieux..., promit-elle, et sa voix se brisa.

— Tu es très bien, Maman, dit-il en bâillant. Je suis fatigué », ajouta-t-il en faisant des rotations avec sa tête.

Keely le regardait, presque aussi grand qu'elle déjà, et elle se souvint tout à coup de ce qu'elle avait éprouvé lorsqu'elle l'avait ramené à la maison, tout nouveau-né. Au cours de ces premiers jours, elle avait vécu avec une peur qui menaçait de la submerger, celle de ne pas savoir, de faire une grosse bêtise. Cette nouvelle vie dépendait de sa capacité à ne pas faire de bêtise. Elle avait envie de lui raconter, mais elle voyait bien qu'il ne voulait rien entendre.

« C'est bon », dit Keely avec entrain. Elle voyait aux cernes sombres sous ses yeux et à son teint cireux, que Dylan était épuisé. « Je vois bien que tu es fatigué, alors restons-en là pour l'instant. Tu n'as qu'à monter dans ta chambre. Tu peux rester allongé un moment. Ecouter ta musique. Je te monte un verre ... de soda.

— L'élixir miraculeux, la taquina-t-il. Le remède préféré de Maman, quel que soit le mal dont on souffre.

— C'est toujours efficace, dit-elle, penaude.

— Alors, va pour le soda. »

Elle prit son sac à dos qu'il lui arracha de force. « Je vais bien, Maman. Juré. Je n'ai pas besoin de toi pour porter mon sac. Ni pour veiller sur moi en permanence. Ça va aller. Ne t'inquiète pas.

— Tu es sûr ? » dit-elle d'une voix fêlée.

Dylan lui caressa gauchement le bras. « Va chercher le soda. Je vois que le service ne s'est guère amélioré dans cette maison.

— File », dit-elle. Son cœur sembla enfler en elle, comme une bulle brillante, et elle remercia Dieu de ces instants de bonheur.

28

« ESSAYEZ donc ces exercices respiratoires la prochaine fois que vous sentirez une bouffée d'angoisse monter, conseilla le Dr. Stover au patient qui se levait de la chaise faisant face à son bureau. C'est une excellente méthode pour freiner l'escalade.

— J'essayerai », dit le jeune homme, sans conviction. Il se retourna pour poser une autre question, mais le Dr. Stover indiqua la pendule. Aussi, après un soupir ostensible, il s'éclipsa. Le Dr. Stover se mit à noter des observations sur le dossier du patient, tant que la séance était encore fraîche dans son esprit.

On toqua timidement à la porte de son bureau, puis la standardiste se glissa dans la pièce, refermant derrière elle. « Dr. Stover, dit-elle. Excusez-moi. Votre patient suivant est là, mais le procureur Chase est dans le couloir et prétend qu'il est très important qu'elle puisse vous parler sur-le-champ.

— Hum..., réfléchit le Dr. Stover. Ma prochaine pause est quand ?

— A six heures.

— Très bien. Faites revenir le patient à six heures et dites à Miss Chase que je vais la recevoir immédiatement. »

La standardiste eut l'air étonné, mais elle se retira, en fermant doucement la porte. Le Dr. Stover tourna sur son siège pour ouvrir un tiroir à dossiers suspendus. Il en tira un dossier fatigué et jauni qu'il consulta. Puis il le plaça sur la table, tandis qu'au même moment Maureen Chase ouvrait la porte de son bureau.

« Maureen, dit-il. Entrez donc. »

Maureen prit place sur le siège récemment libéré, face au Dr. Stover. Elle croisa les jambes, tira sur sa jupe droite pour recouvrir ses genoux. Puis elle plaça ses avant-bras sur les accoudoirs.

« A quoi dois-je le plaisir ? demanda-t-il.

— J'ai reçu une nouvelle fort désagréable hier soir, dit-elle.

— Ah bon ?

— Un... une de mes collègues a appelé pour m'informer que vous aviez approuvé la sortie de Dylan Bennett en le rendant aux soins de sa mère.

— C'est la vérité.

— Je désire savoir pourquoi vous l'avez laissé partir. Je vous avais demandé instamment de le garder ici. Voulez-vous me donner les raisons de votre décision ?

— Cet établissement n'est pas une prison, mais un hôpital. J'ai estimé que son état était suffisamment bon, et qu'on pouvait faire confiance à la mère pour prendre soin de lui.

— J'ai cru comprendre que vous avez reçu un rapport très négatif de l'assistante sociale, dit Maureen.

— Mrs. Erlich.

— Oui.

— Est-ce la personne qui vous a téléphoné pour vous informer de la sortie de Dylan ? »

Maureen eut un moment d'hésitation, surprise par la perspicacité des conclusions de Evan Stover. Mrs. Erlich avait eu vent de la sortie de Dylan par une amie qui travaillait à la pharmacie de l'hôpital. Elle avait aussitôt appelé Maureen pour la tenir au courant de ces derniers développements, et lui assurer qu'elle avait rendu un rapport on ne peut plus négatif après son entretien avec Keely. A présent, sous le regard perçant du psychiatre, Maureen envisagea de mentir ou de refuser de répondre. Puis elle se souvint qu'elle ne devait surtout pas se laisser intimider par Evan Stover. « Effectivement, il s'agissait de

Mrs. Erlich. Elle était très contrariée. Elle tenait à me faire connaître son total désaccord avec votre décision.

— Je ne doute pas de ce désaccord, concéda le Dr. Stover. Et je puis vous assurer que j'ai tenu compte de son rapport. De même que j'ai tenu compte de son... parti pris dans cette affaire.

— Quel parti pris ?

— La façon dont elle vous est redevable. Je suis au courant de l'affaire du petit Gaskill et je sais que vous êtes intervenue en faveur de Mrs. Erlich.

— Elle était accusée injustement.

— C'est peut-être vrai. Reste qu'elle vous doit son boulot. Et je comprends qu'elle aurait difficilement pu se permettre de perdre ce poste alors que son mari a une maladie du rein et qu'ils dépendent largement de son assurance santé.

— Je ne suis pas au courant.

— Maureen..., dit le Dr. Stover en hochant la tête.

— Etes-vous en train d'insinuer que j'exercerais une quelconque pression sur Mrs. Erlich ?

— Maureen, vous ne pouvez prétendre à l'impartialité concernant Dylan Bennet. Vous avez été fiancée à son beau-père. »

Maureen agrippa les accoudoirs comme pour résister à l'envie de se lever. « Cette information vous a été donnée tout à fait confidentiellement.

— Plusieurs personnes m'en ont parlé. Il ne s'agit plus vraiment de confidence.

— Ma relation avec Mark n'est pas le problème ici. Nous parlons d'un enfant qui représente un danger pour les autres et pour lui-même.

— Nous parlons d'un enfant perturbé qui a eu plus que son lot de tragédies, au cours de sa vie. Et qui est en ce moment très vulnérable. N'éprouvez-vous aucune empathie à son endroit ? Vous, plus que toute autre, devriez comprendre. Témoigner un peu de compassion à ce gamin.

— Ne dites pas un mot de plus à mon propos. Je fais mon travail de procureur.

— Eh bien, j'ai analysé toutes les circonstances, et je ne

vois aucune raison convaincante de penser que Dylan est responsable de la mort de Mark Weaver.

— Vous avez analysé toutes les circonstances, railla-t-elle. Parce qu'à présent, vous êtes expert en matière de criminalité ?

— Non, mais je suis expert en psychologie des adolescents. Et je ne vois pas ce patient constituer un danger pour quiconque autre que lui-même. Et le harcèlement auquel vous le soumettez publiquement aggrave inutilement la difficulté de sa situation.

— Le harcèlement ! s'exclama-t-elle.

— Oui. Le harcèlement. Que représente pour vous Dylan Bennett ? Je pense que vous devez vous poser cette question. »

Maureen le considéra d'un regard glacial : « Il est une menace pour la communauté. La communauté que je représente. Et s'il se produit un nouveau soi-disant accident, vous en serez tenu pour responsable, Dr. Stover.

— Maureen, dit le Dr. Stover en s'adossant. Je m'efforce de me montrer coopératif avec vos services. Nous ne sommes pas adversaires. Mais je ne suis pas là pour vous aider à mener votre vendetta personnelle. C'est là que je trace la ligne. »

Maureen se leva. « C'est parfait, dit-elle. Faites donc ce que vous avez à faire. Et je ferai de même de mon côté. Je n'ai pas besoin de votre aide. »

Le Dr. Stover soutint son regard sans faiblir. « En êtes-vous si certaine, Maureen ? »

Pendant tout le trajet du retour, Maureen fulmina. *Je vais te montrer. Espèce de salaud. Je n'ai pas besoin de toi. Tu imagines que, sous prétexte que tu as été mon docteur, tu peux maintenant me dicter ma conduite ?* La manière dont elle avait fait la connaissance de Evan Stover était pour elle un souvenir peu agréable. La mort de son jumeau à un âge très vulnérable lui avait fait perdre momentanément les pédales. Les choses étaient allées de mal en pis jusqu'au jour où, à seize ans, elle avait avalé une poignée de pilules. Rien à voir avec Dylan Bennett. Evan Stover l'avait aidée, à l'époque. Et elle le voyait épisodiquement au fil des années. Comme lorsque Mark l'avait quittée. Elle n'avait trouvé personne d'autre à qui parler. Elle ne pouvait faire confiance à personne, aussi avait-elle pensé qu'il serait plus sûr de s'adresser à quelqu'un qui était légalement tenu au silence. Mais le Dr. Stover ne la laissait jamais oublier. Apparemment, il aimait bien lui jeter ce souvenir à la figure. Il en était tout excité.

Perdue dans ses ressassements, Maureen s'engagea dans un sens interdit et faillit heurter de plein fouet une voiture qui arrivait en face. *On se calme,* pensa-t-elle. *Il faut absolument se calmer.* Respirant profondément, elle fouilla dans les cassettes rangées dans le classeur en plastique à côté du siège conducteur. Elle en inséra une dans la platine magnéto. Le début du vocal lui arracha un soupir. Une de ses préférées dans la collection de cassettes de Mark. Elle entendit le murmure de sa propre voix, puis celle de Mark, commentant vaguement sa journée pendant qu'elle lui massait le dos. Sur le lit. Elle ne pouvait s'empêcher d'anticiper la suite. Encore quelques minutes et il se retournerait, commencerait à la caresser. Comme d'habitude, elle se mit à flotter, telle une plume au fil de l'eau, portée par les souvenirs. Elle engagea sa voiture sur l'allée, puis descendit la rue.

Bien longtemps auparavant, elle avait suggéré comme en passant de faire des cassettes vidéo, mais Mark s'était aussitôt bloqué dans un refus très prude, qui lui avait fait abandonner le sujet et laisser croire qu'elle plaisantait. Puis elle avait enregistré les cassettes audio en secret, pour s'amuser, pour pouvoir l'avoir tout près d'elle quand il n'était pas là. C'était l'époque où Mark s'envolait souvent pour le Michigan, officiellement pour aider la veuve d'un vieil ami à régler une affaire de succession. Maureen était loin de se douter, alors, que la veuve esseulée, Keely Bennett, était en train de le lui voler insensiblement. Non, quand elle avait enregistré ces bandes, elle vivait encore dans une ignorante béatitude, sans imaginer qu'un jour, ces cassettes, quelques photos et des vieux vêtements seraient tout ce qui lui resterait de lui.

Elle atteignit sa rue au moment où Mark louait la façon qu'elle avait de l'exciter, la suppliant de continuer, encore, encore. Elle s'engagea dans l'allée conduisant à sa maison, imaginant déjà l'instant où elle pourrait couper le moteur et rester assise dans l'obscurité de la voiture, les yeux fermés, le cœur battant, à revivre cette expérience. Mais à la sortie du virage, alors que sa maison apparaissait enfin, elle découvrit avec un maximum d'irritation ce qui allait interrompre sa rêverie. Une voiture était stationnée au bout de l'allée, bloquant l'accès à son garage. Une voiture avec un panneau publicitaire fixé sur le toit. Elle gara son propre véhicule et plissa les yeux. Tarantino's Pizza.

Qu'est-ce que c'est que ce cirque ? pensa-t-elle. *Une blague idiote, mais de qui ? Phil Stratton,* songea-t-elle avec un frisson en se souvenant qu'elle avait bien failli se laisser séduire par lui la veille au soir. Le vin du dîner qui lui était monté à la tête. Penser qu'elle avait presque couché avec un inspecteur, curieux et carburant à la bière, qui aimait mettre son nez dans les placards féminins... Seigneur. De la confiture aux cochons. Maureen descendit de voiture et traversa la rue, en direction du véhicule livrant les pizzas.

Un homme à vilaine peau et cheveux bicolores fumait une cigarette, appuyé contre le flanc de sa voiture. Il jeta le mégot et l'écrasa dans son allée tandis qu'elle s'approchait.

« Je n'ai pas commandé de pizza », dit-elle sèchement.

Le type avait des yeux reptiliens, protégés par des paupières lourdes. « Je sais. Je ne suis pas ici pour une pizza, Miss Chase. »

Elle l'étudia plus attentivement. « Je vous connais. Je vous ai poursuivi au tribunal, n'est-ce pas ? » Par réflexe, elle prit son téléphone portable, dans son sac.

L'homme hocha la tête. « J'en ai bien peur », dit-il.

Maureen refusa de laisser paraître son inquiétude. « J'ai dans la main un téléphone portable avec un numéro branché directement sur la police...

— Je ne pense pas que vous les appeliez, dit sournoisement Wade. Parce que s'ils entendent mon histoire, c'est vous qu'ils vont embarquer.

— Que racontez-vous ? demanda Maureen, le doigt encore prêt à enfoncer les touches du portable.

— Mark Weaver. Le soir de sa mort. J'ai voulu livrer une pizza chez lui, mais apparemment il n'avait pas commandé de pizza. Il recevait une livraison dont l'expéditeur était le procureur, ce soir-là. La mémoire vous revient, maintenant ? »

L'estomac de Maureen se noua, et elle resta le regard fixe en se souvenant à présent où elle avait vu ce visage, très peu de temps auparavant. Lentement, elle remit le téléphone dans son sac.

« Que voulez-vous ? » murmura-t-elle.

29

UNE fois Abby endormie dans son petit lit, Keely vint dans la salle de séjour où Dylan était vautré devant la télévision.

« Chéri, dit-il. Il faut que je sorte. »

Il la regarda, surpris. « Pourquoi ? »

Elle avait passé l'heure écoulée à tenter de trouver une manière de justifier cette sortie inattendue, juste après son retour, mais elle savait qu'elle devait commencer à lui dire la vérité, lui montrer qu'elle lui faisait confiance. Elle hésita. Puis se lança. « Tu te souviens du livreur de pizzas dont je t'ai parlé ? »

Dylan fit signe que oui.

Elle respira un grand coup. « Il est venu ici. Avant-hier soir. Il semblerait que.... qu'il sache quelque chose. Mais il veut de l'argent avant de m'en dire plus. J'ai commencé par refuser parce que j'étais trop... parce que je n'étais pas sûre de ce qu'il fallait faire. Mais à présent, j'ai pris ma décision. Je vais lui parler.

— Je ne crois pas que tu devrais lui donner de l'argent, Maman. Ce truc me semble complètement bidon.

— Je risque de n'avoir que du vent, dit-elle en soupirant. Mais je dois tenter le coup.

— Non, tu ne dois pas, protesta Dylan. Je m'en moque un peu, finalement.

— Je t'ai déjà dit, Dylan — moi, je ne m'en moque pas du tout.

— Alors, je ne vais pas te laisser partir voir ce type toute seule. »

Touchée par sa sollicitude, elle sourit. « Ne t'inquiète pas. Je vais juste à la pizzeria. Il y aura beaucoup de monde. Tout se passera bien, trésor. Tu es fatigué. Tu viens de sortir de l'hôpital. Je veux que tu restes tranquille. Mais je te remercie. Et puis, je ne peux pas laisser Abby sans surveillance. J'ai besoin que tu restes avec elle.

— Je n'aime pas cela, Maman, dit-il avec une moue contrariée.

— Chéri, moi non plus je n'aime pas. Mais il faut que je trouve le moyen de mettre Maureen Chase hors circuit. Qu'elle nous fiche la paix et sorte de nos vies.

— C'est de ma faute », dit Dylan en la suivant jusqu'à la porte où elle prit son sac et ses clés.

Elle se retourna pour lui agripper le haut du bras. « Non, dit-elle. C'est bien là le problème. Alors reste ici. Prends soin de toi et de Abby pour moi. Je me charge du reste. D'accord ?

— Fais attention.

— Tu n'as aucune raison de t'inquiéter, dit Keely. Tends simplement l'oreille pour le bébé. Je serai vite rentrée. »

Elle parcourut les rues sombres et humides de Saint Vincent's Harbor en direction du petit centre commercial où se trouvait Tarantino's. La jeune femme qu'elle avait rencontrée la première fois, Gina, lui avait dit au téléphone, dans l'après-midi, que Wade serait de service entre quatre et onze heures. Keely regarda sa montre. Il était sept heures passé. Elle devrait réussir à l'intercepter au départ ou à l'arrivée.

Keely se gara sur le parking devant la pizzeria et marcha entre les gouttes de pluie avant d'entrer. Toutes les tables étaient occupées, une adolescente assurait seule le service, courant d'un client à l'autre, avant de repasser derrière le comptoir où Patsy Tarantino la houspillait. Keely se prépara à une réception peu amène avant de se diriger vers le comptoir.

« Excusez-moi, dit-elle.

— Ouais ? C'est à quel sujet ? dit Patsy qui s'était retourné et la dévisageait.

— Je m'appelle Weaver, dit Keely en repoussant les cheveux mouillés qui lui pendaient sur le front. J'ai parlé à votre femme tout à l'heure. Je cherche Wade...

— Ben vous n'êtes pas la seule, aboya Patsy.

— Oh, s'il n'est pas ici, je peux l'attendre un peu. »

Les yeux sombres de l'homme lancèrent des éclairs furieux. « Je ne sais pas où il est. Cette espèce de bon à rien... il n'est pas revenu, grogna-t-il.

— Comment cela ? demanda Keely. Où est-il parti ?

— Ça je voudrais bien le savoir, cria Patsy. Il est parti faire une livraison, et terminé. On ne l'a pas revu. Il n'a pas téléphoné. Depuis des heures.

— Mais j'ai besoin de le voir, dit Keely.

— Vous n'êtes pas la seule, ma petite dame. Moi aussi. Je veux mon fric. Mes clients veulent leur pizza. Alors, à votre place, je n'attendrais pas. » La serveuse se faufila près de Keely et fit claquer un plateau vide sur le comptoir.

« Deux sandwiches boulettes », cria-t-elle.

Keely s'écarta du passage et regarda dans la salle, confuse. Elle ne savait pas si elle devait attendre. Elle s'était préparée à cette rencontre, dans l'idée que les choses allaient aboutir. La perspective de rentrer les mains vides la déprimait. Elle battit en retraite dans la soirée pluvieuse, et rejoignit le Cherokee. Une fois installée sur le siège du conducteur, elle mit le contact, et le chauffage. *Je vais peut-être attendre ici,* songea-t-elle, *pour guetter son retour.* Elle vérifia que l'enveloppe contenant les billets était toujours dans son sac, avant de le refermer.

Elle alluma la radio, qui diffusa une musique douce dans la pénombre. Elle mit aussi les essuie-glaces, quand elle se rendit compte qu'elle ne voyait rien à travers les gouttes d'eau sur le pare-brise. *Pourquoi ce soir ?* pensa-t-elle. *Je trouve le cran de passer un marché, et voilà qu'il disparaît.* Elle resta aux aguets, observant dans l'arc translucide dessiné par les balais d'essuie-glace chaque véhicule et chaque client qui arrivaient, mais aucun signe de la voiture de Wade avec sa publicité pour la pizzeria. Elle ne voulait pas laisser Dylan et Abby seuls trop longtemps. Abandonner son fils le soir même de son retour de l'hôpital lui donnait un sentiment de culpabilité.

Après une heure d'attente, elle décida d'abandonner. Elle essayerait de nouveau le lendemain. Enclenchant la marche avant, elle traversa lentement le parking et tourna pour reprendre la route. Une voiture s'engagea sur la chaussée derrière elle. Elle roula lentement dans le centre-ville où les stations-service, les restaurants, les magasins, et un bazar de bricolage étaient tous éclairés, avec des clients qui allaient et venaient malgré l'heure tardive et la pluie. A Quincy Street, elle tourna dans Cedarmill Boulevard, pour rentrer chez elle.

Mais s'il y avait encore du monde dans les boutiques, il y avait peu de circulation sur les routes, et elle remarqua qu'une voiture, derrière elle, avait également tourné dans Cedarmill. Lorsqu'elle quitta le boulevard, elle se retrouva dans les petites rues sinueuses et sans éclairage de son quartier résidentiel. La voiture qui l'avait suivie dans Cedarmill avait bifurqué en même temps qu'elle et continuait de la suivre — sauf qu'à présent, le conducteur avait mis les phares et que le reflet dans ses rétroviseurs, accentué par la pluie, était éblouissant.

« Baisse ces fichus phares », dit-elle à voix haute, tout en sachant que l'autre ne l'entendait pas. Ces rues étaient sombres et la visibilité y était restreinte, mais tout titulaire d'un permis de conduire sait qu'on ne met pas ses phares si près d'une autre voiture. Elle fit un appel de ses feux arrière en espérant que l'autre comprendrait le message, mais la voiture s'obstina à demeurer dans son sillage, à la distance adéquate pour maintenir l'effet éblouissant.

« Quelle plaie », dit-elle en accélérant dans l'espoir de laisser l'autre véhicule sur place, mais celui-ci prit également de la vitesse et resta ainsi collé à son pare-chocs, les phares allumés.

Pendant un instant, elle faillit céder à la rage. Mais il était inutile d'avoir un accident, se rappela-t-elle. *Qu'il aille se faire voir.* Elle se dit qu'elle pouvait quitter cette route, puis faire demi-tour au prochain croisement, une fois ce conducteur infâme passé. Un coup de clignotant, et elle tourna. En redressant, elle se rendit compte que la voiture derrière elle avait effectué la même manœuvre. Brusquement, elle comprit, avec un spasme dans l'estomac, que si l'autre conducteur et elle suivaient la même direction, ce n'était certainement pas un hasard. Pour une raison inconnue, l'autre voiture la suivait — délibérément.

Keely sentit son estomac se retourner, et ses mains devinrent humides sur le volant. *Ça suffit,* pensa-t-elle. *Cesse d'avoir ce genre d'idées. Tu deviens folle. Reprends-toi. Simplement parce que la nuit est noire et la route déserte, tu te mets à imaginer des choses. Il n'y a aucune raison au monde pour que tu sois suivie.*

Brusquement, les phares se rapprochèrent, puis disparurent. Avant qu'elle comprenne pourquoi elle ne les voyait plus, elle sentit un choc brutal dans son pare-chocs arrière. Surprise par l'impact, Keely relâcha un peu la pression de ses mains sur le volant qui se mit à lui échapper. Cramponne-toi, se dit-elle. Et de s'accrocher au volant, en même temps qu'elle sentait une seconde secousse derrière. Elle ne parvenait pas à y croire. La voiture qui la suivait la heurtait délibérément. « Pourquoi ? cria-t-elle. Arrêtez ! » Sauf que personne ne pouvait l'entendre. Trop sonnée pour faire autre chose que prier et tenir bon le volant, elle sentit sa voiture déraper de façon incontrôlée sur la chaussée humide et luisante. Elle vit un accotement et enfonça la pédale de frein, mais le Cherokee ne lui obéissait plus, les roues étaient bloquées. *Mon Dieu aidez-moi,* pensa-t-elle lorsque sa voiture continua de déraper et plongea, tandis que, plus haut, l'autre voiture continuait sa route, avant de disparaître dans la nuit.

« Qu'est-ce qu'il y a ? Que se passe-t-il ? » Dylan ouvrit la porte de la chambre d'enfant. A la lumière venant du vestibule, plus celle de la veilleuse près de la commode à langer, il distingua Abby, debout dans son lit, ses petits poings serrés sur les barreaux, son petit visage rouge et déformé à force de pleurer.

Elle regarda sa silhouette s'encadrer dans la porte, les yeux brillants de larmes et les hurlements réduits à de petits sanglots.

« Tu veux ton biberon ? demanda-t-il, plein d'espoir. Une seconde. Je vais le chercher. Le temps de le réchauffer et je reviens. Une minute. » Il leva un doigt, comme pour indiquer une minute, une seule, avant de sortir de la pièce, en laissant la porte entrouverte. Sa disparition ne fit que déclencher de nouveau les hurlements de Abby. Il entendit ses cris le poursuivre dans le couloir alors qu'il se précipitait vers la cuisine, sortait le biberon du réfrigérateur, le mettait au micro-ondes.

« J'arrive, j'arrive », cria-t-il.

La minuterie sonna et il récupéra le biberon avant de foncer vers la chambre de Abby. A l'instant où il traversait le vestibule, on sonna à la porte.

Et merde, pensa-t-il. Il se doutait de qui allait être derrière la porte. La vieille sorcière d'à côté. Qui devait avoir appelé les flics parce que Abby pleurait encore. Il eut vaguement envie de la laisser sous la pluie, mais la sonnette retentit de nouveau, insistante, et il savait que sa mère aurait voulu qu'il réponde. Elle lui avait laissé la responsabilité des lieux. Il alla ouvrir.

« Quoi ? » dit-il.

Nicole Warner était debout sur la pas de la porte. « Dylan ? demanda-t-elle. Je suis Nicole.

— Je sais.

— C'est Abby qui pleure ?

— Oui. Qu'est-ce que tu veux ?

— Tu ne crois pas que tu devrais aller chercher le bébé ?

— Si. Entre », marmonna-t-il en lui tournant le dos pour se diriger vers la chambre.

Abby était toujours debout dans son lit et hurlait, le visage écarlate. Dylan la souleva pour la sortir du lit avant de la faire sauter dans ses bras. « Hé, regarde un peu ce que j'ai pour toi », dit-il. Mais Abby repoussa le biberon en hurlant de plus belle.

Nicole, qui l'avait suivi, se proposa timidement. « Tu veux que j'essaye ? Je me suis déjà occupée d'elle. »

Dylan lui passa le bébé comme un paquet de linge sale. « Avec plaisir », dit-il.

Nicole prit le bébé, et une fois Abby bien installée dans

ses bras, montra le biberon. « Tiens Abby, cajola-t-elle. Prends ton biberon. »

Abby continua de pleurer et de se débattre.

« Essaye le rocking-chair, suggéra Dylan. Ça marche, quelquefois, avec Maman. »

Nicole alla s'asseoir dans le rocking-chair avec Abby. « Où est ta mère ? »

Dylan consulta la pendule sur le mur de Abby, avec la vache qui saute par-dessus la lune. « Elle est sortie. Elle devrait être rentrée à cette heure. »

Nicole assurait le balancement du fauteuil avec un pied, tout en cherchant les paroles pour consoler le bébé dont les sanglots se calmaient. Elle titillait les lèvres de Abby avec la tétine, que la petite finit par prendre, et téter.

« Ouf, fit Dylan.

— Je sais, chuchota Nicole, qui berçait le bébé dans le fauteuil sans cesser de la regarder. Quand es-tu rentré ? » demanda-t-elle négligemment.

Il se rendit compte immédiatement qu'elle savait où il était. Il n'était pas très utile de faire semblant. « Aujourd'hui », dit-il.

Nicole enregistra, puis un long silence s'installa. Nicole finit par demander : « Où elle est allée, ta mère ? »

Dylan regarda encore une fois la pendule. « Elle est sortie, c'est tout, répondit-il, agacé. Qu'est-ce que tu es venue faire, d'ailleurs ? »

Nicole eut un haussement d'épaules. « J'étais censée venir ici et faire comme si l'idée venait de moi, pour l'inviter, elle et toi aussi, si tu veux, à venir dîner demain.

— Et de qui est l'idée ? demanda Dylan.

— De mon père. Je crois qu'il a un faible pour ta mère.

— Divorcé ? »

Nicole secoua la tête. Son regard resta fixé sur Abby. « Ma mère est morte.

— Oh, excuse-moi. »

Nicole fit signe qu'elle avait entendu.

Dylan soupira. « Merci pour la proposition, mais là tout de suite, je ne sais pas ce qu'elle veut faire. » Il marcha jusqu'à la fenêtre et scruta l'obscurité. « Je ne sais même pas où elle est. »

30

« Vous avez eu de la chance », dit l'homme en bleu de travail qui venait d'arriver avec la dépanneuse. « Une sacrée chance de ne pas avoir versé. Je ne saurais vous dire combien de véhicules comme le vôtre j'ai dû remettre sur leurs roues après un accident de ce genre »

Keely opina sans rien dire. Elle tremblait de la tête aux pieds.

« Vous êtes certaine que vous ne voulez pas aller à l'hôpital ? demanda le conducteur de la dépanneuse.

— Non, je vais bien », murmura Keely.

L'homme écrivit quelques lignes sur un porte-papier qu'il tendit à Keely. « Tenez, si vous voulez bien signer. Vous devriez appeler les flics au sujet de ce type, vous savez. Les dingos de ce genre font des dégâts. Je ne sais pas pourquoi tout le monde est tellement pressé en ce moment. Moi, j'appellerais, à votre place.

— Je veux juste rentrer chez moi, dit Keely. J'ai deux enfants qui m'attendent.

— Bon, il faut qu'elle y aille, dit le conducteur, résigné. Vous êtes sûre que tout va bien ?

— Absolument », dit Keely qui griffonna sa signature à l'endroit marqué d'une croix.

L'homme rendit à Keely sa carte d'abonnement dépannage, avant de regagner son camion et de monter dans la cabine. « Restez bien sur la route », dit-il avant de partir.

Keely remonta dans le Cherokee. Elle mit le contact, puis le chauffage, au maximum. En quelques instants, la chaleur devint étouffante à l'intérieur de la voiture. Keely sentit les frissons cesser, mais elle n'était pas encore prête à conduire. Elle sortit son portable de son sac et le contempla. Puis, lentement, elle fit le numéro de chez elle.

« Allo ?

— Dylan, dit-elle. Est-ce que tout va bien ?

— Oui, mais où es-tu passée, Maman ?

— Je vais bien. Tout va bien, mentit-elle.

— Tu as vu le type ?

— Comment cela ? Quel type ?

— Le livreur de pizzas.

— Non, dit-elle. Je n'ai pas pu. J'ai attendu longtemps, mais il ne s'est pas montré.

— Oh », dit-il. Elle perçut la déception dans l'intonation de sa voix.

« Abby va bien ?

— Oui. Elle a piqué une colère, mais cette fille, Nicole, est passée. Elle m'a aidé à la calmer.

— Elle va bien, maintenant ?

— Oui. Elle dort.

— C'est bien, murmura Keely.

— Le père de Nicole voulait nous inviter à dîner ou un truc comme ça », dit-il de but en blanc.

Keely ne répondit pas.

« Maman ?

— Je t'ai entendu.

— Qu'est-ce qui se passe ? Ça n'a pas l'air d'aller, dit Dylan.

— Tout va bien. Je vais bien. Je rentre maintenant. Si tu fermais la porte à clé et montais te coucher. Tu as l'air très fatigué.

— Je ne sais pas, dit-il. Je vais voir. »

Il y eut un silence.

« Je voulais juste vérifier, dit Keely, être sûre que Abby et toi alliez bien.

— Tu n'as pas confiance en moi ? demanda-t-il.

— Tu le sais bien.

— A tout de suite », dit-il avant de raccrocher.

Keely souffla et rangea le téléphone dans son sac sur le siège avant. Elle regarda la rue, devant et derrière, mais il n'y avait rien, aucun signe d'une autre voiture. *C'était juste un cinglé*, se dit-elle. *Il avait une colère à écluser, et tu t'es trouvée sur son chemin.* Voilà ce qui avait dû se passer. Parce qu'elle ne pouvait pas se résoudre à croire qu'il s'agissait d'un geste délibéré. Que quelqu'un l'avait suivie et lui avait fait volontairement quitter la chaussée. Non, ce n'était pas possible.

Elle regarda dans son rétroviseur, posa ses deux mains tremblantes sur le volant. Brusquement elle avait peur de reprendre la route. Une partie d'elle voulait seulement rester sur place et pleurer. Mais elle avait hâte d'être à la maison, et il n'y avait pas trente-six façons de retrouver ses enfants. Elle respira un grand coup, enclenchant la marche avant, puis engagea le Cherokee sur la route silencieuse et déserte.

La maison était calme lorsqu'elle arriva. Après avoir verrouillé les portes et être passée voir Abby, Keely appela doucement depuis le bas de l'escalier. Dylan répondit par un grognement. Satisfaite, Keely alla se faire une tasse de thé dans la cuisine. Elle retardait le moment de monter dans la chambre de Dylan. Elle pensa que peut-être, si elle attendait assez longtemps, il serait endormi. Il avait besoin de sommeil, se dit-elle. Mais elle savait que surtout, elle n'avait aucune envie de devoir lui expliquer ce qui s'était passé. Peut-être que demain matin il oublierait de poser la question. Ou que s'il la posait, elle pourrait le contenter avec une réponse vague. Il n'avait pas besoin d'un sujet d'inquiétude supplémentaire, en ce moment. Il n'avait pas besoin d'avoir peur. Elle sirota son thé en traînant, jusqu'à ce qu'il soit froid dans la tasse. Elle avait encore la sensation nauséeuse de l'autre voiture heurtant son véhicule, les pneus qui dérapent, la voiture qui part en vrille. Malgré tous ses efforts, elle ne se souvenait de rien à propos de cette voiture — ce qui était une raison de plus de ne pas appeler la police. Elle ne lui avait pas prêté la moindre attention avant d'être attaquée, tous phares allumés. Et alors, on ne voyait plus rien. Sauf une lumière éblouissante. Elle se leva et jeta le reste de sa tasse dans l'évier. Puis, ayant traîné tant qu'elle pouvait, elle monta l'escalier sur la pointe des pieds et alla jusqu'à la porte de Dylan. Elle vit qu'elle béait de quelques centimètres. A l'intérieur, le silence, et l'obscurité.

Elle poussa la porte. Dans le noir, elle distingua le sommet de son crâne sur l'oreiller et la forme de son corps dans le T-shirt et pantalon de survêtement, affalé sur le lit, les pieds sortant de la couverture afghane que lui avait tricotée Ingrid. *Ouf,* pensa-t-elle dans un soupir. *Il dort.*

« Maman ? »

Keely sursauta. « Bonsoir trésor, chuchota-t-elle. Je suis désolée de t'avoir dérangé.

— Ce n'est pas grave, dit-il. Je ne dormais pas. »

Keely marqua un temps d'hésitation. « Tu as besoin de quelque chose ? Tu as faim ? Soif ? »

La silhouette allongée était silencieuse.

Keely entra dans la chambre. « Dylan ? demanda-t-elle.

— Je n'ai besoin de rien », dit-il, agacé.

Elle détesta la note agressive dans sa voix, comme si tout ce qu'elle pouvait faire l'ennuyait. Comme s'ils n'avaient fait aucun progrès, qu'ils n'étaient pas devenus plus proches que... qu'avant.

« Où est le problème, Dylan ? demanda-t-elle. Qu'est-ce qui ne va pas ?

— Pourquoi as-tu mis autant de temps, ce soir ? »

Immédiatement, elle se mit à forger un mensonge. Puis elle se rendit compte qu'elle recommençait, qu'elle faisait exactement ce qu'elle s'était juré de ne plus faire — le traiter comme si elle ne pouvait pas lui confier la vérité. Comme s'il était trop jeune pour comprendre.

« Je... je suis restée un bon moment à attendre que cet homme montre son nez, dit-elle. Quand j'ai vu qu'il ne revenait pas, je suis partie, direction la maison. Il y avait une voiture qui me suivait. Je... nous avons failli avoir un accident. Le Cherokee a quitté la route. J'ai été obligée d'appeler une dépanneuse. »

Il se redressa dans son lit. « Que s'est-il passé ? Tu as freiné trop sec ? »

Keely mordilla sa lèvre inférieure, se demandant jusqu'où elle pouvait aller.

« Maman, que s'est-il passé ?

— Je ne veux pas t'embêter, Dylan. Tu viens juste de rentrer, tu...

— Dis-moi, insista-t-il.

— L'autre voiture... m'a poussée hors de la route. »

Il ne dit rien. Elle ne voyait pas son visage dans l'obscurité de la chambre. « Je ne sais pas ce que j'ai fait pour provoquer ce type, dit-elle d'un ton qui se voulait détaché. Mais j'ai dû faire quelque chose, parce que je conduisais tranquillement et d'un seul coup, il a m'emboutie par-derrière. La chaussée était humide, et avant que je puisse réagir...

— Il aurait pu te tuer, dit-il d'une voix monocorde.

— Allons, je suis là, trésor. Ce n'était pas si grave.

— Mais cela aurait pu.

— En tout cas, c'est fini », dit-elle fermement.

Il ne parla pas tout de suite. Puis il demanda froidement : « Et si tu étais morte ?

— Oh, ne sois pas bête. Je ne vais pas mourir.

— Qu'est-ce qu'il y a de si bête ? Papa est bien mort. »

Elle remarqua qu'il n'avait fait aucune allusion à Mark. « Je retire le mot bête, dit-elle prudemment. Tu n'es pas bête. Il est sans doute naturel, après ce que tu as vécu, que tu sois inquiet. Mais, Dylan, tu sais parfaitement que Papa... a choisi de mourir. »

Dylan toucha instinctivement le pansement qu'il avait sur la gorge. Keely se souvint des mots du Dr. Stover. Dylan avait une peine immense qu'il n'avait pas exprimée, concernant la mort de Richard. *Le moment est mal choisi*, songea-t-elle aussitôt. Puis elle se rendit compte qu'elle essayait simplement d'échapper à une conversation pénible. Quel moment serait *bien* choisi ? Elle alla jusqu'à son lit, au pied duquel elle s'assit.

« Nous n'avons jamais vraiment parlé de la mort de papa, dit-elle.

— Si, nous avons dit des choses, dit-il, sur la défensive.

— Tu étais très jeune quand c'est arrivé. Le retrouver comme ça... je sais que cela a été l'horreur pour toi. J'aurais probablement dû trouver quelqu'un pour parler avec toi. Un professionnel qui aurait pu t'aider à surmonter l'épreuve. J'ai essayé de t'aider, mais visiblement je n'ai pas été très efficace.

— Je ne veux pas discuter de ça, marmonna-t-il entre ses dents. Pourquoi est-ce que tu remues ce passé ?

— Je veux seulement être sûre que tu comprends, Dylan. La mort de papa — tu n'y es pour rien. Il t'adorait. Il ne voulait pas t'abandonner. Ni moi non plus. C'était juste ces migraines. Il souffrait trop. »

Il y eut un silence de mort du côté de Dylan.

« Tu ne te rappelles sans doute pas tout cela, mais sa vie était devenue un enfer. Il a vu tous les médecins, il a essayé tous les traitements. Rien n'y a fait. Les migraines étaient de plus en plus fréquentes. Il n'avait aucun répit. Il ne pouvait plus continuer ainsi, dit-elle. Je ne sais pas si je t'ai jamais expliqué ces choses...

— Tu ne comprends rien, dit-il d'une voix étranglée.

— Dylan ! s'écria-t-elle, surprise par cette accusation.

— Excuse-moi. Je retire.

— Je crains que ce ne soit pas suffisant. Pourquoi as-tu dit cela ? »

Silence, de nouveau. Elle attendit.

« Je n'aurais pas dû..., marmonna-t-il.

— Mais tu l'as fait.

— Je ne veux pas parler de cela, c'est tout, dit-il.

— Eh bien, je regrette, mais ne pas en parler ne nous a amené que du chagrin. Alors si tu as quelque chose à me dire, pourquoi ne pas le faire ? Si tu m'en veux, vas-y, dis-le-moi. Je ne serai pas fâchée. Promis. »

Il y eut encore un long silence. Lorsqu'il parla, ses paroles furent totalement inattendues. « Il y a un secret dont je ne t'ai jamais parlé. Au sujet de papa. »

Elle sentit les cheveux se dresser sur sa tête. « Vraiment ? dit-elle, en essayant de conserver un calme apparent.

— Tu vas être furieuse contre moi », soupira Dylan.

Keely fit non de la tête, mais son cœur battait à tout rompre. Elle essaya de contrôler sa voix.

« Essaye.

— C'est arrivé... c'est à propos de... la mort de papa. »

Oh Seigneur, pensa-t-elle. « Oui, alors ? » demanda-t-elle.

Dylan gigota, comme si la couverture le grattait, comme si ce qu'il essayait de dire le mettait physiquement mal à l'aise. Keely se contraignit à la patience. Ne pas le harceler. Il avait besoin de dire quelque chose, même si elle n'avait pas envie d'entendre la chose en question.

« Tu vas me tuer », dit-il.

Keely se força à ne pas perdre son calme. « Je ne pense pas que je vais te tuer, dit-elle, d'un air qu'elle voulait détaché. Je viens juste de réussir à te ramener à la maison. » Sa prétention à l'insouciance échoua. Elle entendit le tremblement dans sa voix. « Ce n'est pas pour te laisser t'échapper maintenant. Tu comptes trop pour moi. »

Dylan hésita. « Il avait laissé un mot, dit-il platement.

— Un mot ? répéta Keely en le regardant hébétée.

— Un mot... avant de se suicider. Sur l'ordinateur. Je l'ai effacé. »

Keely sentit les larmes lui monter aux yeux. Le jour du suicide de Richard lui revint, comme si c'était hier. « Dylan », dit-elle. Son regard était incrédule.

« Je savais que tu serais folle furieuse si je te le disais. »

Il ne faut pas, pensa-t-elle fermement. *Il ne faut pas le punir de t'avoir dit la vérité. C'est le fardeau dont il devait absolument se décharger.* Mais elle ne put s'empêcher de lancer : « Pourquoi as-tu fait cela ?

— Parce que je suis mauvais, d'accord ? Je suis mauvais, mauvais, mauvais.

— Dylan, ne dis pas cela. Tu n'es pas mauvais. Tu n'as jamais été mauvais. Je ne veux plus jamais t'entendre parler ainsi, dit-elle sèchement. Je suis heureuse que tu m'aies parlé. Simplement, je ne comprends pas. Pourquoi tu as fait cela ? Que disait ce mot ? »

Il ferma les yeux et secoua la tête. « Je ne sais pas. Je ne sais pas. » Puis, avec un soupir : « Si, je sais. »

Elle attendit, l'observant attentivement.

« C'est ce que tu disais... j'ai eu peur...

— Peur ? s'écria-t-elle. Peur de quoi ?

— Je ne voulais pas que tu saches. Je croyais que tu serais furieuse contre lui, dit-il d'une toute petite voix.

— Furieuse contre lui ? Tu es sérieux ? Il s'est tiré une balle, bon sang.

— Tu vois ? Je savais qu'il ne fallait pas que je te le raconte. »

Keely leva les mains, comme si elle s'avouait vaincue. « Désolée, dit-elle en inspirant profondément. Excuse-moi.

— Je ne savais pas quoi faire. J'avais neuf ans, gémit-il.

— Je comprends. Je suis désolée. Dylan, que disait le mot ?

— Je ne me rappelle pas tout, dit-il piteusement.

— Dis-moi ce dont tu te souviens, exigea-t-elle.

— Je savais que tu serais fâchée.

— Il faut que je sache. C'était à propos des migraines ?

— Non, ce n'est pas les migraines. C'est bien ce que je voulais dire. »

Keely le regarda droit dans les yeux. « Alors quoi ? Je t'en prie, trésor. Je ne suis pas fâchée. Dis-moi...

— Il a tué quelqu'un, lâcha Dylan.

— Dylan, seigneur !

— Je ne mens pas, Maman. Le mot était sur l'écran quand je l'ai trouvé. Je ne l'ai lu qu'une fois, mais je n'oublierai jamais cette partie. Lui, et un ami à lui, ensemble. Et il se sentait coupable. Il ne pouvait plus vivre avec ce sentiment de culpabilité. Voilà ce qu'il disait.

— Je ne peux pas... je ne... » Keely secouait la tête, incrédule.

Dylan se pencha vers elle. Elle voyait ses yeux maintenant, grand ouverts, hantés. « Je ne sais pas, Maman. J'avais neuf ans. Je suis entré dans la pièce. Je l'ai vu par terre. J'ai lu ce qu'il avait écrit. C'était sur l'écran. Il y avait des mots que je ne comprenais même pas. J'étais en huitième. Il y avait des passages entiers que je ne comprenais pas. Il disait qu'il avait tué quelqu'un. Ça, je sais. Lui, et un ami à lui. Et il ne se supportait plus. Je ne savais pas... je ne voulais pas que tu voies. Alors j'ai effacé. Je suis désolé, Maman. »

Keely appuya la paume de ses mains contre ses yeux. « Oh, Seigneur !

— Je sais que je n'aurais pas dû. J'avais juste peur de te le dire. »

Des larmes plein les yeux, elle regarda son fils. Elle le revoyait à neuf ans, petit, les genoux noueux. N'ayant pas tout à fait cessé de croire au Père Noël et à la Petite Souris. Confronté à une réalité que personne — surtout pas un enfant — ne devrait jamais avoir à assumer. Se disant, malgré l'horreur absolue de la situation, qu'il allait essayer de faire bouclier pour sa mère. Image dévastatrice d'un petit garçon au cœur brisé qui décide de protéger sa maman. « Oh, Dylan, tu n'étais qu'un petit enfant. Comment pouvais-tu savoir ? Tu as cru que tu faisais ce qu'il fallait.

— Tu ne m'en veux pas ?

— Non. Bien sûr que non, chéri. Comment aurais-tu su ? Rien n'aurait pu te préparer, jamais, à cette situation. »

Dylan poussa un grand soupir de soulagement. « Alors, tu ne m'en veux pas du tout ?

— Non, bien sûr que non. Tu essayais de m'épargner. Mais c'était qui ? Qui a-t-il tué ? Et pourquoi ? C'est impossible. Il m'en aurait parlé. Et qui était cet ami ?

— Je ne me souviens pas, reconnut honteusement Dylan. Mais depuis quelque temps je me demandais... »

Ils se regardèrent dans la pénombre. Les yeux de Keely s'agrandirent. « Mark ? » murmura-t-elle.

Dylan soutint son regard. « C'est la question que je me posais.

— Oh Seigneur, qu'a-t-il voulu dire ? gémit-elle. Ne pas savoir — c'est ... rageant... frustrant. Ne jamais savoir...

— En réalité, j'ai réfléchi », fit Dylan en rejetant la couverture. Les genoux pliés et remontés, il croisa les bras sur ses jambes de survêtement et posa le menton sur ses rotules.

Elle lui jeta un regard étonné.

« J'ai réfléchi. Il y aurait peut-être un moyen... »

Keely resta les bras ballants, le regard figé. « Quoi ? Qu'est-ce que tu dis ? »

31

Ingrid Bennett vint répondre à la porte en long peignoir de velours bleu canard et pantoufles roses à pompons. Le visage de Dylan s'illumina d'un sourire en la voyant. « Bonjour, Grandma », dit-il en lui faisant un gros câlin.

Ingrid l'enlaça, tapotant des deux mains son blouson de cuir, comme si elle doutait de la réalité de sa présence. « Bonjour, chéri. J'ai été vraiment contente d'apprendre ton retour. Tu as bien dormi en retrouvant ton lit, hier soir ? » demanda-t-elle en prenant du recul pour sonder avec inquiétude son visage.

Keely et Dylan échangèrent un regard. « J'ai eu un peu de mal à m'endormir, au début, dit-il. Mais je vais bien. Maman dit que toi, tu es malade. »

Ingrid considéra Keely qui se tenait derrière son fils, sur le pas de la porte. « Je vais mieux, dit-elle faiblement. Entrez, je vais vous trouver quelque chose à manger.

— Je ne veux rien manger, Grandma, dit fermement Dylan. Je suis juste venu pour te voir.

— C'est vrai, dit Keely qui entra aussi, avec Abby dans les bras. Ingrid, vous devriez retourner dans votre lit, que vous n'êtes pas censée quitter.

— Je peux me lever un moment », répliqua Ingrid. Elle regarda son petit-fils. « Je suis tellement contente de te voir. Est-ce que tu as mal ? demanda-t-elle, en montrant le pansement sur son cou.

— Pas trop », dit Dylan.

Ingrid réussit à se traîner jusqu'à son fauteuil préféré où

elle s'assit sur la pointe des fesses. Avec un soupir, elle observa Dylan et ses yeux tristes brillèrent. « Tu sais que tu as failli me faire mourir de peur.

— Je suis désolé, Grandma, bredouilla-t-il.

— Comment marche le régime ? demanda Keely. Il fait de l'effet ? » Elle posa Abby sur le tapis et sortit le coffre à jouets du placard de l'entrée. Abby se fit un plaisir d'y plonger.

« Un peu, dit Ingrid sans conviction. Ça et la boisson prescrite par le docteur. Bien que je déteste le goût de ce truc. J'ai l'impression de boire de la craie liquide. Je dois aller refaire une radio dans deux semaines, mais je sens que les choses s'arrangent. Sauf que je n'ai rien de sympathique à vous offrir. Vous auriez dû m'avertir de votre visite.

— C'est précisément pour cette raison que nous ne l'avons pas fait, dit Keely. Parce que nous savions que vous vous lanceriez dans le ménage et la cuisine, au lieu de rester au lit.

— C'est vrai que je me fatigue vite, reconnut Ingrid.

— Viens, Grandma. Je vais t'aider à retourner dans ta chambre. »

Ingrid le regarda, incrédule. « Qu'est-ce que tu racontes ? Pour que je manque ta visite ? Je ne l'envisage même pas.

— Tu ne vas pas manquer ma visite. J'avais envie de passer la nuit ici. Pour pouvoir te surveiller.

— Oh, chéri, non, dit Ingrid, affolée. Je n'ai rien de prêt. La pièce à couture est un vrai bazar. Le canapé-lit n'est même pas fait. Tu aurais dû me téléphoner.

— Tu as raison, dit Dylan. Pour que tu sois encore malade comme un chien d'avoir soulevé le matelas et d'être allée faire les courses.

— Je m'occupe de la pièce à couture, dit Keely. Enfin si vous avez envie qu'il reste. »

Les yeux de Ingrid rayonnèrent. « Si j'ai envie..., s'exclama-t-elle.

— Et je vais préparer à manger, dit Keely. Je cours jusqu'à l'épicerie et je rapporte des provisions. Je m'en serais occupée plus tôt, mais...

— Ne vous faites pas de souci, mon petit, je sais, dit Ingrid à Keely, que ces marques inhabituelles d'affection de son ancienne belle-mère firent rougir.

— Pour commencer, dit Keely, je vais là-bas faire le lit. » Et de retourner le doigt pointé sur Ingrid qui avait fait mine de se lever. « Restez assise. Je sais où tout se trouve. »

Ingrid se rassit avec un soupir. Dylan s'installa par terre, à ses pieds, et appuya le front contre le velours qui couvrait ses genoux. Elle tendit la main pour caresser le crâne rasé de frais. Le cœur de Keely saigna de les voir ainsi, souffrant tous les deux et chacun cherchant un peu de réconfort chez l'autre.

Keely traversa le couloir jusqu'à la pièce à couture et alluma. Tout était en désordre, comme si Ingrid avait été interrompue et appelée ailleurs au beau milieu d'un projet d'envergure. Tout en redressant les coupons et en rangeant les patrons, elle ne cessait de regarder l'ordinateur posé sur un coin de bureau.

Au début, elle avait protesté contre le plan de Dylan. Mais il avait insisté en affirmant que tout était prévu. Ingrid utilisait encore le vieil ordinateur de son fils, dont Keely lui avait fait cadeau lorsqu'ils étaient venus emménager ici, parce que Mark était équipé à neuf et qu'ils n'avaient pas vraiment besoin du modèle obsolète de Richard. Mais il n'était pas impossible qu'un fichier contenant le mot laissé par Richard avant de se suicider soit resté dans le disque dur. Une fois Ingrid endormie, lorsqu'il serait seul dans la chambre d'amis, Dylan avait l'intention de chercher. Keely se rendit compte que son fils en savait plus long qu'elle n'en saurait jamais en informatique. Héritage paternel. Si la lettre était encore là-dedans, il était celui qui saurait la récupérer.

« Je veillerai toute la nuit s'il le faut », dit-il.

Keely dut bien tenter de lui rappeler qu'il avait besoin de dormir.

« J'ai encore plus besoin de retrouver ce mot », avait-il répondu.

Elle savait qu'il disait la vérité. Sur une chose en revanche ils étaient tombés d'accord : mettre Ingrid au courant de ce qu'il essayait de faire ne servirait qu'à la bouleverser et l'horrifier. C'est pourquoi ils n'avaient rien l'intention de lui dire.

Keely entendait le murmure de leurs voix, dans la salle de séjour, ponctué par les joyeux borborygmes de Abby. Elle détestait tromper les gens, mais elle n'avait pas d'autre façon d'arriver à la vérité. Dylan se souvenait seulement que le message disait que Richard et Mark étaient responsables d'une mort, ce dont Richard éprouvait un terrible sentiment de culpabilité. Richard et Mark se connaissaient depuis des années. Tout le monde en ville lui avait répété qu'ils étaient les meilleurs amis du monde. Pourtant, elle ne se rappelait pas avoir jamais entendu Richard parler de Mark, ni avant, ni pendant leur mariage. Quelque chose les avait éloignés l'un de l'autre. Elle avait toujours pensé que c'était simplement le temps et la distance. Mark n'avait jamais fait allusion à quoi que ce soit. Mais s'il y avait autre chose ? Et si cette autre chose avait un lien avec la mort de Mark ? S'il existait un rapport, elle devait le découvrir.

Keely borda les draps sur le canapé-lit, en soignant les coins, puis elle garnit la taie avec un oreiller en plumes d'oie. Dylan voulait se rendre utile. Elle avait l'impression que parvenir à récupérer ce message lui ferait plus de bien que toutes les heures de sommeil réparateur. Après avoir respiré profondément, elle revint vers la grande pièce.

« Voilà, dit-elle avec entrain. Je file jusqu'à l'épicerie faire les courses pour le dîner. De quoi d'autre avez-vous besoin ? Un peu de soupe ? Des desserts ? Je vais vous préparer un dessert, voulez-vous ? »

Ingrid sourit, et son visage avait une sérénité que Keely ne lui avait plus vue depuis longtemps. « Excellente idée », dit-elle. Visiblement, la présence de Dylan lui mettait du baume au cœur.

« Achète-moi des Ring Dings, demanda Dylan.

— Des Ring Dings ! » protesta Keely.

Mais Ingrid eut un rire indulgent.

« Bon, accordé, dit Keely. C'est comme si c'était fait. »

Et de se lancer dans son expédition à l'épicerie, malgré une certaine difficulté à se concentrer sur la liste des commissions. A son retour, Dylan et Ingrid étaient assis côte à côte sur le canapé, méditant sur les cartes qu'ils avaient en main pour tenter de remporter une cruciale partie de gin-rummy pendant que Abby regardait un dessin animé à la télévision.

Keely se rendit à la cuisine pour mettre le dîner en route, et tout en se débattant au mieux entre des placards peu familiers, elle passa un coup de fil au Tarantino's. A son grand soulagement, ce fut Gina qui décrocha. Keely se fit connaître à voix basse et s'enquit de Wade.

« Je ne sais pas où il est, dit Gina. Il n'est pas revenu.

— Il n'a pas appelé pour expliquer son absence ? demanda Keely.

— Non, rien du tout. Nous avons retrouvé la voiture de livraison avec les clés sur le contact, garée devant la galerie marchande.

— Accepteriez-vous de me donner ses coordonnées, adresse et téléphone ? Il est très important que je le joigne.

— Je ne suis pas censée le faire, dit Gina qui, après un bref silence au bout du fil ajouta : Et puis tant pis. Il aurait un certain culot de venir se plaindre !

— Merci. » Keely se hâta de noter l'information qu'elle fourra au fond de sa poche.

Au moment précis où elle raccrochait, Ingrid entra dans la cuisine. « Vous trouvez tout ce dont vous avez besoin ? demanda-t-elle.

— Pas de problème, dit fermement Keely. Mais retournez vous asseoir, maintenant. Laissez-moi faire. »

Keely et Abby restèrent le temps de dîner et de faire un brin de rangement. Puis Keely prépara Abby pour le départ et leur souhaita une bonne nuit. « Je repasse le prendre demain matin, dit-elle.

— Je risque de vouloir de garder, dit Ingrid, les yeux pétillants.

— Je ne le donne pas, répondit gentiment Keely, avant d'embrasser rapidement Dylan. Bonne chance », murmura-t-elle. Dylan esquiva les effusions et fit mine de n'avoir rien entendu. Mais avant que la porte ne se referme sur elle, leurs regards se croisèrent et il lui fit un signe de connivence.

Keely emmena Abby jusqu'au Cherokee, l'attacha sur son siège enfant, derrière, puis s'installa au volant. Elle sortit l'adresse de Wade de sa poche. Elle avait envie de se rendre là-bas sur-le-champ, mais après sa mésaventure de la veille, elle n'allait pas prendre le risque avec Abby dans la voiture. Un instant, elle réfléchit à la conduite à tenir. Puis, les lèvres pincées dans une moue résolue, elle prit la direction de sa rue et s'engagea dans l'allée des Warner.

Elle frappa à la porte, et Nicole vint ouvrir : « Bonjour, dit-elle joyeusement.

— Bonjour, dit Keely. Tu vas bien ?

— Très bien. Entrez. Dylan est resté chez sa grand-mère ? »

Après une première réaction de surprise, Keely se rappela que Dylan avait appelé Nicole pour l'informer qu'ils ne pouvaient pas venir dîner parce qu'ils allaient voir Ingrid. « Il passe la nuit là-bas, dit Keely. Ecoute, Nicole, je sais que je m'y prends au dernier moment, mais je me demandais si je pourrais laisser Abby ici un court instant.

— Bien sûr. Mais patientez une minute. Je préviens papa que vous êtes là.

— Non, franchement. Je suis pressée », s'excusa Keely.

Au même moment, tenant les pages sport du quotidien dans sa main droite, Dan Warner fit son apparition dans le vestibule. « Keely, bonjour, dit-il chaleureusement.

— Bonjour, Dan. Je disais justement à Nicole que j'ai besoin de vous laisser Abby, très peu de temps.

— Pas de problème, fit Dan. Où courez-vous si vite ? »

Keely se sentit devenir écarlate et pointa vaguement le doigt en direction du Cherokee. « Je dois... euh... absolument voir quelqu'un. J'en ai pour quelques minutes.

— Trésor, emmène Abby dans la pièce à côté, tu veux ? »

Nicole prit docilement Abby dans ses bras. « Viens me voir, lui dit-elle à l'oreille. J'ai un petit gâteau pour toi. Si, c'est vrai.

— Merci infiniment. » Keely eut un sourire forcé. « Je sais que je vous prends à l'improviste... »

Dan la regarda d'un air soucieux. « Lorsque Dylan a

appelé Nicole, ce matin, il lui a raconté que vous vous étiez fait sortir de la route hier soir, dit-il sans précaution oratoire.

— Oh, soupira Keely. C'était juste... cela aurait pu arriver à n'importe qui. Il y a tant de conducteurs pressés de nos jours.

— Il lui a aussi parlé du type de Tarantino's Pizza. Qui veut vous extorquer de l'argent. »

Dylan ! songea Keely avec colère. Elle ne parvenait pas à croire qu'il clamait partout leurs histoires. Il allait falloir lui indiquer clairement que certaines choses étaient censées rester entre elle et lui. Dan continuait de la regarder, attendant une explication. « Oh, vous savez comment sont les enfants, dit-elle négligemment. Ils adorent dramatiser les situations. »

Dan posa le journal sur la table du vestibule et scruta le visage de Keely, les bras croisés sur sa large poitrine. « Ne lui en veuillez pas d'avoir parlé à Nicole. Cette histoire l'inquiète.

— Je sais, soupira Keely en fuyant son regard.

— Votre petite course de ce soir a-t-elle un lien avec cette affaire ? »

Keely envisagea de mentir, mais il y avait quelque chose chez Dan qui excluait la solution du mensonge. « Il faut que j'essaye de retrouver ce type. J'ai son adresse personnelle.

— Qui ? demanda Dan. Le maître chanteur ? Le type qui vous a fait tomber chez vous, l'autre soir ?

— Ecoutez, je sais, vous ne pouvez pas comprendre. »

Dan ouvrit la porte du placard du vestibule et sortit une veste. « Oh, je comprends fort bien, dit-il. Je comprends que vous ne devez pas aller là-bas toute seule. Alors je vous accompagne.

— Je ne veux impliquer personne d'autre dans cette affaire, protesta sèchement Keely.

— Nikki, appela-t-il. Je sors avec Mrs. Weaver. Nous revenons très vite.

— D'accord, papa, répondit-elle depuis la cuisine.

— Allez, dit Dan en montrant la porte. Ne discutez pas. On en finit au plus vite. »

32

DAN au volant et Keely en copilote, ils trouvèrent la rue où était situé l'appartement de Wade, dans le quartier le plus miteux de St. Vincent's Harbor. Le bâtiment d'un étage, qui datait d'avant-guerre, avait une façade en briques devenues pratiquement noires de crasse au fil des années, faute d'entretien. Le niveau bas abritait un soldeur de meubles dont la succession de vitrines sales exposait un vaste assortiment de lampes en céramique non vernie ainsi que des canapés et fauteuils sans forme. Le magasin était ouvert, avec deux ou trois clients à l'intérieur. Keely ouvrit la porte se trouvant à gauche des vitrines et gravit les marches de l'escalier mal éclairé accédant au couloir du haut. Lequel desservait quatre portes palières. Les deux donnant sur le devant avaient une plaque au nom du magasin de meubles. Les deux autres avaient un numéro. Keely compara ces numéros à l'adresse qu'elle avait entre les mains. Lorsqu'elle trouva le bon, elle frappa à la porte et attendit. Aucune réaction, aucun bruit. « Wade, appela-t-elle. Etes-vous là ? »

Aucune réponse ne parvint de l'intérieur. Un vieil homme à moitié chauve, portant des lunettes d'écaille, sortit la tête par la porte correspondant à l'autre numéro. « Excusez-moi, dit Keely. Connaissez-vous la personne qui habite ici ?

— Un type qui se décolore les cheveux comme une fille, dit le vieil homme. Un sale fils de pute.

— Exactement. L'avez-vous vu récemment ?

— Non, fit-il d'un air bourru. Et j'espère qu'il ne reviendra pas. » Sur quoi il se retira chez lui et claqua la porte.

Keely frappa encore une fois ou deux chez Wade, inutilement. Il n'y eut pas la moindre réaction. Déprimée, elle redescendit. Comme elle arrivait dans le petit vestibule carrelé, la porte du magasin de meubles s'ouvrit dans son dos, et une fille au visage aigu et aux longs cheveux blonds ondulés, portant un blouson de cuir bordeaux ouvert et des boots noirs et pointus, sortit. Elle dépassa Keely en marmonnant : « Scusez ! », et s'arrêta devant l'une des vitrines illuminées pour allumer une cigarette.

Keely hésita un peu, puis se dirigea vers elle. « Excusez-moi. Vous travaillez ici ?

— C'est le magasin de mon père, répondit-elle en haussant les épaules.

— Je vois, poursuivit Keely. Je cherche quelqu'un — quelqu'un qui habite au premier. Est-ce que par hasard vous pourriez m'aider ? Il s'appelle Wade Rovere. »

La fille fit la moue. « Oh, je vois très bien.

— L'avez-vous vu récemment ?

— Non, mais j'aimerais bien. Il a un loyer de retard.

— Savez-vous où il est allé ? » demanda Keely.

La fille fit non de la tête avant de coincer une mèche de cheveux rebelle derrière son oreille, ronde et délicate, alourdie par une grande créole d'or brillant. « Non. Nous n'étions pas vraiment copains, si vous voyez ce que je veux dire.

— Il paraît qu'il n'est pas allé à son travail aujourd'hui.

— C'est qu'il a dû retourner en taule. » Son interlocutrice l'observait en plissant les yeux. « Mais vous êtes qui, au fait ? Vous ne ressemblez pas à une fréquentation de Wade.

— Non, il... euh... ». Keely chercha vite une excuse. « Il a trouvé mon portefeuille. Je venais juste le prendre.

— Ah », dit la fille d'un air entendu. Puis elle inclina la tête en arrière avant de cracher un ruban de fumée. « J'espère que vous avez fait bloquer vos cartes bancaires.

— Euh... non, dit Keely dont le mensonge se compliquait.

— Vous me pardonnerez, mais ce n'est pas très malin.

Est-ce qu'il voulait passer un marché avec vous pour vous le rendre ? »

Les volutes de fumée se rabattirent sur le visage de Keely avant de se dissiper dans la nuit. « Disons qu'il a fait allusion à une... une récompense...

— Alors je pense que vous pouvez dire adieu à votre portefeuille, dit-elle en exhalant un dernier nuage de fumée avant de jeter le mégot sur le trottoir et de l'écraser du bout de son boot. Il doit être dans la nature en train de se faire un festival shopping avec vos cartes de crédit.

— Vous croyez ? demanda Keely.

— Vous ne le connaissez pas. Faites-moi confiance, conseilla la fille blonde. Vous avez intérêt à faire opposition à la banque. Parce que vous n'êtes pas près d'avoir de ses nouvelles. » Puis elle soupira. « Il n'a été qu'une source d'ennuis depuis qu'il a emménagé ici. Il y a un vieux bonhomme qui vit là-haut, Mr. Varbero...

— Je l'ai vu.

— Wade a défoncé sa porte à coups de pied parce que ce vieux type lui demandait de mettre la musique moins fort. Il le harcèle sans arrêt.

— Non, dit Keely.

— Mr. Varbero a trop peur pour porter plainte. Bien sûr, c'est moi qui lui ai loué l'appartement pendant que mon père et ma belle-mère étaient en vacances. Il est arrivé tout sucre et tout miel... il m'a embobinée, quoi. Ensuite, à son retour, mon père s'est renseigné et il a découvert qu'il avait un casier. Bon sang, j'en ai pris pour mon grade », dit-elle avec une mimique expressive.

Keely hésita un instant puis griffonna son nom sur un bout de papier qu'elle tendit à la jeune fille. « Si jamais il revient, voulez-vous lui dire que je suis passée ? »

Cette dernière leva les deux mains comme pour se tenir à l'écart. « Mettez-le dans sa boîte à lettres. Numéro trois. Là. » Et elle désigna une rangée de boîtes rouillées fixées au mur. « On gèle, dehors, je rentre », dit-elle brusquement.

Perplexe, Keely la regarda regagner en courant le magasin de meubles. Puis elle traversa la rue pour rejoindre Dan.

« Quelles sont les nouvelles ? » dit-il.

Keely leva le menton en direction des vitrines. « Il habite bien là, mais personne ne sait où il est. Il n'a pas payé le loyer. Elle dit qu'il n'est pas fiable — qu'on ne peut pas lui faire confiance.

— Je veux bien le croire. Que voulez-vous faire, à présent ?

— Je ne sais pas », dit Keely, en toute sincérité.

Elle retourna vers la voiture, perdue dans ses pensées. Une fois assise sur le siège passager, elle boucla la ceinture. Dan fit le tour de la voiture pour s'installer au volant. « Vous êtes prête à rentrer ? demanda-t-il.

— Je crois que oui, dit-elle, découragée. Je ne sais pas ce que je vais faire. C'était ma seule piste. »

Ils roulèrent un moment en silence. Puis Dan prit la parole. « Dites-moi donc une chose. Ce Wade, que prétendait-il savoir ?

— Il a dit... ». Elle marqua un temps d'hésitation. « Il a dit qu'il avait vu quelqu'un dans ma maison le soir de la mort de Mark, et qu'il pourrait identifier cette personne...

— Pour de l'argent, dit Dan.

— Pour de l'argent, reconnut-elle.

— Un peu étrange... qu'il prétende pouvoir identifier la personne présente chez vous, dit Dan. Je veux dire par là qu'il est improbable que lui et vous circuliez dans les mêmes milieux. »

Keely se sentit aussitôt sur la défensive. « Je voulais juste entendre ce qu'il avait à dire.

— Et quel était le prix réclamé pour cette information, si je puis me permettre ?

— Cinq mille dollars, répondit Keely en relevant le menton en signe de défi.

— Cinq mille dollars ! s'exclama Dan. C'est insensé. Vous n'avez pas accepté de payer une telle somme ?

— Ecoutez, je n'ai pas envie de discuter ce point, dit Keely. Il n'était pas au travail. Il n'est pas chez lui. Je ne sais pas où il est. Alors, on laisse tomber.

— Oui, et s'il revient frapper à votre porte ?

— J'en fais mon affaire, répondit sèchement Keely.

— Pourquoi ne demandez-vous pas tout simplement à la police de s'en mêler ? dit-il.

— C'est cela, la police, dit amèrement Keely. Je pourrais aussi solliciter l'aide du procureur. Elle était la fiancée de mon mari avant qu'il me rencontre. Entendez par là qu'elle a résolu de nous punir, juste à cause de ce que nous sommes. Croyez-moi, Dan, le procureur et la police sont en train de tenter de faire de mon fils un meurtrier.

— Il existe peut-être une autre manière de procéder, dit Dan en hochant la tête.

— Laquelle ? demanda-t-elle sans conviction.

— Les appels téléphoniques. La compagnie garde la trace de tous les appels passés et reçus. Même les communications locales. Peut-être que si vous découvriez qui a appelé chez vous ce soir-là... Habituellement, les gens passent un coup de fil avant de venir. Ou qui Mark a appelé. Il pourrait avoir demandé à quelqu'un de faire un saut...

— J'ai une longueur d'avance sur vous, dit-elle. La compagnie des télécommunications prétend ne pas avoir de trace des communications locales.

— Mais la police les obtient toujours.

— C'est ce que j'ai dit. Le type que j'avais en ligne a prétendu que la police n'avait accès à ces documents que si les gens avaient demandé la surveillance de leur ligne. En cas d'appels anonymes, par exemple.

— Je ne suis pas convaincu, dit Dan.

— Moi non plus, convint Keely. Mais la personne qui m'a répondu m'a accusée de regarder trop de séries policières à la télévision. »

Dan observa un silence perplexe. « Et s'il s'agissait d'un portable ? Ils donnent le détail précis de tous les appels.

— J'ai également appelé notre compagnie, dit Keely. Ils m'ont répondu que je devais attendre la facture correspondant à la date en question. J'ai cru que j'avais une chance d'avoir convaincu la femme qui traitait mon appel. Je l'ai carrément suppliée de faire une sortie imprimante et de me l'envoyer, en comptant sur sa compassion, mais jusqu'à présent, je n'ai rien reçu.

— Vous avez été formidable, dit-il, admiratif. J'aurais aimé vous aider. Je me rends compte combien tout cela est dur pour vous. Malheureusement, le travail de détective n'est pas ma spécialité. »

Keely le regarda. « Et quelle est votre spécialité, d'ailleurs ? Vous êtes toujours chez vous, apparemment.

— C'est vrai. » Dan sourit. « Je suis casanier. Non, en réalité, je travaille comme infographiste pour mon ancienne agence de pub. Je vivais à Baltimore autrefois. Costume, cravate, embouteillages sur le périphérique.

— C'est vrai ? »

Dan hocha la tête. « Quand Annie est tombée malade, j'ai dû quitter mon travail pour m'occuper d'elle, dit-il comme on énonce l'évidence.

— C'était bien de votre part... de rester à la maison avec elle, dit Keely.

— Elle aurait fait la même chose pour moi, dit-il, le regard rivé sur la route. Au bout d'un moment, je me suis habitué à être à la maison. Même après sa mort, j'ai décidé de continuer. Nicole était la seule de nos enfants à vivre encore à la maison. Elle avait besoin de ma présence.

— Je comprends, dit Keely. On fait toujours ce qu'il faut pour ses enfants.

— Exact. » Il hésita. Puis il ajouta : « Vous savez, je comprends votre révolte concernant ce qui s'est passé autour de Dylan, l'attitude du procureur, tout. Je serais scandalisé si j'étais à votre place. C'est simplement que ce... Wade me semble être le roi des escrocs. »

Elle croisa les bras sur sa poitrine et regarda par sa vitre, qui lui renvoya le reflet de son visage dans le noir, allongé, ombrageux.

« Je suis désolé, dit-il, mais ce minable semble essayer de tirer profit de votre détresse. Bien sûr, je me sens un peu responsable. C'est ma fille qui a suggéré que vous entriez en contact avec lui. Mais, Keely, vous êtes décidée à retrouver à tout prix ce mystérieux visiteur. Est-il impossible que vous ayez vous-même mis dans la tête de Wade l'idée qu'il pourrait lui être profitable de se souvenir d'avoir vu quelqu'un chez vous ? »

Le visage de Keely devint écarlate. Elle essaya de se rappeler sa première conversation avec Wade chez Tarantino's. Impossible de se souvenir de la manière exacte dont elle avait formulé sa question. Avait-elle fait germer elle-même l'idée dans la tête du livreur de pizzas ?

Face à son silence, Dan avança sur la pointe des pieds. « La fille du marchand de meubles, là-bas, a indiqué que ce type n'était pas un modèle d'honnêteté. Ce que nous savons. Puisqu'il essaye de vous extorquer de l'argent pour son soi-disant renseignement. Est-il exclu qu'une tierce personne soit impliquée ?

— Que voulez-vous dire ?

— Je veux dire qu'il est peut-être temps de prendre du recul et de revoir les choses globalement. D'accord, nous savons que la police se trompe en soupçonnant Dylan d'avoir agi délibérément. C'est inconcevable. Il ne ferait pas une chose pareille. C'est un brave gamin qui a... connu une tonne de difficultés. Je ne dis pas que vous devriez renoncer, mais êtes-vous certaine que votre première hypothèse n'était pas la bonne ? Ne peut-on envisager que Dylan ait laissé la grille ouverte par simple inadvertance ? Ce qui aurait pu arriver à n'importe qui. Un petit moment d'inattention, et ensuite, quand il prend la mesure des conséquences, il lui est impossible de reconnaître sa négligence. Attention, pour moi, il est tout naturel qu'il ait peur d'admettre les faits. Peur de votre colère. »

Dans sa tête, Keely revit Dylan, pâle, avec des tuyaux partout, des pansements autour du cou, sur son lit d'hôpital. Puis elle vit son mot, tombant doucement sur le sol de sa chambre. *J'ai fermé la grille.* « Ce n'était pas Dylan.

— Un accident, persista Dan. Je n'en dis pas plus... »

Keely sentit des picotements sur son visage. Dan avait semblé amical, une personne en qui elle pourrait éventuellement avoir confiance, mais voilà qu'il était en train de lui expliquer qu'elle était folle de croire son propre fils. « Quelle serait votre réaction s'il s'agissait de Nicole et qu'elle niait toute implication dans l'affaire ?

— Vous me demandez si je pense que Nicole serait éventuellement capable de... d'un petit mensonge pour cacher son rôle dans pareil accident ? Une bêtise aux conséquences aussi atroces ? Oui, je le pense. C'est dans la nature humaine. »

Je me moque de ce que vous ou qui que ce soit pouvez penser, songea-t-elle. La voiture s'engageait dans leur rue, et Keely n'avait d'autre hâte que de descendre et de lui échapper. Elle allait le prier de la laisser en bas de son allée, mais elle se souvint avec désespoir que Abby était chez les Warner, avec Nicole, et que son Cherokee à elle était garé devant chez eux. Elle allait bien devoir entrer et faire des civilités.

« Keely, je n'ai pas dit cela pour vous faire du mal », dit-il.

Elle ne répondit pas. En revanche, elle chercha son porte-monnaie dans son sac et sortit un billet de dix dollars qu'elle tint froissé dans sa main, pour Nicole.

Dan arrêta la voiture devant sa porte. Il sortit et vint lui ouvrir la portière, mais Keely s'était débrouillée seule et claqua sa portière avant de le précéder sur le chemin de la maison. Nicole avait entendu la voiture et se tenait derrière la porte, avec Abby dans les bras. Lorsque Keely se trouva dans la partie éclairée du perron, Abby gloussa de plaisir à la vue de sa mère.

Keely la prit contre elle et appuya la joue rose et tiède du bébé contre son visage glacial. « Comment va mon petit ange ? demanda-t-elle.

— Entrez donc, dit Nicole.

— Non, il est tard, dit Keely. Tiens. » Elle tendit l'argent à Nicole. Qui tenta de lui faire admettre que ce n'était pas nécessaire, mais Keely la força à prendre le billet. Nicole remercia donc avant d'aller chercher la veste de Abby et sa poupée.

Dan rejoignit Keely dont il chercha le regard. Elle tourna la tête pour l'éviter. « Keely, je suis désolé. Je ne voulais pas vous offenser. C'est même la dernière chose que j'ai jamais voulu faire. C'est simplement que je n'ai pas envie de vous voir... »

Nicole arriva avec les affaires de Abby, que Keely récupéra avec un mince sourire. Puis elle s'adressa à Dan : « J'apprécie vraiment l'aide que vous m'avez apportée ce soir, dit-elle. Tous les deux. J'ai des voisins très serviables. »

Nicole eut un sourire perplexe, mais le visage de Dan était pâle. Sans un mot de plus, Keely retourna à sa voiture pour parcourir le bout de chemin qui la séparait de chez elle. L'idée de passer une nuit de plus dans cette immense maison vide, seule avec le bébé, l'emplissait de désespoir. *N'y pense pas,* se dit-elle. *Reste forte pour les enfants. C'est la seule chose qui compte.*

33

La sonnerie du téléphone sortit Keely d'un sommeil si agité qu'elle douta même de s'être endormie. Elle eut un instant de panique en regardant le réveil. Il était trois heures et demie du matin. Elle décrocha, le cœur battant, la bouche sèche. « Allo, aboya-t-elle.

— Maman, murmura une voix pressée à l'autre bout de la ligne.

— Dylan, s'écria-t-elle. Que se passe-t-il ? Il est trois heures et demie du matin.

— Je sais. Il fallait que je t'appelle, dit-il. Je ne veux pas que Grandma m'entende.

— Est-ce que tu vas bien ? Est-ce que tout va bien ?

— Tout va très bien. Je l'ai trouvé, Maman. J'ai trouvé le message. »

Le cœur de Keely eut des ratés. Elle s'assit dans son lit, cramponna le téléphone, frissonna dans la pièce froide. Les années s'annulèrent, et dans sa tête, elle y était, elle entrait dans le bureau de Richard, elle voyait son mari affalé sur le sol, les taches de sang sur le mur. L'incrédulité de nouveau la submergea, comme une vague. Le mot laissé par Richard — réponse à tant de questions. Brutalement, elle eut peur de trouver. « Où es-tu Dylan ? Dans la cuisine ? Grandma va avoir très peur si elle t'entend. Elle risque de croire à la visite d'un rôdeur.

— Elle dort, maman, insista-t-il. Laisse-moi te lire ceci.

— D'accord, dit-elle. Bien sûr. Vas-y

— Bon, murmura Dylan. Ça commence par : 'Mes chéris...

— Oh seigneur ! s'exclama Keely.

— Calme-toi, Maman, c'est important, insista-t-il.

— Excuse-moi, dit-elle. Un instant, j'ai cru entendre sa voix...

— Bon, laisse-moi te lire. Sauf qu'il faut que je te dise une chose, parce que je ne veux pas que tu cries. Il faut que tu saches ceci.

— Quoi ?

— Ils ont bien tué quelqu'un. Et l'ami, c'était Mark. »

Une fois encore, Keely sentit son monde basculer.

« Maman. Tu as entendu.

— Je t'ai entendu. Vas-y. Lis le reste. »

La voix de Dylan soudain ne fut plus qu'un souffle : « Je crois que j'entends Grandma...

— Dylan, c'est toi ? » La voix de Ingrid semblait encore pleine de sommeil.

« Je suis dans la cuisine, Grandma, cria-t-il. J'avais faim.

— Les adolescents. Des ogres. Je me souviens que ton père avait toujours faim, lui aussi. Laisse-moi te préparer quelque chose. » Les paroles de Ingrid étaient à peine audibles.

« Je me débrouille, Grandma. Ce n'est pas la peine.

— Je suis déjà levée », dit-elle d'une voix apparemment plus proche.

Dylan raccrocha.

Keely replaça le combiné sur son socle et reposa sa tête sur l'oreiller, dans l'obscurité. Elle se tourna pour contempler l'oreiller vide, à côté d'elle. Avec Mark, elle avait juste eu le temps de s'habituer à avoir de nouveau une présence, forte et rassurante, dans le noir, lorsqu'il lui avait été arraché. Au début, elle avait eu la sensation d'être punie pour avoir tenté de changer sa destinée, qui était d'être veuve, cet accident épouvantable étant une réaffirmation du destin. Mais aujourd'hui, elle voyait les choses sous un jour différent, plus sinistre. Elle essaya de se le représenter, là, sur l'oreiller, les yeux brillant dans l'obscurité. *C'était toi,* pensa-t-elle. *C'était toi, l'ami. Toi et Richard, vous êtes les coupables. Et maintenant vous êtes morts tous les deux.*

« Vous n'avez pas le temps d'entrer une minute ? demanda Ingrid à Keely qui attendait sur le pas de la porte.

— Vraiment, ce n'est pas possible, dit Keely. C'est pour cela que j'ai laissé Abby dans la voiture. Dylan, tu es prêt ?

— Oui, dit-il en enfilant le blouson de cuir.

— Il était debout au beau milieu de la nuit, celui-là, dit tendrement Ingrid. Il cherchait quelque chose à manger. J'ai proposé de lui faire des crêpes, mais il a refusé.

— Je vais bien, Grandma, dit Dylan. Promis. » Puis il considéra Ingrid avec curiosité. « Tu t'es habillée.

— Je me sens mieux aujourd'hui, dit-elle en lissant son pull jaune canari à col officier — un cadeau de Noël de Dylan — sur la ceinture élastique de son pantalon. Apparemment, je suis la seule à avoir bien dormi cette nuit. Je me sens nettement plus en forme. En fait, si vous avez besoin de me laisser Abby, c'est sans problème.

— Merci, Ingrid, dit Keely. J'apprécie. Mais je crois que tout va bien pour aujourd'hui.

— A-t-elle aimé sa nouvelle baby-sitter ?

— Nicole ? Oh, c'est une gamine adorable, dit Keely.

— J'espère qu'elle est responsable, dit gravement Ingrid.

— Elle a l'air. Elle aime beaucoup les bébés, répondit Keely, avec une pointe d'impatience.

— Elle habite près de chez vous ? demanda encore Ingrid, qui n'était visiblement pas pressée de les voir partir.

— Dans la même rue. Son nom de famille est Warner.

— Nous avions des voisins qui s'appelaient Warner, dit Ingrid que l'effort de mémoire pour se rappeler des noms et des visages anciens fit grimacer. Peg et Henry. Ils habitaient de l'autre côté de la rue lorsque Richard et Suzanne étaient enfants. Richard jouait souvent avec leur Danny. »

Keely regarda Ingrid, épatée. « Dan Warner ? dit-elle. C'est le nom du père de Nicole.

— Danny Warner, dit Ingrid. C'est cela. Richard et lui

étaient très copains. Vous vous rendez compte ? Aujourd'hui, sa fille est la baby-sitter de ma petite-fille. »

Dylan piaffait sérieusement. « Il faut que nous partions, Grandma.

— Dommage que tu ne puisses pas rester un peu plus longtemps, dit Ingrid.

— Je reviens très vite, la rassura-t-il. D'accord, Maman ? Maman. »

Keely regardait dans le vague, comme si ses yeux fixaient un point à l'horizon.

« Il y a un problème ? demanda Ingrid.

— Aucun, dit Keely en secouant vigoureusement la tête. Vous feriez bien de rentrer. Vous allez prendre froid. »

Keely déposa Abby dans son parc et s'assit sur le canapé de la salle de séjour. Dylan s'installa dans l'ottomane. Il avait toujours son blouson de cuir sur le dos, et il frissonnait bien qu'il ne fasse pas froid dans la maison. Il fouilla dans la poche intérieure de son blouson, sortit une feuille de papier pliée en trois. Qu'il tendit à sa mère. La main de Keely tremblait en la prenant.

« Bien, dit-elle. Voyons. »

Dylan se recroquevilla en se balançant doucement d'avant en arrière sur l'ottomane, tandis que Keely dépliait la feuille. Elle lut les mots écrits par Richard.

Mes chéris,

Je sais que vous allez souffrir et je suis désolé. Vous n'avez absolument aucun reproche à vous faire. La pensée de votre amour me fait hésiter. J'ai tant de fois désiré mettre un terme à cette torture qu'est ma vie, et seule l'idée que vous m'aimez m'a arrêté. Mais je ne mérite pas votre amour. Je suis un lâche, et je suis incapable d'assumer les conséquences de mes propres actes. Je suis aussi incapable de vivre avec la culpabilité.

Il y a de nombreuses années, avant de te rencontrer, Keely, j'avais un ami qui s'appelait Mark Weaver. Lui et moi — il n'existe pas de manière aisée de le dire — nous avons tué quelqu'un. Sans intention de le faire. Mais il est inutile de trouver aujourd'hui des excuses. Nous n'avons jamais été pris, jamais même soupçonnés. Mais j'ai vécu toutes ces années avec la culpabilité, et je ne peux plus continuer. J'ai souffert pour mon crime — les migraines ont rythmé ma vie. J'ai cru pouvoir tout compenser en endurant cette souffrance, en menant une vie morale, en aimant ma famille, mais rien n'y fait.

J'ai souvent songé à me rendre — mais je suis trop lâche. Si seulement je l'avais fait à l'époque, lorsque c'est arrivé. Mais le courage m'a manqué. Maintenant plus rien n'y fera, sauf payer le prix et en finir. Pardonnez-moi s'il vous plaît, et sachez que je vous ai aimés tous les deux, de tout mon cœur.

RICHARD.

« Seigneur », murmura Keely en tenant mollement le papier sur ses genoux. Elle le reprit, le relut. Et le relut une troisième fois, comme pour le mémoriser.

Des larmes coulaient sur les joues de Keely. Elle regarda Dylan qui tenait ses deux mains jointes contre ses lèvres. Ses yeux exprimaient la désolation.

« Seigneur. Pourquoi ne m'a-t-il jamais rien dit ? gémit-elle. Pourquoi ?

— Lequel ? demanda Dylan avec une pointe de désespoir dans la voix. Papa, ou Mark ?

— Papa », dit Keely. Puis elle songea à Mark. « Et pourquoi Mark m'a-t-il épousée, alors qu'il savait tout cela ? Pourquoi moi, entre toutes les femmes ? On aurait pu imaginer qu'il allait éviter quiconque avait un lien avec Richard. Et il est venu me chercher. Il a tenu absolument à venir nous voir dans le Michigan après la mort de ton père.

— Il devait croire que tu étais au courant, dit Dylan. Peut-être qu'il a eu peur que tu parles, une fois Papa mort. »

Keely médita la pertinence manifeste de la remarque de son fils et sentit un frisson glacial lui remonter la colonne vertébrale.

Ils restèrent un moment silencieux. « Sauf que tu ne savais rien, et qu'il t'a épousée quand même, commenta Dylan. Je pense qu'il devait t'aimer à sa manière. »

Keely se mordit les lèvres. « Je ne sais plus rien. » Elle relut encore une fois la lettre. « Oui, tu as été lâche, dit-elle rageusement, en agitant la feuille de papier. Je te déteste. La seule chose que tu avais à faire était de me parler. Tu aurais pu me faire confiance. Bon Dieu ! » cria-t-elle et elle fondit en larmes.

Abby se désintéressa brusquement de ses jouets qui faisaient du bruit, et elle leva un regard surpris en entendant les sanglots de sa mère. La lèvre inférieure de la petite se mit à trembler, Abby se leva et s'accrocha aux barreaux de son parc, tandis que son visage rond se teintait d'inquiétude. Pendant que Keely sanglotait, Abby pleurnichait. Par simple réflexe, Keely se leva et la prit dans ses bras. Puis elle revint s'asseoir, le bébé sur ses genoux.

Quelques minutes plus tard, Keely sentait Dylan s'enfoncer à côté d'elle dans le canapé, puis le bras de son fils se posa maladroitement sur ses épaules. Tous les trois se serrèrent l'un contre l'autre, enlacés, sur le canapé. Keely s'essuya les yeux et vit le blouson de Richard, en tas, à côté de l'ottomane.

« Je suis désolée, dit-elle piteusement.

— Ce n'est rien. J'ai eu la même réaction quand j'ai lu. Maintenant, moi aussi, je le déteste. »

Keely froissa la sortie imprimante en boule. Dylan la lui arracha et la lissa de nouveau.

« Et maintenant, je fais quoi ? » murmura-t-elle pour elle-même.

Dylan regarda la feuille chiffonnée qu'il avait entre les mains. « Maintenant, il faut que tu parles », dit-il.

Keely le regarda intensément, en chassant une larme sur son visage. Puis elle renifla et se moucha le nez dans sa manche.

« La mort de ces deux hommes pourrait être une coïncidence, dit-il. Mais j'en doute. Et si la mort de Mark n'était pas accidentelle...

— On aurait pu le pousser. »

Dylan frissonna. « Maman, tu ferais mieux d'appeler les flics. »

34

« POURRIEZ-VOUS vous asseoir ? Il va y en avoir pour un moment », dit Josie, en regardant Keely par-dessus l'écran de son ordinateur, comme si elle ne l'avait jamais vue.

Keely obtempéra et s'installa sur une chaise. Elle resta le dos droit, les pieds posés à plat sur le sol, son cabas noir posé sur ses genoux. A l'intérieur, dans une longue enveloppe blanche au nom de MAUREEN CHASE, PROCUREUR, était plié le message laissé par Richard avant son suicide. Keely avait la sensation de transporter dans son sac un objet explosif, comme de la nitroglycérine.

Pendant son attente forcée, Keely se demanda si elle avait pris la bonne décision en venant ici. En principe, elle avait l'accord de Dylan. Il était important de communiquer cette information aux autorités. Le message de Richard identifiait Mark comme meurtrier. Plus Keely réfléchissait, plus elle avait tendance à croire que quelqu'un, de mystérieuse façon, avait fini par découvrir ce crime commis il y a bien longtemps, et que Mark avait été délibérément poussé dans la piscine pour cette raison. En citant Mark, Richard comptait implicitement que Keely donnerait son nom à la police. Il comptait que Mark serait finalement puni. Au cours des ultimes moments de son désespoir, lorsqu'il avait tapé ces mots sur l'ordinateur, Richard n'avait aucune raison de penser que Keely pourrait ne pas voir son message pendant des années. Dans ses spéculations les plus folles, il n'aurait jamais imaginé que l'homme qu'il impliquait allait s'en tirer comme une fleur et finalement épouser sa veuve.

Il était donc temps, plus que temps en vérité, de transmettre ses aveux à une personne en position d'autorité. Restait à savoir à qui. Le premier réflexe de Keely avait été d'appeler Lucas pour lui demander conseil. Mais Sylvia avait dit qu'il était en ville pour affaire et ne rentrerait pas avant le soir. Elle essaya ensuite Phil Stratton, mais il témoignait au tribunal et on ne pouvait pas le joindre. Elle fit plusieurs tentatives, s'exhortant à la patience, mais à la fin, elle n'en pouvait plus de garder la nouvelle pour elle. Elle décida de taper au sommet de l'édifice. Malgré les mauvais traitements qu'ils avaient eu à subir de Maureen Chase, ou peut-être à cause d'eux, il sembla à Keely que Maureen serait la personne la plus viscéralement intéressée par cette information. Le procureur s'interrogeait sur la mort de Mark. Cette confession de Richard jetait un tout nouvel éclairage sur ce deuxième drame. D'une certaine manière, ce serait comme lancer un os à un chien méchant. Elle voulait fournir à Maureen un nouvel os à ronger. Donner à Maureen un autre sujet de perplexité. Que Dylan.

« Vous pouvez entrer, à présent », dit Josie.

La voix de la secrétaire fit sursauter Keely, tant elle était concentrée sur les éventuelles retombées de cette visite. Elle remercia Josie et se dirigea vers la porte fermée du bureau de Maureen. Elle toqua légèrement avant d'ouvrir, puis entra.

Maureen était debout à la fenêtre, contemplant les toits des immeubles de Saint Vincent's Harbor, ainsi que le port de plaisance. Voiles et moutons d'écume gravaient de blanches lignes ondulées dans le bleu profond de la mer et du ciel. Maureen avait les bras croisés. Les traits aigus de son visage étaient marmoréens à la lumière de la fenêtre.

« Ms. Chase », dit Keely, sans s'asseoir.

Maureen se tourna et la fixa longuement. « Mrs. Weaver, dit-elle d'une voix atone. Nous nous retrouvons. »

Keely inspira profondément. « Je sais que vous êtes occupée, dit-elle. Je ne prendrai donc pas trop de votre temps. »

Le regard de Maureen resta impassible. « Tic-tac », dit-elle.

Keely s'attendait à ne pas être la bienvenue, elle n'avait pas prévu une grossièreté affichée. Elle se contraignit à ne pas répondre sur le même ton. « Je commence à partager votre point de vue sur la mort de Mark, qui pourrait finalement ne pas être accidentelle. »

Maureen leva des sourcils surpris, mais le regard était méfiant.

« Puis-je m'asseoir ? » demanda Keely.

Maureen montra le fauteuil d'un grand geste mais elle-même resta debout.

« Il y avait quelqu'un chez moi, le soir de la mort de Mark. Une personne est venue, et a laissé la grille de la piscine ouverte. »

Maureen garda les bras croisés sur la poitrine, comme une protection. « Vraiment, dit-elle. Et il ne s'agissait évidemment pas de votre fils. »

Keely ignora le sarcasme. « Une autre personne est venue. » Keely songea à Wade Rovere. Elle ne voulait pas s'appesantir avec cette femme. « J'ai un témoin », dit-elle.

Rire de Maureen. « Oh, un témoin, voyez-vous cela ! Quelle chance vous avez ! Mais dites-moi, combien faut-il compter, ces temps-ci, pour un témoin qui dise exactement ce qu'on lui demande de dire ? J'ai entendu des prix très variés. »

Revint à la mémoire de Keely le visage de Wade, le pétillement dans ses yeux aux paupières lourdes lorsqu'il lui avait réclamé cinq mille dollars. *Tu ne lui as jamais donné un sou,* se souvint-elle. « Ecoutez, dit Keely d'une voix équanime, je suis consciente que vous ne m'aimez pas. Et vous avez des raisons de m'en vouloir. Mais au final, nous désirons toutes les deux la même chose. Nous voulons savoir ce qui s'est passé le soir de la mort de Mark. Je suis en train de vous dire qu'une personne est venue me trouver pour me dire qu'elle avait vu quelqu'un chez moi ce soir-là.

— Qui ? demanda Maureen. Qui est ce témoin ? Il a vu qui ? »

Soupir de Keely. « Malheureusement, cette personne semble avoir .... disparu.

— Disparu ? demanda Maureen, incrédule. La personne a disparu ? »

Keely éprouva une telle bouffée de haine contre la procureur qu'elle eut envie d'attraper l'objet pesant le plus proche pour le lui jeter à la figure. Mais une pensée s'articula brusquement dans sa tête qui fit baisser sa fureur. *Elle n'a personne qui compte dans sa vie,* pensa-t-elle. *Personne pour qui se battre. Toi, si.* Evitant le regard de Maureen, Keely poursuivit, indifférente « Tout ce que je sais, c'est que cette personne ne s'est pas présentée à son travail et n'est pas rentrée à son domicile depuis que nous avons parlé ensemble. Ce que je trouve étrange. Et puis il y a autre chose. J'ai été heurtée par un véhicule et ma voiture a quitté la route hier soir. Je ne sais pas pourquoi, je ne sais pas qui était le conducteur. Il faisait noir et il pleuvait...

— Venez-en au fait, s'impatienta Maureen.

— Je m'y emploie, Ms. Chase. Je crois que tout cela était délibéré.

— Qu'entendez-vous par tout cela ? demanda sèchement Maureen.

— Eh bien tout, justement. La mort de Mark, la disparition d'un témoin, le jeu d'autotamponneuse dont j'ai été victime. Cela fait trop d'éléments...

— Vous avez fait une déclaration à la police ?

— Je n'ai pas une confiance démesurée dans la police, ces derniers temps.

— Peut-être, mais je ne vois pas comment vous pouvez espérer être prise au sérieux quand vous ne déclarez même pas une soi-disant agression contre votre vie. »

Ignorant la critique, Keely s'en tint au discours qu'elle avait répété. « Je ne voyais pas le moindre lien entre ces événements, auxquels je ne trouvais du reste pas grand sens, jusqu'à ce que je tombe sur ceci, dit-elle avec entêtement. Je crois détenir là la clé de tout. » Elle sortit une enveloppe de son sac à main. « Je ne sais pas si vous êtes au courant, mais Mark et mon premier mari, Richard Bennett, étaient des amis très proches quand ils étaient jeunes.

Je pense que si vous lisez cette lettre, vous allez comprendre ce que je tente de vous expliquer. »

Avec un soupir, Maureen arracha la lettre de la main tendue par Keely. Elle déchira l'enveloppe et examina le contenu. Sous le regard de Keely, son visage blêmit. Elle chercha son fauteuil à tâtons et s'assit lourdement.

« C'est le message écrit par mon premier mari avant de se suicider », expliqua Keely.

Maureen regarda par la fenêtre, mais ses yeux cessèrent brusquement d'accommoder et son regard parut se perdre dans le lointain, comme si elle plongeait dans le passé.

« Ms. Chase ? » dit Keely, surprise et un peu déconcertée par l'émotion inscrite sur le visage de Maureen.

Maureen ne répondit pas.

Se précipitant dans la brèche ouverte par ce silence, Keely poursuivit. « Je ne puis m'empêcher de penser qu'il pourrait y avoir là une explication...

— C'est impossible, murmura Maureen. Il n'est pas concevable...

— S'il s'agit d'un acte délibéré..., insista Keely.

— Vous parlez d'un événement qui remonte à des années, murmura vaguement Maureen, comme si elle réfléchissait à voix haute. Pourquoi quelqu'un aurait-il attendu tout ce temps...

— Voyez-vous ce que j'ai en tête ? » demanda Keely en se penchant en avant, pleine d'espoir.

Tout à coup, Maureen courba l'échine et reprit son attitude défensive. Son regard glacial se posa de nouveau sur Keely. « Vous me dites qu'il s'agit d'un message laissé par votre mari avant de se suicider. Vous me pardonnerez de trouver la synchronisation de tout cela légèrement... suspecte. Aviez-vous oublié que vous déteniez cette lettre ? »

Keely ignora le sarcasme. « Je ne l'avais jamais vue. Jamais jusqu'à ce matin, dit Keely.

— Oh, vraiment ? Et votre mari est mort... voyons, il y a cinq ans, et à près de seize cents kilomètres d'ici ? Très intéressant. Puis-je savoir comment les choses se sont passées ? »

Il était difficile de continuer, difficile de donner des explications, face à l'incrédulité de Maureen. Keely savait qu'elle ne pouvait s'offrir le luxe d'une colère contre cette femme. Il lui fallait donc la convaincre.

« Comme vous le savez fort bien, mon fils Dylan a découvert le corps de son père. Mais il m'a avoué, juste après être sorti de l'hôpital — l'institut Blenheim — qu'il avait aussi trouvé un message. Sur l'écran de l'ordinateur. Un message qu'il avait effacé et dont il ne m'a jamais parlé. Pour me protéger.

— Vous protéger ? Un enfant de neuf ans ? dit Maureen.

— Oui, affirma fermement Keely. Mon fils a toujours eu bon cœur. Il ne voulait pas que je sache cette chose affreuse à propos de son père. Il pensait avoir effacé le document, mais il avait seulement fermé le dossier sur l'ordinateur de Richard. Ensuite, je suppose qu'il n'a plus osé me le dire. Mais après m'avoir enfin mise au courant, Dylan a trouvé le moyen de récupérer le document sur le vieil ordinateur de Richard. Et vous l'avez sous les yeux.

— Dylan, dit Maureen. J'aurais dû m'en douter.

— Que voulez-vous dire ?

— Il est plus malin que je n'avais supposé, dit Maureen. Pour un peu je serais admirative.

— Que dites-vous ?

— Je dis que je me demande s'il a récupéré le document, ou s'il ne l'a pas plutôt créé hier soir ? dit lentement Maureen.

— Créé ? s'écria Keely.

— Avez-vous jamais pensé que peut-être il avait inventé toute cette histoire ?

— Le document était sur le disque dur de Richard depuis le début, protesta Keely.

— A moins qu'il l'y ait mis. Ecoutez, Mrs. Weaver, ceci est une sortie imprimante. N'importe qui peut avoir écrit ces phrases. Il ne s'agit pas d'un texte rédigé à la main. Rien ne permet d'affirmer que l'auteur est votre mari. Apparemment, vous ne parvenez pas à vous mettre dans la tête que cet enfant est un menteur. Qu'il est prêt à dire ou faire n'importe quoi pour se disculper. »

Les yeux de Keely lancèrent des éclairs. « Quel est votre

problème avec mon fils, Ms. Chase ? Pour quelle raison tenez-vous tant à en faire un coupable ?

— Disons qu'il m'est plus facile de croire que Dylan est un menteur que de penser que Mark Weaver était un meurtrier. Vous, vous préférez croire que les deux hommes que vous avez épousés étaient des assassins, plutôt que d'imaginer que votre très cher fils puisse inventer toute une histoire pour se protéger. Dans le genre bernée !

— Dylan n'a pas fabriqué ce message. C'est impossible.

— Il détestait Mark Weaver, dit Maureen.

— Il aimait beaucoup son père, riposta Keely. Il adorait Richard. Quand il a trouvé ce message, il n'a pas supporté la réalité de ce que Richard avouait. Il a cru pouvoir faire disparaître cette réalité en effaçant le document, mais cette réalité était dans son cœur et le dévorait.

— Pathétique. Mais je ne m'intéresse pas aux mélos, Mrs. Weaver. J'ai du travail, dit-elle sèchement. Envoyez votre histoire au *Reader's Digest.* Ils risquent même de vous donner de l'argent. Entre-temps, vous m'avez fait perdre assez de temps. »

Keely sentit la frustration, l'inutilité de ses efforts lui marteler le crâne. « Vous avez l'esprit très étriqué, Ms. Chase. Vous prétendez vous soucier de la vérité, mais la seule vérité que vous voulez connaître est celle que vous choisissez de croire. Je pense que je vais porter ce document à quelqu'un qui manifestera moins de parti pris. »

Maureen ramassa la feuille froissée qu'elle tendit à Keely du bout des doigts, avec un air dégoûté.

« Gardez-le, dit Keely. Nous avons des copies. » Et mobilisant toute la dignité dont elle était encore capable, elle passa la bandoulière de son sac sur son épaule et sortit du bureau, non sans claquer la porte derrière elle.

Maureen lâcha la feuille de papier qui tomba en voletant sur son bureau. Puis elle posa les coudes sur le plateau, joignit ses mains verticalement, y appuya le front. Elle resta un moment dans cette position, puis ouvrit les yeux et reprit la lettre. Qu'elle relut plusieurs fois, comme si elle espérait que les mots inscrits sur la page pouvaient avoir changé. Elle appela ensuite Josie. En attendant l'arrivée de sa secrétaire, elle contempla le visage des deux enfants roux sur la photo encadrée.

Josie ouvrit la porte. « Vous avez besoin de moi ? demanda-t-elle.

— Entrez et asseyez-vous, dit Maureen. J'ai une mission très importante à vous confier. »

35

KEELY appréhendait d'affronter Dylan. Elle avait tant espéré que la rencontre avec Maureen Chase porterait ses fruits, que l'autre femme dépasserait son mesquin désir de vengeance pour l'aider à découvrir la vérité. Pendant tout le trajet du retour, elle essaya de trouver une manière de lui raconter cet entretien sans qu'il ressemble à un échec total. En l'occurrence, elle n'eut pas à fournir d'explications dès son arrivée, car elle trouva un message de Dylan disant qu'il était parti avec Abby chez les Warner.

Oh non, songea Keely, fâchée. Elle l'avait prié de garder le silence sur leurs affaires — de ne parler à personne du message laissé par Richard avant son suicide. Elle fut prise du sentiment irrationnel que Dylan fraternisait avec l'ennemi. Elle se demanda comment il apprécierait les insinuations de Dan Warner, l'autre soir. Encore un soi-disant ami tout prêt à croire que Dylan était un menteur, que sa négligence avait causé la mort de Mark. Sans parler de l'éventualité que Dan soit dans la confidence, concernant le secret de Richard et Mark — Ingrid ayant dit que Dan avait été l'ami d'enfance de Richard.

Keely sentit les larmes lui monter aux yeux, et elle se força à respirer plusieurs fois profondément. Elle était si fatiguée qu'elle ne parvenait plus à penser rationnellement. Il y avait un paquet de linge sale, des factures à payer, et le réfrigérateur était presque vide. Elle ferait bien d'aller faire les courses, profiter de l'occasion. Sauf qu'aujourd'hui, elle ne pouvait pas faire face. Elle savait qu'elle devrait sans doute appeler les Warner pour dire qu'elle était rentrée, mais elle ne voulait pas entendre la voix de Dan.

Sur des jambes de plomb, elle monta l'escalier jusqu'à sa chambre, se coucha par-dessus le couvre-lit, et tira sur elle un plaid léger. Mais elle ne trouva pas le sommeil. La maison était silencieuse et pleine d'ombres. Lorsqu'elle fermait les yeux, elle ne parvenait à penser qu'aux hommes qu'elle avait épousés. Quel était son problème pour qu'elle ait fait des choix aussi désastreux ? Elle se força à se souvenir de son premier choix.

Richard avait toujours ressemblé à un être torturé. Lorsqu'ils étaient jeunes étudiants, elle avait trouvé de la séduction à sa mélancolie et ses yeux tristes. Elle n'avait jamais imaginé que cette tristesse de l'âme était la conséquence du terrible secret qu'il portait en lui. Elle comprenait qu'il ne le lui ait pas dit tout de suite. Mais au fil des années, ne lui avait-elle pas prouvé sa loyauté envers lui ? Pourquoi, malgré tous ses serments d'amour, ne lui avait-il jamais fait assez confiance pour lui dire la vérité ?

Keely tourna et vira sous la couverture, cherchant la position confortable, la manière de réduire en elle l'impact de la confession de Richard. Mais c'était impossible. *Qui as-tu tué ?* se demandait-elle. *Et pourquoi ?*

Puis ses réflexions se portèrent sur Mark. Rien à voir avec Richard. Si Richard était torturé, Mark, lui, était positif, combatif. Rien en lui ne laissait imaginer une quelconque angoisse ou culpabilité. Lorsqu'il lui avait fait la cour, elle avait fini par être conquise par sa détermination, son entêtement à vouloir faire d'elle sa femme. Aujourd'hui, rétrospectivement, c'était comme s'il avait jeté son dévolu sur elle précisément parce qu'elle était la veuve de son complice dans un meurtre. Sauf que cela n'avait aucun sens. Pour quelle raison aurait-il voulu tenter ainsi le sort ? Et comment pouvait-on vivre en sachant qu'on a tué quelqu'un, tout en conservant un aussi bel optimisme ?

« On est là », cria Dylan.

Dieu soit loué, pensa-t-elle. Cette maison était déjà suffisamment inhospitalière quand les enfants étaient là. Sans eux, elle était insupportable. « J'arrive », répondit-elle en se dirigeant vers l'escalier. A mi-étage, elle entendit le son d'autres voix. Elle descendit encore quelques marches pour voir dans la salle de séjour. Dylan et Abby n'étaient pas seuls. Nicole et Dan Warner les avaient accompagnés.

Dan tourna la tête et la vit dans les escaliers. Il lui adressa un sourire qu'elle ne parvint pas à lui retourner.

« Je ne savais pas que nous avions des invités, dit froidement Keely.

— Pas des invités, dit Dylan. Nicole m'aidait à faire mon travail de rattrapage.

— Et moi, je vous ai apporté quelque chose », dit Dan.

Keely se pencha vers Abby qui retrouva avec plaisir les bras de sa mère. « Je dois m'occuper du dîner », dit-elle. Et sans un mot de plus, elle fila vers la cuisine.

« Je vais vous aider », dit Dan en suivant dans son sillage.

Keely assit Abby dans sa chaise haute et lui tendit un cube. Puis elle inspecta les placards pour lui trouver quelque chose à manger.

« Il faut que vous voyiez ceci, dit Dan qui se percha sur un tabouret de bar.

— Oh, vraiment ? » Keely passait en revue une étagère fort encombrée. Elle trouva le bocal qu'elle cherchait et le sortit. Puis après avoir examiné le pot de compote de pommes, elle essaya d'ouvrir le couvercle.

« Tenez, dit Dan. Donnez-moi ce bocal. Et prenez ceci. » Et de lui tendre une enveloppe marquée urgent, dont l'expéditeur était sa compagnie de téléphones portables. Le cœur de Keely bondit dans sa poitrine.

Dan prit le bocal et fit sauter le couvercle en un seul geste sec. « Je l'ai trouvée glissée sous ma porte cet après-midi. Encore un coup de la poste. Je crois qu'il s'agit de la liste des numéros que vous espériez.

— Je vois bien », dit Keely, agacée, avant de s'écarter de lui. Elle ouvrit l'enveloppe et contempla la liste des noms et des numéros.

Dan observa son visage. « Des découvertes intéressantes ? » demanda-t-il.

Elle posa les papiers sur le plan de travail et se mit à verser la compote de Abby dans un bol, d'une main qui tremblait.

« Je sais que vous attendiez ces informations. J'ai tenu à vous les apporter aussitôt.

— Je vous en suis très reconnaissante, dit Keely d'une voix égale. D'accord ? »

Il se fit un silence. Abby gloussa en apercevant son bol de Peter Rabbit.

Dan s'éclaircit la voix. « Vous avez l'air encore un peu fâchée. Ecoutez, si c'est à cause de ce que j'ai dit l'autre soir, à propos de Dylan... »

Keely posa la cuiller et le bol de compote devant Abby. « Je me fiche de ce que vous pensez de Dylan. » Pourtant, alors même qu'elle le disait, elle savait que c'était faux. Elle était blessée qu'il soupçonne Dylan. Qu'il ne partage pas la confiance qu'elle avait en lui. Mais pourquoi le ferait-il ? Ils se connaissaient à peine. « Je sais par ailleurs que vous êtes loin de vous être montré honnête avec moi, dit-elle.

— De quoi parlez-vous ?

— Vous ne m'avez jamais dit que vous et mon premier mari étiez amis.

— Parce que nous étions amis ? »

Keely tourna la tête et le regarda dans les yeux. « Vous êtes en train de dire que vous ne savez pas qui était mon premier mari ? »

Dan eut un haussement d'épaule. « J'imagine qu'il s'appelait Bennett. Vu que c'est le nom de Dylan.

— Vous ne lisez pas les journaux ?

— Pas toujours, dit-il pour sa défense. Il m'arrive de ne pas prendre la feuille de chou locale. Je suis abonné au *Washington Post*.

— Richard Bennett, ça ne vous rappelle rien ?

— Richard Bennett ? demanda Dan.

— C'est exact, dit Keely. Quand vous étiez enfant, il habitait de l'autre côté de la rue.

— J'ai effectivement connu un Dickie Bennett. Il était un peu plus jeune que moi. C'était votre premier mari ?

— Surpris ? » demanda-t-elle, sarcastique.

Dan passa nerveusement la main sur ses cheveux poivre et sel. « Eh bien sincèrement... oui. Je suis surpris. Parce que, enfants, nous étions très amis. Je suis désolé de ne pas avoir fait le rapprochement tout de suite, Keely. Je croyais que vous veniez d'ailleurs...

— Connaissiez-vous aussi Mark ? murmura-t-elle en reprenant ses investigations dans les placards.

— Non. Bien sûr que non. Ecoutez, je ne comprends vraiment pas ce qui vous met en colère dans cette affaire. Ce n'est pas comme si j'avais voulu en faire un secret, ou est-ce que je sais... Je n'ai simplement pas fait le lien... »

Keely se tourna encore une fois pour le regarder dans les yeux. « J'en ai assez des secrets des gens.

— Ce n'était pas un secret, protesta-t-il. Je ne me suis pas souvenu.

— C'est cela... Simple coïncidence ?

— Oui. Pourquoi cela vous met-il dans un tel état de colère, de toute façon ? Il s'agit d'une erreur innocente. Les chemins des gens se croisent. Surtout dans une petite ville comme celle-ci. Pourquoi ne l'aurais-je pas connu ? J'ai connu la plupart des gosses nés ici.

— Oui, comme vous le disiez au sujet de Dylan. Tout plutôt que d'admettre qu'on a menti. »

Dan hocha la tête. Son visage se ferma, prit une expression glaciale. « Très bien. Croyez ce que vous voudrez. »

Keely se reprocha aussitôt sa dureté. Il avait semblé sincèrement surpris. *Je ne fais confiance à personne,* pensa-t-elle. *Comment puis-je ?* Avant qu'elle puisse tenter une explication, Dan tourna les talons et quitta la cuisine, il appela Nicole en se dirigeant vers la porte.

« Je ne peux pas rester ? hurla-t-elle depuis le haut de l'escalier.

— Nous sommes déjà restés trop longtemps, si j'ai bien compris, répondit Dan. Dépêche-toi. On s'en va. »

Keely était consciente de lui devoir des excuses. Peut-être qu'il ne savait pas, ou ne se souvenait pas, pour Richard. Elle en était au point où le comportement des autres lui semblait systématiquement suspect. Elle le suivit dans le vestibule alors que Nicole descendait bruyamment l'escalier.

« Pourquoi faut-il que je m'en aille ? demanda Nicole, mécontente.

— Viens, dit-il. Je t'emmène manger chinois.

— Dylan peut venir ? » demanda-t-elle.

Dylan, qui l'avait suivie dans l'escalier, regarda avec espoir du côté de sa mère, mais il vit l'expression de son visage.

« Non, sans moi — je ne peux pas, dit-il. J'ai encore beaucoup de travail à rattraper.

— Allons-y », dit sèchement Dan, en ouvrant la porte.

« Dan, merci, bredouilla Keely. D'avoir apporté l'enveloppe. »

Mais sans ajouter un mot de plus, Dan et Nicole sortirent, en claquant la porte derrière eux.

« Maman, demanda Dylan. Qu'est-ce qui ne va pas ?

— Je suis juste un peu sur les nerfs, dit-elle.

— Eh bien, calme-toi. Tu es désagréable avec nos seuls amis.

— Désolée », murmura-t-elle. Elle retourna à la cuisine terminer de préparer le dîner pour Abby. Les feuilles envoyées par la compagnie de téléphone étaient étalées sur le plan de travail. Keely fit chauffer rapidement quelque chose. Pendant que Abby mangeait, elle s'assit pour étudier la facture détaillée. Il lui fallut quelques minutes pour élucider les abréviations et les symboles, mais lorsque ce fut chose faite, elle put identifier très vite ce qu'elle cherchait. Aucun appel n'avait été passé depuis le portable de Mark, le soir de sa mort, pendant qu'elle était sortie. Il y avait eu en revanche deux appels de l'extérieur. L'un des numéros lui était absolument familier. C'était le bureau. L'autre lui était apparemment inconnu. En regardant le reste de la facture, elle se rendit compte que ce numéro apparaissait tous les jours — parfois neuf ou dix fois dans la journée.

Keely se concentra pour tenter d'identifier ce correspondant. Un client ? Elle alla dans le bureau de Mark prendre la liste des clients que lui avait remise Lucas. Le mystérieux numéro n'y figurait pas. Elle revint dans la cuisine où se trouvait l'agenda, qu'elle se mit à passer au peigne fin. Elle ne trouva toujours pas. Avec une certaine répugnance, elle songea qu'elle n'utilisait pas la bonne méthode. Et elle finit par se décider à composer le numéro. Ce qui était la façon la plus directe d'obtenir l'information. Elle réfléchit à l'explication qu'elle allait donner à qui allait répondre. S'arrêta à l'idée qu'une version adaptée de la vérité serait la meilleure solution. Elle dirait donc qu'elle tentait de mettre de l'ordre dans les affaires de Mark. Qu'elle avait trouvé ce numéro et désirait savoir si... si quoi ? L'argument paraissait nul, même à elle. Elle hésita.

Puis elle prit sa décision. Quoi qu'elle dise au final, il fallait essayer. Elle composa le numéro, attendit quatre sonneries. La main qui serrait le combiné était moite. Dès l'instant où elle entendit décrocher, et où la voix se mit à parler, elle sut qu'il s'agissait d'un répondeur. Au début elle en fut soulagée. Pas d'explications à donner. Peut-être entendrait-elle le nom de la personne. Sauf que la voix se contenta de décliner le numéro. Puis, avec une incrédulité croissante, elle crut reconnaître la voix : « Il n'y a actuellement personne pour prendre votre appel, mais si vous voulez laisser un numéro, nous ne manquerons pas de rappeler. »

Elle raccrocha, puis rappela. Ecouta encore une fois le message. Cette fois, elle en eut la certitude absolue. La voix enregistrée était celle de Maureen Chase.

36

IL fallut plusieurs minutes à la réalité pour s'imposer. Maureen Chase.

Keely feuilleta encore les pages de la facture. Tous ces appels. Il devait y en avoir des centaines. Et Mark n'y avait jamais fait allusion. Ils parlaient rarement de Maureen. Pourquoi l'auraient-ils fait d'ailleurs ? Selon Mark, il n'y avait rien à dire. Pourtant, et très clairement, Maureen et lui étaient en contact constant. Certes, Maureen était le procureur du secteur et Mark était avocat. Mais quand bien même ils avaient des dossiers à discuter, pourquoi l'appelait-elle le soir et pendant le week-end ? Keely ne posait jamais de questions à Mark lorsqu'il avait un appel professionnel. Il faisait une carrière d'avocat célèbre. Il était donc logique qu'il ait du travail le soir. Mais à en juger par le volume des appels provenant du numéro de Maureen, Maureen représentait son travail principal.

Keely tenta de penser à Mark tel qu'elle le connaissait, mais subitement il devenait une espèce d'inconnu pour elle. Un crime dans son passé. Un bombardement de coups de fils nocturnes de son ancienne fiancée. Sur quoi avait-il dit la vérité à Keely ? Une douleur la transperça tandis qu'elle se repassait le film de sa brève vie commune avec Mark. Que s'était-il vraiment passé ?

Elle ne pouvait pas rester avec ces questions, c'était insupportable. Il lui fallait trouver des réponses. Et il existait une personne qui savait. Le combiné se trouvait encore dans sa main. Les doigts tremblants, elle composa le numéro privé de Lucas. Après quelques sonneries, Betsy répondit.

« Betsy, dit Keely en s'efforçant de contrôler l'émotion dans sa voix. Lucas est-il à la maison ? »

Soupir de Betsy. « Non. Je l'ai à peine vu. Il a eu votre message. C'est juste qu'il n'a pas eu une minute à lui. Il a été en rendez-vous en dehors de la ville toute la journée, et quand il est rentré à la maison, il a dû ressortir encore pour voir un client. Mais je suis sûre qu'il vous rappellera dès qu'il aura pu reprendre son souffle. Puis-je vous aider en quoi que ce soit ? »

Keely hésita. Puis elle se lança. « Betsy, peut-être que oui. Vous allez me prendre pour... pour une parano. Mais... je viens juste de... je triais les factures et... je regardais nos vieilles factures de téléphone. Je sais que cela peut sembler... enfin, c'est bizarre mais...

— Oui ? dit Betsy.

— Eh bien, disons qu'apparemment il y a un nombre gigantesque d'appels provenant de, ou à destination de Maureen Chase. Surtout des appels venant de, à vrai dire. Mais néanmoins... »

Il y eut un silence à l'autre bout de la ligne.

Le visage de Keely s'enflamma. « Je sais. Vous devez me prendre pour une folle. Jouer les épouses jalouses en ces circonstances. Je veux dire, quel intérêt à présent que Mark... n'est plus là, mais c'est juste que... »

Betsy émit un murmure étranglé.

« N'en parlons plus, dit Keely. Je suis infâme. Excusez-moi de vous avoir dérangée...

— Non, soupira Betsy. Non, vous n'êtes pas infâme.

— Je veux dire, quelle importance à présent, de savoir qui appelait Mark... n'est-ce pas ?

— Oh, Keely », dit tristement Betsy.

Le sang de Keely se glaça en entendant la compassion dans la voix de son interlocutrice. « Betsy, vous avez l'air... bizarre, dit-elle.

— Keely... je ne veux pas que vous vous mépreniez. Lucas et moi, nous n'avions aucune certitude... »

Keely releva le menton, prête à encaisser le choc. « Que dites-vous ?

— Euh, fit Betsy, mal à l'aise. Comme vous dites, cela n'a plus d'importance.

— Je veux savoir, insista Keely.

— C'est évident, dit Betsy avec un nouveau soupir. J'aimerais pouvoir vous apporter la sérénité. Mais je ne peux pas.

— Pourtant vous laissiez entendre que...

— On a jasé..., dit Betsy. Rien de plus. De simples rumeurs. Lucas m'en a parlé. Il n'était pas plus désireux d'y croire que moi. Cette femme a... Certaines personnes semblent croire qu'il serait possible que Mark et... cette femme... »

Keely attendit, le souffle suspendu.

« Je n'ai jamais voulu y croire, dit Betsy. Enfin, il n'y avait aucune raison. Chaque fois que j'ai essayé d'aborder le sujet avec lui, il se contentait de dire qu'il était très, très heureux avec vous. Et les enfants. Et c'est la vérité. Il était heureux comme je ne l'ai jamais vu être heureux. »

Keely avait l'impression d'avoir pris un direct au foie. Elle était là, le téléphone à la main, ahurie par ce qu'insinuait Betsy. « Une liaison ? fit-elle dans un souffle.

— Keely, plaida Betsy. Cela ne sert à rien de vous tourner les sangs maintenant. Je regrette de ne pas avoir su me taire.

— Non, c'est bon, dit Keely sans passion.

— N'oubliez pas que nous n'avons aucune preuve. C'est plutôt le changement de... climat entre eux. Je veux dire, si l'on considère qu'il l'a laissée tomber pour vous épouser — eh bien, leurs relations ont été plus que glaciales pendant un certain temps. Puis... nous avons observé un changement. Ils semblaient... peut-être avaient-ils simplement un comportement civilisé malgré tout...

— Je dois sortir, Betsy », dit Keely. Et elle raccrocha sans laisser à Betsy le temps de répondre.

Quelques minutes plus tard, Dylan faisait une entrée dans la cuisine, le pas traînant et le visage ombrageux. « J'enlève ce pansement, annonça-t-il en décollant progressivement le sparadrap maintenant la gaze sur son cou. Ça gratte, et j'en ai marre. C'est comme si je portais un panneau indiquant : “Ce crétin a tenté de se zigouiller et il n’a même pas été fichu de faire ça proprement.” »

Keely ne réagit pas.

Dylan hésita, puis retira tout le pansement, révélant la blessure irrégulière qui commençait tout juste à cicatriser sur sa gorge. Il observa sa mère qui était assise, le regard dans le vague. Il jeta ensuite le pansement dans la poubelle, s’attendant à une protestation de sa part, qui ne vint pas.

« Qu’est-ce qui t’arrive ? demanda-t-il.

— Je... je ne sais pas, dit Keely en remuant la tête. J’essaye de comprendre quelque chose.

— On croirait que tu es sur une autre planète.

— Dylan, je vais bien, dit sèchement Keely. Laisse-moi tranquille.

— Désolé, fit-il en roulant les yeux. J’ai une petite faim. Y aurait-il quelque chose pour dîner ? » Il ouvrit la porte du réfrigérateur et regarda à l’intérieur. « Frugal.

— Fais-toi un sandwich, Dylan. Je suis désolée. J’ai eu beaucoup de soucis », dit-elle avec brusquerie.

Dylan la regarda tristement. « J’aurais mieux fait d’aller au chinois », dit-il. Il se mit à fouiller dans le tiroir du réfrigérateur pour trouver du fromage et de la viande froide. Après avoir confectionné un méchant sandwich, il s’assit en face de sa mère. Lorsque Keely leva les yeux dans sa direction, son visage se crispa à la vue de l’estafilade irrégulière sur sa gorge. Elle était toujours en colère, mais moins. Dylan remarqua qu’il avait capté son attention.

« Comment se fait-il que tu sois d’humeur aussi exécrable ? demanda-t-il. Comment s’est passée ta visite au procureur ? »

Aucune réponse de Keely.

« Avec la sortie imprimante de la lettre de papa », insista-t-il. Il mordit dans son sandwich et la regarda en mastiquant.

« Elle ne l’a pas prise en considération, dit Keely.

— Pas prise en considération ? protesta Dylan. A-t-elle une meilleure idée pour expliquer ce qui s’est passé ? Ou bien est-elle simplement résolue à me faire porter le chapeau ? »

Keely cligna des paupières en regardant Dylan, comme s'il venait de la réveiller, et une idée germa dans sa tête. Après tout, pourquoi tenait-elle tant à avoir le relevé du téléphone, à l'origine ? Parce qu'elle voulait voir qui aurait éventuellement pu rendre visite à Mark lors de cette funeste soirée.

Abby s'était mise à pleurnicher. Comme un robot, Keely la sortit de sa chaise, lui essuya la bouche et la posa sur le sol. Dans le même temps, son cerveau fonctionnait à pleine vitesse. D'un seul coup, elle voyait les choses sous un angle totalement différent. Et si Mark et Maureen avaient... renoué comme avant ? C'était peut-être Maureen qui était passée voir Mark ce soir-là. Maureen qui s'était querellée avec lui à propos de leur relation. Maureen qui avait poussé Mark dans la piscine, et ensuite, comme si cette vengeance ne lui suffisait pas, elle essayait de mettre la responsabilité sur le dos de Dylan.

Oui, songea Keely. Le scénario était cohérent mais comment parvenir jamais à le prouver ? La police ne voudrait pas l'écouter. Wade Rovere semblait s'être volatilisé. Elle n'avait aucun élément de preuve en dehors de quelques coups de fils répertoriés et de ses propres soupçons. En fait, elle n'avait que des questions. Elle pensait constamment à son entretien avec Maureen Chase, procureur, qui continuait d'accuser Dylan. Et maintenant ceci. Encore une fois, on lui mentait. *Ah non,* se dit-elle. *Terminé. Cette fois j'en ai assez.*

« Maman, dit Dylan en replaçant une feuille de laitue entre les deux tranches de pain de son sandwich à moitié mangé. Raconte-moi ce qu'elle a dit.

— C'est sans importance, répondit amèrement Keely. C'est une menteuse. Rien de ce qu'elle dit ne doit être pris pour argent comptant. »

Dan repoussa son assiette, l'appétit soudain coupé, et s'affala sur son siège. « Alors ça n'a servi à rien du tout.

— Ce n'est pas mon point de vue, dit Keely. Ça m'a servi à moi. Ça m'a servi à moi pour comprendre certaines choses.

— Ouais, mais... » Geste impuissant de Dylan. « Elle ne

fait aucun rapprochement, n'est-ce pas ? La procureur. Elle continue de dire que c'est de ma faute.

— Je ne vais pas la laisser faire.

— Tu ne peux pas l'empêcher.

— Ah bon ? » Keely bondit sur ses pieds. « Garde un œil sur Abby, dit-elle. Je n'en ai pas pour longtemps.

— Où vas-tu ? Ne sois pas stupide, Maman. Souviens-toi de ce qui est arrivé avec cette voiture, l'autre soir.

— Je reviens très vite. Ferme à clé derrière moi. »

Dylan la regarda fixement : « Promis », dit-il.

C'est peut-être une folie, pensa Keely en prenant sa veste, son sac, et ses clés. Cette femme pourrait s'avérer dangereuse. Mais Keely était trop en colère pour avoir encore peur d'elle. Il était temps de changer de registre avec Maureen Chase. Trop tard à présent pour en appeler à ses bons sentiments. Elle avait tout fait pour détruire leur vie. Keely en avait la certitude. Elle savait, et elle allait l'arrêter, d'une manière ou d'une autre.

Keely monta dans le Cherokee, claqua la portière, prit la route. Il était trop tard pour le bureau, mais elle essaya tout de même. L'immeuble du tribunal était sombre et silencieux. L'agent de sécurité installé à l'accueil regarda la pendule et lui dit que Ms. Chase avait quitté son travail depuis des heures. *Très bien,* pensa Keely. *Je sais où vous habitez.* Mark lui avait montré le domaine où se trouvait la maison de Maureen lorsqu'ils étaient venus s'installer ici, et elle n'avait jamais oublié. Chaque fois qu'elle passait en voiture devant cette rue, elle pensait à Maureen, même à l'époque où elle ne savait pas encore à quoi elle ressemblait. Keely pensait alors que son bonheur s'était construit aux dépens de Maureen, ce dont elle se sentait coupable, mais se réjouissait en même temps.

Bien que Keely sache comment trouver la maison, l'allée menant au domaine était très facile à manquer dans le noir. Personne n'habitait le bâtiment principal car la saison était terminée, et l'allée n'était donc pas éclairée. Elle dépassa la maison avant de se rendre compte qu'elle était allée trop loin. Elle fit alors demi-tour et revint en sens inverse, engageant lentement le Cherokee sur l'allée de gravier crissant, pour monter jusqu'à la maison de Maureen.

Au début, Keely eut peine à croire que cette maison était celle de l'implacable procureur. Elle s'attendait à une construction moderne et sans personnalité. La maison semblait sortie d'une carte postale des Costwolds, du bocage britannique. Les lumières étaient allumées, faisant luire les petits carreaux des fenêtres, mais la voiture de Maureen n'était pas en vue. Ce qui ne voulait rien dire, pensa Keely. Il y avait un petit garage couvert de lierre où elle rangeait probablement son véhicule.

Le cœur de Keely battait à tout rompre lorsqu'elle coupa le contact. En descendant du Cherokee, elle répétait ce qu'elle allait dire, mais sa tête refusait de collaborer. Elle ne pouvait penser qu'à une seule chose, la trahison de Mark et Maureen.

Keely marcha jusqu'à la porte d'entrée, où elle frappa. En attendant, elle regarda autour d'elle. La lune jaune était suspendue bas dans le ciel, et les feuilles mortes se froissaient bruyamment en raclant la pelouse et les pierres grises de l'allée. Contre les murs, des hydrangeas désordonnés, aux fleurs desséchées et décolorées bruissaient dans le vent du soir. Des branches nues ployaient et craquaient partout autour d'elle. La petite maison paraissait isolée et solitaire, et Keely frissonna en attendant sur le pas de la porte. En l'absence de réponse, Keely se dit qu'elle avait peut-être été trop timide et toqua de nouveau et plus fort. Toujours aucune réponse. Keely patienta quelques minutes puis cria le nom de Maureen. Et personne ne répondit.

Alors Keely se pencha pour regarder à travers une fenêtre de la maison. Elle ne vit personne à l'intérieur, ce qui ne signifiait rien. La seule pièce qu'elle apercevait était la grande salle de séjour, avec sa cuisine ouverte, sa cheminée, ses canapés en chintz. Elle voyait qu'il y avait de la lumière dans les autres pièces, mais les rideaux étaient tirés.

Keely était perplexe. Maureen pouvait être sortie en laissant allumé chez elle, songea-t-elle. Après tout, il n'y avait pas de voiture visible devant la maison. Elle pouvait avoir filé jusqu'à un petit commerce proche, ou être sortie avec un homme, ou Dieu sait quoi. Ou bien la voiture était dans le garage et Maureen dans la maison, en train de prendre sa douche, ou d'écouter de la musique au casque, dans sa chambre.

Les talons des bottines en cuir de Keely crissèrent sur le pavé lorsqu'elle repartit vers le garage. Elle allait vérifier que la voiture se trouvait bien dedans. En approchant, elle crut entendre un murmure de voix venant de l'intérieur du minuscule bâtiment sombre. Keely s'arrêta un instant. Elle avait peine à y croire, Que pouvait-on faire enfermé dans un garage sombre aux portes closes ?

« Mrs. Chase ! cria-t-elle sans affabilité. C'est Keely Weaver. Je voudrais vous parler. »

Elle espérait que ceux qui discutaient se tairaient au moins pour écouter, mais il ne semblait même pas y avoir l'ombre d'une hésitation dans leur conversation chuchotée.

Va-t'en d'ici, conseilla une petite voix dans sa tête. Un instant, Keely songea à écouter son instinct. Mais l'image de la tristesse de Dylan, l'intonation défaite de sa voix, la vilaine cicatrice rouge toujours visible sur son cou la stimulèrent. Comme elle avançait prudemment de quelques pas, elle prit conscience d'un autre bruit venant de derrière la porte du garage — un bourdonnement régulier et audible, presque recouvert par les voix.

Il fallut un moment à Keely pour identifier ce qu'elle entendait. Le moteur de la voiture tournait, à l'intérieur du garage.

Keely se précipita vers la porte latérale et regarda par le carreau. Il faisait sombre, mais grâce au clair de lune qui pénétrait par la vitre, elle distingua les contours d'une voiture. La portière du passager était ouverte. Le bruit du moteur plus fort. Elle secoua le bouton de la porte, mais elle était verrouillée. Elle fit le tour pour essayer le portail, fermé par des barres de bois foncé, et manipula la vieille serrure à l'ancienne. Elle parvint ainsi à entrouvrir. L'odeur d'essence et de gaz d'échappement la fit reculer. Retenant son souffle, elle serra plus fort la poignée et tira. Le battant de droite s'ouvrit complètement, elle fut enveloppée par un nuage de fumée. Keely se mit à tousser. Elle souleva une extrémité du foulard qu'elle portait pour le maintenir serré contre son visage. Elle distinguait à présent la BMW noire. La portière avant était ouverte, côté conducteur. Laissant dépasser quelque chose.

Un moment elle hésita. Il ne pouvait pas s'agir d'un piège. Maureen n'était pas au courant de sa visite. Ce qu'elle voyait correspondait à la réalité, songea-t-elle sans joie. Elle entendait à présent clairement les voix feutrées, et brusquement elle s'avisa qu'une de ces voix était celle de Mark. Venant de l'intérieur de la voiture. Enregistrée. Les voix de Maureen et Mark se murmuraient des choses sur une cassette. Un frisson glacial la parcourut. Elle recula d'un pas, mais fut incapable de s'enfuir. S'il y avait quelqu'un dans la voiture... Ouvrant l'autre battant de porte, Keely se précipita dans le garage, et s'approcha prudemment de la portière ouverte, sans cesser de serrer son foulard contre son nez et sa bouche.

Maureen Chase était au volant. Ses bras pendaient le long de son corps. Sa tête était basculée en arrière sur l'appuie-tête. Elle avait les yeux fermés, comme si elle dormait, et sa peau était rouge cerise. Un voile était piqué de guingois dans ses cheveux auburn. Elle portait une robe de mariée en satin ivoire, dont la traîne pendait par la portière, côté passager.

Keely retint un hurlement. *Oh Seigneur,* pensa-t-elle. *Oh Seigneur Dieu.* Elle tendit une main pour toucher l'autre femme, et sentit le froid de sa peau. Elle eut envie de tourner les talons et déguerpir, essayer d'oublier qu'elle avait jamais vu ce qu'elle venait de voir. Mais c'était impossible. *Des fois qu'elle soit encore vivante,* insistait la voix tremblante de sa conscience. *Il faut que tu fasses quelque chose.*

Retenant toujours son souffle, elle passa la main devant Maureen et coupa le contact. Les voix de la cassette, qui articulaient des mots écœurants d'intimité, se turent brutalement dans une sorte de gémissement. Elle saisit alors, sur le siège maintenant silencieux du conducteur, la femme en robe de mariée.

Allez, pensa-t-elle, comme si ce corps inerte pouvait l'aider. Toussant à cause de la fumée, elle attrapa Maureen par-dessus le satin glissant des manches de sa robe et se mit à la tirer vers l'extérieur. Le voile de dentelle s'accrocha au levier de changement de vitesse et se détacha des boucles rousses. Le corps de Maureen, dans les bras de Keely, pesait du plomb.

Keely qui, pourtant certaine de la mort de Maureen, continuait malgré tout de lutter pour la sortir de la voiture. Elle devait l'extraire de ces fumées létales. Le postérieur de Maureen, puis ses pieds toujours chaussés de pantoufles, touchèrent le sol maculé d'huile du garage lorsque Keely réussit à la traîner jusque dans l'herbe jaunie à côté de la petite construction couverte de lierre.

Du calme, pensa Keely. *Appelle des secours.* Elle allongea doucement Maureen sur le sol. La tête roula de côté, inanimée. Les bras et les jambes s'étalèrent gauchement dans l'herbe. Fouillant fébrilement dans son sac, Keely sortit son téléphone rouge, et fit le 911. Lorsque l'opératrice répondit, Keely tenta de lui raconter la situation, mais les sanglots brisèrent sa voix.

« Les secours arrivent, lui promit la standardiste. Savez-vous faire la respiration artificielle ?

— Non, gémit Keely. J'ai suivi des cours de secouriste autrefois...

— Je vais vous expliquer ce qu'il faut faire », dit la femme d'une voix rassurante.

Keely s'agenouilla auprès de Maureen, le téléphone toujours dans une main. Puis elle suivit les instructions de la standardiste et, se penchant au-dessus du corps, elle posa ses propres lèvres sur celles de sa rivale, froides et rouge cerise.

37

PHIL Stratton eut en grognement écœuré en remettant un paquet de photos de Mark Weaver dans le tiroir de la table de chevet. Plus ils trouvaient de choses dans cette petite maison, plus il devenait évident que Maureen était obsédée par ses souvenirs de Mark Weaver. La maison entière était un sanctuaire à sa mémoire. Et maintenant, dans une espèce d'étrange preuve d'amour désespérée, Maureen avait franchi la ligne, avec l'espoir peut-être de le retrouver. Phil soupira, se souvenant de la confiance qui était la sienne avant leur dîner en tête-à-tête, l'autre soir. Il s'était laissé aller à fantasmer un avenir commun pour Maureen et lui, ils formeraient un couple et une équipe hors pair. Enfin, il s'était heureusement rendu compte avant de coucher avec elle qu'il ne serait jamais qu'un pâle remplaçant de Mark Weaver. Sans pourtant percevoir l'étendue du problème.

Phil Stratton sortit de la chambre de Maureen et revint dans la salle de séjour où était assise Keely, du bout des fesses et sur un canapé en chintz rose et vert, en train de boire du thé dans une tasse en polystyrène que lui avait apportée une jeune femme policier. Ses mains tremblaient sur le gobelet. Keely regarda Stratton.

« Ça va un peu mieux ? demanda-t-il.

— Un peu, je crois, répondit-elle avec lassitude.

— Mrs. Weaver, voulez-vous bien m'expliquer pour quelle raison vous êtes venue ici ce soir ? »

Soupir fatigué de Keely. « J'avais découvert... je venais

de découvrir ce soir-même que Ms. Chase appelait souvent mon mari, avant sa mort — et le soir où il est mort, précisément... »

Stratton attendit la suite.

Elle envisagea de faire état de ses soupçons sur une éventuelle liaison, mais se ravisa. « Je suppose que je voulais simplement savoir pourquoi », dit-elle en remontant le menton.

L'inspecteur hocha la tête. « Eh bien, les raisons sont limpides. Elle était obsédée par lui, dit-il. La chambre est pleine de photos de lui. Sa penderie — elle a encore des chemises brodées à ses initiales qui n'ont pas été lavées depuis... un certain temps. Des cassettes. Des dossiers contenant le moindre bout de papier écrit de sa main qu'elle pouvait ramasser. Elle a des reçus de sa carte de crédit correspondant à la station-service où il prenait son essence, bon sang... Elle faisait une fixation complète sur votre mari. Vous avait-il jamais signalé qu'elle continuait de l'appeler ? »

Keely fit un signe négatif, mais ne répondit rien.

Stratton gratta sa joue rasée de près. « Il ne voulait peut-être pas vous contrarier. Vous auriez pu paniquer en sachant qu'elle le poursuivait de ses assiduités. »

Le poursuivait de ses assiduités. Une sensation de soulagement envahit Keely tandis que l'expression s'inscrivait dans sa conscience. *Le poursuivait.* Keely songea aux coups de fil. Ils venaient presque toujours de Maureen, à y bien réfléchir. Elle essaya de se rappeler les paroles de Betsy. Evidemment, si Maureen appelait Mark au cabinet dix fois par jour, il avait dû y avoir des rumeurs. Peut-être Mark s'était-il senti responsable de l'obsession de Maureen, coupable de l'avoir laissé tomber pour Keely. Peut-être n'avait-il pas souhaité dénoncer son comportement et la mettre du même coup dans l'embarras. Keely observa la pièce d'un regard circulaire. Tout était bien rangé, chaque chose à sa place, les volants de chintz, les tapis fleuris, les bouquets de fleurs séchées, indiquant la vie ordonnée d'une femme chez elle. Pas de signe extérieur de la manie secrète de Maureen, mais de nombreuses preuves cachées. L'inspecteur Stratton avait peut-être raison. Maureen poursuivait Mark. Jamais Keely ne pourrait effacer de sa mémoire l'image grotesque de Maureen dans cette robe de mariée, en train d'écouter ces enregistrements obscènes, en respirant ses dernières bouffées suicidaires. *Poursuivait.* Tout s'éclairait. Bien sûr.

Keely frissonna au souvenir de l'image, d'abord entraperçue, de Maureen dans la voiture, le corps inerte, tordu, le contact abominable de ces lèvres froides. « J'ai essayé de la sauver, dit Keely d'une petite voix.

— Je le sais. Les urgences m'ont parlé de votre appel. » Il soupira une fois de plus. « C'est pathétique, en vérité. Elle était prisonnière du passé. Elle ne pouvait ni ramener Mark à elle, ni se résoudre à vivre sans lui. Je pense qu'elle faisait... une fixation morbide sur votre mari, et elle a fini par perdre les pédales. »

Keely fixa le sachet de thé flottant dans sa tasse et pensa à Maureen, toujours éperdument amoureuse de Mark. Tous ces coups de fil. Il devait être flatteur pour un homme — formidablement flatteur — qu'une femme comme Maureen Chase, raisonnable, posée, ne puisse se passer de lui. Elle se répétait constamment les mots de Betsy — *Nous n'étions sûrs de rien... Nous n'avions pas de véritables preuves.*

Non, pensa-t-elle, sans l'ombre d'un doute. *Non.* Après la lecture du message laissé par Richard, elle était rongée de doutes sur les motifs qui avaient poussé Mark à venir la voir, et à la courtiser ensuite. Ils étaient pourtant mariés, et ils avaient un enfant ensemble. Après tout, rien ne permettait de questionner sa dévotion pour elle — ni son amour pour Abby. Mark, l'homme qui lui avait fait une cour pressante, en lui jurant qu'il ne pouvait pas vivre sans elle, n'aurait pas renoué une liaison avec son ancienne amoureuse. Non, Mark n'aurait pas fait une chose pareille. C'est elle qui le poursuivait. Il n'y avait pas d'autre explication.

« Il faut que je vous dise, Mrs. Weaver..., commença Phil, interrompant ses réflexions, que je crois vous devoir... peut-être, à vous... et à votre famille... euh... »

Keely le regarda curieusement.

Il prit son élan. « J'ai commencé à y penser l'autre soir

pendant que je dînais avec... Madame le Procureur. J'ai commencé à me dire que son désir de faire endosser la responsabilité de la mort de votre mari à Dylan pourrait être motivé par... ses sentiments... restés vivaces. Je me suis mis à me demander si je ne serais pas en train de participer à une... un... différend d'ordre personnel.

— Essayez-vous de vous excuser, inspecteur ? demanda Keely.

— Je n'ai pas dit cela », rectifia-t-il fermement.

Keely esquissa un mince sourire. « Je ne vais pas porter plainte contre votre service, si c'est ce qui vous inquiète. Je comprends qu'elle faisait pression sur vous.

— Il y avait un certain ... zèle... dans sa conduite de l'enquête, admit-il prudemment.

— Il serait néanmoins réconfortant pour mon fils que vous lui expliquiez cela, suggéra-t-elle. Il a beaucoup souffert.

— Keely ! »

Keely leva la tête et découvrit Lucas, appuyé sur sa canne, sur le pas de la porte de la maison de Maureen. « Dieu soit loué, vous êtes là », dit-elle. Elle se leva en tremblant de la tête aux pieds et se dirigea vers Lucas qui l'attira contre lui et la prit par l'épaule.

« Est-ce que vous allez bien ? demanda-t-il. Que s'est-il passé ? »

Le regard contrarié de Lucas scrutait son visage. Keely se sentit fondre sous la sincérité de son inquiétude. « J'étais venue lui parler. Je l'ai trouvée... » Sa voix se brisa.

Lucas la rassura doucement. « Tout va bien. Je vous raccompagne chez vous. Phil, je peux raccompagner Mrs. Weaver chez elle ? Vous avez terminé en ce qui la concerne ?

— Oui, allez-y, dit Stratton. Nous faisons encore quelques vérifications sur sa déposition, mais c'est une simple formalité. L'affaire semble évidente. De toute façon, je sais où la trouver si j'ai besoin d'elle. »

Lucas hocha la tête. « Je n'arrive toujours pas à y croire, dit-il. Maureen Chase.

— Il y a beaucoup de choses que nous ignorions à propos de Maureen. Elle avait sa face sombre, dit Stratton.

— Apparemment, soupira Lucas. Allez, ma chère, dit-il à Keely. Laissez-moi vous raccompagner. » Puis à l'intention de Phil : « Pouvez-vous faire ramener sa voiture par quelqu'un ?

— Bien sûr, dit Stratton. J'enverrai deux de mes hommes s'en occuper ce soir même. »

Keely lui tendit les clés.

Stratton fit un signe de tête. « Je reste en contact, Mrs. Weaver. »

Keely laissa Lucas l'emmener à sa Lincoln. Il ouvrit la portière, et Keely s'installa docilement sur la banquette avant. Puis Lucas fit le tour du véhicule et vint s'asseoir derrière le volant.

« Bouclez votre ceinture », dit-il sérieusement.

Keely acquiesça silencieusement et obtempéra.

« Le choc a dû être terrible pour vous, dit Lucas. La trouver comme cela.

— C'était l'horreur. Vous n'imaginez pas. J'ai essayé de la sauver.

— Je sais, dit distraitement Lucas. Un des flics dehors me l'a raconté. Vous avez fait tout ce qui était humainement possible. » Il hésita un instant, puis demanda : « Mais pourquoi êtes-vous allée là-bas, à l'origine ? »

Keely secoua la tête, comme si elle cherchait à chasser l'image de Maureen. Puis elle contempla le profil séduisant de Lucas, dévasté par les années. « J'ai découvert qu'elle appelait constamment Mark au téléphone, dit-elle.

— Ils étaient encore en contact professionnellement, dit Lucas.

— Ce n'était pas professionnel. »

Lucas leva les sourcils et regarda droit devant lui par le pare-brise. « C'est vrai que je me demande ce qu'ils avaient à se dire.

— C'est bon, Lucas. J'ai parlé avec Betsy. Elle m'a expliqué ce que vous pensiez tous les deux. »

Lucas mit un moment à réagir. « Que vous a-t-elle dit, Betsy ?

— Elle m'a fait part de vos soupçons. Mais vous vous trompez, dit Keely. Selon l'inspecteur Straton, Maureen poursuivait Mark de ses assiduités. »

Lucas garda le silence.

« Merci tout de même d'avoir tenté de me protéger, dit Keely.

— Je ne vois pas à quoi vous faites allusion, dit Lucas, perplexe.

— Mais si. Vous pensiez qu'il me trompait, et vous n'avez rien dit, dans l'espoir de m'éviter de souffrir. »

Lucas eut un haussement d'épaules impuissant. « Je suppose que je suis allé imaginer des choses qui n'existaient pas. Honnêtement, Keely, je ne savais pas. Il ne s'est pas confié à moi, et c'est la vérité.

— Ça, il s'y entendait pour garder ses secrets. »

Ils arrivèrent devant sa maison et s'arrêtèrent. Lucas gara la voiture et resta derrière le volant, à contempler par le pare-brise la grande façade en pierre de la maison. « Pourquoi dites-vous cela ? » demanda-t-il en se tournant vers Keely.

Keely hésita. Elle faillit lui parler du message de Richard, de l'implication de Mark, mais cela ne servirait qu'à le blesser et l'amener à se poser des questions sur son fils. Or le suicide de Maureen éclairait la situation d'un jour différent. Peut-être la mort de Mark n'était-elle pas liée au lointain passé, mais à son présent trouble. Quoi qu'il en soit, Maureen était maintenant partie, et personne n'aurait jamais besoin de savoir.

« Rien. Peu importe », dit-elle. Elle fut aveuglée par les phares d'un véhicule qui s'engagea derrière eux dans l'allée et se gara. Keely se retourna au moment où les lampes s'éteignaient, mais elle reconnut son Cherokee. Une autre voiture, de police cette fois, arrivait derrière et attendit. Le conducteur du Cherokee de Keely, un jeune flic en uniforme qui était dans la maison de Maureen, descendit.

Keely s'extirpa du siège avant de la voiture de Lucas et se dirigea vers le policier. L'air nocturne était plus frais, elle frissonna. Le jeune flic tendit les clés qu'il posa entre ses doigts glacés. « Merci, dit Keely.

— Je vous en prie », dit le jeune policier en effleurant son couvre-chef du doigt. Il repartit à pied en direction de la voiture de police et se glissa sur le siège passager.

Tournant et retournant les clés dans sa main, Keely revint vers la vitre de la voiture de Lucas et se pencha.

« Voulez-vous entrer ? demanda-t-elle.

— Si cela vous fait plaisir », dit-il. Sa voix semblait épuisée, blanche.

« Non. Rentrez chez vous, dit Keely.

— Vous êtes sûre ? »

Keely confirma silencieusement d'un signe de tête. Puis elle s'écarta lorsque Lucas remit le contact.

« Vous pouvez contourner mon Cherokee ? demanda-t-elle.

— Aucun problème », dit Lucas.

Elle hésita, tripotant les clés dans sa main. Lucas la regarda et attendit. Elle finit par lui demander, très sérieusement : « Lucas, si vous étiez poursuivi par quelqu'un, une femme, vous en parleriez à Betsy ou bien vous vous tairiez ?

— Si j'étais poursuivi par une femme, je serais sans doute tellement fier que j'irais le raconter aux journaux », dit Lucas avec un éclair de malice dans le regard.

Keely sourit, indulgente.

« Je sais ce que vous demandez, très chère. Mais je ne connais pas la réponse. Ne vous torturez donc pas, dit Lucas. C'est fini, à présent. »

Son regard se fit sérieux. « Vous savez ce que je pense ? dit-elle. Je pense que Maureen est venue ici le soir où il est mort. Je pense qu'elle l'a peut-être poussé dans l'eau. Je veux dire que nous savons qu'elle était... déséquilibrée. Je pense qu'elle a craqué d'un coup. »

Il y eut encore un silence. Puis Lucas dit : « Vous pourriez bien avoir raison. Je suppose que maintenant, nous ne saurons jamais.

— Exact, dit Keely qui se demandait dans son cœur si elle pouvait se satisfaire d'une telle réponse.

— Keely ? » s'inquiéta brusquement Lucas.

Elle le regarda. « Quoi ?

— Il faut oublier, tourner la page. L'important, c'est qu'on ne va plus embêter Dylan. Il est tranquille. Maureen hors circuit, ils vont le laisser tranquille.

— Je sais, dit Keely. Dieu soit loué.

— Vous allez mieux dormir, à présent », dit Lucas.

Keely acquiesça avec un pauvre petit sourire et lui fit signe en agitant la main tandis qu'il partait en marche arrière. Lucas a raison, pensa Keely. Maureen était un esprit torturé. La manière dont elle était morte le démontrait assez clairement. Mais elle ne pouvait plus leur faire de mal, à présent. Il n'y avait plus de raison de redouter sa colère jalouse. Dylan était hors de danger. C'est tout ce qui importait. Ce soir, elle pourrait rendre grâces.

38

MALGRÉ les secousses et insomnies de cette nuit, Dylan annonça le lendemain matin qu'il était prêt à retourner à l'école. Keely s'efforça d'afficher une certaine nonchalance en l'assurant qu'il n'y avait pas urgence. Mais dans son cœur, elle savait que la mort de Maureen lui avait apporté une relative paix de l'âme. Bien que Phil Stratton ne soit pas passé comme elle l'avait espéré, Keely avait rapporté à Dylan les aveux virtuels de l'inspecteur, concédant qu'il n'aurait pas dû participer à la vendetta de Maureen. Le soulagement qu'elle lut dans les yeux de Dylan donna à Keely la sensation qu'un morceau de son cœur, qui faisait défaut, était désormais revenu.

En secret, elle était à la fois heureuse du désir de Dylan de retourner en classe, et inquiète des éventuelles embûches de cette reprise. Elle avait envie de lui exprimer toute sorte d'avertissements et mises en garde, mais il était silencieux et évitait délibérément son regard angoissé. Elle remarqua, sans faire de commentaire, qu'il avait mis un pull à col roulé dissimulant les cicatrices encore visibles sur sa gorge.

« Est-ce que Nicole est au courant que tu rentres aujourd'hui ? » demanda-t-elle comme ils abordaient le dernier virage dans le Cherokee, et que les bâtiments du collège se profilaient devant eux.

« Je ne lui ai pas dit, répondit Dylan avec dans la voix une pointe familière d'agacement.

— Eh bien, vous vous rencontrerez peut-être, tous les deux, dit Keely.

— Maman, dit Dylan comme si la suggestion de sa mère était absolument ridicule.

— Excuse-moi », dit Keely. Sans prendre la mouche. A vrai dire, cela ressemblait à un signe que les choses revenaient à la normale.

En descendant du véhicule dont il claqua la portière, Dylan se pencha à l'intérieur par la vitre baissée. Keely le regarda avec curiosité.

« Tu risques la panne, Maman.

— Ce qui veut dire, Dylan ? » demanda-t-elle, sur la défensive.

Il lui montra le voyant d'essence sur le tableau de bord. « Il faut que tu fasses le plein. Tu imaginais quoi ? »

Malgré elle, Keely se mit à rire. « Bon, bon. D'accord, dit-elle. Tu vas être en retard. » Elle soupira en le regardant gravir les marches de l'école. Il paraissait seul mais courageux, de nouveau enveloppé dans le blouson de cuir de Richard, se préparant à affronter les regards curieux et les chuchotements de ses pairs. Elle le regarda disparaître à l'intérieur du bâtiment, mais lui ne se retourna pas.

Sur le trajet du retour, Keely s'arrêta à la supérette pour acheter quelques bricoles, et elle prit un journal de Washington sur le présentoir, près des caisses. SUICIDE DU PROCUREUR DE SAINT VINCENT'S HARBOR, hurlait la une. Le sous-titre parlait de dépression, de malheurs privés, et d'une suite de tentatives de suicide dans la vie de Maureen. Bien que, sur les lieux du drame, la police ait interdit toutes nouvelles photos de Maureen, un cinglé de l'objectif avait manifestement réussi à faire du fric sur son décès pathétique, grâce à un instantané du corps sans vie de la procureur dans sa robe de mariée, un peu sale, à la une du tabloïd.

Il était difficile de s'arracher à cette photo. Mélange de fascination et de répulsion. Keely posa le journal à l'envers, sur le tapis roulant de la caisse, avec quelques autres articles. Abby était debout dans le caddie, cramponnée aux barreaux métalliques, tenant des discours inintelligibles à la femme qui venait derrière Keely dans la queue. Keely qui se sentait coupable, comme si elle péchait par voyeurisme en se procurant le récit détaillé et sensationnel de la mort de Maureen. Elle se rappela que personne autour d'elle ne soupçonnait son rôle dans l'affaire. Mais elle plia cependant le journal, une fois passé à la caisse, et le fourra sous son bras pour cacher les gros titres.

Pendant une minute, en poussant le caddie entre les portes automatiques du magasin, Keely se demanda si Dan ferait signe quand il apprendrait ce qui était arrivé. Lorsque l'inspecteur Stratton lui avait demandé de justifier où elle se trouvait au moment de la mort de Maureen, elle avait parlé de la visite de Dan chez elle, de sa conversation téléphonique avec Betsy, de son échange verbal avec l'agent de sécurité du tribunal, comme autant d'alibis. Lorsque l'inspecteur Stratton appellerait Dan pour vérifier, Keely savait que ce dernier confirmerait son histoire. Néanmoins, Keely sentit le rouge lui monter au front à la pensée que sa grossièreté risquait d'avoir conduit Dan, comme Nicole, à reprendre leur offre d'amitié. Elle rangea les courses dans le coffre et jeta le journal, à l'envers, sur le siège passager.

Elle roula jusque chez elle en se demandant pourquoi elle tenait tant à ce que Dan appelle. Les enfants et elle n'avaient que faire de nouveaux amis — ils allaient déménager, de toute façon. Comme pour renforcer sa conviction, Keely aperçut, en s'engageant dans sa rue, la Ford Taurus de son agent immobilier, Nan Ranstead, qui attendait. Un bref instant, le cœur lui manqua. Elle ne voulait qu'une chose — rentrer chez elle, se cacher du reste du monde. Là, tout de suite, elle se moquait bien qu'il y ait ou pas un acheteur pour sa maison. Keely gara le Cherokee derrière la voiture de Nan. Elle était en train de descendre lorsqu'elle vit Nan ouvrir la porte de la maison et se précipiter à sa rencontre.

« Mrs. Weaver, dit-elle. J'ai essayé de vous joindre. Nous étions en train de visiter une maison à quelques rues d'ici, et ces charmantes personnes ont repéré votre pancarte.

— Vous êtes censée me prévenir un peu à l'avance, dit Keely. Vous n'avez pas mon numéro de portable ?

— Je sais. Je ne l'avais pas avec moi, avoua Nan. Ecoutez, pensez-vous pouvoir trouver de quoi vous occuper encore un court moment pour me laisser le temps de leur faire visiter la maison ? Elle semble leur plaire beaucoup.

— Je n'ai même pas eu le temps de mettre un peu d'ordre, protesta Keely.

— Tout a l'air très bien, dit Nan. J'en ai pour une petite demi-heure.

— J'imagine », fit Keely, hésitante. Une partie d'elle voulait se rebeller, dire non, pas aujourd'hui, mais elle se rendit compte que l'agent ne faisait que son travail, et qu'il n'y avait aucune raison de lui rendre la tâche plus difficile.

« Cette occasion est peut-être la bonne, dit Nan en croisant les doigts.

— C'est bon », acquiesça Keely sans enthousiasme. Elle regagna le siège avant de son Cherokee, impatiente de retrouver l'intimité, la sécurité de sa maison. *Oh seigneur,* songea-t-elle. *Je fais quoi, maintenant ?* Elle hésita, fit une marche arrière, remonta la rue jusque chez les Warner. Elle se gara dans l'allée, observa la maison avec curiosité. Toutes les fenêtres étaient fermées et les rideaux tirés. Un journal, encore sous plastique, était posé sur le paillasson, et du courrier débordait de la boîte à lettres. Il n'y avait pas de voiture devant la maison. Apparemment, les Warner étaient partis de façon précipitée, ce que Keely trouva étrangement troublant. *Où ont-ils bien pu aller ?* se demanda-t-elle. *Et qu'est-ce que cela peut bien me faire ?*

Pour Dylan, se dit-elle. Dans quelques heures, il serait temps d'aller chercher Dylan et de voir comment s'était passée la journée d'école. Elle se rappela s'être dit ce matin que Nicole serait là pour faciliter son retour. Sauf qu'apparemment, Nicole n'était pas dans les alentours. Dylan était tout seul aujourd'hui. Ils l'étaient tous. *Il va s'en sortir,* se dit encore Keely, et elle aurait bien voulu le croire. Elle avait les nerfs à vif de le savoir dans un environnement hostile. Les enfants sont capables d'une telle cruauté. Elle eut le sentiment que le temps allait lui paraître très long avant le moment où elle pourrait aller le chercher et le ramener à la maison.

Elle repassa devant chez elle, au ralenti, avec l'envie de pouvoir rentrer. Elle s'arrêta, mais la voiture de Nan était toujours dans l'allée, ce qui signifiait manifestement que ces gens étaient encore en train d'examiner sa maison. *Et si nous restions simplement là à attendre, Abby et moi,* pensa

Keely. Mais alors qu'elle regardait sa maison avec tristesse, elle entendit des aboiements.

Evelyn Connelly refermait sa porte derrière elle, retenant ses chiens qui tiraient furieusement sur leur laisse en direction du trottoir où se trouvait Keely. Arrachée à son assoupissement par les chiens, Abby se mit à pleurer. Evelyn, en survêtement et collier de perles, se retourna et croisa le regard de Keely, les yeux plissés d'hostilité dans son visage bouffi.

Keely se sentit rougir en détournant les yeux pour échapper à l'observation maléfique de sa voisine. Sans réfléchir à une destination, elle enclencha la marche avant et démarra. Elle détestait se laisser impressionner par cette bonne femme. *Je ne cède pas à l'intimidation,* se dit-elle. *Je ne suis pas d'humeur pour une scène aujourd'hui. J'ai besoin de paix.*

En s'engageant dans Cedarmill Boulevard, elle jeta un coup d'œil à son tableau de bord et s'avisa que Dylan avait raison. L'aiguille de la jauge était presque sur le 0. *Très bien,* songea-t-elle. *Je vais aller faire le plein. C'est nécessaire. Autant m'en occuper tout de suite. Cela fera passer le temps.*

Keely se mit en quête d'une station-service et s'arrêta près d'une pompe. Elle baissa sa vitre et coupa le contact. Puis elle se retourna et tendit un livre d'enfant ramassé sur le sol à côté d'elle à son bébé qui s'agitait beaucoup. Abby, sanglée dans le siège auto, sur la banquette arrière, prit le livre des mains de sa mère et se mit à glousser joyeusement en appuyant sur les boutons déclenchant des meuglements de vache.

Personne ne vint immédiatement s'occuper de sa voiture, mais Keely n'était pas pressée. En attendant que quelqu'un vienne remplir son réservoir d'essence, elle prit le journal posé à côté d'elle. De nouveau, la photo grotesque de Maureen lui arracha une grimace, puis elle entreprit de lire l'article.

Dans le court laps de temps dont il avait disposé, le journaliste avait été assez complet. Il commençait par un exposé de certains dossiers difficiles instruits par Maureen. Il faisait aussi allusion à la mort tragique de Sean, le frère jumeau de Maureen, vingt ans plus tôt, le soir de Halloween. Il s'attardait sur le détail de la dépression que Maureen avait subie ensuite, son traitement à Blenheim, sa guérison et sa décision, consécutive à cette expérience, de devenir procureur. L'article signalait le zèle bien connu avec lequel elle poursuivait les délinquants adolescents, et rapportait la phrase qu'elle avait un jour prononcée : « C'est un adolescent qui a tué mon frère — j'en suis certaine. Personne n'a jamais été arrêté pour ce crime, mais c'était l'époque où la délinquance adolescente était considérée comme de l'espièglerie, avant que les gens se rendent compte de la violence que peuvent développer de jeunes garçons livrés à eux-mêmes. Aujourd'hui, nous avons appris la leçon. Je ne pourrai peut-être jamais punir le meurtrier de Sean, mais je ne serai jamais laxiste avec un criminel — aussi jeune soit-il. »

Keely leva les yeux, regarda par le pare-brise. Elle ne savait pas grand-chose de la mort mystérieuse du frère jumeau de Maureen. Mais cette mort expliquait apparemment la persécution exercée sur Dylan, pensa-t-elle.

Elle poursuivit sa lecture, les nerfs à vif, lorsque vint le passage relatif aux fiançailles de Maureen et au terrible chagrin qui lui avait brisé le cœur lorsque Mark avait choisi d'épouser Keely. L'article racontait ensuite en détail sa propre découverte du corps de Maureen, qualifiée d'« ironie du sort ». Le journaliste avait laissé de côté le harcèlement de Maureen sur Mark. L'article s'en passait relativement bien. En l'état, il brossait un tableau peu flatteur d'une Maureen seule, instable, dont les fonctions de procureur implacable dissimulaient peut-être un esprit troublé. D'une certaine façon, Keely pouvait y trouver une sorte de réconfort. Avec une nouvelle confirmation que Dylan et elle avaient été les victimes du zèle excessif et abusif de cette femme.

« Que puis-je pour vous ? » La voix du pompiste l'interrompit dans ses réflexions, et Keely leva les yeux pour répondre qu'elle désirait un plein ordinaire. Son cœur sursauta lorsqu'elle vit les cicatrices d'acné, la coiffure de sconse, les paupières lourdes. Il lui rendit son regard comme s'il essayait de remettre ce visage. Keely fut la plus rapide.

« Vous », accusa-t-elle.

Les yeux reptiliens de Wade Rovere s'écarquillèrent lorsqu'il reconnut sa cliente.

39

« PHIL, je suis ravi que vous ayez pu venir. Entrez, je vous prie. »

Phil Stratton avait reçu un appel urgent du bureau local de la police lorsqu'il arriva au tribunal. Il se reposait énormément sur le travail accompli par la police locale, et le plus souvent, c'était lui qui appelait le capitaine Ferris pour réclamer les résultats d'investigations. Cette fois, la situation était inversée. Phil était plus que sûr qu'il y avait un rapport avec le suicide de Maureen Chase. Les professionnels de la loi étaient encore sous le choc de la terrible nouvelle.

L'inspecteur entra dans le bureau du capitaine Ferris et s'entendit prier, d'emblée, de fermer la porte derrière lui. « Que se passe-t-il, Dave ? demanda-t-il.

— Assieds-toi », dit Dave Ferris. Il approchait la soixantaine, mais conservait de la prestance, avec sa chemise impeccablement repassée et sa cravate, plus une tignasse brune grisonnante, et une moustache. Le seul détail trahissant son âge était les verres à triple foyer qui lui agrandissaient les yeux en leur donnant un aspect liquide.

Stratton s'assit en face du capitaine.

Dave fit la moue en prenant un document qu'il tendit à Phil par-dessus son bureau.

« Je viens de recevoir ces comptes rendus du labo, dit-il. Les examens préliminaires de l'autopsie de Maureen Chase.

— Difficile à croire, non ? dit Phil en secouant la tête.

— J'ai parcouru tous les procès verbaux ce matin. Elle faisait apparemment une fixation sur cet avocat qui est mort, Mark Weaver ?

— Ouais, dit Phil en s'adossant sur son siège, prêt à fournir au capitaine quelques éléments de ses réflexions personnelles sur la situation. Je soupçonnais qu'il y avait un problème, mais... »

Dave l'interrompit. « Et c'est la femme de ce Weaver qui l'a retrouvée, c'est cela ?

— Ouais, dit Phil, l'air absorbé. Elles entretenaient une sorte de... relation acrimonieuse...

— Phil, avez-vous interrogé de très près cette Mrs. Weaver ?

— Je l'ai interrogée. Je veux dire que j'ai traité cette affaire comme un homicide. Je lui ai demandé pourquoi elle était là, si elle pouvait me donner son emploi du temps plus tôt dans la soirée.

— Elle a un alibi ? » demanda Dave.

Phil se tortilla sur son siège. « Ben, ouais. Je veux dire par là qu'elle a un alibi... en béton. Nous avons des gens pouvant témoigner de ses allées et venues.

— Phil, on va pratiquer des examens sanguins supplémentaires sur le corps. Des examens toxicologiques. »

Le visage de Phil exprima la surprise. « Pour quoi faire ?

— Apparemment, au cours de l'autopsie, le médecin légiste a remarqué une trace de piqûre.

— Une blessure ? Il n'y avait pas de sang.

— Non. Comme avec une aiguille hypodermique. Elle a peut-être été droguée.

— Droguée ? » Phil fronça les sourcils en rejetant cette hypothèse d'un geste de la main. « Oh, Dave — elle devait prendre quelque chose. Il y avait des tranquillisants, du Prozac et... un paquet de trucs dans son armoire à pharmacie. Elle s'est peut-être injecté elle-même un truc — tu sais, pour calmer les nerfs — avant de passer à l'acte.

— Je crains que non, dit Dave. Elle n'a pas fait l'injection toute seule.

— Qu'est-ce que tu veux dire ? Pourquoi pas ?

— Regarde le compte rendu. La piqûre se trouve dans le cou. »

Phil sentit son col le serrer soudain trop fort. « Et alors... elle a pu...

— La nuque, dit Dave.

— Un meurtre ? » parvint à articuler Phil.

Dave le regarda droit dans les yeux.

« Merde », dit Phil.

« Où étiez-vous passé ? s'écria Keely. Je vous cherchais. »

Wade Rovere recula. « Hé ! on se calme, Madame. Je ne veux plus avoir d'ennuis.

— Eh bien c'est un peu tard, répliqua sèchement Keely.

— Vous voulez de l'essence, ou pas ? »

Keely ouvrit sa portière et descendit de la voiture, le journal toujours dans la main. « Le plein, en ordinaire », dit-elle.

Wade ouvrit le bouchon du réservoir et introduisit l'embout de la pompe. « Ecoutez — ne me cassez pas la baraque. Je viens de trouver un nouveau boulot. C'est mon premier jour.

— Avez-vous vu ceci ? demanda Keely en agitant le journal. Avez-vous des tuyaux sur cette affaire ? »

Wade s'essuya les mains sur sa combinaison grise. « Je suis occupé, Madame. Je ne peux pas rester là à vous faire la conversation. J'ai d'autres clients. » Et de faire un grand geste en direction de la Volvo dernier modèle qui venait de s'arrêter à la pompe, juste derrière Keely.

« Laissez un autre s'en occuper.

— Je n'ai pas intérêt, dit Wade.

— Pas si vite. Je veux qu'on nettoie mon pare-brise. »

Wade la fusilla du regard. Keely n'allait pas se laisser intimider par lui, cette fois. Dylan était en sécurité. Et puis elle n'avait plus besoin de l'aide de Wade Rovere. « On indique "service complet", dit Keely en montrant le panneau au-dessus de la pompe. Dois-je signaler à votre patron que vous avez refusé de nettoyer mon pare-brise ? »

Wade se renfrogna, mais prit la raclette dans un seau proche tandis qu'un autre employé en combinaison grise surgissait de l'unité centrale pour servir le conducteur de la Volvo. Wade se pencha sur le capot et se mit à savonner et récurer le pare-brise.

« Où étiez-vous passé ? Que vous est-il arrivé ? demanda Keely. Je vous ai cherché.

— J'avais quitté la ville quelques jours, marmonna Wade.

— Sans rien dire à personne ? demanda Keely. Vous étiez vraiment très pressé. »

Wade acheva la partie gauche du pare-brise et fit le tour pour atteindre la droite. « C'est mes affaires.

— Vous savez, dit Keely. Je vous ai presque payé. Je me préparais à vous remettre l'argent. Mais évidemment, aujourd'hui, je connais déjà l'information que vous aviez à vendre. C'était elle, n'est-ce pas ? Maureen Chase, dit-elle en lui brandissant le journal sous le nez. Vous la faisiez chanter ? C'est cela qui est arrivé ? »

Wade s'écarta de la voiture. « C'est fait.

— Il y a des traînées, provoqua Keely. Recommencez. »

Wade fit non de la tête en soufflant fort par les narines. « C'est ce que vous croyez. Elle n'avait pas peur de moi, dit-il. Ecoutez, je ne veux pas être mêlé à cette histoire, moi. »

Keely le regarda dans les yeux, se rendant compte qu'il venait de confirmer ses soupçons. « C'était donc Maureen Chase que vous avez vue chez moi.

— Je l'ai vue, ouais. »

L'espace d'un instant, Keely fut presque grisée par le soulagement. Le mystérieux visiteur avait un visage, un nom — et même une raison démente de provoquer l'accident. Sa quête était terminée. « Que s'est-il passé ? demanda Keely. Comment avez-vous su que c'était elle ? »

Wade poussa un soupir. « Elle et moi, on a déjà eu l'occasion de se croiser. C'est elle qui m'a coffré. Madame le Procureur.

— Alors que s'est-il passé, ce soir-là ? Vous l'avez vue chez moi..., souffla Keely.

— Je suis monté vers la maison avec la pizza. La porte d'entrée était ouverte. Seule la moustiquaire était fermée. J'ai regardé à travers, et ils y allaient. »

Keely le regarda, étonnée. « Que voulez-vous dire ? »

Ce fut au tour de Wade de la regarder d'un air soupçonneux. « Je croyais que vous disiez que vous saviez, dit-il, agressif.

— Que voulez-vous dire par "ils y allaient" ?

— Il la lui mettait, dit Wade, hilare. Debout. Là, juste dans l'entrée... le vestibule... je ne sais pas comment vous dites. »

Keely l'observa.

« Je n'oublierai jamais l'expression de son visage quand elle m'a vu les regarder par la porte. Elle a hurlé, et votre type, ça lui a coupé ses effets. Elle a dit qu'ils n'avaient jamais commandé de pizza et que je fiche le camp tout de suite. Et lui, pendant ce temps-là, il essayait de remettre sa braguette, gloussa Wade, en se souvenant. Bref, quand vous avez refusé de payer, je suis allé la trouver elle — Miss Chase. Elle se souvenait parfaitement de m'avoir vu ici, pas de problème. Mais quand j'ai demandé l'argent, elle m'a ri au nez. Elle m'a conseillé de la boucler et de quitter la ville, sinon j'allais me retrouver de nouveau en tôle. Et elle ne rigolait pas. Elle pouvait me coller en cabane. Qui allait croire ma parole contre la sienne ? Alors j'ai tout laissé tomber et glandé quelques jours. J'essayais de trouver une idée pour la suite quand j'ai entendu parler de ce truc à la télé. » Et de pointer un index graisseux sur mon journal. « Je me suis dit que je pouvais revenir tranquille. » Il regarda la photo en première page. « Elle ne risque plus de boucler personne.

— Qu'est-ce que vous voulez dire, par "il la lui mettait" ? demanda Keely.

— Hé, vous avez quel âge ? Il faut que je vous fasse un dessin ? railla Wade.

— Oui, dit Keely. Je ne vous crois pas.

— Je m'en fiche. Je les ai vus. Quand elle m'a repéré en train de les regarder, elle s'est mise à hurler, et ils se sont séparés d'un coup, comme si je leur avais collé une décharge électrique avec un truc à bestiaux.

— Espèce de menteur ! Vous inventez n'importe quoi. »

Wade haussa les épaules. « Vous pouvez vous raconter toutes les histoires que vous voudrez. Il n'empêche qu'il était bel et bien en train de la baiser, dans l'entrée.

Debout. Comme s'ils ne pouvaient pas attendre une seconde de plus. »

Keely ouvrit sa portière et se remit au volant. Lorsque Wade alla sortir la pompe du réservoir et raccrocher le tuyau, Keely regarda, sans voir, par le pare-brise, essayant de ne pas imaginer Maureen et son mari, mais en vain.

« Espèce de menteur », marmonna-t-elle encore une fois.

Wade réapparut devant sa vitre. « Vingt-deux dollars, dit-il, l'air mauvais. Liquide ou carte ? »

40

« Mrs. Weaver, dit Sylvia, en se levant de derrière le grand bureau de l'accueil, dans le vestibule du cabinet Weaver, Weaver et Bergman. Quelle surprise ! »

Et pour moi donc ! pensa Keely. Elle lutta pour ne pas laisser son désarroi se lire sur son visage. « Bonjour, Sylvia, dit-elle. Heureuse de vous revoir.

— Comment vont les enfants ? » demanda l'autre femme, et Keely se rendit compte, par la réserve qu'elle lut dans son regard, que Sylvia était au courant de la tentative de suicide de Dylan, et souhaitait ne pas entrer dans les détails.

« Ils vont bien, dit Keely. Abby est avec sa grand-mère pour l'après-midi. Dylan a repris les cours.

— Eh bien, c'est formidable, dit Sylvia. Je suis heureuse de l'entendre.

— Nous allons tous bien.

— C'est parfait. Je suis désolée, mais Mr. Weaver n'est pas là pour l'instant, dit Sylvia.

— En réalité, dit Keely en baissant les yeux pour tenter de mieux contrôler sa voix, je me disais qu'aujourd'hui pourrait bien être le bon jour pour enfin... ranger ce bureau. Le bureau de Mark.

— Rien ne presse. Je suis sûre que Mr. Weaver vous l'a dit.

— Il me l'a effectivement dit, s'entêta Keely. Mais je veux m'en occuper aujourd'hui.

— Eh bien, c'est parfait. Allez-y. Vous n'avez pas besoin d'un sac ou de cartons pour mettre les objets ?

— Je n'ai pas l'intention de... d'emporter des choses aujourd'hui.

— Comme vous voudrez, dit lentement Sylvia. C'est vous qui décidez.

— C'est un... une sorte de coup de tête. J'étais dans le quartier..., fit Keely. Je veux seulement trier une ou deux choses. En jeter d'autres. » Elle n'allait pas raconter à Sylvia qu'elle était venue chercher une confirmation, une preuve de ce qu'elle avait entendu de la bouche de Wade Rovere.

« C'est bon, dit Sylvia. Bien entendu nous avons réparti les dossiers des clients entre les associés qui les traitent maintenant. Il ne reste que les objets personnels de votre mari à trier.

— Je veux pouvoir prendre mon temps, dit Keely.

— C'est parfait, dit Sylvia. Prenez tout le temps que vous voudrez. »

Keely chuchota ses remerciements en prenant la clé qu'elle serra dans sa main moite. La partie ciselée du métal lui écorcha la peau tellement elle serrait fort. Elle parcourut les couloirs moquettés du cabinet jusqu'à arriver devant la porte fermée où le nom de Mark était gravé en lettres dorées. Elle inséra la clé dans la serrure.

Elle mourait d'envie d'ouvrir d'un coup de pied, mais résista. Malgré tout le plaisir potentiel d'une telle attitude, elle attirerait trop l'attention. Keely entra dans le bureau et appuya sur l'interrupteur. La lourde lampe à pied de cuivre et abat-jour en écaille de tortue s'alluma et donna une chaleur particulière à la pièce par ailleurs impersonnelle. Tout était resté comme Mark l'avait laissé. Le sous-main en cuir avec pot à crayons assorti, sur le bureau de Mark, les livres de droit, derrière. La carte de Saint Vincent's Harbor qu'elle lui avait fait encadrer était accrochée au-dessus de l'écran de l'ordinateur. Elle pensa un instant qu'elle devrait commencer par le disque dur mais eut une hésitation. Tous les ordinateurs du cabinet étaient en réseau. Il n'allait sûrement pas laisser des preuves à charge d'une liaison là où tout le personnel du cabinet risquait de les trouver.

Son agenda de bureau était ouvert au jour de sa mort. Personne n'avait jugé bon de tourner la page. *Voilà ce dont j'ai besoin,* pensa-t-elle. Elle fit le tour de la table. La coûteuse moquette amortissait les bruits des pas. *Non, impossible,* se dit-elle. *Ce serait trop facile.* Elle décida de garder l'agenda pour la fin, quand elle aurait épuisé les autres possibilités.

Elle ouvrit donc le placard et fouilla les poches de la veste de rechange de Mark, puis celles de son imperméable. Elle passa la main sur l'étagère au cas où s'y trouverait la chose qui le trahirait. Elle ouvrit ensuite tous les tiroirs. Toutes les cartouches d'encre, tous les blocs de papier étaient à leur place, et il n'y avait pas grand-chose d'autre. Manifestement, les tiroirs avaient été vidés, comme l'avait dit Sylvia, de tous les dossiers concernant les clients, et il ne restait qu'une chemise volante çà et là. Keely les ouvrit toutes, cherchant une note de restaurant, d'hôtel, de motel. Rien.

Forcément, s'il avait une liaison, il emmenait Maureen dans des endroits, il lui offrait des cadeaux. Les maîtresses exigent des cadeaux en gage d'amour d'un homme qui n'est pas libre — fleurs, bijoux. Et là, l'idée la frappa. Le bracelet de topazes monté sur or. Elle ne l'avait pas trouvé chez elle, quand elle avait fouillé son placard pour l'argent liquide. S'il avait vraiment eu l'intention de l'offrir à Keely, il devait être là, dans son bureau. Oui, mais s'il ne l'avait pas destiné à sa femme... Depuis le début, elle avait un problème avec ce bracelet. Les perles, l'argent, le platine lui seyaient mieux. Mark le lui avait fait remarquer. Elle n'y avait jamais trop réfléchi. Et n'avait d'ailleurs jamais reçu beaucoup de bijoux en cadeaux. Mais maintenant, elle comprenait. Du topaze et de l'or ? Ces couleurs n'étaient pas les siennes. Mais des couleurs pour... une rousse. Keely sentit le rouge de la honte sur son visage, et elle se réjouit d'être seule dans le bureau. Qui d'autre était au courant ? Mr. Collier, le bijoutier, lui avait-il menti ? Ou Sylvia ?

Il serait stupide d'accuser Sylvia de couvrir Mark avant

même d'avoir consulté l'agenda. Keely s'installa sur le fauteuil pivotant, et son regard tomba sur la photo où elle posait avec Mark, celle qu'il gardait sur son bureau. *Qui étais-tu ? A quoi jouais-tu ?* se demanda-t-elle en contemplant l'expression imperturbable de son beau visage. Elle retourna la photo contre le dessus de table ; puis approcha l'agenda sur le sous-main. Elle se mit à feuilleter les pages à l'envers, en essayant de retrouver des dates où Mark était rentré tard pour des raisons professionnelles, ou bien avait eu des rendez-vous en dehors de la ville.

Au début, il était difficile de penser à une date précise. Sa vie entière lui semblait être un grand vide quand elle la considérait rétrospectivement. Mais progressivement, en arrivant aux mois d'été et de printemps, elle se rappela. Une promenade à pied avec pique-nique, annulée ici, une expédition au centre commercial pour acheter des meubles, repoussée là. Elle n'avait jamais protesté. C'était son travail. Ce qu'il avait à faire. Mais quand elle réussissait à se souvenir d'un jour précis, et quand elle vérifiait la page, il n'y avait rien d'inhabituel. Le nom d'un client, les heures de rendez-vous, et les lieux, inscrits en travers de la main généreuse de Mark. Rien sur Maureen, nulle part. Comme si elle n'existait pas.

Elle tomba sur le jour de son anniversaire et s'arrêta un instant. Elle ne se souvenait que trop bien de ce jour-là. Il lui avait promis une soirée en ville, en commençant par un dîner dans son restaurant français préféré. Elle avait laissé les deux enfants chez Ingrid, et puis s'était pomponnée et habillée pour la circonstance. Il avait appelé, piteux, et invoqué un rendez-vous imprévu. Elle était allée seule au cinéma et avait refusé de lui parler en rentrant. Il avait aligné excuses, suppliques et protestations amoureuses, jusqu'à ce qu'ils se retrouvent à faire l'amour, avant de manger un plat chinois de traiteur, au lit. Quand elle avait retrouvé le sourire, il lui avait offert un collier de perles de culture, sublime. Elle regarda la page sur l'agenda, se souvenant de la manière dont elle lui avait pardonné, de la stupidité de cette dispute.

Et brusquement elle remarqua, sous la date de son anniversaire, un zigzag noir, tracé au crayon. A première vue, on pouvait penser à un zigzag. Mais elle se rendit compte qu'il pouvait s'agir d'autre chose. Un *M*, très étalé. Elle rechercha les autres rentrées tardives et projets annulés dont elle s'était souvenue. Le même zigzag apparaissait chaque fois sous la date. Le visage de Keely devint écarlate, et tout en regardant elle se rappela que, adolescente, elle dessinait un grand *C* pour *coquelicots* dans son journal, autour de la date des jours correspondant à ses règles, afin que personne d'autre qu'elle ne comprenne en regardant son journal.

Ceci ne prouve rien, pensa-t-elle. Il pouvait s'agir d'un griffonnage fait négligemment en répondant au téléphone. Elle appuya son visage sur une main et sentit une veine battre dans son front. *Tu es vraiment bouchée si tu ne prends pas ça pour une preuve,* se dit-elle. *Tu n'as pas envie de savoir.* Mais elle ne parvenait pas à chasser son image, l'image de son très romantique mari, en train de lui accrocher tendrement un rang de perles autour du cou. Il n'aurait pas pu. Pas ce jour-là. Keely sentit monter l'envie de vomir. *Il faut que je sache avec certitude,* pensa-t-elle. Elle consulta sa montre, puis attrapa le téléphone.

Ingrid, qui s'occupait de Abby, décrocha à la première sonnerie et déclara qu'elle se ferait un plaisir de prendre Dylan à l'école et de garder les deux enfants jusqu'à son retour. « Où serez-vous ? demanda-t-elle.

— J'ai des courses à faire, dit Keely. Il y a quelque chose que je... qui ne peut pas attendre, je crois. »

Ingrid répéta qu'il n'y avait aucun problème, et Keely la remercia. En raccrochant, elle entendit une voix prononcer doucement son nom. Elle se retourna. Betsy était sur le pas de la porte, en veste autrichienne et pantalon. Son visage ingrat exprimait une contrariété.

Keely ne réussit pas à sourire. « Bonjour, dit-elle simplement.

— J'ai entendu dire que vous étiez là, déclara Betsy.

— Oui, répondit Keely, peu désireuse d'avoir de la compagnie.

— Sylvia m'a raconté que vous rangez le bureau de Mark.

— Ouais. C'était mon intention, dit vaguement Keely.

— Vous n'avez guère avancé, observa Betsy.

— Je ne range pas vraiment... », convint Keely en hochant la tête.

Betsy regarda dans le couloir. Puis elle revint à Keely. « Je peux entrer ? J'attends Lucas.

— Faites », dit Keely.

Betsy entra et s'installa dans le fauteuil qui faisait face au bureau de Mark. « Alors, dit-elle. Si vous ne rangez pas, que faites-vous ? »

Keely évita son regard, trop gênée pour avouer le motif de sa visite, ne sachant pas comment dire les choses.

« Pardon ? demanda Betsy. Qu'est-ce qu'il y a ? »

Elle décida de passer par-dessus son embarras, et de parler à Betsy. « Vous vous souvenez, lorsque je vous ai téléphoné, l'autre jour ? A propos des coups de fil de Mark à Maureen ? »

Betsy hocha lentement la tête. « Oui.

— Eh bien, aujourd'hui, j'ai rencontré... quelqu'un. Il m'a raconté avoir vu Maureen et Mark... ensemble. Vous comprenez — ensemble. » Keely rougit.

Betsy poussa un petit soupir incrédule. « Qui a dit une chose pareille ?

— Quelqu'un. Peu importe.

— Quelqu'un de fiable ? A qui vous faites confiance ?

— Non, dit Keely. Tout le contraire. Mais il reste... Betsy, j'ai l'impression de perdre la tête. Je ne veux pas y croire, mais je ne peux plus penser à rien d'autre. Je suis à la recherche de quelque chose qui me donne une certitude. Je n'arrive pas à croire à une telle duplicité de Mark.

— Vous voulez des preuves ?

— Exactement. Parce que... il rentrait tous les soirs, et il était content de retrouver notre nouvelle maison, le bébé, notre vie ensemble. Je n'avais absolument pas l'intention de me remarier si vite. Mais il a... insisté. Il ne voulait pas entendre autre chose que : oui. Vous comprenez ce que je veux dire ? Et maintenant. Jamais de la vie je ne me serais doutée. »

Betsy soupira. « Il disait souvent qu'il était heureux, après votre mariage. Il me l'a dit personnellement.

— Je sais, cria Keely. Mais il y a toutes ces communications téléphoniques. Et puis... cette personne qui affirme les avoir vus, ensemble... vous voyez...

— Ensemble comme quand on... ?

— Oui, dit Keely. Il prétend qu'il les a vu faire.

— Oh, seigneur ! Si c'est vrai, quelle trahison !

— Exactement. » Keely regarda la femme laide et digne, assise en face d'elle. « Je sais que Lucas et vous cherchez à m'épargner, mais j'ai besoin de savoir. Mark s'est-il jamais confié à vous ? »

Betsy hocha tristement la tête. « Je ne suis pas la bonne personne à qui poser cette question. Il ne m'aurait jamais fait de confidence, ma chère. Nous n'avons jamais été assez proches pour cela. Vous savez, lorsque nous l'avons adopté, il était déjà adolescent. Ce fut l'idée de Lucas. J'ai accepté parce que, bon, c'était une bonne action. Et puis, Prentice était parti faire ses études. La maison paraissait vide. Mais, bien sûr, nous avons inscrit Mark à cette école, l'International Academy, à Washington, alors je ne le voyais que le week-end. Nous n'avons simplement jamais — quelle est l'expression, maintenant ? — tissé de liens. Cela dit, Mark et Lucas, c'est une autre histoire. Ils se ressemblent tant. Lucas a vu en Mark quelque chose qu'il ne voyait pas chez son propre fils... Bref, vous pourriez poser la question à Lucas, parce qu'ils ont toujours été très proches, tous les deux.

— Lucas n'est au courant de rien, dit Keely. Je lui ai déjà demandé.

— Keely, je suis désolée de devoir le dire. Mais il y avait un côté de Mark que, manifestement, nous ne comprenions pas... ni l'un, ni l'autre. Il y a toujours eu des signes qu'il n'était pas l'homme que nous croyions qu'il était. Mais nous avons choisi de les ignorer.

— Quels signes ? s'écria Keely. Moi, j'étais.... proche de lui. Dans tous les sens du terme. Et je n'ai rien vu.

— Je sais. Mais lorsque j'y pense... la façon dont il a laissé tomber Maureen pour vous épouser. Nous avons choisi, nous tous, de voir là le fait d'un jeune homme romantique qui avait enfin trouvé le grand amour... mais on pouvait voir aussi bien une autre version. Je veux dire par là qu'il prenait un risque terrible. Maureen était le procureur. C'était un acte téméraire. N'importe qui aurait déménagé, l'aurait évitée. Mais pas Mark. Mark aimait le risque », dit Betsy.

Keely garda le silence.

Betsy s'enfonça dans son fauteuil. « Vous savez, je me souviens, un jour, quand il était au lycée. Il rentrait pendant le week-end, et je le croyais dans sa chambre, en train de travailler. Tout à coup, la femme de ménage vient me trouver, dans tous ses états. Impossible de comprendre ce qu'elle me raconte. Je la suis dans l'escalier. Mark n'était pas dans sa chambre. Elle me montre la fenêtre. Je regarde donc, et je le vois là-haut, debout sur le toit. Je lui demande de rentrer, mais il fait celui qui n'entend pas. Je me dis qu'il est peut-être sous drogue, ou quelque chose de ce genre. Je lui crie que c'est dangereux, je le supplie de rentrer, mais il rit. Et il me dit : "Le danger améliore la vision des choses." »

Keely et Betsy se regardèrent. Keely songea à tout ce que Betsy ignorait. Elle ignorait que Mark et Richard avaient tué quelqu'un, sans doute à cette époque. Et évité de se faire prendre. Encore un jeu dangereux. Keely ne voulait pas être celle qui le lui apprendrait.

« J'ai menacé d'appeler la police, dit Betsy. C'est comme ça qu'il est redescendu.

— Il a acheté une maison avec piscine, dit Keely d'un air sombre, alors qu'il ne savait pas nager.

— Exactement.

— Je ne voyais pas les choses sous cet angle, à l'époque, reconnut Keely.

— Je crains qu'il faille les voir ainsi, à présent, dit Betsy. Je crois qu'il avait besoin d'un élément de danger pour ressentir quelque chose.

— Vous pensez qu'il avait une liaison avec elle ? demanda sobrement Keely.

— C'est dans la logique », soupira Betsy.

Keely opina silencieusement.

« Je suis vraiment désolée, mon petit, dit Betsy.

— Pourquoi seriez-vous désolée ? » demanda Keely.

La mine de Betsy s'assombrit. « Eh bien, il était notre...

fils. Nous n'avons pas dû être un excellent exemple pour lui.

— Ce n'est pas vrai, dit Keely. Vous et Lucas — j'aurais bien voulu qu'il suive votre exemple. »

Une expression lointaine voila le regard de Betsy, comme si un souvenir lui revenant en mémoire l'avait plongée dans une tristesse insupportable. Elle secoua la tête comme pour s'en débarrasser. « Manifestement, nous n'avons pas été des parents modèles. »

Elles restèrent ainsi sans rien dire un instant, puis Keely se leva et prit sa veste accrochée au dossier de son siège. « Nous avons à la maison une facture de Collier's, le bijoutier, pour un bracelet de topazes et d'or. Mark ne vous en aurait pas fait cadeau, par hasard ? »

Betsy commença par hocher négativement la tête avant de répondre. « Non.

— A moi non plus. Alors j'en suis à me demander s'il l'a offert à Maureen. Parce que ce serait une preuve, non ?

— Pour moi, en tout cas, oui. » Betsy soupira.

« Il me reste à en acquérir la certitude, dit Keely.

— Je ne vous blâme pas, dit Betsy. J'agirais comme vous à votre place. »

41

COMME elle sortait de l'ascenseur, Keely vit la secrétaire de Maureen, Josie, se tamponner les yeux, rougis par les larmes, avec un mouchoir en papier, avant de fourrer le Kleenex humide dans la poche de son cardigan. La porte du bureau personnel de Maureen était ouverte, dans son dos, n'ayant plus besoin de sentinelle. Josie disparut à l'intérieur de la pièce lorsque le téléphone se mit à sonner.

Keely approcha de la porte et vit Josie debout derrière la table de Maureen, encore recouverte de ses notes et objets personnels, comme si Maureen s'était absentée quelques instants, et non pas définitivement.

Josie parlait au téléphone, aussi Keely retourna-t-elle s'asseoir près du bureau de Josie. C'était sa deuxième étape. Elle avait commencé par se rendre au poste de police pour obtenir l'inventaire des biens de Maureen, dans sa maison. Keely avait prétendu sans succès qu'elle avait besoin de consulter cette liste parce qu'elle avait perdu son bracelet de topazes au cours des événements de la veille. Un sergent fort coopératif lui avait répondu qu'il n'était pas habilité à lui montrer cette liste, mais il la consulta pour elle et conclut que non, il n'y figurait pas de bracelet de topazes.

Keely avait l'impression d'être arrivée au terme de sa quête. Si elle ne trouvait pas la réponse ici, elle ne savait pas où se tourner ensuite. Quand elle entendit Josie raccrocher, elle se leva et se dirigea vers la porte ouverte du bureau de Maureen.

Josie regarda Keely et tenta de conserver une attitude professionnelle. « Mrs. Weaver, dit-elle. Je suis surprise de vous voir ici.

— Je vous ai entendu parler de l'enterrement, dit prudemment Keely, adoucie par le spectacle du chagrin manifeste de la secrétaire. Je vois que vous êtes bouleversée.

— J'ai encore peine à y croire, avoua Josie. Elle sera enterrée demain matin, auprès de son jumeau. »

Hochement de tête compatissant de Keely. « C'est terrible. Ils sont tous les deux morts prématurément. Est-ce que je n'ai pas... » Elle faillit dire *lu*, puis se rendit compte que Josie avait sans doute eu connaissance de cet abominable article de journal. Rapidement, elle corrigea sa question. « N'a-t-il pas été... euh... je crois avoir entendu parler de meurtre, non ? »

Le regard de Josie se fixa sur la photo des enfants roux, posée sur le bureau. « Un meurtre, non. Je me rappelle quand c'est arrivé. J'étais moi-même une gamine, à l'époque. Sean et d'autres jeunes garçons étaient en train de passer dans les maisons pour Halloween. Une bande d'adolescents faisaient exploser des pétards et Sean s'est approché trop près. Un accident épouvantable. Il n'avait que huit ans. Maureen n'a jamais réussi à accepter complètement sa mort, parce qu'elle était trop absurde, et elle avait besoin d'un coupable. Mais ce n'était qu'un accident. Reste qu'il était son jumeau. Et qu'elle l'adorait.

— Cela a dû être très dur pour elle, convint Keely.

— Maureen a beaucoup souffert, au cours de sa vie, dit Josie en soupirant.

— Tragique, dit prudemment Keely. Je suis sûre que vous avez appris que je l'ai trouvée... dans le garage.

— C'est ce que m'a expliqué l'inspecteur Stratton, dit Josie avec beaucoup de tristesse. Je n'arrive pas à m'y faire. Si seulement elle m'avait appelée. Moi, ou quelqu'un. Elle n'avait pas beaucoup d'amis. Plus de famille. Elle était du genre solitaire. Mais faire ça, se tuer...

— Oh, je sais. C'est un choc épouvantable, dit Keely, sincèrement.

— Oui, soupira Josie. J'imagine que vous connaissez. » Puis, se contraignant à revenir au mode professionnel : « Mrs. Weaver, que puis-je faire pour vous ?

— Miss Fiore... » commença Keely.

Josie attendit la suite.

Pendant le trajet en voiture, Keely avait répété ce qu'elle dirait, mais à présent, face à la loyale assistante de Maureen, l'exercice était plus difficile que prévu. « Ecoutez, je suis consciente de votre attachement à Miss Chase...

— Oui, je l'aimais beaucoup. Il était très agréable de travailler avec elle, dit Josie très uniment.

— Je m'en rends compte. Et je suis certaine que vous étiez... proche d'elle, que vous étiez au courant de tout ce qu'elle faisait. »

Josie fixa Keely avec perplexité. « Elle m'informait régulièrement.

— Bon, écoutez, dit Keely. Je vais être franche avec vous. Quelqu'un m'a dit une chose très perturbante. A propos de Miss Chase, et de mon mari...

— Oh, non, pas ça, fit Josie. Je ne vais pas sur ce terrain. S'il vous plaît, Mrs. Weaver. J'ai beaucoup de travail.

— Je sais que le moment est mal choisi... »

Josie sortit de derrière le bureau de Maureen et se dirigea vers la porte, forçant Keely à reculer du côté de la réception. « Je ne veux pas aborder ce sujet. Je n'ai rien à vous dire.

— J'ai besoin de savoir...

— Pourquoi ? A quoi bon maintenant ? C'est fini. Ils sont partis tous les deux. C'est le passé.

— J'ai seulement besoin de savoir, supplia Keely. Lui avez-vous jamais vu porter un bracelet de topazes montées sur or ? Pouvez-vous au moins répondre à cette question ?

— N'essayez pas de m'entraîner là-dedans. Je ne peux rien faire pour vous, répéta Josie.

— Ce n'est qu'une question !

— Ce que je sais concernant Ms. Chase, je le garde pour moi. A la différence de certaines personnes, je ne vais pas la poignarder dans le dos juste parce qu'elle n'est plus là pour se défendre. Je vous prie de me laisser, à présent. »

Keely inspira une grande bouffée et s'éloigna. Il était

clair que la jeune femme avait pris sa décision. Il ne servirait à rien de la harceler. Il faudrait trouver un autre moyen. « Je suis désolée de vous avoir dérangée », dit-elle.

Josie inclina brièvement la tête, mais ne répondit pas. Keely hésita, espérant voir un signe de fléchissement chez la secrétaire, mais les épaules de Josie restèrent raides. Avec un soupir, elle se dirigea vers l'ascenseur. Puis se ravisa soudain et parcourut le reste du couloir jusqu'aux toilettes, où elle entra, côté dames. Avant de pousser la porte, elle se retourna et vit Josie fermer la porte du bureau de Maureen, puis mettre une clé dans la serrure. Elle eut un regard noir en direction de Keely pendant qu'elle secouait le bouton de porte pour s'assurer de la fermeture. Keely baissa les yeux et entra dans les toilettes où elle prit une serviette en papier qu'elle mouilla pour se rafraîchir les joues, le cou, le front. Le tumulte intérieur qui l'ébranlait la rendait presque fébrile. *La secrétaire sait, mais elle ne dira rien. La réponse doit se trouver ici, dans le bureau de Maureen, mais elle pourrait aussi bien être sur la planète Mars,* pensa-t-elle.

Quand elle sortit, Keely vit Josie fermer le tiroir de son bureau, prendre son sac à main, et se diriger vers l'ascenseur. Keely marcha jusqu'à la fontaine et se pencha pour boire longuement, et attendre le bruit métallique indiquant que l'ascenseur était arrivé à l'étage. Elle se redressa alors et écouta les lourdes portes métalliques s'ouvrir, puis se refermer. Keely parcourut de nouveau le couloir. Personne n'attendait devant l'ascenseur. Josie Fiore avait disparu. Elle s'approcha du bureau de Josie, regarda l'ordinateur bourdonnant, une boîte ouverte de beignets au sucre, la pile de dossiers. Keely se demanda si la clé du bureau de Maureen se trouvait dans le tiroir de Josie. Elle jeta un coup d'œil des deux côtés du couloir, qui était désert. Vite, elle se glissa sur le siège de Josie et ouvrit, le cœur battant. Elle avait la bouche sèche en examinant l'espace restreint et compartimenté du tiroir. Il s'y trouvait toutes les variétés de stylos, crayons, gommes, élastiques, trombones, avec des cartes de traiteurs et des billets de loterie. Mais ni clé, ni trousseau de clés en évidence.

Zut, pensa Keely. *Elle a dû les emporter. Elle savait que j'étais encore dans les parages et n'allait pas prendre le risque.*

Il devait exister une autre manière de pénétrer dans le sanctuaire de Maureen. Keely ouvrit son propre sac à main, sortit sa trousse de maquillage et l'ouvrit. Elle fouilla à l'intérieur jusqu'à trouver une lime à ongles en métal qu'elle avait toujours dans son sac, mais dont elle se servait rarement. *Peut-être que ça va marcher*, pensa-t-elle. Dans les films, les gens ouvraient toujours les serrures avec une lime à ongles. Keely surveilla encore le couloir puis, la lime à la main, elle alla jusqu'à la porte de Maureen, introduisit la lime dans la serrure, et se mit à secouer la poignée. Qui refusait de céder. Elle s'accroupit, étudia la poignée et le trou de la serrure, essayant d'imaginer l'angle adéquat pour insérer la lime et actionner le mécanisme. Elle était si concentrée sur son objectif qu'elle ne remarqua pas, ou trop tard, un jeune homme en bras de chemise, poussant un chariot de courrier, qui était venu la rejoindre.

« Puis-je vous aider ? » demanda-t-il, soupçonneux.

Keely sursauta, empocha la lime, et se remit debout. « Oh, dit-elle, non. Je... » Elle gagna du temps, consciente qu'il lui fallait trouver une excuse tout de suite. « J'ai fait tomber mes... lentilles. Je me demande si... euh... vous avez vu Josie quelque part. » Keely espéra que le recours au prénom induirait une certaine familiarité.

« Je suppose qu'elle est sortie déjeuner », dit-il en disposant soigneusement quelques enveloppes sur le bureau de Josie.

Le jeune homme poursuivit son chemin. Keely était humiliée de s'être laissé surprendre dans cette position. Au moins n'avait-il pas appelé la sécurité.

C'est ainsi que doit se sentir un drogué, pensa-t-elle, *les nerfs à fleur de peau, surveillant par-dessus son épaule, et rien ne compte que la dose à se procurer, on est prêt à tout pour l'avoir. Descends sur terre, Keely*, se dit-elle. *Es-tu vraiment décidée à entrer par effraction dans le bureau de la procureur pour vérifier si ton mari te trompait ? Si tu te fais prendre à fouiner là où tu n'as rien à faire, imagine un peu la honte. Ou pire. Et pour quoi ? Pour découvrir la preuve irréfutable que Mark était un tricheur ? Tu sais déjà que c'est un menteur — et peut-être un tueur. Est-il si important d'ajouter l'adultère à la liste ? Pourquoi n'acceptes-tu pas simplement la situation et ne vas-tu pas de l'avant ?*

Sauf que c'était très dur à accepter. Mark et elle avaient été heureux. Elle était tellement certaine que c'était vrai. Et pendant tout ce temps, Mark aurait désiré ardemment une vie plus aventureuse ? Un peu de danger, comme il avait dit à Betsy, pour « améliorer la vision des choses » ? Keely avait l'impression que toutes ses certitudes concernant son mariage étaient minées. Une partie d'elle-même voulait simplement se vautrer dans l'humiliation, se flageller d'avoir été aveugle à ce point. Mais ce n'était ni le moment, ni le lieu, songea-t-elle en regardant alentour.

Rangeant la lime dans son sac à main, elle s'apprêta à quitter le bureau de Josie. Au moment où elle passait la bandoulière de son sac sur son épaule, le sac lui-même éparpilla la pile d'enveloppes en papier kraft que venait d'apporter le jeune homme. Tandis qu'elle se dépêchait de refaire la pile correctement, Keely lut les mots *Weaver et Bennett* griffonnés en haut d'une enveloppe. Sa main hésita un instant, puis elle sortit le document de la pile et l'examina attentivement. L'enveloppe était fermée par une attache métallique. Elle resta un instant en contemplation. Malgré sa décision de cesser ses investigations douteuses, elle ne parvenait pas à détourner son attention. Elle se réinstalla sur le siège de Josie, défit l'attache, sortit le contenu de l'enveloppe. Keely eut la surprise de reconnaître la lettre de Richard, imprimée par Dylan, qu'elle avait apportée la veille à Maureen Chase. Il y avait un trombone fixé en haut du feuillet, et une note manuscrite.

Keely fronça les sourcils pour tenter de déchiffrer l'inscription. La calligraphie de Maureen était peu lisible. « Josie, disait le mot. Rédigez-moi... » Impossible de lire la suite.

Keely passa à la feuille suivante. Le compte rendu portait, en haut, la mention « restes, non identifiés » et il émanait du bureau du médecin légiste. La description était celle des restes gonflés d'une femme enceinte de race blanche, âgée de vingt-deux ans. Le corps, en état de décomposition avancée, avait été repêché dans la baie par un pêcheur. Keely regarda la date du rapport. La découverte remontait à dix-huit ans.

Elle replia la feuille, puis relut le message de Richard, et les commentaires de Maureen griffonnés en dessous. Lorsqu'elle perçut le lien entre les documents, la stupéfaction envahit Keely. Maureen avait semblé cynique et peu intéressée lorsque Keely lui avait apporté la lettre. Mais elle l'avait manifestement prise au sérieux. La lettre de Richard avait convaincu Maureen d'aller faire une recherche parmi toutes les affaires criminelles non résolues.

Mon Dieu, songea Keely en basculant en arrière dans le siège de Josie. Maureen Chase avait cru ce que disait Richard dans son dernier message. Elle avait ressorti ce dossier après la lecture de la lettre. Mais pourquoi ce cas précis ? Le message ne parlait pas d'une jeune femme. Etait-il possible qu'il n'y ait aucun autre meurtre non résolu correspondant à l'époque où Richard et Mark étaient amis et vivaient dans cette ville ? Sinon, quoi ?

Keely prit le rapport du médecin légiste. En dessous se trouvait un ordre d'exhumer. Keely revint à la première page, et put enfin déchiffrer l'écriture illisible de Maureen.

Exhumation. Maureen envisageait de faire ressortir ces vieux os. Pour identification.

« Excusez-moi », dit une voix grave.

Le visage rouge de honte, Keely leva les yeux. Debout devant elle, tripotant nerveusement un écrin de velours violet et râpé, se tenait un jeune homme à la peau moka, la tête pleine de dreadlocks, les yeux vert d'eau. Il portait un manteau de cuir apparemment coûteux. Keely le dévisagea. Le jeune homme ne la reconnaissait manifestement pas, mais Keely se souvint aussitôt de l'avoir croisé au cabinet de Lucas.

« J'ai rendez-vous avec Miss Chase », dit-il avec son accent britannique.

Keely hésita, rangeant soigneusement les feuilles dans l'enveloppe en papier kraft. « Je suppose que vous n'êtes pas au courant, dit-elle.

— Pardonnez-moi, dit-il, perplexe. Au courant de quoi ? »

Keely remit en place l'attache métallique. « Je crains que Miss Chase n'ait... je crains qu'elle ne soit morte. »

L'incrédulité agrandit les yeux du jeune homme. « Morte ? Ce n'est pas possible. Je lui ai parlé pas plus tard qu'hier après-midi. Elle allait très bien.

— Je crains encore que vous n'ayez raison, dit doucement Keely. Elle a... mis fin à ses jours.

— Oh, non. Putain merde. » Il faisait passer nerveusement le petit écrin d'une main à l'autre. Keely remarqua le nombre de bagues qu'il avait sur ses longs doigts aux ongles impeccablement manucurés et polis. « Je ne comprends pas. C'était une femme jeune.

— Je crois qu'elle avait... beaucoup de chagrin, dit Keely en replaçant l'enveloppe dans la pile.

— Elle m'avait demandé de passer aujourd'hui.

— Je sais. La nouvelle a été un choc pour tout le monde.

— Je veux dire... c'est horrible, bien sûr.

— Oui. Une tragédie, vraiment. Mais, dit-elle en se levant, si vous voulez bien m'excuser, je dois partir.

— Vous ne travaillez pas ici ?

— Oh non, soupira Keely. Je cherchais simplement quelque chose... quelque chose qui m'appartient. Je pensais que Miss Chase pourrait...

— Une affaire inachevée, dit-il sombrement.

— On peut dire cela », admit Keely.

Le jeune homme opina. « Bon. Euh. Je ne sais pas ce que je vais faire de ceci, maintenant. » Il ouvrit le petit écrin et contempla le contenu. « Pensez-vous que son successeur reprendra ses projets ?

— Je n'en sais rien, dit Keely. J'imagine. Pourquoi ? Qu'avez-vous dans cette boîte ? »

Il tourna l'écrin dans sa direction, et Keely se pencha en avant pour regarder, s'attendant à découvrir un bijou. Au lieu de quoi, posé sur le satin ivoire et taché qui tapissait l'écrin, elle vit ce qui ressemblait à un petit caillou blanc décoloré

« Qu'est-ce que c'est ? » demanda Keely.

Le jeune homme retourna tristement la boîte de son côté et dit : « Une dent. »

42

« UNE dent ?

— Une dent de lait, pour être précis.

— Une dent de bébé, dit Keely.

— Oui. Bon. C'est pareil, dit le jeune homme, ailleurs.

— Que voulait-elle en faire ? Keely le regarda dans les yeux.

« Hum ? dit-il en levant les yeux. Oh ! Elle en avait besoin pour un examen d'ADN. Elle devait faire exhumer des ossements. Pour tenter d'établir un lien, je ne comprends pas vraiment le principe.

— Moi non plus », dit Keely dans un souffle. *L'exhumation*, pensa-t-elle. Elle entendit les battements de son cœur dans ses tympans. « A qui, la dent... pardon, cette dent appartient à qui... ? »

Le jeune homme referma l'écrin d'un coup sec. « Oh, à ma mère.

— Votre mère ?

— J'essaye de la retrouver », dit-il.

Keely regarda l'écrin en velours, tandis que son esprit fonctionnait en accéléré. Etait-il possible que la personne tuée par Richard et Mark soit la mère de ce garçon ? Elle sentit son estomac se nouer. Une partie d'elle désirait seulement s'en aller, ne pas pousser plus avant. Mais impossible. Ce jeune homme était à la recherche de sa mère, et elle risquait de détenir une partie de la réponse. Depuis l'instant où elle avait lu la lettre de Richard, Keely savait qu'outre ses préoccupations personnelles, il y avait une victime à prendre en considération. Et une famille de la victime. « Est-ce que votre mère est ... disparue depuis longtemps ? demanda Keely.

— Disparue ? Non. Disparue est un mot ambigu. C'est juste que... Oh, c'est une longue histoire, dit-il sans enthousiasme.

— Je ne souhaite pas être indiscrète, dit Keely après un temps d'hésitation. Je suis simplement... j'étais curieuse. »

Le jeune homme poussa un soupir, mais se lança aussitôt dans l'explication, comme s'il était heureux d'avoir l'occasion de raconter son histoire. « Elle m'a abandonné, moi et mon père, voyez-vous, quand j'étais bébé, et elle est venue aux Etats-Unis. Elle nous a laissé carrément tomber, quoi. Je n'ai jamais eu de ses nouvelles. Mais j'ai pensé que, puisque je venais ici de toute façon, autant la chercher. Sauf que personne n'a pu me dire où elle était. C'est alors que je me suis adressé au Bureau des Personnes Disparues, et que j'ai rencontré Miss Chase. Pas très aimable, limite grossière, au début. Puis hier, elle m'a rappelé, tout excitée. Pour me dire qu'elle pensait être en mesure de m'aider, finalement.

— Hier ? Vraiment ? articula Keely.

— Elle avait eu de nouvelles informations. Elle voulait faire exhumer de vieux restes. Il faudrait que je vienne, disait-elle, et ils allaient prélever des échantillons ADN qui leur permettraient d'en savoir plus long. Il existe des similitudes génétiques entre parents et enfants, vous savez. Mais j'ai dit : “Pas la peine ! Je peux faire nettement mieux.” Et je lui ai parlé de la dent. Je la tiens de ma grand-mère. Apparemment, elle avait des remords, après toutes ces années, d'avoir jeté ma mère dehors. Quand elle a su que je venais aux Etats-Unis, elle m'a donné la dent dans cette boîte. En me conseillant de la montrer à Veronica quand je la trouverais. Pour prouver qui j'étais. Miss Chase a été enthousiaste. Elle m'a dit de l'apporter aujourd'hui.

— Veronica ? demanda Keely, les jambes soudain flageolantes.

— Veronica Weaver. Vous l'avez connue ?

— Non, murmura Keely. Non, je ne l'ai pas connue

— Elle a épousé un type, ici. Apparemment, elle l'a laissé tomber il y a des années pour partir à Las Vegas avec un aristo. Mais il n'y a aucune adresse à son nom, là-bas. Je commence à douter, vous comprenez.

— C'est sûr, dit Keely. Mais vous pouvez peut-être encore trouver. Avec le successeur de Ms. Chase, dit-elle faiblement.

— Peut-être. Mais je ne peux pas traîner dans le coin à perpétuité. J'aimerais savoir, pourtant. Pouvoir tourner la page.

— Vous devriez persévérer. C'était votre mère.

— Oh, ce n'est pas qu'elle m'ait donné grand-chose. Je n'ai jamais entendu parler d'elle. Je n'ai aucun souvenir. Simple question de... curiosité, vous voyez ?

— Clore un chapitre. Oui, je vois très bien.

— Bon, je repasserai peut-être plus tard.

— Oui, il faut.

— J'ai été heureux de parler avec vous, dit-il en lui tendant poliment la main. Je m'appelle Julian, au fait. Julian Graham. »

Keely lui serra la main. « Keely. » Et elle s'arrêta spontanément avant de prononcer son nom de famille. « Enchantée. »

Pendant tout le trajet jusque chez Ingrid, le cerveau de Keely s'emballa. Veronica Weaver. Rien encore ne prouvait que les restes devant être exhumés à la demande de Maureen étaient ceux de Veronica Weaver, et pourtant, Keely avait la certitude nauséeuse qu'ils l'étaient. Elle se sentait hébétée, au bord de l'évanouissement à l'idée que c'était peut-être Veronica Weaver que Richard et Mark avaient tuée.

Oh seigneur, pensa-t-elle. *Lorsque Lucas va savoir.* Elle supportait à peine cette perspective. S'il apprenait que Mark était impliqué dans la mort de sa belle-fille... *Mais non,* pensa-t-elle. *Ce n'était pas possible.* Elle se souvint que Betsy lui avait raconté que Veronica avait appelé de Las Vegas. Ils lui avaient parlé. Ce ne pouvait donc pas être Veronica.

Bien, pensa Keely en s'engageant dans Swallow Street. Cela signifiait que c'était quelqu'un d'autre, pas Veronica. De plus, Mark n'aurait jamais fait une chose pareille à Lucas, l'homme qui l'avait adopté. Il vénérait Lucas. C'était impossible. Et pourtant, son estomac restait noué. Mark lui avait menti avec un tel brio. N'aurait-il pas pu mentir aussi à Lucas ?

Keely se gara dans l'allée de chez Ingrid, bien résolue à lui cacher ses peurs. Elle alla jusqu'à la porte. Qui s'ouvrit sans qu'elle ait le temps de poser la main sur le bouton, ni de toquer avec le heurtoir. Dylan était là, lui tenant la porte ouverte.

« Bonjour chéri, dit-elle.

— Bonjour, Maman.

— Comment ça va ? Comment s'est passée cette première journée ?

— Pas trop mal », dit-il négligemment.

Keely éprouva un immense soulagement. *Merci mon Dieu,* pensa-t-elle. *Pas trop mal,* ou le comble de l'enthousiasme à l'âge de Dylan. « Tant mieux. Je veux que tu me racontes tout, en détail. »

Abby, qui couina en entendant sa mère, arriva en chancelant. Keely la souleva de terre et la serra contre elle. Ingrid émergea de la cuisine en s'essuyant les mains sur son tablier.

« Ingrid, merci beaucoup, dit Keely. J'espère qu'ils ne vous ont pas épuisée.

— Vous voulez rire ? s'esclaffa Ingrid. Ils ont été parfaits. Tout va bien ? Qu'avez-vous fabriqué, cet après-midi ? »

D'un côté, Keely aurait bien voulu se confier à cette femme plus âgée. Elle avait un tel besoin de parler à quelqu'un. L'image de Dan Warner fit irruption dans sa conscience, mais elle la chassa résolument. « Pas grand-chose », dit-elle. Elle ne pouvait pas infliger à Ingrid ces détails sordides à propos de Mark. Et moins encore de Richard. Ingrid n'était pas en état. « J'avais des choses à voir pour la succession. » L'excuse à tout faire.

« La paperasserie, on n'en voit jamais le bout, dit-elle.

— Dylan trésor, prends ton cartable. Il faut que nous y

allions, dit Keely en se baissant pour ramasser les affaires de Abby.

— J'aurais aimé vous garder à dîner.

— Quand vous irez mieux, dit fermement Keely. Nous avons assez abusé pour aujourd'hui. »

Ingrid passa les bras autour du cou de Dylan qui la serra très fort. Keely fut frappée, comme toujours, par la profondeur de ce qui les unissait. En se dégageant de l'étreinte de Dylan, Ingrid le regarda sévèrement. « Tu gardes la tête haute, et tu ne laisses personne t'embêter. Ils ne t'apprécient peut-être pas, dans cette école, mais moi, oui.

— Tout ira bien, Grandma », dit-il avec un sourire et en lui posant un baiser sur le crâne.

Ingrid salua de la main en descendant l'allée pour rejoindre la voiture. Une fois tout le monde attaché sur son siège, et le Cherokee sur la route, Keely regarda Dylan. « Pourquoi est-ce que Grandma a fait cette remarque ? demanda-t-elle. Quelqu'un s'en est-il pris à toi, à l'école ?

— Pas vraiment, répondit Dylan. Elle m'attendait dehors, dans la voiture, et elle a vu un gars me houspiller sur les marches.

— Tu veux dire quoi quand tu parles de houspiller ? demanda Keely. Donner des coups de poing, par exemple ?

— Non, je parle de bourrades amicales, s'énerva Dylan. Maman, ce n'était rien. Tu peux me croire. Je connais la différence.

— Je m'en doute, chéri, soupira-t-elle.

— Fais-moi confiance, je sais », dit-il.

Keely se rendit. « As-tu beaucoup de travail, ce soir ? » demanda-t-elle. Les questions routinières avaient un côté apaisant, comme les soucis du quotidien.

Dylan leva les yeux au ciel. « Des trucs vraiment chiants. J'ai un devoir à faire sur la séparation des pouvoirs dans le gouvernement fédéral. Chacun est censé étudier un aspect. Moi, je suis chargé de la documentation sur la Cour Suprême.

— Ça devrait être intéressant », protesta Keely.

Dylan émit des ronflements.

Keely soupira de soulagement. Le cinéma des adolescents. C'était... normal. « Oh, je suis certaine que tu vas trouver toutes les informations dont tu as besoin sur Internet.

— J'imagine », dit-il sans conviction. Elle lui jeta un coup d'œil. Il regardait par la vitre, mais son visage n'était pas tourmenté. *Je peux faire face à tout, tant que les enfants vont bien,* pensa-t-elle.

Arrivés à la maison, quand ils entrèrent, Keely entendit la sonnerie du téléphone. Dylan se précipita pour répondre, mais le temps qu'il aille décrocher, il n'y avait plus personne en ligne. Il raccrocha et vérifia le numéro du dernier appel. « Qui c'était ? » demanda Keely en ôtant la veste de Abby. Puis elle sortit son verre de jus de fruits du réfrigérateur.

« Sais pas, dit-il, découragé. Je n'ai pas reconnu le numéro. »

Keely regarda par-dessus son épaule le numéro qu'il avait noté, mais elle ne le reconnut pas non plus. Elle regarda Dylan. « Tu attendais un appel de quelqu'un ?

— Non, dit-il trop vite. Je monte. »

Keely ne fit pas de commentaire. Son intuition lui soufflait qu'il espérait peut-être un appel de Nicole, mais elle ne voulut pas faire allusion au fait que les Warner semblaient être partis. Elle savait que si elle disait quoi que ce soit, il nierait avoir la moindre envie de parler avec elle, et n'apprécierait pas son ingérence. *C'est bon,* pensa-t-elle. *Je le garderai pour moi.*

Lorsque Dylan fut monté pesamment dans sa chambre, Keely s'assit à la table de la cuisine et pensa à Mark. Avant hier soir, toutes ses pensées pour Mark avaient été empreintes de chagrin, de regret pour la vie qu'ils vivaient ensemble, une vie brutalement détruite. *Quelle différence il peut y avoir d'un jour sur l'autre,* pensa-t-elle. A présent, quand elle pensait à lui, une petite partie d'elle était... satisfaite de sa mort. Même si elle ne pourrait jamais le reconnaître ouvertement, un petit coin de son cœur avait le sentiment que peut-être il avait ce qu'il méritait.

On sonna, ce qui la tira de sa rêverie vengeresse, et elle regarda par la fenêtre de la cuisine qui était à la porte. Elle reconnut la voiture de Phil Stratton. *Il n'y aura donc jamais de fin ?* pensa-t-elle avec lassitude. Et puis elle se souvint brusquement qu'elle lui avait demandé de passer, pour parler à Dylan. Elle alla ouvrir. L'inspecteur était sur le pas de la porte, la mine peinée. « Mrs. Weaver, pourrais-je entrer ? » demanda-t-il.

Keely fit un geste amical d'une main, et Stratton passa devant elle pour entrer dans la salle de séjour. Il s'assit. Keely souleva Abby et s'installa en face de lui, le bébé sur ses genoux. Abby se frotta le nez contre sa mère en mordillant voluptueusement un anneau de caoutchouc.

« Vous êtes venu parler à Dylan ? » dit Keely.

Stratton se rembrunit et hésita, comme s'il ne savait pas par où commencer. « Non. C'est au sujet de Maureen Chase.

— Comment cela ? demanda Keely, sur ses gardes.

— Redites-moi pour quelle raison vous êtes allée là-bas. Vous vouliez l'interroger sur des communications téléphoniques, c'est ça ? »

Keely secoua la tête. « Ecoutez, inspecteur. Lorsque nous avons parlé, chez Maureen, vous m'avez laissé entendre qu'elle poursuivait peut-être mon mari de ses assiduités. Ce que j'ai voulu croire. De toutes mes forces. Sauf que ce n'était apparemment pas le cas. Inutile de tourner autour du pot. J'ai découvert depuis qu'elle avait sans doute une liaison avec mon mari, avant sa mort. Alors si c'est l'objet de votre visite, économisez votre salive. Je suis déjà au courant. »

Stratton la regarda, le sourcil dressé.

« Vous n'étiez pas au courant ? demanda Keely.

— Non.

— Bon, je n'ai pas de preuve concrète, mais.... Disons que c'est probable. Je suppose que cela risque de modifier votre manière d'expliquer son suicide...

— Elle ne s'est pas suicidée.

— Pardon ?

— Elle ne s'est pas tuée.

— Mais je l'ai vue, articula Keely. Vous aussi vous l'avez vue...

— Oh, elle est bel et bien morte. En revanche, elle ne s'est pas tuée. »

Keely fut parcourue d'un long frisson. Abby, sentant la tension dans le corps de sa mère, se mit à pleurnicher et Keely la berça, comme par réflexe. « Pourquoi dites-vous cela ? demanda-t-elle.

— Nous avons de nouvelles preuves, convaincantes, qu'il s'agit d'un homicide.

— Un homicide. Mais c'est impossible. Elle était...

— Je sais. Dans le garage. Avec le moteur qui tournait...

— Dans cette ... tenue, dit Keely avec une grimace.

— Nous pensons que quelqu'un lui a mis cette tenue. »

Keely se força à se souvenir. Maureen, le rose vif du teint, le voile mis de guingois, la robe de mariée. « Les pantoufles, dit-elle brusquement.

— Pardon ? demanda Stratton.

— J'ai été un peu troublée, à vrai dire... Sur le moment, c'était une telle abomination, que je n'ai pas réussi à penser. Mais ces pantoufles... A présent que vous en parlez, je me souviens m'être demandée pourquoi une femme mettrait des pantoufles avec une robe de mariée.

— Apparemment, elle a été habillée par quelqu'un d'autre. »

Keely le regarda dans les yeux. « Je n'y crois pas. Comment quelqu'un aurait... ? Vous voulez dire qu'elle était morte quand on l'a mise dans la voiture ?

— Non, pas morte, dit l'inspecteur. Elle est morte d'une intoxication au monoxyde de carbone. C'est ce qui a donné cette abominable couleur à sa peau.

— Là, je ne suis plus, inspecteur, dit Keely.

— Ecoutez, dans la mesure où la thèse de l'homicide est maintenant officielle, s'énerva Stratton, nous devons interroger tous les suspects et témoins éventuels. Seriez-vous disposée à répondre à d'autres questions ?

— Bien sûr. Si c'est nécessaire.

— Juste pour le procès-verbal, accepteriez-vous de passer au détecteur de mensonge ? » demanda Stratton.

Keely le fusilla du regard. « Avec plaisir. Tout de suite. Allons-y. »

L'inspecteur leva une main, en signe de reddition. « Votre acceptation suffira. Vous avez un alibi. Nous savons où vous étiez. J'ai déjà parlé à l'agent de sécurité ainsi qu'à votre voisin, Mr. Warner. Je l'ai joint chez sa fille, à Boston. Il a confirmé que vous étiez chez vous à l'heure de la mort de Maureen Chase. Mais, Mrs. Weaver, avez-vous vu quelqu'un... vu passer quelqu'un dans l'allée, sur la route qui va chez Maureen Chase ? »

Keely s'obligea à repenser à cette soirée. « Non, dit-elle. Mais vous savez, j'étais très contrariée. Parce qu'en fait, j'allais l'affronter à propos de tous ces appels téléphoniques. Je ne regardais pas s'il y avait quelqu'un d'autre.

— Avez-vous bougé, ou jeté quoi que ce soit... ?

— J'ai bougé Maureen Chase. J'ai tenté de la sauver.

— Je sais bien.

— Mais elle était morte, gémit Keely. Elle était déjà morte. »

Stratton sembla compatir et ils se turent un moment.

Puis Keely reprit la parole. « Je ne comprends pas, inspecteur. Si elle n'était pas morte, comment l'a-t-on habillée ? Comment l'a-t-on mise dans la voiture ? Elle avait de la défense. Je doute qu'elle se soit laissé faire facilement.

— Elle a été droguée, dit Stratton dans un soupir. Le médecin légiste a retrouvé une minuscule piqûre hypodermique dans le cou.

— Hypodermique ? Etes-vous en train de dire qu'on l'aurait prise par surprise, et qu'on l'aurait piquée ? Comment est-ce possible ?

— Nous pensons qu'il s'agit d'une personne qu'elle connaissait. Une personne qu'elle a fait entrer chez elle, sans se méfier une seconde.

— Je ne comprends pas. Vous voulez dire que quelqu'un est venu chez elle, avec une seringue pleine de drogue, afin de la mettre KO ? Et ensuite, il aurait monté cette mise en scène pour faire croire à un suicide ?

— On a voulu faire croire à un suicide. Certes. Mais nous ne pensons pas que c'était prémédité.

— Pas prémédité ? D'accord, mais qui se balade avec une seringue pleine de drogue ? Oui, je suppose qu'on peut penser à un drogué, pensa-t-elle à haute voix. Maureen avait dû faire condamner un paquet de drogués. Encore que je ne la voie pas du tout inviter dans sa maison un héroïnomane déclaré.

— Non, ce n'est pas comme cela..., dit-il.
— Comment pouvez-vous avoir une telle certitude ?
— La drogue. »
Regard perplexe de Keely. « Comment cela ? Quoi, la drogue ?
— Les examens toxicologiques sont revenus. C'était de l'insuline.
— De l'insuline, chuchota-t-elle.
— Elle est tombée dans le coma. Nous supposons que le meurtrier est un diabétique se déplaçant toujours avec de l'insuline. S'il a débarqué avec l'intention de l'assommer, il existe pas mal d'autres drogues possibles. Dont l'insuline ne fait pas partie. L'insuline est une improvisation. Qu'est-ce qu'il y a, Mrs. Weaver ?
— Rien, dit et répéta Keely. Je suis simplement... surprise. »
Stratton la regarda dans les yeux. « Vous semblez troublée. C'est l'insuline qui vous évoque des échos ?
— Non », répliqua-t-elle. Elle avait le cœur qui battait à tout rompre, mais elle essaya de garder une voix calme. « Bien sûr que non », mentit-elle.

43

KEELY frappa à la porte de la chambre de Dylan.
« Entrez », cria-t-il.

Elle ouvrit et se força à lui sourire.

Dylan ôta son casque et la regarda. « Que voulait encore cet inspecteur ? demanda-t-il.

— Pas grand-chose, répondit Keely. Des détails. Concernant la mort de Ms. Chase. Rien de très important.

— Maman, tu as l'air malade. Qu'est-ce qu'il y a ?

— Je ne sais pas. Peut-être que je couve un truc. Ecoute, trésor, je viens d'avoir une idée géniale.

— Laquelle ? interrogea-t-il prudemment.

— Euh... je pensais... puisque tu dois faire des recher ches sur la Cour Suprême, pourquoi ne prendrait-on pas la voiture tout de duite, et on roulerait jusqu'à Washington D. C. ? Nous ne sommes qu'à une heure et demie de là-bas. Toi, Abby et moi. On prendrait une chambre et demain on fait la visite. Voilà de quoi donner une belle authenticité à ton devoir. Tu pourrais faire quelques photos. Je pourrais te photographier devant le bâtiment !

— Maman, je ne suis plus en septième. Il ne s'agit pas d'une rédaction où il faut raconter ses vacances d'été.

— Je sais bien, insista-t-elle. Mais je persiste à penser que c'est une bonne idée. Tu pourrais parlei avec des gens travaillant là-bas. Tu as dit toi-même que tu allais avoir besoin de notes supplémentaires pour rattraper le temps perdu.

— Je croyais que tu n'étais pas en forme, dit Dylan en la regardant dans les yeux.

— Ça va. Il ne s'agit que d'un petit voyage. Je crois que c'est une bonne idée. Qu'est-ce qui ne te plaît pas ?

— Je ne peux pas partir. J'ai un rendez-vous avec le Dr. Stover, demain.

— Je vais le faire déplacer.

— Maman, je suis fatigué, protesta Dylan. Je ne veux pas voyager. »

Elle savait que c'était vrai. Il avait des cernes noirs sous les yeux, et il était léthargique depuis le retour à la maison. Mais il fallait qu'elle les éloigne tous. « Tu pourras dormir dans la voiture. Nous emporterons tes médicaments, dit-elle.

— Merci beaucoup, Maman. Tu penses toujours à mon bien-être. »

Ce sarcasme cinglant lui fit monter les larmes aux yeux. « J'essaie de faire ce que je pense être le mieux, dit-elle d'une voix rauque.

— Mais qu'est-ce qui se passe ? demanda-t-il, inquiet.

— Rien de spécial. Il s'est passé assez d'horreurs par ici pour que j'aie envie d'un petit changement de décor, tu ne crois pas ? »

Dylan replia le cordon de son casque et éteignit la platine de CD. « Tu n'as jamais fait ça avant. »

Keely s'essuya rapidement les yeux du revers de la main et renifla. « Fait quoi ? demanda-t-elle.

— Prendre la fuite », dit-il.

Elle allait protester contre cette définition, mais elle s'arrêta. Impossible. *Expose les choses autrement,* pensa-t-elle. « Ecoute, Dylan, je ne te propose pas de partir en Alaska. Une petite virée à Washington DC, est-ce vraiment trop demander ? Je sais que tu es fatigué. Je ne demanderais pas si je n'estimais pas que c'est important.

— Pourquoi ? dit-il, avec entêtement, en regardant par la fenêtre. Dis-moi pourquoi, et j'irai.

— Je t'ai dit pourquoi.

— Tu mens », dit-il

Keely faillit le réprimander pour son insolence. Mais elle se retint. Il avait raison. Comment pourrait-elle le tancer pour cela ? Elle respira profondément, en tremblant. « D'accord, murmura-t-elle. Il va arriver une chose terrible. A quelqu'un que nous... connaissons. Je ne veux pas être impliquée dans cette histoire. Je ne veux pas jouer de rôle. Je veux être loin.

— A qui ? demanda Dylan. Que va-t-il arriver ?

— Je ne veux pas entrer dans les détails. Je ne veux pas en dire plus. Crois-moi, tu sauras bien assez tôt.

— Dis- moi seulement de qui il s'agit, insista-t-il.

— Dylan...

— Allez, Maman. »

Keely hésita. Elle reconnut cette expression implacable dans ses yeux. Elle l'avait assez vue dans le miroir, ces derniers temps. Il ne lâcherait pas prise. *C'est bon,* décida-t-elle. Dissimuler ne servirait qu'à retarder l'inévitable. Il saurait vite de toute façon. La police ne pouvait pas mettre bien longtemps à reconstituer le puzzle. « C'est Lucas. D'accord ? C'est Lucas.

— Que va-t-il lui arriver ?

— Je pense qu'il va être arrêté.

— C'est pour cette raison que le flic était là ?

— Non, dit-elle. C'était... autre chose.

— Et pourquoi va-t-on l'arrêter ? C'est grave ?

— Très grave.

— Qu'a-t-il fait ? Une histoire de fraude, c'est ça ?

— Non, Dylan. C'est un problème de vie et de mort. D'accord ? Et c'est terminé. Je n'en dirai pas plus maintenant. Je veux juste partir, dès que possible. Est-ce que tu peux faire cela sans discuter ? Me faire simplement confiance ? Pour cette fois ? Fais-moi confiance, prépare ton sac de voyage. »

Soupir de Dylan. « C'est bon. J'y vais. »

Abby s'endormit sur son siège auto pratiquement à l'instant où ils rejoignirent la nationale. Quant à Dylan, Keely le laissa passer tous les CD qu'il voulait, tant que le bruit ne réveillait pas sa sœur. La musique l'occupait. Il n'était pas nécessaire de faire la conversation. De temps à autre, elle montrait la carte, et il regardait les panneaux de signalisation, et lui disait à combien ils étaient de la prochaine intersection. Autrement, ils roulaient en silence.

Le Dolly Madison Motor Lodge se trouvait dans une banlieue calme de Washington, et le soir était tombé lorsqu'ils s'arrêtèrent sur le parking. Keely lut le panneau. « Ça a l'air bien. Restaurant, piscine couverte, Jacuzzi, câble, bar avec orchestre.

— Super, dit Dylan. Quatre vieux mecs obèses jouant *Strangers in the Night.* »

Keely répondit par un pauvre sourire. « On sautera les cocktails, dit-elle.

— Il n'y a pas un chat, fit observer Dylan en baissant le son et en balayant du regard le parking presque désert.

— Disons qu'on n'est pas au plein de la saison, reconnut Keely. Qu'en penses-tu ?

— M'en fiche, dit-il en haussant les épaules.

— C'est bon. » Elle coupa le contact. « Je vais nous prendre une chambre. Surveille Abby. »

Quelques minutes plus tard, Keely était de retour avec les clés de deux chambres communicantes. Elle amena le Cherokee derrière le motel. Se gara sur une place exactement face à leurs chambres, puis donna sa clé à Dylan. Malgré son peu d'enthousiasme pour ce voyage, l'idée d'avoir sa chambre d'hôtel personnelle lui plaisait bien, et il avait hâte de la découvrir. Il ouvrit la porte, jeta son sac à dos, et revint à la voiture aider Keely à porter les affaires de Abby dans la chambre voisine. Keely étala une couverture par terre et posa Abby dessus avec quelques jouets. Puis elle s'assit sur le lit. Dylan en fit autant, sur l'autre lit.

« Comment est ta chambre ? demanda Keely.

— Exactement comme celle-ci », répondit Dylan. Il se leva et ouvrit la porte de communication entre les deux pièces. « Tu veux voir ?

— Pas tout de suite. Je suis un peu lasse. Je regarderai dans un moment. » Dylan ne dit rien et referma la porte. Il eut un regard compatissant pour sa mère. « Tu veux que j'aille nous chercher des sodas et de la glace ? »

Keely accepta avec reconnaissance. Il lui parut soudain bien adulte, prêt à rendre service. « Ce serait formidable. Tu sais où se trouve la machine à glaçons ?

— Je vais trouver, Maman, grogna-t-il.

— Tu as besoin d'argent ? Regarde dans mon sac.

— Tout va bien, dit Dylan en déclinant la proposition. Je reviens tout de suite. »

Keely lui prit la main au passage. « Merci, trésor. Merci pour tout. »

Dylan fit mine de ne pas avoir entendu. « Ensuite, je vais me baigner. J'ai envie d'essayer cette piscine couverte. Et le Jacuzzi.

— Ces endroits sont des nids de microbes.

— Tu as raison, Maman. Je vais probablement attraper une maladie mortelle.

— Va, dit-elle en souriant. Rapporte les sodas. Et n'oublie pas tes clés. »

Dylan marmonna son exaspération adolescente et referma la porte derrière lui. Keely s'allongea un peu et ferma les yeux tandis que Abby s'amusait avec ses jouets, sur la couverture entre les deux lits. Elle songea que venir ici avait été une bonne idée. C'était tranquille, et elle ne serait pas prise dans le désastre, assaillie de questions. Contrainte de reconnaître devant la police que son ami, son beau-père, son fidèle protecteur, était probablement un meurtrier. La seule idée lui donnait la nausée. *Combien de temps va-t-il s'écouler ?* pensa Keely. *Combien de temps avant que la police comprenne ?* Cela ne saurait être long.

Lucas, pensa-t-elle. Elle l'avait toujours admiré. L'avait toujours considéré comme l'homme le plus gentil. Mais à l'instant où Phil Stratton avait prononcé le mot « insuline », cela avait été comme un verrouillage qui saute d'un coup. Sa première réaction avait été d'appeler Lucas, de le mettre au pied du mur. Mais elle se rendit compte qu'elle en était incapable. Qu'elle ne réussirait pas à dire les mots. Qu'elle ne supporterait pas d'entendre encore des mensonges, de la part de Lucas, cette fois.

Keely avait la tête en ébullition. Elle revoyait encore Lucas, le jour où ils étaient entrés dans l'appartement de Prentice et avaient découvert ce terrible désordre. L'expression d'horreur et de désarroi sur le visage de Lucas, pataugeant dans les débris de la vie de son fils. Il était si pâle, moite, tremblant, qu'il avait dû débarrasser un fauteuil pour s'asseoir un instant et se faire une piqûre. Elle le revoyait, mentalement, sortant de la poche de son pardessus la petite boîte spéciale contenant l'aiguille et l'ampoule d'insuline. Il avait relevé sa manche négligemment, désinfecté le bras avant de planter l'aiguille. Elle s'était détournée pour ne pas voir. Elle ne voulait pas voir non plus maintenant, mais il n'était plus possible de se détourner.

Non, elle ne pouvait pas cesser de se représenter Lucas en homme généreux, attentionné. *Pourquoi ?* pensa-t-elle. *Qu'est-ce qui l'avait poussé ?* Piquer Maureen avec cette aiguille. L'habiller en mariée, la mettre dans la voiture. Faire tourner le moteur. C'était l'épisode difficile à apprivoiser — ce côté impitoyable. Dieu sait qu'elle n'avait jamais eu d'atomes crochus avec Maureen Chase. En un sens, Keely avait détesté Maureen et tout ce qu'elle avait fait. Mais tout de même... c'était un être humain... qui ne méritait pas... La vie torturée de Maureen lui appartenait. Son assassin avait agi comme s'il avait le droit d'y mettre un terme à sa guise.

Allongée sur son lit, Keely posa un bras devant ses yeux.

Au moins étaient-ils loin de Saint Vincent's Harbor. Elle ne pourrait peut-être pas aider Lucas, mais elle n'aurait pas à assister au moment où la police comprendrait et irait l'arrêter. Il ne saurait se passer bien longtemps avant qu'un membre de la police ne se souvienne que Lucas était diabétique. Avant qu'ils ne découvrent les documents sur le bureau de Josie Fiore, parlent avec Julian Graham, avant que le nom de Veronica ne fasse surface. Et il y avait aussi un lien avec la mort de Mark. Elle ne savait pas lequel, mais ce lien existait. Elle en était certaine. Si elle voyait les articulations, la police ne manquerait pas de les déceler. Ils établiraient les connexions qui menaient à Lucas. Lucas devait savoir qu'il serait soupçonné. Il était avocat. La mise bout à bout d'éléments de preuves n'avait pas de secret pour lui. La piste qui conduit au suspect. Et pourtant, il l'avait fait, comme s'il se moquait de ce qui arriverait ensuite, du moment qu'il la tuait. Mais pourquoi ?

Keely sursauta en entendant toquer à la porte, puis elle

se rendit compte qu'il devait s'agir de Dylan qui ne pouvait utiliser la clé parce qu'il avait les deux mains prises par les sodas et le seau de glaçons. Elle se leva pour le faire entrer, enjambant les jouets de Abby. Puis elle se souvint que la femme de la réception avait promis d'envoyer une employée de l'entretien avec un lit d'enfant pour Abby. Ce pouvait bien être le petit lit. Elle alla jusqu'à la porte et ouvrit.

Les halogènes illuminaient le parking, diffusant une lueur plate et argentée dans laquelle Keely distingua un rideau de pluie battante. Lucas se tenait sur le pas de la porte, appuyé sur sa canne, le col de son imperméable relevé contre l'averse. Sans un sourire, il tendit son bras libre pour empêcher la porte de se refermer. « Keely, dit-il. Puis-je entrer ? »

44

KEELY dévisagea son visiteur. Les vêtements coûteux, les cheveux blancs impeccablement coiffés, le large sourire qui contrastait avec l'expression aiguë et circonspecte des yeux. Ses doigts noueux, aux articulations blanches, serraient le pommeau de la canne. Elle avait l'impression de le voir pour la première fois. « Lucas, dit-elle. Que faites-vous ici ?

— Dans l'immédiat, je me mouille, dit-il en fixant le ciel noir. Vous permettez ? » Le bout de sa canne indiqua l'intérieur de la chambre d'hôtel.

« Comment m'avez-vous trouvée ? demanda-t-elle.

— Je vous ai suivie, en réalité. »

Cette idée du Cherokee suivi par Lucas la glaça. Mais il fallait faire comme si l'étrange comportement de Lucas n'était pas une menace.

« Eh bien. Bon sang. Que pouvait-il y avoir de si important ? Me suis-je mise dans les ennuis ?

— Non, dit-il. Pas vous.

— Pas Dylan », dit-elle.

Lucas fit encore non de la tête.

Keely regarda par-dessus son épaule. « Alors. Quoi d'autre ? Ingrid va bien ?

— A ce que je sais, oui, Ingrid va bien...

— Est-ce Betsy ?

— Il faut que je vous parle.

— Lucas, j'en suis flattée. Mais cela ne pouvait-il pas attendre mon retour ?

— Keely, dit-il sur le ton du reproche. Vous avez bien un moment pour un ami. J'ai dû faire un long chemin pour vous parler.

— C'est seulement que... nous sommes venus ici pour nous échapper un moment.

— C'est très important », dit-il. Son visage avait toujours son expression amène, mais pour la première fois, Keely perçut l'éclat de l'acier dans son sourire.

Il n'y avait pas d'explication raisonnable à sa présence ici. Il devait savoir. Oui, mais comment ? Elle n'avait parlé à personne d'autre que Dylan après la visite de Phil Stratton. Le mieux était peut-être de feindre l'ignorance et de lui parler, après quoi, il partirait. « Bon, je suppose que j'ai une minute, dit-elle à regret. Mais quand Dylan reviendra, nous descendrons à la piscine. »

Lucas s'introduisit dans la chambre et sourit à Abby qui jouait par terre. Abby le regarda, les yeux écarquillés.

« Où est Dylan ? » demanda Lucas.

Keely ferma la porte, tandis que Lucas s'asseyait au pied d'un des lits, les deux mains posées sur le pommeau de sa canne.

« Excusez le désordre », dit Keely en ramassant machinalement des effets épars qu'elle fit disparaître dans des placards ou des tiroirs. « Dylan est descendu au... euh... » Keely perdit le fil logique de sa pensée lorsqu'elle ramassa ses pantoufles, et revit brusquement Maureen, dans cette combinaison grotesque de la robe de mariée et des pantoufles. Son soi-disant suicide mis en scène par...

« Où cela ? » demanda Lucas.

Keely secoua la tête pour chasser la vision et revint à Lucas. « Pardon ? Excusez-moi.

— Où est Dylan ? »

Keely ferma la porte du placard. « Parti chercher des sodas et de la glace. Il revient tout de suite. Il sera très surpris de vous trouver ici. » Avec angoisse, elle se souvint de ce qu'elle avait dit à Dylan — que Lucas allait être arrêté. Et si Dylan crachait le morceau ? Ensuite, plus question de feindre l'ignorance, de prétendre qu'elle n'avait pas fait les rapprochements. Elle surveilla la porte avec inquiétude.

« Je serai content de le voir, dit Lucas. Comment s'est passée la reprise des cours ?

— Bien, dit Keely. Elle s'est bien passée. » Elle se souvint de la véhémence avec laquelle Lucas avait défendu Dylan contre la persécution de Maureen Chase. A quel point ils s'étaient reposés sur lui. C'était impossible, pensa-t-elle. Lucas était un défenseur de la loi. Il croyait en la justice et l'équité. « C'est à cause de Dylan que nous sommes ici, d'ailleurs. Il a un devoir à faire sur la Cour Suprême. J'ai pensé que cela l'amuserait de venir visiter le bâtiment.

— Bonne initiative, convint Lucas. Il aura une idée de l'esprit de cette institution. J'ai plaidé autrefois devant la Cour Suprême, savez-vous ?

— Ah bon ? » dit-elle. Son visage offrait un masque d'intérêt poli, pendant que son cerveau fonctionnait à toute vitesse, pour tenter d'évaluer la situation où ils étaient. Représentait-il un danger pour eux ? Ce n'était pas possible.

« Oui, continua Lucas. J'étais presque paralysé par la peur. C'est quelque chose de se trouver dans ce tribunal, lorsque ces vénérables juges entrent et s'installent à leur place. On n'oublie jamais. »

Keely le regarda, perplexe — et subitement protectrice. Sa vie était une si belle réussite. *Comment se pouvait-il que ce soit Lucas ?* disputa-t-elle intérieurement. Il y avait beaucoup de diabétiques. Pendant quelques secondes, elle fut même incapable de retrouver les motifs qui l'avaient conduite à accuser Lucas. Il n'y avait aucune raison d'exclure d'autres possibilités. « Vous avez eu une carrière fantastique, Lucas.

— Oui, enfin... J'ai toujours été animé par une espèce de foi simpliste en la justice et la vérité. J'ai toujours pensé que les bons finissaient par l'emporter. Que les hors-la-loi terminaient derrière les barreaux. Comme dans tous les vieux westerns. J'ai grandi avec eux, vous savez. Quand j'étais gamin, on pouvait passer la journée entière au cinéma. A regarder les séries, les westerns. Nous avions beau être pauvres, mon père se débrouillait pour économiser l'argent afin que mon frère et moi, nous allions au cinéma, pendant que ma mère et lui travaillaient le samedi à la boutique. Ce fut une époque heureuse de ma vie. Je ne savais même pas que nous étions pauvres. Jusqu'à ce que mon père meure, quand j'avais huit ans. Mais j'étais déjà ferré. Je serais le chevalier blanc qui sauve les gentils »

Keely fut distraite un instant, quand elle crut entendre la porte de la chambre à côté s'ouvrir et se refermer. *Non,* pensa-t-elle. *Ce n'était pas Dylan. Impossible. Dylan passerait d'abord par ici.* Il lui apporterait la glace. Il aurait les sodas pour eux deux. De plus, Dylan mettrait la télévision immédiatement. La télévision, c'était vital pour les adolescents. Elle n'entendait pas le bourdonnement métallique à travers la cloison. Elle s'assit précautionneusement sur l'autre lit. « Vous avez réussi, Lucas, dit-elle. Vous avez toujours réussi. Mark répétait que...

— Mark, dit Lucas. Voilà un héros.

— Où est Betsy, ce soir ? » coupa-t-elle légèrement, désespérément.

Un muscle se contracta dans la joue ridée de Lucas, et il bougea les doigts nerveusement sur le pommeau de sa canne. « Oh ! A la maison, dit-il tristement. Sans avoir la moindre idée.

— De l'endroit où vous vous trouvez ? intervint Keely. Pourquoi ne l'appelez-vous pas pour lui dire où vous êtes, et que vous allez bientôt rentrer ? Vous savez qu'elle s'inquiète toujours pour vous. »

Le regard de Lucas fixa le vide. « La police est sûrement là-bas, à l'heure qu'il est », dit-il.

Quand elle entendit le mot police, le cœur de Keely se mit à battre. *Ne me dites pas,* pensa-t-elle. *Je ne veux pas savoir.* « Il y a toujours un accusé qui a besoin de votre aide », dit-elle d'une toute petite voix. Elle ramassa une balle en plastique de couleur vive, avec des grelots à l'intérieur, qu'elle rendit à Abby, puis elle se leva en se tordant les mains. « Je me demande ce qui retient Dylan, avec ces glaçons. Je ferais peut-être bien d'aller le chercher. »

Lucas la regarda sous ses sourcils épais qu'il avait encore bruns, malgré les cheveux blancs. « Vous êtes nerveuse » dit-il.

Keely lui rendit son regard, comme une coupable prise en flagrant délit. Et brusquement, elle se sentit plus calme. Provocatrice presque. Comme si Lucas la tenait prisonnière dans cette petite chambre. Elle avait envie de le jeter dehors, mais elle n'osait pas. « C'est mon fils. J'ai failli le perdre une fois », lui rappela-t-elle.

Lucas approuva silencieusement. « C'est tout le problème, dit-il en soupirant longuement avant de balayer la chambre du regard. Mais où sont ses affaires ? On ne dirait pas qu'un adolescent occupe cette chambre. »

Keely ne voulait ni mentir, ni lui avouer que la chambre de Dylan était à côté. Elle avait l'impression que la chose la plus innocente, la vérité la plus anodine, constituait un danger potentiel. Mais elle n'osait pas mentir, même sur un détail apparemment aussi mineur. Il y avait ce soir une volatilité, chez Lucas, qui lui faisait peur. Comme s'il avait une bombe sur les genoux. « A vrai dire... » commença-t-elle.

La porte de communication entre les chambres s'ouvrit, et ils sursautèrent tous les deux. Keely leva les yeux et vit Dylan. Il portait un bermuda bariolé de l'été passé, et un T-shirt. La cicatrice sur son cou semblait encore douloureuse, mais elle n'était plus à vif.

« Dylan », s'écria-t-elle. Elle voulait le prévenir — *Ne dis rien. Pas un mot de ce que je t'ai raconté à propos de Lucas* — mais elle n'osa pas.

« Je suis prêt pour la baignade, dit Dylan. Tiens, bonjour, Mr. Weaver. » Il semblait surpris, mais sans plus. Presque comme s'il avait oublié ce qu'elle lui avait dit des problèmes de Lucas avec la police.

Lucas observa l'adolescent. « Bonjour, Dylan. »

Sans laisser à Dylan le temps de retrouver la mémoire et de demander pourquoi Lucas était là, Keely se hâta de dire : « Je ne t'ai pas entendu arriver. Où est la glace, Dylan ? Et les sodas ? »

Dylan fit un geste en direction de l'autre pièce. « Dans ma chambre. Tu en veux un ?

— S'il te plaît, dit Keely.

— Et vous, Mr. Weaver ? J'en ai acheté beaucoup.

— Non, merci, Dylan, dit Lucas poliment.

— Vous devez sûrement reprendre la route, n'est-ce pas ? » demanda Keely au vieil homme.

Lucas ignora la question et continua d'observer Dylan. « Chauffée, la piscine, sans doute.

— J'espère bien, dit Dylan.

— Je vais vous accompagner », dit Lucas. Puis s'adressant à Keely : « Vous vous baignez aussi ? »

Keely fit non de la tête. *Allez-vous-en et laissez-nous tranquilles*, pensa-t-elle.

« Et Abby ? demanda Lucas.

— Non, répondit sèchement Keely.

— Nous allons tous descendre te regarder nager, Dylan », dit Lucas.

Keely se rendit compte qu'il s'agissait en fait d'un ordre. Elle eut envie de protester, de lui intimer de partir, mais elle n'était pas sûre de sa réaction. Elle pouvait faire une scène, mais elle ignorait tout des conséquences éventuelles. Apparemment, elle allait descendre à la piscine, que cela lui plaise ou pas. Doucement, Keely ramassa quelques jouets pour Abby qu'elle prit dans ses bras.

Dylan fit demi-tour et repartit vers sa chambre. Lucas se leva. « Où vas-tu ? interrogea-t-il, méfiant.

— Chercher mon blouson, dit Dylan. Il fait trop froid dehors pour sortir sans rien. »

Lucas se rendit en claudiquant jusqu'à la porte communicante et regarda Dylan prendre son blouson sur le lit et l'enfiler. Keely se demanda pourquoi Dylan n'avait pas dit au vieil homme de se mêler de ses affaires. *Je l'ai bien élevé*, pensa-t-elle. *C'est ce qu'il me répondrait, mais il est poli avec un vieux monsieur. Je l'ai peut-être trop bien élevé,* se dit-elle tristement.

Dylan revint dans la chambre de Keely, et Lucas fit sortir tout le monde, referma soigneusement la porte derrière eux, écouta le clic indiquant que c'était bien fermé. « Montre le chemin, Dylan », dit-il.

Docilement, Dylan s'engagea d'un pas lent le long du trottoir. La pluie n'était plus qu'une bruine, mais il faisait plus froid, et on crachait un nuage de buée quand on soufflait. Keely suivit avec Abby dans les bras, en la serrant fort pour lui tenir chaud. Malgré sa boiterie, Lucas suivait le rythme sans problème. Au bout du trottoir, ils franchirent une double porte donnant sur un couloir bordé de portes de chaque côté. *Au moins la piscine est un lieu public,* pensa Keely. *Ça vaut mieux.*

A part une femme de chambre aux cheveux bruns et à la peau mate qui salua leur passage d'un « Buenas noches », ils ne croisèrent personne. Ils quittèrent le couloir pour traverser un salon vide, avec une cheminée au gaz qui n'était pas allumée, flanquée de deux canapés assortis, couverts d'un tissu bordeaux, pelucheux. Après avoir monté deux marches, Dylan ouvrit la porte permettant d'accéder à la piscine. Une bouffée d'air chaud et humide les accueillit. De nombreux fauteuils et transats en plastique étaient disposés sur le bord en béton du bassin. Une petite femme mince, ridée et coiffée d'un bonnet de bain blanc, exécutait méthodiquement ses longueurs. A l'autre extrémité, un jeune couple en maillot se reposait sur des transats installés côte à côte, en se tenant la main. Ils froncèrent les sourcils en voyant arriver Keely avec Abby. Il n'y avait pas d'autre enfant et les cris et gloussements de Abby résonnaient dans la salle quasiment vide.

Lucas indiqua deux chaises longues du bout de sa canne, et Keely se dirigea dans ce sens. A côté, se trouvait une petite aire de jeux, avec un échafaudage de cubes en plastique coloré qui séduisirent instantanément le bout de chou. Keely et Lucas s'assirent avec raideur, en s'appuyant contre le dossier très incliné de leur chaise longue. Lucas dressa soigneusement sa canne contre son siège. Dylan jeta son blouson et son T-shirt en vrac, aux pieds de Keely, et il se dirigea vers l'eau.

L'air était humide et lourd, et Keely se sentit déplacée avec ses vêtements de ville. Elle se mit à transpirer dans son pull de coton blanc et son pantalon noir. Elle croisa les jambes au niveau des chevilles, le bout de ses boots en cuir pointé vers le plafond bas et voûté. En regardant Lucas, qui n'avait pas retiré son imperméable, elle ne vit aucun signe extérieur de transpiration. L'âge, pensa-t-elle. Il devait avoir toujours froid.

« C'est agréable », dit-il comme s'il lisait ses pensées.

Keely ne répondit pas. Elle concentra son attention sur

son fils, qui arrivait sur le bord de la piscine. Sa silhouette efflanquée était pâle et vulnérable sous la lumière verdâtre du bassin. Ses épaules commençaient à s'étoffer, sa taille à mincir, mais son corps était surtout lisse et blanc comme celui d'un enfant, sauf la cicatrice violacée sur la gorge.

« Il y a quelque chose d'émouvant chez un garçon de cet âge, observa Lucas. La vulnérabilité. Pas tout à fait un homme, mais plus un enfant.

— Oui », dit Keely.

Lucas poussa un soupir. « Je me souviens de Prentice à l'âge de Dylan. Il était toujours trop gros et gauche. Même enfant. Ensuite, l'acné. Effroyable. Il était tellement mal dans sa peau. Il était impossible de le rassurer. Ce degré de souffrance. En tant que parent, on est évidemment impuissant. On se dit intérieurement : "S'il existait au moins une manière de lui éviter d'avoir mal..." »

Keely regarda tristement Lucas, ses traits bien sculptés. « C'est comme une torture, n'est-ce pas ? dit-elle.

— Absolument. Et vous savez, l'ironie de l'affaire, c'est que moi, je le trouvais beau...

— Je sais », dit calmement Keely.

Dylan semblait les avoir oubliés et trempait un orteil dans l'eau, puis le pied. Puis, apparemment satisfait, il fit le tour du grand bain et plongea sans hésiter. Keely vit sa longue silhouette mince, tel un couteau sombre glissant sous l'eau, avant d'émerger en éclaboussant.

En temps normal, elle l'aurait appelé, lui aurait demandé si l'eau était froide. Mais elle avait l'impression que sa voix était coincée dans sa gorge.

Dylan ne se retourna pas pour la regarder. Il plongea en brasse coulée et se mit à nager.

« Il est bon nageur, observa Lucas.

— Oui, répondit Keely.

— Pas comme son beau-père. »

Keely sentit ses cheveux se dresser sur sa tête. Elle cramponna les accoudoirs en écartant les doigts.

Lucas soupira. « Il n'était pas digne de vous, vous savez — Mark. Il ne méritait pas d'être leur père. Si seulement vous aviez pu accepter les choses comme elles étaient, après la mort de Mark — laisser faire. »

Malgré l'air chaud et humide de la salle, Keely sentit un frisson froid. Il allait continuer, et elle voulait l'interrompre — mais elle savait qu'elle ne pourrait pas.

« Rien ne serait arrivé à Dylan. Je ne l'aurais pas voulu, pour tout l'or du monde. Si seulement vous m'aviez fait confiance. Mais il a fallu que vous poussiez, poussiez... », murmura-t-il.

Keely se sentit paralysée, comme si ses bras, ses jambes étaient collés aux lattes en plastique du transat. « Lucas, pria-t-elle. S'il vous plaît. Laissez tomber, maintenant. »

Lucas gloussa en hochant la tête. « C'est amusant. Maintenant, vous voulez laisser tomber. Maintenant qu'il est trop tard. Où en êtes-vous, de vos découvertes ?

— Je ne sais rien du tout, dit-elle en désespoir de cause.

— Oh si, vous savez, dit-il amèrement. J'ai vu Phil Stratton chez vous, aujourd'hui. Pourquoi croyez-vous que j'aie attendu ? Que je vous aie suivie ? Il vous a dit, n'est-ce pas ? Vous qui vouliez savoir à tout prix. Rien d'autre ne vous intéressait. Vous ne vous rendez donc pas compte qu'il vaut parfois mieux ne pas savoir ? »

Elle sentit son cœur chavirer, comme on coule sous une vague.

45

La vieille dame au bonnet de bain sortit du bassin, arracha le morceau de latex blanc et passa les doigts dans ses mèches grises et humides. Elle enroula une serviette autour de son corps bronzé, rassembla ses affaires, et sortit de la piscine, en laissant une succession de petites flaques dans son sillage et en saluant Lucas et Keely au passage. Keely eut une envie pressante de l'appeler, lui demander assistance, mais elle mesura le ridicule de sa démarche pour quiconque voyait Keely, le bébé, et le monsieur aux cheveux blancs assis auprès d'elle.

« Que sait la police, exactement ? demanda poliment Lucas. Que vous a raconté Phil Stratton ? »

Keely s'efforça de peser soigneusement ce qu'elle allait dire. « Il... a dit que... euh... il semblerait que la mort de Maureen Chase ne soit pas le résultat d'un suicide, finalement. Quelqu'un l'a tuée...

— Et ce quelqu'un est ?

— Lucas, je ne sais pas », gémit-elle. Puis il lui vint une idée. « Je suppose qu'ils ont pensé que ce pouvait être moi. Il m'a posé une foule de questions. Comme si j'étais soupçonnée. C'est la raison pour laquelle j'ai préféré partir... »

Lucas se tourna pour scruter son visage, mais le regard de Keely resta fixé sur Dylan, dans l'eau. « Vous êtes une très mauvaise menteuse, dit-il. Ce qui venant de moi est un compliment. »

Keely devint écarlate, mais elle ne le regarda pas.

« J'ai entendu dire qu'ils pratiquaient des examens

toxicologiques sur le corps. J'ai mes sources, vous savez. J'imagine qu'ils ont identifié le produit présent dans le corps de Maureen.

— Je n'ai pas envie d'aborder ce sujet », dit Keely. Son pull de coton blanc était trempé de sueur. Elle savait qu'il y avait des gouttes de transpiration sur son front.

« Phil Stratton vous a expliqué que c'était de l'insuline, n'est-ce pas ? Est-ce que vous avez deviné tout de suite, quand il vous l'a dit ? » demanda Lucas.

Keely hésita, puis prit brusquement appui sur ses mains pour se lever. Les semelles de cuir de ses boots glissèrent sur le ciment humide, et elle évita la chute de justesse alors qu'elle allait vers le bord du bassin. « Dylan, cria-t-elle. Ça suffit, on y va. »

Dylan agita sa tête trempée, et des gouttelettes s'éparpillèrent comme des perles de cristal avant de retomber dans l'eau. « Maman, je viens juste de commencer. Elle est chaude. Tu devrais venir.

— Dylan », insista-t-elle. Mais il replongea sous la surface. Derrière elle, elle entendit Lucas se lever de son transat pour la rejoindre.

S'appuyant sur sa canne, il lui parla à voix basse, dans le creux de l'oreille. « Je croyais que vous vouliez savoir, dit-il sur le mode amer. Vous et Maureen. Oh, elle voulait savoir à tout prix. La maîtresse de votre mari. Il fallait qu'elle sache ce qui lui était arrivé. Après tout, elle l'aimait. Bon, soyons honnête — c'était une obsession. Mais je dois lui faire crédit d'une chose. A la fin, elle avait compris... »

Keely se tourna pour le regarder dans les yeux. « Compris quoi ? articula-t-elle dans un souffle.

— Que je l'avais tué », dit Lucas.

Là, Keely resta bouche bée, libérée de la nécessité de feindre l'ignorance. « Non, Lucas. Ce n'est pas vrai..., dit-elle.

— Je crains que si. Maureen a fini par se rendre compte que c'était moi. Elle m'avait vu arriver en voiture dans votre rue, alors qu'elle-même repartait après leur petite séance galante du jour. Elle savait qu'elle avait quitté Mark vivant et en bonne forme. Mais bien sûr, elle ne m'a jamais soupçonné. Après tout, Mark était... mon fils. Non, elle s'en est prise à Dylan, comme vous le savez. Elle était sûre qu'il avait laissé la grille ouverte. Elle était résolue à faire peser la responsabilité sur Dylan. A lui faire payer sa négligence délibérée, dirons-nous. Et puis voilà que débarque le jeune Julian, à la recherche de Veronica, ce qui place Veronica sur le devant de la scène. Et vous qui lui apportez cette confession de Richard avant son suicide, avec l'allusion à un meurtre remontant à des années. Elle s'est mise à creuser, et elle n'a eu qu'à additionner deux et deux. La date d'entrée en lice de Julian a été fatale. Sinon... Bref, je suppose que c'est justice, en fin de compte. Maureen m'a pris par surprise. Elle m'a invité chez elle, puis elle est passée à l'attaque, elle m'a accusé. Et je crains que mon unique souci, à cet instant, ait été d'éviter que Betsy ait à apprendre la vérité. Je ne suis pas allé chez elle avec l'intention de la tuer. Evidemment pas. Elle m'avait tendu un piège. Elle a exposé sa thèse, puis m'a tendu mon manteau en me priant de sortir. Elle a dit qu'elle me ruinerait pour venger la mort de Mark. Comme s'il méritait d'être vengé. Quand elle m'a tendu mon manteau, j'ai senti ma trousse de diabétique dans la poche. Et j'ai simplement... je n'ai pas d'excuse, Keely. J'ai agi impulsivement. Ensuite, il a fallu que je maquille sa mort en suicide. »

Keely aperçut des petites taches devant ses yeux et chancela. Lucas la retint quand elle s'affaissa, puis la ramena gentiment vers les transats où il l'aida à s'installer, comme un gentil papa met un petit enfant au lit. Et il s'assit de nouveau près d'elle.

« Mais pourquoi Mark ? chuchota-t-elle. Vous aimiez Mark.

— Oui, Mark. Mark, qui m'a trahi en guise de remerciement. Mark, qui a tué Veronica. Et mon futur petit-fils. Qui a pris la seule chose qui faisait vivre Prentice, et qui m'a menti ensuite pendant dix-huit ans. Ehontément.

— Mais là, vous n'êtes pas sûr, protesta Keely. Vous ne savez pas si c'était Veronica. Vous n'êtes même pas certain que Veronica est morte. Je veux dire que, oui, Richard a dit qu'ils avaient tué quelqu'un. Mais est-ce que ce quelqu'un était Veronica ? C'est seulement une... une lubie de

Maureen. Une intuition. Elle n'avait pas de preuve. Elle allait faire exhumer le corps. Vérifier si les ADN correspondaient. Comment avez-vous pu fonctionner sur des conclusions aussi hâtives ? Penser que Mark avait tué Veronica, sans preuve, ni mobile ? » Keely s'efforçait de suivre son raisonnement. « Vous êtes quelqu'un de rationnel, Lucas. Pourquoi agir ainsi ? »

Lucas jeta un coup d'œil à sa montre, comme pour vérifier l'heure. Puis il contempla le plafond voûté de l'espace piscine. « Oh, mais non, Keely. Je ne me suis pas livré à des conclusions hâtives. Je me suis fondé sur des faits que je connaissais. Bien avant que Maureen soupçonne quoi que ce soit, je connaissais les faits. Encore que je ne doute pas que Maureen aurait persisté jusqu'à établir la vérité. Non, je suis au courant du crime de Mark depuis l'été dernier. Il m'a juste fallu un peu de temps pour accomplir ma vengeance.

— Non. Ce n'est pas possible. Comment avez-vous su ?

— Vous vous souvenez, à la mort de Prentice... de l'état de son appartement... »

Keely acquiesça silencieusement.

« J'ai fait le tri dans ce bazar. Les débris de la vie fracassée de mon fils. Je cherchais un testament. Je l'avais toujours poussé à en faire un, mais il avait ignoré ma recommandation. Ce travail n'a pas été une partie de plaisir.

— Je me souviens, dit Keely.

— Il y avait, sur son ordinateur, du courrier resté sans réponse depuis des années. Il ne prenait même plus la peine de l'ouvrir. J'ai tout regardé, méthodiquement. Un message venait de votre premier mari, Richard. Il l'a envoyé juste avant de mettre fin à ses jours. Il avouait tout. Toute l'histoire. Il voulait que Prentice sache ce qui était arrivé à Veronica. Il avait ce poids sur la conscience. Lui, au moins, avait une conscience.

— Les migraines, murmura Keely. Elles ne lui ont laissé aucun répit... »

L'information laissa Lucas de marbre. Son regard était lointain, glacial. « Bref, il a essayé de se soulager de ce fardeau avant de mourir, mais Prentice n'a même pas ouvert le message. C'était déjà trop tard pour lui. Beaucoup trop tard. Mais moi, j'ai lu ce courrier quand je l'ai trouvé — près de vingt ans trop tard. Je l'ai lu et relu jusqu'à le connaître par cœur. Apparemment, Mark et Richard auraient pris Veronica en voiture, un soir d'été, et lui auraient proposé de faire un tour. C'était il y a bien longtemps, et la voiture était celle de Richard. Elle les a suivis parce qu'elle connaissait Mark. Et pour cause. Il faisait partie de la famille. Bref, à un moment, ils lui ont demandé d'acheter de la bière pour eux, parce qu'elle avait l'âge légal. L'ironie du destin, quand on y réfléchit. Bref, après quelques bières, ils ont tenté de... la convaincre de faire l'amour, et Veronica a résisté. Il y a eu de la bagarre, et il semble qu'elle se soit cogné la tête. Sa mort était un accident, mais Mark a paniqué. Il ne voulait pas que je sache. Après tout, j'étais son... banquier. Alors ils se sont débarrassés du corps — ils l'ont chargé sur un bateau, lesté, et flanqué à l'eau. Ensuite, ils ont payé une Anglaise que Mark connaissait de l'International Academy, pour qu'elle nous téléphone, à Betsy et moi, et dise qu'elle s'était enfuie à Las Vegas. L'accent nous a trompés tous les deux. Nous connaissions à peine Veronica. Leur plan a fonctionné. Nous avons marché. Prentice a marché. Pour lui, ça a été le commencement de la fin.

— Oh, Lucas », articula Keely. Elle savait qu'elle était face à un assassin, qu'il avait reconnu avoir tué, mais à cet instant, elle était incapable de le haïr. Son histoire était comme un poids écrasant sur sa poitrine. « Lucas, quelle horreur...

— Je n'ai jamais vraiment connu Richard. C'est seulement un nom sur lequel je ne mets pas de visage. Mais Mark — ce n'est pas la même histoire. Lorsque je vois les choses rétrospectivement, aujourd'hui, poursuivit-il d'une voix basse, calme, amère, je me rends compte que cette affaire est typique de Mark. »

Abby, fatiguée des cubes en plastique, rampa jusqu'aux chaises longues et se mit debout, en équilibre un peu instable, entre eux deux, une petite main poisseuse posée sur le genou de Lucas qui la regarda avec un sourire las, indulgent. Abby lui rendit résolument son sourire, en découvrant quelques petites dents.

« Elle lui ressemble un petit peu, dit songeusement Lucas.

— Un petit peu, reconnut Keely qui attira Abby contre elle, protectrice. Du côté des yeux.

— Pendant toutes ces années, dit Lucas, près de vingt ans, il m'a menti. Il m'a regardé en face, année après année, en sachant ce qu'il m'avait fait. En sachant qu'il avait détruit la vie de mon fils. Il a pris tout ce que je lui offrais, et plus encore. » Lucas se redressa et secoua la tête, comme lorsqu'on tente de chasser un cauchemar. « Je suis content qu'il soit mort. Mon unique consolation, c'est le souvenir de son regard quand il a compris qu'il allait mourir. Les suppliques, les cris dans l'eau...

— Assez », cria-t-elle.

Lucas la regarda, étonnée. « Ne me dites pas que vous l'aimez encore, sachant ce que vous savez...

— Je veux pas entendre ça, protesta-t-elle furieusement. C'était le père de Abby. »

Abby, réagissant aux intonations abruptes et au son de son propre nom, émit à son tour une protestation, se dégagea des bras protecteurs de sa mère. Puis elle trottina entre les chaises longues et fonça droit vers le bassin.

« Abby », cria Keely.

Elle se leva péniblement de son siège et se précipita pour rattraper le bébé. Dans sa hâte, elle glissa dans une flaque, tomba rudement sur un genou. Elle entendit un craquement et sentit une douleur fulgurante lui déchirer la jambe. Lucas avait également bondi. D'un geste rapide, il se pencha et cueillit Abby au passage, en la prenant dans ses bras. Abby hurla de colère, et le jeune couple, à l'autre bout de la piscine, leva la tête avant d'échanger un regard exaspéré.

Avec des soupirs et des hochements de tête appuyés, ils ramassèrent leurs affaires et quittèrent les lieux par la porte du fond. Keely regarda anxieusement dans le bassin. Dylan, qui était dans l'eau jusqu'au menton, parut perplexe. Cependant que Lucas secouait gentiment Abby dans ses bras, l'agitation de la petite baissait avec ses pleurs. Il fit signe à Dylan, qui répondit avant de plonger de nouveau sous la surface de l'eau.

« Ça va, Keely ? » demanda Lucas.

Keely tenta de se relever, mais son genou refusa de la porter. Avec difficulté, elle parvint à se hisser sur les avant-bras, puis en tremblant de tous ses membres, sur le bout de la chaise longue. Le genou était douloureux, mais lorsqu'elle bougea la jambe, la douleur lui traversa tout le corps. « Il y a une fracture, ou une entorse, haleta-t-elle en levant les yeux vers Lucas. Merci Lucas, d'avoir... rattrapé Abby. » Elle parvint à se mettre en position assise et tendit les bras vers sa fille, mais il se détourna, en gardant le bébé.

« Lucas, dit-elle sèchement. Donnez-moi ma fille, s'il vous plaît.

— J'aurais fait un bon grand-père », dit Lucas en regardant tendrement Abby dans ses bras.

Keely enrageait, clouée sur sa chaise longue et incapable de se lever — incapable de reprendre son enfant. « Je n'en doute pas un instant, dit-elle prudemment.

— Il est probablement équitable de vous informer qu'une qualité au moins que vous prêtiez à votre mari correspondait à la réalité. Il avait un véritable attachement à ce bébé. » Abby avait mis le pouce à sa bouche et posé la tête contre l'imperméable de Lucas, ses grands yeux aux longs cils fixant le vide.

Lucas lui sourit et lissa les cheveux sur le haut du crâne. « A sa façon de parler d'elle — je pensais qu'il l'aimait peut-être. Même après avoir découvert le monstre qu'il était... Mais quelque chose dans sa voix, son comportement, me persuadait qu'il l'aimait. Qu'il l'aimait vraiment. La seule chose de sa vie peut-être qu'il ait jamais réellement aimée. »

Les yeux de Keely s'emplirent de larmes. Elle n'aurait su dire si c'était la douleur dans son genou, ou le souvenir du regard de Mark sur Abby. *Etait-il vrai, ce regard ?* se demanda-t-elle. Il regardait aussi Keely avec adoration, et ce n'était pas vrai.

« Mon plan reposait là-dessus », dit Lucas, qui berçait toujours Abby dans ses bras, debout au bord de la piscine.

Keely sentit une nouvelle inquiétude lui étreindre le cœur. « Votre plan ? Que voulez-vous dire ?

— Je suis désolé, Keely. Ceci va vous sembler épouvantable. Mais en toute honnêteté, je dois vous le raconter. Ce soir-là, le soir de la mort de Mark, je tenais votre bébé dans mes bras. Exactement comme maintenant », dit Lucas, et une expression lointaine voila son regard. Les paupières de Abby s'étaient progressivement fermées pendant qu'il frottait son petit dos. « J'ai fait en sorte que nous marchions jusqu'à la piscine, en parlant travail — la conversation de routine... Puis, lorsque nous avons été tout près du bord, comme ceci, dit-il en désignant du menton les dalles sur lesquelles il se tenait, je lui ai exposé tout ce que je savais. Mark a nié, évidemment. Mais je n'écoutais pas ses excuses. J'avais la preuve. Je n'aurais jamais fait cela sans preuve », lui assura Lucas en se tournant pour regarder Keely dans les yeux. Elle essaya une fois encore de se lever, mais retomba en arrière.

« Quand j'ai eu terminé — lorsque j'ai eu dit tout ce que je voulais dire à propos de tout ce qu'il avait fait et de tout ce qu'il m'avait pris — j'ai tenu le bébé au-dessus de la piscine et je lui ai dit : “Je vais te donner une chance de la sauver. C'est plus que ce que tu m'as donné à moi.” » Lucas baissa les yeux sur la petite, qui dormait à présent dans ses bras. Puis il regarda de nouveau Keely, qui le contemplait désespérément.

« Puis je l'ai laissée tomber. »

46

« Vous l'avez laissée tomber ? Dans la piscine ? » gémit Keely. Elle sentit la tête lui tourner, il y eut un vrombissement dans ses oreilles. Elle voulait se dresser, lui sauter dessus, lui arracher les yeux. *Comment avez-vous pu ?* hurla-t-elle intérieurement. *Comment peut-on... ?* Mais son genou enflé n'aurait même pas supporté son poids. Elle essaya pourtant, mais retomba en arrière. Elle était coincée, ne pouvait que regarder Lucas, l'homme qui avait passé le stade où l'on n'a plus rien à perdre, cajoler son bébé.

« Je sais que c'était cruel, dit-il. Un acte terrible. Elle n'était pas responsable des péchés de son père. J'ai vraiment hésité. J'ai failli renoncer. » Lucas plissa les yeux en continuant de regarder Keely. « Mais j'ai pensé à Prentice. Et j'ai été capable de le faire. J'ai lâché.

— Lucas, dit Keely dont la voix tremblait. Donnez-moi mon bébé. Tout de suite. »

Lucas inclina la tête de côté et posa sur Abby un regard nostalgique. « Elle est superbe, Keely. Je suis content qu'il ait au moins eu la décence de sauter pour la sauver. »

De donner sa vie pour elle, pensa Keely. Ses sentiments à l'égard de Mark étaient désormais si confus qu'elle ne savait pas si ce qu'elle éprouvait était de la haine ou de la gratitude. Elle n'avait qu'une certitude. « C'était un acte abominable, et vil, Lucas, dit-elle. Donnez-la-moi, maintenant.

— Et Mark ? demanda-t-il. Ce qu'il m'a fait n'était pas vil ? Et ce qu'il vous a fait pareillement.

— Abby est un bébé innocent », dit-elle, et sa voix se cassa. Ils étaient tout au bord de l'eau. S'il laissait tomber Abby maintenant... si elle se fracassait la tête sur le ciment... Il avait été prêt à la sacrifier une fois déjà. Elle restait l'enfant de Mark.

Lucas serra le bébé contre lui, comme si sa chaleur le maintenait en vie. « Vous savez, je me suis intéressé à Mark parce que j'avais vu quelque chose en lui. Une étincelle. Je l'ai défendu gratuitement devant le tribunal pour enfants, et je me rappelle avoir dit à Betsy qu'il était remarquable. Que je voulais l'aider. Elle m'a alors accusé... » Sa voix se perdit.

« De quoi ? » demanda Keely, dont toute l'attention était centrée sur Abby, qu'il berçait dans ses bras. Elle avait le cœur battant et la bouche sèche. Tout à coup, dans un angle de son champ visuel, elle vit un éclair blanc approcher dans le dos de Lucas. Elle comprit en un instant. Dylan. Il était remonté par l'échelle de la piscine, juste derrière eux, et il avançait silencieusement, secrètement. « Qu'a-t-elle dit ? demanda Keely pour gagner du temps, empêcher Lucas de se rendre compte.

— Elle a dit que je... que je le préférais à Prentice. Qu'il me ressemblait plus... » Lucas hocha la tête. « Elle ne comprenait pas que je ne pourrais jamais aimer Mark comme j'aimais Prentice. Mark était un enfant extraordinaire. Mais Prentice était mon fils. Ma chair et mon sang. J'aurais fait n'importe quoi pour lui. Vous comprenez ça, Keely. Je suis sûr que vous comprenez. »

Brusquement, elle vit le visage de Dylan au-dessus de l'épaule de Lucas, avec un avertissement dans ses grands yeux enfantins, puis son bras blanc jaillit comme une lame avant de se rétracter, en se refermant sur le cou de Lucas.

Lucas émit un cri étranglé et tituba en arrière, tenant toujours le bébé. Mais Keely vit, comme au ralenti, le bras de Lucas lâcher lentement prise tandis que Dylan le déséquilibrait vers l'arrière en le forçant à fléchir les genoux. Abby se mit à glisser en hurlant. Keely bondit, insensible à sa propre douleur, et réussit à faire deux pas avant de sentir qu'elle s'écroulait. Elle se jeta sur les genoux de Lucas et sentit le choc sourd du bébé contre elle, puis la petite heurta le ciment et roula sur le flanc.

« Abby », cria Keely.

Abby se redressa, cligna les paupières, puis son visage se chiffonna et elle se mit à pleurer. Du sang coula sur son visage, d'une coupure dans le cuir chevelu. Keely rampa jusqu'à elle, réussit à l'attraper et la tirer contre elle sur le ciment granuleux.

Dylan et Lucas luttaient sur le sol, Lucas essayant de desserrer l'étau du bras maigre et nerveux sur sa gorge. Keely cria : « Au secours », se décrochant le cou à la recherche de quelqu'un susceptible de voir la situation difficile où elle était. Mais la piscine était déserte, le bar derrière les portes absolument vide, comme s'il s'agissait d'un motel fantôme. Brusquement, sous son regard horrifié, Lucas lâcha le bras de Dylan et plongea dans la poche de son imperméable dont il sortit un vieux revolver à broche qui brilla dans sa main.

« Dylan, hurla Keely. Lâche-le, il a une arme. »

Ignorant la mise en garde de sa mère, Dylan tenta d'accentuer la pression sur la gorge de Lucas, mais le vieil homme réussit à bouger et placer le canon froid contre le flanc blanc de l'adolescent.

« Dylan, ordonna Keely. Lâche-le. Immédiatement. Lucas, je vous en prie. Non », supplia-t-elle.

Dylan lâcha prise et recula, tremblant, tandis que Lucas se relevait péniblement sans cesser de garder Dylan en joue.

« Lucas, vous ne pouvez pas. Pas vous, supplia Keely. Ce n'est qu'un enfant. Il essayait seulement de me protéger. »

Lucas tremblait, le revolver aussi.

« Ce n'est pas un vrai, si ? railla Dylan. C'est un vieux truc de cowboy. Il ne doit même pas marcher.

— Il est ancien, tu as raison. Il fait partie de ma collection. Mais je t'assure qu'il tire encore. Ne me force pas à te montrer, dit Lucas. Va te mettre là-bas avec ta mère. »

La mine renfrognée, Dylan croisa ses bras sur son squelette grelottant et se dirigea à contre-cœur vers la chaise longue. Keely chercha une serviette qu'elle lui tendit, sans quitter Lucas des yeux.

« Vous savez tout, maintenant, dit Lucas.

— Je vous ai dit que je ne voulais pas savoir. Je vous ai supplié de ne pas me raconter.

— Il fallait que je parle à quelqu'un, dit tristement Lucas. Il était important que vous sachiez ce qui s'est passé, et pourquoi. »

Keely ferma les yeux. « Quelle différence cela pouvait-il faire, maintenant ?

— Je dois avouer que j'étais fier, contre toute décence, de la manière dont je me suis débarrassé de Mark. Je veux dire, que pouvait-on trouver de plus vraisemblable, pour un homme qui ne sait pas nager, qu'une noyade accidentelle dans sa propre piscine ? La solution était parfaite. Oserai-je parler d'un crime parfait ? S'il n'y avait pas eu Dylan et son skateboard, personne n'aurait jamais eu le moindre doute. C'est votre faute, vous savez. Vous n'avez pas su laisser les choses se classer toutes seules, dit Lucas avec regret.

— Je n'allais pas laisser mon fils endosser la responsabilité d'une faute qu'il n'avait pas commise, répliqua Keely.

— J'ai défendu Dylan, non ? Je suis monté au créneau pour lui à chaque fois. Je n'aurais pas permis qu'il paie pour mon crime.

— Nous payons tous pour vos crimes, dit tristement Keely.

— Disons que c'est malheureux, dit Lucas. Ce n'est pas ce que j'ai voulu. »

Brusquement, la porte d'accès à la piscine s'ouvrit et deux officiers de police, ainsi qu'un homme en pardessus firent irruption en criant : « Mr. Weaver ! Posez cette arme ! Police ! »

Surpris, Keely, Dylan, et Lucas se retournèrent, puis Lucas, le revolver toujours pointé, se mit à reculer, les yeux grands ouverts. Keely, qui berçait la tête blessée de Abby, ne croyait pas ce qu'elle voyait. Quelqu'un de l'extérieur avait dû voir Lucas sortir une arme. Mais comment la police était-elle arrivée aussi vite ? s'interrogea-t-elle.

« Lucas Weaver, tonna l'homme en civil, et sa voix sembla ricocher contre le plafond voûté.

— Quelqu'un a dû nous voir, Dieu soit loué, murmura Keely.

— Non, chuchota Dylan.

— Non quoi ? » demanda Keely.

Mais Dylan ne répondit pas. Il était debout et regardait la police avancer sur Lucas, qui reculait.

« Couche-toi, petit, dit l'un des policiers en repoussant rudement Dylan derrière la chaise longue, à couvert.

— Vous êtes bien debout, vous, protesta Dylan.

— Nous avons des gilets pare-balles, expliqua le flic. Madame, pouvez-vous faire sortir les enfants ?

— Je ne peux pas marcher », dit Keely.

Le flic ne répondit pas, mais parla dans son talkie-walkie. « Quelqu'un va venir vous aider. En attendant, restez couchés.

— Jetez l'arme, Mr. Weaver, dit l'homme en civil. Je suis l'inspecteur Bartram, de la police d'Alexandria. D'autres forces de police sont en route, et un mandat d'arrêt contre vous a été signé ce soir à Saint Vincent's Harbor. »

Le revolver trembla dans la main de Lucas, mais resta pointé sur le flic. « Je ne retournerai pas là-bas, dit-il.

— Monsieur, vous êtes avocat. Vous savez très bien que votre intérêt est de vous montrer coopératif ».

Entre ses deux enfants, derrière la chaise longue, le genou douloureux, Keely observait Lucas, qui brandissait toujours son arme, le désespoir au fond des yeux. Elle voulut s'adresser à lui, mais les mots restèrent coincés au fond de sa gorge.

« Allez, Mr. Weaver, négocia l'inspecteur. Posez cette arme, et réglons cette affaire.

— Non, dit Lucas. C'est trop tard.

— Que va-t-il faire, Maman ? chuchota Dylan. Pourquoi fait-il ça ? »

Dès qu'elle entendit la question de Dylan, Keely sut. D'un seul coup, elle sut ce qu'il allait faire. En dépit de tout, elle ne pouvait pas rester assise sans réagir. Il fallait essayer de l'empêcher. « Ferme les yeux », ordonna-t-elle à Dylan. Puis elle se dressa sur un genou et s'adressa à Lucas.

« Lucas, ne faites pas cela, dit-elle.

— Croyez-moi, Keely, dit-il. Jamais je ne vous aurais fait de mal.

— Je vous crois. Mais arrêtez, s'il vous plaît. Ce n'est pas la solution.

— Il ne reste pas de solution.

— Ce n'est pas vrai, cria Keely. Je témoignerai pour vous. A propos de Mark. Des choses abominables qu'il a faites.

— Personne ne comprendra. Il restait mon fils. J'ai provoqué sa mort. Et je n'en ai même pas de regret.

— Lucas, c'était un menteur, un traître. Je leur raconterai. Les gens comprendront. »

Lucas hocha la tête. « Et Maureen ? Comment allez-vous leur faire comprendre, pour Maureen ? »

Maureen. Son ennemie jurée. La maîtresse de son mari. Mais à la fin, Maureen avait renoncé à persécuter Dylan quand elle avait compris que Lucas était la personne qui avait envoyé Mark à la mort. Quand on y réfléchissait bien, elle ne faisait que chercher justice, en tenant à ce que Lucas paye pour son crime, et pour cela, elle avait été assassinée. Impulsion ? Moment de folie ? Peut-être. Mais un meurtre tout de même. Aucune explication ne pourrait le disculper. Keely sentit le doute, l'hésitation, qui se lurent sur son propre visage.

« Posez l'arme, Mr. Weaver, ordonna l'inspecteur Bartram. Nous allons discuter. Jetez juste le revolver à terre. »

Lucas soupira et contempla la surface ondulante de l'eau. « J'ai exercé ma vengeance moi-même. Je n'ai pas voulu m'en remettre à la loi. Mais je connais les règles. Je dois payer », dit-il.

Keely fit encore une tentative. « Betsy a besoin de vous, dit-elle. Ne faites pas cela à Betsy. »

La folie qui brillait dans les yeux de Lucas se dissipa un instant, et il regarda calmement Keely, avec un insondable chagrin au fond de ses beaux yeux. « Dites à Betsy, dit-il. Dites lui que je l'aimais plus que ma vie. »

Keely comprit. Elle savait de qui il parlait — Prentice. « Vous pouvez lui dire », cria-t-elle.

Mais Lucas secoua lentement la tête.

« Je vous en prie, Lucas, supplia-t-elle. Ne faites pas cela.

— Je suis devenu ce que je détestais, dit-il. Finissons-en. »

Keely ferma les yeux en le voyant lever l'arme. Elle tendit le bras pour baisser de force la tête de ses deux enfants. Qu'ils ne regardent pas.

« Non, Mr. Weaver, non », cria l'inspecteur.

Mais il était trop tard. Le bruit fut étouffé parce que le canon du revolver se trouvait dans la bouche de Lucas. La police se précipita. Il y eut un grand plouf. Keely ouvrit les yeux. Elle vit l'imperméable de Lucas étalé comme des ailes à la surface de l'eau, et des vrilles sombres se dérouler dans l'eau turquoise autour de la masse qui avait été son crâne.

Abby criait à force d'être tenue prisonnière, mais Dylan tremblait violemment contre elle, sans essayer de lever la tête.

« Il l'a fait, hein ? murmura-t-il d'une voix pâteuse.

— Oui. Ne regarde pas, chéri », dit Keely.

Il y eut un remue-ménage général lorsque les deux policiers sautèrent tout habillés dans la piscine et pataugèrent dans l'eau qui leur arrivait aux aisselles, en direction du corps. Ensemble, maladroitement, ils le tirèrent vers le bord et sortirent Lucas de l'eau. Commencèrent les efforts de réanimation. Inutiles. Des clients curieux et des employés de l'hôtel, alertés par le bruit et les voitures de police, s'étaient agglutinés dans le bar et essayaient de voir, mais un inspecteur bloquait l'entrée de la piscine, et la police avait recouvert le corps de Lucas avec des serviettes prises dans un chariot de l'hôtel. Keely vit d'autres policiers arriver.

Un officier s'approcha d'elle et des enfants. « On va s'occuper de vous faire sortir, dit-il. Venez, Madame. Vous pouvez vous appuyer sur mon épaule en attendant qu'on s'occupe de soigner cette jambe.

— Mes enfants, murmura Keely. Dylan, mets ton blouson. Tu trembles. »

Dylan ramassa son blouson et l'enfila machinalement, sans regarder derrière lui.

« Il est mort ? demanda-t-il.

— Oui », dit Keely en lui serrant fort la main.

Un autre policier en uniforme les rejoignit, et prit Abby dans ses bras. Le premier tapa sur l'épaule de Dylan. « Tu peux te débrouiller tout seul, mon grand ? »

Dylan fit signe que oui et se leva, en tremblant, et en évitant de regarder vers la piscine.

Le policier en civil approcha et tendit la main pour les arrêter. « C'est toi, Dylan ? » demanda-t-il.

Dylan le regarda tristement. Keely, qui venait de se lever sur sa jambe valide avec l'aide du policier, fut aussitôt sur ses gardes.

« Ton message est bien arrivé, dit l'inspecteur. Bonne réaction de ta part. »

Keely regarda alternativement le policier et son fils, confuse. « Ton message ? Quel message ? »

Un pauvre sourire teinté de fierté illumina son visage livide. « Quand je suis revenu du distributeur de glaçons, avant tout cela, dit Dylan, j'ai vu Mr. Weaver sur le pas de ta porte. Je savais qu'il n'était pas censé être là, et je me suis souvenu de ce que tu m'avais raconté à propos des ennuis qu'il risquait d'avoir avec la police. Alors, j'ai cherché du secours.

— Tu as appelé la police ? s'exclama-t-elle.

— Non, dit Dylan. j'ai appelé Mr. Warner.

— Dan ? Mais il était parti. Sa maison était fermée...

— Ils étaient à Boston. La grande sœur de Nicole a eu son bébé. Ils étaient partis voir le bébé. Mais quand les flics ont appelé au sujet de Ms. Chase que tu avais retrouvée morte, il s'est inquiété. Il a décidé de rentrer. De toute façon, il avait essayé de nous joindre. Je lui ai raconté ce que tu m'avais expliqué pour Mr. Weaver, et qu'il était ici, dans notre chambre. Il a dit qu'il appelait la police, que je pouvais compter sur lui.

— Et tu as eu confiance, dit-elle surprise.

— J'ai pensé qu'il était cool, dit spontanément Dylan.

— Très intelligent de ta part, Dylan. Je ne sais pas ce qui nous serait arrivé. Tu as très bien fait, chéri.

— Ta mère a raison, dit le flic. Tu as eu d'excellents réflexes.

— Je suis fière de toi », dit Keely.

Dylan haussa les épaules. Il regarda le flic qui avait offert son épaule à sa mère.

« Je m'en occupe », dit-il.

Keely accepta le soutien de son fils et s'approcha de lui à cloche-pied, avant de poser le bras sur son épaule couverte par le blouson de cuir. « Tu es plus grand que moi, dit-elle.

— Ça veut dire que je peux commencer à conduire ? dit-il.

— Non », dit-elle en le tirant par la manche.

Elle vit l'amorce d'un sourire sur son visage. « On peut toujours essayer », dit-il.

Il lui fallut mobiliser toute sa volonté pour ne pas le serrer dans ses bras. Elle ne voulait pas le mettre mal à l'aise devant tous ces gens. Suivant le policier qui tenait Abby, ils se dirigèrent lentement vers la double porte derrière laquelle la police contenait les badauds.

« Nos amis sont là », dit Dylan, ravi.

Keely leva les yeux. Elle vit Dan Warner, tenant Nicole par les épaules, se tordant le cou pour essayer de les apercevoir.

« Eh oui.

— Waou, dit Dylan. Ils ont dû accompagner la police.

— Je suppose, dit Keely.

— Tout ira bien », dit Dylan, comme pour se rassurer.

Elle hocha la tête, agrippa son blouson, sans se rendre compte de la force qu'elle y mettait. « Je sais. Je sais. »

REMERCIEMENTS

J'ai bénéficié de l'aide de nombreuses personnes.

En premier de mon mari, Art Bourgeau, mon plus fidèle et indéfectible soutien. Jane Berkey et Meg Ruley, agents et amies de toujours.

Tout le monde chez Albin Michel, et plus particulièrement Tony Cartano.

Mes lecteurs français — *mille fois merci* —, Maggie Crawford, pour sa perspicacité, et Otto — merci pour la photo.

DU MÊME AUTEUR

Aux Editions Albin Michel

UN ETRANGER DANS LA MAISON
PETITE SŒUR
SANS RETOUR
LA DOUBLE MORT DE LINDA
EXPIATION
UNE FEMME SOUS SURVEILLANCE
PERSONNES DISPARUES
DERNIER REFUGE

« SPÉCIAL SUSPENSE »

MATT ALEXANDER
Requiem pour les artistes

STEPHEN AMIDON
Sortie de route

RICHARD BACHMAN
La Peau sur les os
Chantier
Rage
Marche ou crève

CLIVE BARKER
Le Jeu de la Damnation

GILES BLUNT
Le Témoin privilégié

GERALD A. BROWNE
19 Purchase Street
Stone 588
Adieu Sibérie

ROBERT BUCHARD
Parole d'homme
Meurtres à Missoula

JOHN CAMP
Trajectoire de fou

JOHN CASE
Genesis

PATRICK CAUVIN
Le Sang des roses

JEAN-FRANÇOIS COATMEUR
La Nuit rouge
Yesterday
Narcose
La Danse des masques
Des feux sous la cendre
La Porte de l'enfer

CAROLINE B. COONEY
Une femme traquée

HUBERT CORBIN
Week-end sauvage
Nécropsie
Droit de traque

PHILIPPE COUSIN
Le Pacte Pretorius

DEBORAH CROMBIE
Le passé ne meurt jamais
Une affaire très personnelle

JAMES CRUMLEY
La Danse de l'ours

JACK CURTIS
Le Parlement des corbeaux

ROBERT DALEY
La nuit tombe sur Manhattan

GARY DEVON
Désirs inavouables
Nuit de noces

WILLIAM DICKINSON
Des diamants pour Mrs Clark
Mrs Clark et les enfants du diable
De l'autre côté de la nuit

MARJORIE DORNER
Plan fixe

FRÉDÉRIC H. FAJARDIE
Le Loup d'écume

FROMENTAL/LANDON
Le Système de l'homme-mort

STEPHEN GALLAGHER
Mort sur catalogue

CHRISTIAN GERNIGON
La Queue du Scorpion
(Grand Prix de
littérature policière 1985)
Le Sommeil de l'ours
Berlinstrasse
Les Yeux du soupçon

JOHN GILSTRAP
Nathan

JEAN-CHRISTOPHE GRANGÉ
Le Vol des cigognes
Les Rivières pourpres
(Prix RTL-LIRE 1998)
Le Concile de pierre

SYLVIE GRANOTIER
Double Je

JAMES W. HALL
En plein jour
Bleu Floride
Marée rouge
Court-circuit

JEAN-CLAUDE HÉBERLÉ
La Deuxième Vie de Ray Sullivan

CARL HIAASEN
Cousu main

JACK HIGGINS
Confessionnal

MARY HIGGINS CLARK
La Nuit du Renard
(Grand Prix de littérature policière 1980)
La Clinique du Docteur H.
Un cri dans la nuit
La Maison du guet
Le Démon du passé
Ne pleure pas, ma belle
Dors ma jolie
Le Fantôme de Lady Margaret
Recherche jeune femme aimant danser
Nous n'irons plus au bois
Un jour tu verras...
Souviens-toi
Ce que vivent les roses
La Maison du clair de lune
Ni vue ni connue
Tu m'appartiens
Et nous nous reverrons...
Avant de te dire adieu
Dans la rue où vit celle que j'aime
Toi que j'aimais tant

CHUCK HOGAN
Face à face

KAY HOOPER
Ombres volées

PHILIPPE HUET
La Nuit des docks

GWEN HUNTER
La Malédiction des bayous

PETER JAMES
Vérité

TOM KAKONIS
Chicane au Michigan
Double Mise

MICHAEL KIMBALL
Un cercueil pour les Caïmans

LAURIE R. KING
Un talent mortel

STEPHEN KING
Cujo
Charlie

JOSEPH KLEMPNER
Le Grand Chelem
Un hiver à Flat Lake

DEAN R. KOONTZ
Chasse à mort
Les Étrangers

PATRICIA MACDONALD
Un étranger dans la maison
Petite Sœur
Sans retour
La Double Mort de Linda
Une femme sous surveillance
Expiation
Personnes disparues
Dernier refuge

PHILLIP M. MARGOLIN
La Rose noire
Les Heures noires
Le Dernier Homme innocent
Justice barbare

DAVID MARTIN
Un si beau mensonge

LAURENCE ORIOL (NOËLLE LORIOT)
Le tueur est parmi nous
Le Domaine du Prince
L'Inculpé
Prière d'insérer

ALAIN PARIS
Impact
Opération Gomorrhe

RICHARD NORTH PATTERSON
Projection privée

THOMAS PERRY
Une fille de rêve
Chien qui dort

STEPHEN PETERS
Central Park

JOHN PHILPIN/PATRICIA SIERRA
Plumes de sang
Tunnel de nuit

NICHOLAS PROFFITT
L'Exécuteur du Mékong

PETER ROBINSON
Qui sème la violence...
Saison sèche
Froid comme la tombe

FRANCIS RYCK
Le Nuage et la Foudre
Le Piège

RYCK EDO
Mauvais sort

LEONARD SANDERS
Dans la vallée des ombres

TOM SAVAGE
Le Meurtre de la Saint-Valentin

JOYCE ANNE SCHNEIDER
Baignade interdite

JENNY SILER
argent facile

BROOKS STANWOOD
Jogging

WHITLEY STRIEBER
Billy
Feu d'enfer

MAUD TABACHNIK
Le Cinquième Jour
Mauvais Frère

THE ADAMS ROUND TABLE PRÉSENTE
Meurtres en cavale

La composition de cet ouvrage
a été réalisée par Nord Compo
à Villeneuve-d'Ascq,
l'impression et le brochage ont été effectués
***sur** presse Cameron dans les ateliers*
*de **Bussière Camedan Imprimeries***
à Saint-Amand-Montrond (Cher),
pour le compte des Éditions Albin Michel.

Achevé d'imprimer en janvier 2003.
N° d'édition : 21478. N° d'impression : 030073/4.
Dépôt légal : septembre 2002.

Imprimé en France